H. P. LOVECRAFTS
Bibliothek des Schreckens

*Herausgegeben von Frank Festa*

**Band 20**

**In dieser Reihe erscheinen:**

| | |
|---|---|
| 2601 Frank Festa (Hg.) | *Lovecrafts dunkle Idole* |
| 2602 Frank Festa (Hg.) | *Die Saat des Cthulhu* |
| 2603 Frank Festa (Hg.) | *Der Lovecraft-Zirkel* |
| 2604 Robert Bloch | *Cthulhus Rückkehr* |
| 2605 Clark Ashton Smith | *Necropolis* |
| 2606 Graham Masterton | *Die Opferung* |
| 2607 August Derleth | *Die Masken des Cthulhu* |
| 2608 Basil Copper | *Die Eishölle* |
| 2609 Robert W. Chambers | *Der König in Gelb* |
| 2610 Michael Marrak | *Imagon* |
| 2611 Frank Festa (Hg.) | *Der Cthulhu-Mythos 1917–1975* |
| 2612 Frank Festa (Hg.) | *Der Cthulhu-Mythos 1976–2002* |
| 2613 Lin Carter | *Die Xothic-Legenden* |
| 2614 Michael Shea | *Die Farbe aus der Zeit* |
| 2615 Richard L. Tierney | *Im Haus der Kröte* |
| 2616 Andreas Gruber | *Der Judas-Schrein* |
| 2623 Robert E. Howard | *Volk der Finsternis* |
| 2624 Clark Ashton Smith | *Die Stadt der singenden Flamme* |
| 2625 Frank Festa (Hg.) | *Das rote Zimmer* |

**Sonderband:**

| | |
|---|---|
| Basil Copper | *Das Geheimnis von Innsmouth* |

**Gesammelte Werke:**

| | |
|---|---|
| 2617 H. P. Lovecraft | *Der kosmische Schrecken* |
| 2618 H. P. Lovecraft | *Namenlose Kulte* |
| 2619 H. P. Lovecraft | *Das schleichende Chaos* |
| 2620 H. P. Lovecraft | *Necronomicon* |
| 2621 H. P. Lovecraft | *Cthulhu* |
| 2622 H. P. Lovecraft | *Die Großen Alten* |

# Howard Phillips Lovecraft

# NECRONOMICON

**Horrorgeschichten**

*Aus dem Amerikanischen von A. F. Fischer*

FESTA

3. Auflage März 2011
Originalausgabe


ISBN 978-3-86552-063-0

# INHALT

# Stadt ohne Namen

Als ich mich der Stadt ohne Namen näherte, wusste ich, dass sie verflucht ist. Ich reiste im Mondschein durch ein ausgedörrtes und grässliches Tal, und in der Ferne sah ich die Stadt schaurig aus den Dünen ragen, so, wie Leichenteile aus einem hastig geschaufelten Grab ragen mögen. Die zeitzerfressenen Steine dieser altersbleichen Überlebenden der Sintflut, dieser Ur-Urahnin der ältesten der Pyramiden, verhießen Furcht – und eine unsichtbare Aura stieß mich ab und gebot mir, vor diesen uralten und unheildrohenden Geheimnissen zu fliehen, die kein Mensch je erschauen sollte, und die auch kein Mensch außer mir jemals zu erschauen wagte.

Tief im Inneren der Arabischen Wüste liegt die Stadt ohne Namen, verfallen und stumm, ihre niedrigen Mauern beinah versunken im Sand nie gezählter Zeitalter. So muss es bereits gewesen sein, ehe der Grundstein zu Memphis gelegt wurde, und als die Ziegel Babylons noch nicht gebrannt waren. Keine Legende ist alt genug, um ihr einen Namen zu geben oder eine Erinnerung daran zu wahren, dass jemals Leben in ihr herrschte; doch wird an Lagerfeuern über sie geflüstert und von greisen Frauen in den Zelten der Scheichs über sie geraunt, sodass sämtliche Stämme sie meiden, ohne genau zu wissen, weshalb. Dieser Ort war es, von dem Abdul Alhazred, der wahnsinnige Dichter, in den Nächten träumte, ehe er seinen rätselvollen Zweizeiler sang:

*Es ist nicht tot, was ewig liegt,*
*Und in fremder Zeit wird selbst der Tod besiegt.*

Ich hätte wissen müssen, dass die Araber guten Grund hatten, diesen Ort zu meiden, jene Stadt ohne Namen, von der seltsame

Geschichten erzählt werden, die aber noch nie ein lebender Mensch gesehen hat, und dennoch setzte ich mich darüber hinweg und zog mit meinem Kamel in die unbetretene Öde hinaus. Nur ich allein habe sie gesehen, und deshalb ist kein anderes Gesicht so abscheulich von Angst gezeichnet wie das meine; deshalb zittert kein anderer Mensch so erbärmlich wie ich, wenn der Nachtwind an den Fensterläden rüttelt. Als ich sie in der schrecklichen Stille endlosen Schlafes erreichte, sah sie mir kühl unter den Strahlen eines kalten Mondes inmitten der Wüstenhitze entgegen. Und als ich ihren Blick erwiderte, vergaß ich meinen Triumph über ihre Entdeckung und stieg von meinem Kamel ab, um auf die Morgendämmerung zu warten.

Ich harrte Stunden aus, bis sich der Osten endlich grau färbte und die Sterne verblassten, und das Grau zu einem zartroten Leuchten wurde, umsäumt von Gold. Ich hörte ein Seufzen und sah, wie ein Sandsturm zwischen den uralten Steinen aufstieg, wenngleich der Himmel klar war und der endlose Wüstenraum ruhig. Dann erhob sich unvermittelt der grelle Rand der Sonne über dem fernen Horizont der Wüste, flirrend hinter dem kleinen, davonziehenden Sandsturm, und in meinem fiebrigen Zustand glaubte ich, aus irgendeiner unendlichen Tiefe eine Musik metallener Instrumente heraufschallen zu hören, um die glühende Scheibe zu grüßen, so wie Memnon sie von den Ufern des Nils aus begrüßt. Meine Ohren hallten und meine Fantasie stand in Flammen, als ich mein Kamel langsam über den Sand zu dem schweigenden Ort führte; jener Stätte, die von allen lebenden Menschen nur ich allein erblickte.

Ziellos wanderte ich inmitten der formlosen Grundmauern von Häusern und Plätzen umher, ohne auf ein einziges in Stein gemeißeltes Zeugnis oder eine Inschrift zu stoßen, die von den Menschen kündete, die diese Stadt vor so langer Zeit erbaut und bewohnt hatten – falls es denn Menschen waren. Das sagenhafte Alter des Ortes war unerträglich, und ich sehnte mich danach, ein Schriftzeichen oder ein künstlerisches Werk zu finden, die bewiesen, dass diese Stadt tatsächlich von

Menschenhand erbaut worden war, denn die Ruinen wiesen gewisse *Größenverhältnisse* und *Ausmaße* auf, die mir nicht behagten.

Ich trug eine Menge an Gerätschaften mit mir und führte zahlreiche Ausgrabungen in den verwitterten Bauten durch; doch kam ich nur langsam voran und entdeckte nichts von Belang. Als die Nacht und der Mond wiederkehrten, setzte ein kalter Wind ein, der neue Furcht mit sich brachte, sodass ich es nicht wagte, noch länger in der Stadt zu bleiben. Als ich die alten Mauern verließ, um mich schlafen zu legen, entstand hinter mir ein kleiner, seufzender Sandsturm und fegte über die grauen Steine, obwohl der Mond hell leuchtete und über der Wüste ansonsten alles ruhig lag.

Genau bei Tagesanbruch erwachte ich aus einer Abfolge schrecklicher Träume und meine Ohren dröhnten wie von dem Schall metallischer Instrumente. Ich sah die Sonne rötlich durch die letzten Verwehungen eines kleinen Sandsturms äugen, der über der Stadt ohne Namen hing, während die übrige Landschaft völlig ruhig schien. Abermals wagte ich mich zwischen die brütenden Ruinen, die sich unter den Dünen abhoben wie ein Zyklop unter einem Tuch, und grub wiederum vergebens nach den Überresten einer verschollenen Rasse. Gegen Mittag legte ich eine Rast ein und am Nachmittag verbrachte ich viel Zeit damit, den Mauern und den ehemaligen Straßen und den Umrissen der fast entschwundenen Gebäude nachzuspüren. Ich erkannte, dass die Stadt in der Tat einst gewaltige Dimensionen aufgewiesen hatte, und fragte mich, woher diese Größe gerührt haben mochte. Ich malte mir die ganze Pracht einer Epoche aus, die so lange zurücklag, dass die Chaldäer sich ihrer nicht entsannen, und dachte an die Stadt Sarnath, die Verdammte, die sich im Lande Mnar erhoben hatte, als die Menschheit noch jung war, und an Ib, die aus grauem Stein gehauen worden war, bevor das Menschengeschlecht erstand.

Ganz unverhofft stieß ich auf eine Stelle, wo das Grundgestein durch den Sand brach und einen niederen Felshang bildete; und hier traf mein Blick erfreut auf etwas, das weitere Spuren jener vorsintflutlichen Rasse verhieß. Grob in die Vorderflanke des Felsens hineingehauen, boten sich unverkennbar Fassaden diverser kleiner, niedriger Felsenhäuser oder Tempel dar. Ihre Innenräume mochten womöglich mannigfache Geheimnisse aus Zeitaltern bewahrt haben, die so weit zurücklagen, dass sie sich jeder Datierung entzogen, obgleich Sandstürme längst schon alle Bildhauerarbeiten, die vielleicht einst die Außenwände bedeckten, getilgt hatten.

Die vielen dunklen Öffnungen in meiner Nähe waren alle sehr niedrig und vom Sand verstopft, doch ich schaufelte eine davon mit dem Spaten frei und kroch hindurch, in der Faust eine Fackel, um jedwedes Geheimnis zu erhellen, das sich hier möglicherweise verbarg. Sobald ich ins Innere vorgedrungen war, erkannte ich, dass die Höhle wirklich einen Tempel darstellte und deutliche Spuren jener Rasse aufwies, die hier gelebt und ihre Riten vollzogen hatte, ehe die Wüste eine Wüste ward. Primitive Altäre, Säulen und Nischen, alle sonderbar niedrig angelegt, fehlten nicht; und obwohl ich keine Skulpturen und Fresken sah, gab es doch zahlreiche eigentümliche Steine, die mit künstlichen Mitteln zu symbolischen Objekten gestaltet worden waren.

Die geringe Höhe der ausgehauenen Kammer war überaus befremdlich, denn ich konnte kaum aufrecht knien, und doch war ihre Ausdehnung so groß, dass meine Fackel immer nur einen Teil vor mir enthüllte. In einigen der entlegeneren Winkel überrann mich ein sonderbarer Schauder, denn manche Altäre und Steine ließen an vergessene Riten furchtbarer, abstoßender und unerklärlicher Art denken und weckten die Überlegung in mir, welche Sorte Mensch einen solchen Tempel geschaffen und benutzt haben könnte. Sobald ich alles gesehen hatte, was der Ort enthielt, kroch ich wieder nach draußen, begierig darauf, herauszufinden, was die übrigen Tempel wohl noch preiszugeben hatten.

Die Nacht war jetzt nah, und doch vertrieben die greifbaren Dinge, die ich gesehen hatte, die Furcht, und meine Neugier siegte. Deshalb floh ich nicht vor den langen Schatten, die das

Mondlicht warf und die mich mit Angst erfüllt hatten, als ich die Stadt ohne Namen zum ersten Mal erblickt hatte. Im Zwielicht schaufelte ich die nächste Öffnung frei, kroch mit einer frischen Fackel hinein und fand weitere fragwürdige Steine und Symbole vor, jedoch nichts von größerer Aussagekraft als im ersten Tempel. Der Innenraum war ebenso niedrig, aber viel schmaler, und er endete in einem winzigen Durchgang, der mit rätselhaften und kryptischen Schreinen verstellt war. Ich schaute mir diese Schreine gerade genauer an, als das Heulen des Windes und meines Kamels die Stille durchfuhren und mich hinausriefen, um zu ergründen, was das Tier so verängstigte.

Der Mond strahlte hell über den urtümlichen Ruinen und beleuchtete eine dichte Sandwolke, die scheinbar von einem heftigen, aber abflauenden Wind aus irgendeiner Ecke der Felsflanke vor mir aufgewirbelt wurde. Ich wusste, dass es dieser kalte sandkörnige Wind war, der das Kamel aus der Ruhe gebracht hatte, und wollte es gerade an eine besser geschützte Stelle führen, als ich zufällig aufblickte und sah, dass oberhalb der Felszinnen gar kein Wind blies. Dies verblüffte mich und weckte neue Furcht in mir, doch sogleich entsann ich mich der plötzlich aufspringenden Winde an diesem Ort, die ich bereits bei Sonnenaufgang und Sonnenuntergang gesehen und gehört hatte, und tat es als natürliche Erscheinung ab. Ich kam zu dem Schluss, dass der Wind aus dem Spalt irgendeiner Felshöhle dringen müsse, und beobachtete den tanzenden Sand, um ihn zu seinem Ursprung zurückzuverfolgen; kurz darauf erkannte ich, dass er der schwarzen Öffnung eines Tempels weitab südlich von mir entwich, die aus meiner Entfernung schon fast nicht mehr zu sehen war.

Ich stemmte mich gegen die erstickende Sandwolke und stapfte auf diesen Tempel zu, der beim Näherkommen größer aufragte als die anderen und einen Eingang aufwies, der weit weniger mit verbackenem Sand gefüllt war. Ich wäre hineingestiegen, hätte nicht die fürchterliche Macht des eisigen Windes beinahe meine Fackel zum Erlöschen gebracht. Er brauste dämonisch aus der dunklen Pforte heraus und seufzte schaurig, als er den Sand verwehte und zwischen den unheimlichen Ruinen verteilte. Bald wurde er schwächer und der Sand kam mehr und mehr zur Ruhe, bis er sich schließlich wieder gelegt hatte; doch etwas Beseeltes schien zwischen den geisterhaften Steinen der Stadt umzugehen, und als ich den Mond ansah, schien er zu zittern, als spiegelte er sich in bewegten Wassern. Ich empfand mehr Furcht als ich in Worte fassen kann, doch nicht genug, dass es mein Verlangen gedämpft hätte, in den Genuss des Entdeckens zu kommen; und kaum war der Wind restlos erstorben, überschritt ich die Schwelle zu jener dunklen Kammer, aus der er gedrungen war.

Wie ich schon von außen vermutet hatte, war dieser Tempel größer als die beiden, die ich bereits besucht hatte; und er war vermutlich eine von der Natur geschaffene Höhle, da er Winde aus unterweltlichen Gefilden gebar. Hier in seinem Innern konnte ich bequem aufrecht stehen, doch wie ich erkannte, waren die Steine und Altäre ebenso niedrig wie die in den anderen Tempeln. An den Wänden und der Decke gewahrte ich erstmals einige Spuren der Malkunst der alten Rasse, eigentümlich gekrümmte Farbstriche, die nahezu verblichen oder abgeblättert waren; und an zweien der Altäre erblickte ich mit wachsender Erregung eine Reihe kunstvoll ausgeführter, krummliniger Steinmeißelungen. Als ich meine Fackel hob, kam es mir vor, als sei die Form der Höhlendecke zu ebenmäßig, um natürlichen Ursprungs zu sein, und ich fragte mich, was die prähistorischen Steinmetze wohl zuerst bearbeitet hatten. Ihre technischen Fähigkeiten mussten immens gewesen sein.

Dann enthüllte mir ein helles Aufflackern der unwirklichen Flamme das, wonach ich gesucht hatte: eine Öffnung zu jenen entlegenen Abgründen, aus denen der plötzliche Wind hervorgebraust war. Mir wurde schwach, als ich erkannte, dass es sich um eine kleine und fraglos künstlich angelegte Pforte handelte, die in den natürlichen Fels gehauen war.

Ich schob meine Fackel hindurch und erblickte einen schwarzen Tunnel, dessen Decke sich niedrig über einer unebenen Flucht winziger, zahlreicher und abschüssiger Stufen wölbte.

Ich werde diese Stufen auf ewig in meinen Träumen sehen, denn ich erfuhr bald, was sie bedeuteten. In jenem Augenblick wusste ich kaum, ob ich sie als Stufen oder als bloße Felssprossen bezeichnen sollte, die da steil hinabführten. Mein Hirn schwirrte vor wahnwitzigen Gedanken, und die Worte und Warnungen arabischer Seher schienen über die Wüste hinweg aus den Ländern, die der Mensch kennt, bis hin zur Stadt ohne Namen, die kein Mensch zu kennen wagt, zu dringen. Dennoch zögerte ich nur einen Moment lang, bevor ich durch das Portal vordrang und vorsichtig den steilen Schacht hinabzuklettern begann, rücklings und mit den Füßen voran, wie auf einer Leiter.

Allenfalls in den furchtbaren Trugbildern des Drogenrauschs oder Fieberwahns vermag irgendein Mensch, einen solchen Abstieg zu erleben wie ich. Der enge Schacht führte endlos hinab wie ein beängstigender, verhexter Brunnen, und die Fackel, die ich über den Kopf hielt, erhellte kaum die unbekannten Tiefen, denen ich entgegenkroch. Ich verlor jedes Zeitgefühl und vergaß, auf meine Uhr zu sehen, obwohl ich Angst verspürte, wenn ich an die Strecke dachte, die ich vermutlich zurücklegte. Richtung und Gefälle meines Abstiegs variierten; und einmal gelangte ich an einen langen, niedrigen, waagerechten Stollen, über dessen felsigen Untergrund ich mich bäuchlings schlängeln musste, mit den Füßen voran und die Fackel auf Armeslänge hinter den Kopf haltend. Die Höhe reichte nicht aus, um auch nur zu knien. Danach folgten weitere steile Stufen, und ich krabbelte noch immer endlos nach unten, als meine glimmende Fackel erlosch. Ich glaube, ich bemerkte es zunächst gar nicht, denn als es mir auffiel, hielt ich die Fackel nach wie vor über mich, so als brenne sie immer noch. Offenbar war ich arg aus dem seelischen Lot gebracht durch meinen Drang zum Außergewöhnlichen und Unbekannten, der mich durch die Welt wandern ließ als Jäger ferner, alter, verbotener Stätten.

Im Dunkeln blitzten vor meinem inneren Auge Bruchstücke meines gehüteten Wissens dämonischer Gelehrtheit auf; Zitate von Alhazred, dem wahnsinnigen Araber, Absätze aus den apokryphen Albträumen des Damascius und ruchlose Zeilen aus dem fiebergeborenen *Image du Monde* von Gauthier de Metz. Ich sagte sonderbare Auszüge auf und wisperte von Afrasiab und den Dämonen, die mit ihm den Oxus hinabtrieben; später sang ich wieder und wieder einen Satz aus einer der Erzählungen Lord Dunsanys vor mich hin – »Die echoleere Schwärze des Orkus«. Einmal, als der Abstieg aberwitzig steil wurde, leierte ich etwas aus Thomas Moores Dichtungen herunter, bis die Furcht mich abhielt, noch mehr davon wiederzugeben:

*Ein Pfuhl voll Finsternis, tiefschwarz*
*Als sei's ein Tiegel, darin Gifte kochen*
*Aus Blumen, im Mondlicht von Hexen gebrochen.*
*Ins Dunkel spähend, ob ich fände*
*Den Weg hinab, bohrte mein Blick*
*Sich in den Schlund und fiel direkt*
*Auf steile, glitschig glatte Wände*
*Welche mit zähem Schleim bedeckt,*
*Pechfinster, wie auch jener Schlick*
*Der an des Totenozeans Ufern leckt.*

Zeit besaß keine Bedeutung mehr für mich, als meine Füße wieder ebenen Boden erspürten und ich mich an einem Ort befand, der nur wenig höher war als die Räume in den beiden kleineren Tempeln, die nun so unermesslich weit über mir lagen. Stehen konnte ich nicht, aber doch aufrecht knien, und in der Finsternis rutschte und kroch ich aufs Geratewohl mal hier-, mal dorthin. Bald wurde mir klar, dass ich mich in einem engen Gang befand, an dessen Wänden sich Holzkästen reihten, die mit Glasfronten versehen waren. Dass ich an diesem paläozoischen und unterweltlichen Ort Dinge wie poliertes Holz und Glas ertastete, ließ mich erschaudern angesichts der Andeutungen, die darin lagen. Die Kästen standen anscheinend in regelmäßigen Abständen entlang der beiden Seitenwände des Gangs, und sie waren länglich gebaut und waagerecht gelagert, wodurch sie nach Form und Größe schauderhaft an Särge gemahnten. Als ich zwecks weiterer Untersuchungen probierte, zwei oder drei davon zu verrücken, bemerkte ich, dass sie fest verankert waren.

Wie ich erkannte, besaß der Gang eine beträchtliche Länge, und ich kroch auf allen Vieren in geducktem Lauf voran, was grauenvoll gewirkt hätte, wäre es in der Schwärze beobachtet worden; dabei wechselte ich ab und an von einer Seite zur anderen, um meine Umgebung zu ertasten und mich zu vergewissern, dass die Wände und Kastenreihen sich weiter dahinzogen. Der Mensch ist das visuelle Denken so sehr gewöhnt, dass ich die Finsternis fast vergaß und mir den endlosen Korridor aus Holz und Glas in seiner niedrigen Einförmigkeit so lebhaft vorstellte, als könnten meine Augen ihn sehen. Und dann, in einem Augenblick unbeschreiblicher Erregung, sah ich ihn wirklich.

Wann genau meine Vorstellung zu realem Sehen wurde, kann ich nicht sagen; doch von vorne wuchs allmählich ein Glühen heran, und mit einem Mal erkannte ich, dass ich die düsteren Umrisse des Korridors und der Kästen erblickte, enthüllt von irgendeiner unbekannten unterirdischen Phosphoreszenz. Eine kurze Weile lang sah alles genau so aus, wie ich es mir ausgemalt hatte, denn das Glühen war sehr schwach; doch als ich unwillkürlich weiter voran auf das stärkere Licht zurobbte, wurde mir klar, dass meine Vorstellung nur sehr ungenau gewesen war. Diese Halle war kein rudimentäres Relikt wie die Tempel der Stadt weit über mir, sondern ein Monument der großartigsten und exotischsten Kunst. Üppige, lebendige und kühn-fantastische Ornamente und Bildnisse ergaben eine geschlossene Anordnung von Wandmalereien, deren Linien und Farben nicht zu beschreiben sind. Die Gehäuse der Kästen bestanden aus einem sonderbaren goldfarbenen Holz, ihre Vorderseiten hingegen aus erlesenem Glas, und sie enthielten die mumifizierten Hüllen von Lebewesen, deren Groteskheit die aberwitzigsten Träume der Menschen überboten.

Irgendeine Vorstellung von diesen Monstrositäten zu vermitteln ist unmöglich. Sie gehörten der reptilischen Gattung an, wobei ihre Körperformen zuweilen an ein Krokodil, dann wieder an einen Seehund erinnerten, häufiger jedoch an nichts, wovon der Zoologe wie auch der Paläontologe jemals gehört haben. Ihre Größe reichte an die eines kleinen Menschen heran und ihre Vorderbeine liefen in zartgliedrige und offenkundige Füße aus, die menschlichen Händen und Fingern eigentümlich ähnelten. Doch am sonderbarsten von allem waren ihre Köpfe, die eine Form aufwiesen, die sämtlichen bekannten biologischen Prinzipien Hohn sprach. Nichts lässt sich etwas Derartigem passend gegenüberstellen – blitzartig schossen mir so verschiedenartige Vergleiche wie zur Katze, zur Bulldogge, zum sagenhaften Satyr und zum Menschen durch den Sinn. Sogar Jupiter selbst besaß keine solch mächtige, vorspringende Stirn, zugleich jedoch verwiesen die Hörner, die fehlenden Nasen und die alligatorartigen Kiefer diese Organismen jenseits aller anerkannten Kategorien. Kurzfristig zweifelte ich an der Echtheit der Mumien und hegte fast den Verdacht, es handele sich um künstliche Götzenbilder; aber schon bald entschied ich, dass sie tatsächlich irgendeiner paläogenen Spezies angehörten, die gelebt hatte, als die Stadt ohne Namen noch bevölkert gewesen war. Um ihre Groteskheit zu krönen, waren die meisten von ihnen in prächtige Roben aus den kostbarsten Stoffen gehüllt und verschwenderisch mit Schmuck aus Gold, Juwelen und unbekannten glänzenden Metallen behangen.

Die Bedeutung dieser kriechenden Geschöpfe musste immens gewesen sein, denn sie spielten die Hauptrolle in den furiosen Darstellungen der Wand- und Deckenfresken. Mit unerreichtem Können hatte der Künstler sie in ihrer eigenen Welt gemalt, mit Städten und Gärten, die ihren Körpermaßen entsprechend angelegt waren; und ich konnte nicht umhin, zu vermuten, dass ihre in Bildern aufgezeichnete Geschichte allegorisch aufzufassen sei und womöglich die Entwicklung jener Rasse darstellte, die ihnen huldigte. Diese Wesen, so sagte ich mir, waren für die Bewohner der Stadt ohne Namen etwa das, was die Wölfin für Rom war, oder was irgendein Totemtier für einen Indianerstamm ist.

Von dieser Sichtweise ausgehend, vermochte ich im Groben ein wunderbares Epos der Stadt ohne Namen nachzuvollziehen; die Geschichte einer mächtigen Küstenmetropole, die über die Welt herrschte, bevor Afrika aus den Wogen stieg, und ihres Überlebenskampfs, als das Meer zurückwich und die Wüste sich in das fruchtbare Tal ausbreitete, das die Stadt umschloss. Ich sah ihre Kriege und Siege, ihre Aufstände und Niederlagen, und schließlich ihren furchtbaren Kampf gegen die Wüste, als Tausende ihrer Bewohner – hier allegorisch verkörpert von den grotesken Reptilwesen – gezwungen waren, sich auf wunderbare Weise ihren Weg durch den Fels hinabzuwühlen in eine andere Welt, von der ihre Propheten ihnen geweissagt hatten. All das war eindrucksvoll unheimlich und realistisch, und die Ähnlichkeit mit dem grauenvollen Abstieg, den ich bewältigt hatte, war unübersehbar. Ich erkannte sogar einzelne Gänge wieder.

Als ich durch den Korridor weiter dem helleren Licht entgegenkroch, sah ich die späteren Stadien des gemalten Epos – das Abschiednehmen der Rasse, die die Stadt ohne Namen und das sie umgebende Tal mehr als zehn Millionen Jahre lang bewohnt hatte; der Rasse, deren Seelen nicht scheiden wollten von den Schauplätzen, an denen ihre Körper so lange verweilt hatten, wo sie, als die Erde noch jung war, als Nomaden sesshaft geworden waren und jene urtümlichen Schreine in den jungfräulichen Fels schlugen, die anzubeten sie nie aufhörten.

Nun, im besseren Licht, betrachtete ich die Bilder genauer, und eingedenk dessen, dass die seltsamen Reptilien stellvertretend für die unbekannten Menschen stehen mussten, grübelte ich über die Bräuche der Stadt ohne Namen. Viele Dinge waren außergewöhnlich und unerklärlich. Die Zivilisation, die über eine Schriftsprache verfügte, hatte offenbar eine höhere Stufe erklommen als jene unermesslich jüngeren Kulturen der Ägypter und Chaldäer, und doch gab es sonderbare Lücken. Zum Beispiel konnte ich keinerlei Darstellungen über den Tod oder über Bestattungsbräuche finden, außer solchen, die mit Krieg, Gewalt oder Seuchen zusammenhingen; und ich wunderte mich über die Scheu, die sie vor Abbildungen mit Bezug auf den natürlichen Tod zeigten. Es war, als habe man ein Unsterblichkeitsideal als eine schöne Illusion gepflegt.

Noch näher am Ende des Ganges waren Szenen von äußerster Pittoreskheit und Übertreibung an die Wände gepinselt; gegensätzliche Ansichten der Stadt ohne Namen: einerseits in ihrer Verlassenheit und ihrem Verfall, andererseits als das fremdartige neue Paradies, zu dem hinab die Rasse sich ihren Weg durch den Stein gehämmert hatte. In diesen Ansichten waren die Stadt und das Wüstental stets bei Mondlicht abgebildet, ein goldener Schein schwebte über den eingefallenen Mauern und entschleierte nur halb ihre herrliche Vollkommenheit in früheren Zeiten, vom Künstler geisterhaft und vage ins Bild gesetzt. Diese paradiesischen Szenen – sie zeigten eine verborgene Welt ewig währenden Tages voller herrlicher Städte und überirdischer Hügel und Täler – waren fast zu überzogen, um glaubwürdig zu sein.

Ganz zum Schluss vermeinte ich Anzeichen eines künstlerischen Rückschritts auszumachen. Die Malereien waren weniger kunstfertig und weitaus bizarrer als sogar die abenteuerlichsten der früheren Szenen. Sie schienen einen langsamen Niedergang des alten Geschlechtes widerzuspiegeln, gepaart mit einer zunehmenden Grausamkeit gegenüber der Außenwelt, aus der die Wüste es verdrängt hatte. Die Gestalten der Menschen – stets stellvertretend verkörpert von den heiligen Reptilien – schienen schleichend zu verkümmern, obwohl ihr Geist, der im Mondenschein über den Ruinen schwebte, im gleichen Verhältnis an Größe gewann. Abgezehrte Priester, dargestellt als Reptilwesen in reich verzierten Roben, verfluchten die Luft der Oberwelt und alle, die sie atmeten; und eine schreckliche Abschlussszene zeigte einen primitiv aussehenden Mann, vielleicht einen Pionier des vorzeitlichen Irem, der Stadt der Säulen, wie er von Angehörigen der älteren Rasse in Stücke gerissen wird. Ich weiß, wie sehr die Araber die Stadt ohne Namen fürchten, und war froh, dass die grauen Wände und die Decke nach dieser Stelle unbemalt waren.

Während ich den Prunk dieser geschichtlichen Wandgemälde

betrachtete, näherte ich mich dem Ende der niedrigen Halle und gewahrte ein Tor, durch das all die phosphoreszierende Helligkeit hereinströmte. Als ich zu ihm emporkroch, entfuhr mir ein Ausruf höchsten Staunens angesichts dessen, was dahinter lag – denn statt weiterer und hellerer Räume dehnte sich dort eine endlose Leere gleichförmigen strahlenden Glanzes, wie man es vielleicht sieht, wenn man vom Gipfel des Mount Everest auf ein Meer sonnenbestrahlten Nebels hinabblickt. Hinter mir befand sich ein Gang, der so niedrig war, dass ich darin nicht einmal aufrecht stehen konnte, und vor mir erstreckte sich eine Unendlichkeit unterirdischen Leuchtens.

Vom Gang führte eine steile Treppe in den Abgrund hinab – kleine zahlreiche Stufen, wie in den dunklen Schlünden, die ich durchwandert hatte –, doch schon nach wenigen Metern wurde alles von den leuchtenden Schwaden verhüllt. An der linken Wand des Ganges lehnte weit aufgestoßen eine Tür aus massivem Messing, unglaublich dick und verziert mit fantastischen Basreliefs, die, falls man sie schloss, die gesamte unterirdische Welt aus Licht von den Gewölben und Felsgängen abschneiden konnte. Ich schaute zu den Stufen, wagte es aber nicht, sie zu betreten, und berührte die offen stehende Messingtür, vermochte jedoch nicht sie zu bewegen. Dann sank ich ausgestreckt auf den Steinboden nieder, mein Verstand entflammt von einzigartigen Überlegungen, die selbst meine todesähnliche Erschöpfung nicht zu bannen vermochte.

Als ich ruhig mit geschlossenen Augen dalag, frei meinen Gedanken nachhängend, drängten zahlreiche Dinge, die ich an den Fresken nur beiläufig bemerkt hatte, voll neuer und schrecklicher Bedeutung in mein Bewusstsein zurück – Szenen, die die Stadt ohne Namen in ihrer Glanzzeit zeigten, die Vegetation des umliegenden Tales und die fernen Länder, mit denen ihre Kaufleute Handel trieben. Die Allegorie der kriechenden Wesen verwirrte mich in ihrer Hartnäckigkeit, und ich wunderte mich, dass sie in einer geschichtlichen Überlieferung von solch enormer Bedeutung derart unbeirrt durchgehalten wurde.

Die Fresken hatten die Stadt ohne Namen in Größenverhältnissen gezeigt, die zu den Reptilien passten. Ich fragte mich, wie groß und prächtig ihre Bauten wirklich gewesen sein mochten, und verweilte in Gedanken einen Moment lang bei den Seltsamkeiten, die mir an den Ruinen aufgefallen waren. So zerbrach ich mir den Kopf darüber, weshalb der urtümliche Tempel und der unterirdische Gang so niedrig waren. Zweifellos waren sie aus Ehrerbietung gegenüber den reptilischen Gottheiten, denen dort gehuldigt wurde, so aus dem Fels geschlagen worden, obgleich dies die Huldiger notgedrungen zum Kriechen niederzwang. Vielleicht verlangten die Riten, die hier begangen wurden, ein Kriechen in Nachahmung der verehrten Geschöpfe. Keine religiöse Theorie hingegen vermochte zu erklären, warum die ebenen Gänge jenes furchtbaren Abstiegs ebenso niedrig sein mussten wie die Tempel – niedriger sogar, da man darin noch nicht einmal knien konnte. Als ich an die kriechenden Wesen dachte, deren schreckliche mumifizierte Körper mir so nahe waren, spürte ich erneut das Pochen der Angst. Gedankenverknüpfungen sind zuweilen sonderbar, und ich schauderte angesichts der Vorstellung, dass – abgesehen von dem bedauernswerten primitiven Mann, der auf dem letzten Bild zerfleischt wurde – inmitten dieser zahllosen Relikte und Symbole uranfänglichen Lebens ich allein eine menschliche Gestalt besaß.

Doch wie bisher stets in meinem eigenartigen Wanderleben vertrieb bald Neugier die Furcht; denn der leuchtende Abgrund und was er enthalten mochte stellten ein Rätsel dar, würdig des größten Entdeckers. Dass am Ende jener langen Abwärtsflucht befremdlich kleiner Stufen eine unheimliche Welt der Geheimnisse wartete, bezweifelte ich nicht und hoffte dort unten jene menschlichen Spuren zu finden, die die Malereien des Korridors vermissen ließen. Die Fresken hatten unglaubliche Städte und Täler dieser Unterwelt offenbart, und meine Fantasie schwelgte in den gewaltigen und prächtigen Ruinen, die auf mich warteten.

Meine Ängste galten eher der Vergangenheit als der Zukunft.

Selbst der körperliche Schrecken meiner Lage in diesem klaustrophobischen Gang voller toter Reptilwesen und vorsintflutlicher Fresken, Kilometer unterhalb der mir bekannten Welt und eine weitere Welt schaurig leuchtenden Nebels verheißend, konnte es nicht mit der tödlichen Furcht aufnehmen, die ich vor dem abgrundtiefen Alter des Ortes und seiner Seele empfand. Ein Alter, so unermesslich, dass Maßstäbe nichts mehr galten, schien von den Steinen und Felsentempeln der Stadt ohne Namen herabzuschielen, während die jüngsten der staunenswerten Landkarten auf den Fresken Meere und Kontinente zeigten, die der Mensch vergessen hat und die nur hie und da einen vage vertrauten Umriss aufwiesen. Was sich im Lauf jener Erdalter ereignet haben mochte seitdem die Malereien aufhörten und die den Tod verabscheuende Rasse sich unwillig dem Niedergang ergab, weiß kein Mensch. Einst hatten diese Höhlen und das darunter liegende lichterfüllte Reich vor Leben gewimmelt; nun jedoch war ich allein mit den vielsagenden Relikten und ich zitterte beim Gedanken an die ungezählten Zeitalter, in deren Verlauf sie stumm und einsam Wacht gehalten hatten.

Plötzlich überkam mich erneut jene heftige Angst, die mich in Abständen immer wieder befallen hatte, seit ich das schreckliche Tal und die Stadt ohne Namen im Licht des kalten Mondes zum ersten Mal gesehen hatte. Trotz meiner Erschöpfung sprang ich wie gepeitscht in eine sitzende Haltung und starrte durch den schwarzen Korridor zurück in Richtung der Schächte, die zur Außenwelt hinaufstrebten. Meine Empfindungen glichen denen, die mich die Stadt ohne Namen bei Nacht hatten meiden lassen, und sie waren ebenso unerklärlich wie ausgeprägt.

Im nächsten Augenblick jedoch ereilte mich ein noch heftigerer Schock, und zwar in Form eines deutlichen Geräuschs – des ersten, das die vollkommene Stille dieser Grabestiefen durchbrach. Es handelte sich um ein tiefes, schwaches Stöhnen, wie von einer fernen Horde verdammter Seelen. Es rührte aus der Richtung, in die ich starrte. Die Lautstärke schwoll rapide an, bis es bald fürchterlich durch den niederen Gang widerhallte, und zugleich bemerkte ich einen zunehmenden, kalten Luftzug, der aus den Schächten und ebenso aus der Stadt herblies. Die Berührung dieser Luft schien mich wieder zur Besinnung zu bringen, denn augenblicklich erinnerte ich mich an die Windstöße, die sich jedes Mal bei Sonnenuntergang und Sonnenaufgang um die Mündung des Abgrundes erhoben hatten und von denen mir einer die verborgenen Schächte offenbart hatte. Ich blickte auf die Uhr und erkannte, dass der Sonnenaufgang bevorstand, also riss ich mich zusammen, um dem Sturmwind zu trotzen, der nun in seine Höhlenheimat hinabfegte wie er am Abend zuvor daraus hervorgefegt war. Meine Furcht ließ wieder nach, da ein natürliches Phänomen dazu neigt, Grübeleien über das Unbekannte zu vertreiben.

Immer und immer wahnsinniger regnete der kreischende, heulende Nachtwind in die Tiefen des Erdschoßes hinab. Ich legte mich wieder flach auf den Boden und verkrallte mich vergeblich in den Fels, aus Angst, mit Haut und Haar durch das offene Tor in den phosphoreszierenden Schlund hinuntergefegt zu werden. Eine solches Wüten hatte ich nicht erwartet, und als ich bemerkte, dass mein Körper wirklich auf den Abgrund zurutschte, befielen mich Tausende neue schreckliche Ahnungen.

Die Bösartigkeit des Sturmwinds weckte unnennbare Wahnvorstellungen in mir; nicht zum ersten Mal verglich ich mich erschaudernd mit dem Bildnis des einzigen Menschen in jenem grässlichen Korridor, mit dem Mann, der von der namenlosen Rasse in Stücke gerissen wurde, denn im teuflischen Zerren der tosenden Luftstrudel schien ein rachgieriger Zorn umso wütender zu walten, als er nahezu machtlos war. Ich glaube, zum Schluss schrie ich wie irrsinnig – ich verlor fast den Verstand – ins Heulen der Windgeister. Ich versuchte, gegen den mörderischen, unsichtbaren Luftstrom anzukriechen, doch konnte ich mich noch nicht einmal auf der Stelle halten und wurde langsam und unerbittlich in Richtung der unbekannten Welt gepresst. Schließlich muss ich völlig durchgedreht sein, denn ich faselte wieder und wieder jenen unergründlichen Zweizeiler des wahnsinnigen Arabers Abdul Alhazred, der von der Stadt ohne Namen träumte:

*Es ist nicht tot, was ewig liegt,*
*Und in fremder Zeit wird selbst der Tod besiegt.*

Nur die grimmen, brütenden Wüstengötter wissen, was wirklich geschah – wie unbeschreiblich ich mich in der Finsternis wehrte und mich wälzte und welcher Engel der Hölle mich ins Leben zurückführte, sodass ich mich immer erinnern werde und im Nachtwind schaudern muss, bis einmal das Vergessen – oder Schlimmeres – mich umfängt. Monströs, unnatürlich, gigantisch war die Begegnung – zu weit jenseits aller menschlichen Begriffe, um geglaubt zu werden, außer in den verfluchten frühen Morgenstunden, wenn der Schlaf nicht kommt.

Ich sagte, dass die Wut des dahinfauchenden Sturms infernalisch war – kakodämonisch – und dass seine Stimmen grässlich waren, voll der aufgestauten Rachgier trostloser Ewigkeiten. Plötzlich schienen diese Stimmen, die offenbar noch immer chaotisch klangen, in der Wahrnehmung meines hämmernden Hirns immer mehr sprachlichen Lauten zu ähneln; und tief im Grab ungezählter, seit Äonen versunkener Altertümer, klaftertief unterhalb der morgendämmernden Menschenwelt, vernahm ich das schaurige Geifern und Knurren fremdzüngiger Bestien.

Als ich mich umdrehte, sah ich klar abgezeichnet gegen den leuchtenden Dunst des Abgrunds, was vor dem düsteren Hintergrund der Korridors nicht sichtbar gewesen war – eine Albtraumhorde heranspringender Teufel; hassverzerrte, grotesk herausgeputzte, halb durchsichtige Teufel einer Rasse, die kein Mensch verwechseln kann – die kriechenden Reptilwesen der Stadt ohne Namen.

Und als der Wind erstarb, wurden die Eingeweide der Erde um mich herum in ghoulische Finsternis getaucht; denn hinter der letzten der Kreaturen schlug die mächtige Messingtür mit einem ohrenbetäubenden Donnern metallischer Musik zu und ihr schallendes Echo dröhnte hinaus in die ferne Welt, um die aufgehende Morgensonne zu grüßen, so wie Memnon sie von den Ufern des Nils aus begrüßt.

# Das Fest

*Efficut Daemones, ut quae non sunt, sic tamen quasi sint, conspicienda hominibus exhibeant.*
– Lactantius

Fern weilte ich von zu Hause, und das Meer des Ostens hatte mich in seinen Bann gezogen. In der Dämmerung hörte ich es gegen die Klippen branden und ich wusste, dass es unmittelbar hinter der Anhöhe lag, wo die krummen Weiden sich vor dem klaren Himmel und den ersten Abendsternen bogen. Und weil meine Ahnen mich zu der alten Stadt an der Meeresküste gerufen hatten, eilte ich durch den dünnen, frisch gefallenen Schnee auf der Straße voran, die einsam den Hügelkamm erklomm, wo zwischen den Bäumen Aldebaran blinzelte; jener uralten Stadt entgegen, die ich nie gesehen, doch von der ich so häufig geträumt hatte.

Es war die Zeit des Julfestes, das die Menschen Weihnachten nennen, wenngleich sie tief in ihren Herzen wissen, dass es älter ist als Bethlehem und Babylon, älter als Memphis und die ganze Menschheit. Es war die Zeit des Julfestes und ich war endlich in die alte Küstenstadt gekommen, wo die Meinen ehedem gelebt und das Fest begangen hatten, als das Fest verboten gewesen war; wo sie auch ihre Söhne bestimmt hatten, das Fest einmal in jedem Jahrhundert zu feiern, auf dass die Erinnerung an uralte Geheimnisse nicht in Vergessenheit gerate. Meine Vorfahren waren ein altes Geschlecht, das bereits alt gewesen war, als dieses Land vor dreihundert Jahren besiedelt wurde. Und sie waren wunderlich, denn sie waren als ein dunkler, verstohlener Menschenschlag aus berauschend duftenden Orchideengärten des Südens gekommen und hatten eine fremde Sprache gesprochen, ehe sie die Sprache der blauäugigen

Fischer erlernten. Und jetzt lebten sie weit versprengt und teilten nur noch die geheimnisvollen Riten miteinander, die kein Lebender zu verstehen vermag. Ich war der Einzige, der während jener Nacht in die alte Hafenstadt zurückkehrte, wie es die Legende gebot, denn nur die Armen und die Einsamen bewahren die Erinnerung.

Dann erblickte ich jenseits der Hügelkuppe Kingsport frostkalt hingebreitet in der Dämmerung, das verschneite Kingsport mit seinen alten Wetterfahnen und Kirchturmspitzen, Firstbalken und Kaminkronen, Hafenmolen und schmalen Brücken, Trauerweiden und Friedhöfen; mit seinen endlosen Irrgärten aus steilen, engen, krummen Gassen und seinem schwindelerregend aus der Ortsmitte ragenden Kirchhügel, den die Zeit nicht anzutasten wagte; mit seinen unendlichen Labyrinthen aus Häusern der Kolonialzeit, die kreuz und quer, untereinander und übereinander hingewürfelt schienen gleich den verstreuten Bauklötzen eines Kindes; mit seiner Aura des Alters, die auf grauen Schwingen über winterlich weißen Giebeln und Walmdächern schwebte; mit seinen fächerförmigen Oberlichten über den Hauseingängen und den kleinformatigen Fensterscheiben in den Häusermauern, die eins nach dem andern in den kalten Nachtbeginn hinausleuchteten, um sich Orion und den äonenalten Sternen beizugesellen. Und gegen die morschen Molen brandete das Meer; das geheimnisvolle, unvordenkliche Meer, aus dem meine Ahnen in alter Zeit emporgestiegen sind.

Neben dem Scheitelpunkt der Straße ragte ein noch höherer Bergzacken auf, trist und windumtost, und ich sah, dass es ein Totenacker war, wo schwarze Grabsteine ghoulisch aus dem Schnee stachen wie die verfaulten Fingernägel eines riesigen Leichnams. Die fährtenlose Straße war sehr einsam und zuweilen meinte ich, von fern das schreckliche Knarren eines Galgens im Wind zu vernehmen. Im Jahre 1692 waren vier meiner Ahnen wegen Hexerei gehängt worden, aber wo genau, das wusste ich nicht.

Sobald sich die Straße die meerwärts gelegene Hügelflanke

hinabschlängelte, lauschte ich nach den fröhlichen Klänge einer abendlichen Gemeinde, doch ich hörte keine. Dann gedachte ich der Jahreszeit und sagte mir, dass dieses alte Puritanervolk sehr wohl Weihnachtsbräuche pflegen mochte, die mir fremd waren, erfüllt von stummen Gebeten am heimischen Herd. Daher lauschte ich nicht länger nach Frohsinn und hielt keine Ausschau nach Wanderern, sondern schritt weiter bergab, vorbei an den stumm erhellten Bauernhäusern und schattigen Steinmauern, an denen die Schilder altertümlicher Kaufläden und Fischerkneipen in der salzgetränkten Meeresbrise knarrten und die grotesken Klopfer säulengeschmückter Hauseingänge im Lichtschein kleiner, verhängter Fenster aufglänzten, die die menschenleeren, ungepflasterten Gassen beiderseits säumten.

Ich hatte Straßenpläne der Stadt gesehen und wusste, wo das Haus meiner Angehörigen zu finden war. Man hatte mir versichert, dass man mich erkennen und willkommen heißen würde, denn Dorflegenden sind zählebig. Daher eilte ich durch die Back Street zum Circle Court und über den frischen Schnee auf dem einzigen durchgehenden Stück Straßenpflaster des Ortes zur Einmündung der Green Lane hinter dem Market House. Die alten Stadtpläne stimmten noch und ich fand mich leicht zurecht; allerdings mussten sie in Arkham gelogen haben mit ihrer Behauptung, die Straßenbahn fahre bis hierher, denn ich sah nicht eine einzige Oberleitung. Ohnehin wären die Schienen unter dem Schnee verborgen gewesen. Ich war froh, mich für den Fußweg entschieden zu haben, denn die schneeweiße Stadt hatte vom Bergrücken aus einen wunderschönen Anblick geboten; und nun konnte ich es kaum erwarten, an die Tür meiner Verwandten zu pochen, am siebten Haus auf der linken Seite der Green Lane mit seinem altertümlichen Spitzdach und vorspringenden zweiten Stock, samt und sonders noch vor 1650 erbaut.

Das Haus war von innen erhellt, als ich näher kam, und an den rautenförmig unterteilten Scheiben erkannte ich, dass man es fast in seinem urtümlichen Zustand belassen haben musste. Der obere Teil überragte die schmale grasbewachsene

Straße und berührte beinah das vorspringende Stockwerk des gegenüberliegenden Gebäudes, sodass ich mich geradezu in einem Tunnel befand und die niedrige steinerne Türschwelle von Schnee völlig frei war. Einen Gehsteig gab es nicht, doch besaßen viele Häuser hochgelegene Eingänge, die über Doppeltreppen mit Eisengeländern erreichbar waren. Es war eine eigentümliche Szenerie, und weil ich Neuengland nicht kannte, hatte ich dergleichen nie zuvor gesehen. Obschon es mir gefiel, wäre mir wohler dabei gewesen, hätte es Fußspuren im Schnee und Passanten in den Straßen gegeben und ein paar Fenster ohne zugezogene Vorhänge.

Als ich den uralten eisernen Türklopfer benutzte, fürchtete ich mich ein wenig. Eine unbestimmte Angst war in mir aufgestiegen, vielleicht wegen meiner fremdartigen Abstammung und der Tristesse des Abends und der wunderlichen Stille in dieser alten Stadt sonderbaren Brauchtums. Und als man auf mein Klopfen reagierte, fürchtete ich mich erst recht, denn ich hatte keinerlei Schritte gehört, ehe die Tür knarrend aufschwang. Doch währte meine Furcht nicht lange, denn der alte Mann, der in Schlafrock und Pantoffeln im Türrahmen stand, besaß ein gütiges Gesicht, das meine Befürchtungen besänftigte; und obwohl er mit Gesten zu verstehen gab, dass er stumm war, schrieb er mir doch mit Hilfe des Griffels und der Wachstafel, die er bei sich trug, einen geschraubten und altväterlichen Willkommensgruß auf.

Er winkte mich in einen niedrigen, von Kerzen erhellten Raum mit mächtigen, freiliegenden Deckenbalken und wenigen dunklen, strengen Möbeln aus dem siebzehnten Jahrhundert. Hier war die Vergangenheit lebendig, denn nicht ein Merkmal fehlte. Es gab einen grottenartigen Kamin und ein Spinnrad, an dem eine gebeugte alte Frau in einem weiten Überwurf und einer tiefgezogenen Schutenhaube mit dem Rücken zu mir saß und trotz des Festtags stumm die Spindel schnurren ließ. Eine undefinierbare Feuchtigkeit schien im Hause zu herrschen und ich wunderte mich, dass im Kamin kein Feuer brannte. Die hochlehnige Zimmerbank stand gegenüber der Reihe verhängter Fenster zur Linken und sie schien besetzt zu sein, doch sicher war ich mir dessen nicht. Mir gefiel nicht alles, was ich um mich herum sah, und wieder beschlich mich die Angst. Sie wurde durch eben das verstärkt, was sie zuvor gemildert hatte, denn je länger ich das freundliche Gesicht des alten Mannes betrachtete, desto mehr versetzte gerade diese Freundlichkeit mich in Schrecken. Die Augen bewegten sich nicht und die Haut war allzu wächsern. Schließlich glaubte ich fest, dass es überhaupt kein Gesicht war, sondern eine teuflisch schlaue Maske. Doch die schlaffen, seltsam behandschuhten Hände schrieben freundlich auf die Wachstafel und ließen mich wissen, dass ich mich eine Zeit lang gedulden müsse, ehe ich zum Festplatz geführt werden könne.

Indem er auf einen Stuhl, einen Tisch und einen Stapel Bücher deutete, verließ der alte Mann jetzt das Zimmer; und als ich mich zum Lesen niedersetzte, sah ich, dass die Bücher von Alter grau und schimmlig waren und dass sich unter ihnen des alten Morryster gewagte *Marvells of Science* befanden, das schreckliche *Saducismus Triumphatus* von Joseph Glanvil, veröffentlicht 1681, die schockierende *Daemonolatreia* des Remigius, gedruckt 1595 zu Lyon, und, schlimmer noch, das unnennbare *Necronomicon* des wahnsinnigen Arabers Abdul Alhazred in Olaus Wormius' verbotener lateinischer Übersetzung; ein Werk, das ich nie zuvor gesehen hatte, über das jedoch monströse Dinge geflüstert wurden.

Niemand redete mit mir, doch drang von draußen das Knarren von Schildern im Wind an mein Ohr und das Schnurren des Spinnrades, während die alte Frau mit der Haube wortlos weiter spann und spann. Ich fand das Zimmer und die Bücher und die Leute höchst morbide und beunruhigend, doch weil eine alte Überlieferung meiner Vorväter mich zu sonderbaren Festlichkeiten gerufen hatte, fügte ich mich der Erwartung wundersamer Dinge. Ich versuchte zu lesen und fand mich bald furchtvoll von etwas in den Bann gezogen, auf das ich in jenem fluchwürdigen *Necronomicon* stieß, ein Gedanke und eine Legende, zu grässlich für einen gesunden Verstand oder das

Bewusstsein; und es wollte mir nicht behagen, als ich zu hören glaubte, dass eines der Fenster geschlossen wurde, die der Sitzbank gegenüberlagen, so als sei es zuvor heimlich geöffnet worden. Dem Anschein nach war dem Geräusch ein Schwirren vorausgegangen, das nicht vom Spinnrad der alten Frau herrührte. Dies musste jedoch nicht viel bedeuten, denn die Alte spann überaus emsig und soeben hatte die alte Pendeluhr geschlagen.

Nun verließ mich das Gefühl, dass Leute auf der Bank saßen, und schaudernd vertiefte ich mich in meine Lektüre, als der alte Mann zurückkehrte, in Stiefeln und in ein weites altmodisches Gewand gekleidet, und auf der Sitzbank Platz nahm, sodass ich ihn nicht mehr zu sehen vermochte. Es folgte eine fraglos nervenzerrende Warterei, und das blasphemische Buch in meinen Händen verschlimmerte es noch. Als jedoch die elfte Stunde schlug, stand der alte Mann auf, glitt zu einer wuchtigen beschnitzten Truhe in einer Ecke und entnahm ihr zwei Kapuzenumhänge; in einen schlüpfte er selbst, den anderen legte er der alten Frau um, die ihr monotones Spinnen eingestellt hatte. Dann gingen beide zur Haustür; die alte Frau lahm dahinschlurfend und der alte Mann eben jenes Buch ergreifend, worin ich gelesen hatte. Er winkte mir, ihnen zu folgen, und streifte die Kapuze über seine reglose Miene oder Maske.

Wir traten hinaus in das mondlose und verschlungene Gassennetz jener unvorstellbar alten Stadt; traten hinaus, als die Lichter hinter den verhängten Fenstern eins nach dem andern erloschen und der Hundsstern auf das Gewühl der kuttenumwallten, kapuzenverhüllten Gestalten herabglotzte, die lautlos aus jedem Hauseingang strömten und in ungeheuren Prozessionen Straße um Straße hinaufzogen, vorbei an den knarrenden Schildern und vorsintflutlichen Giebeln, den strohgedeckten Dächern und rautenförmigen Fensterscheiben; sie schlängelten sich durch steile Gassen, wo baufällige Häuser aneinanderlehnten und ineinandersanken, glitten über offene Plätze und Kirchhöfe, und die schwankenden

Laternen in ihren Händen reihten sich zu gespenstisch trunkenen Spalieren.

Inmitten dieses schweigenden Gewimmels blieb ich hinter meinen stummen Führern; getrieben von Ellbogen, die widernatürlich weich anmuteten, und bedrängt von Oberkörpern und Bäuchen, die unnatürlich schwammig erschienen; doch ohne auch nur ein einziges Gesicht zu erblicken oder ein einziges Wort zu vernehmen. Empor, empor, empor krochen die gespenstischen Kolonnen, und ich beobachtete, dass die Pilgerschar zusammenrückte, als sie einer Art Knotenpunkt aus windschiefen Gassen entgegenströmte, die den Scheitel eines hohen Hügels im Stadtzentrum erklommen, auf dem eine große weiße Kirche kauerte. Ich hatte sie von der Straßenkuppe aus gesehen, als ich im frühen Abendzwielicht auf Kingsport hinunterblickte, und ein Schauder durchrieselte mich, weil einen Augenblick lang Aldebaran den Anschein erweckte, als balancierte er auf der geisterhaften Kirchturmspitze.

Ein Freiraum umgab die Kirche; er war zum Teil ein Kirchhof mit gespenstischen Totensteinen, zum Teil ein halb gepflasterter Platz, vom Wind beinahe schneefrei gefegt und gesäumt von ungesunden altertümlichen Häusern mit spitzen Dächern und überhängenden Giebeln. Totenlichter tanzten auf den Gräbern und schufen schaurige Bilder, obwohl sie keinerlei Schatten warfen. Jenseits des Kirchhofs, wo keine Häuser standen, konnte ich über den Hügelrücken hinausblicken und das Funkeln der Sterne im Hafenbecken betrachten, wenn auch die Stadt selbst unsichtbar in der Dunkelheit lag. Hie und da schwankte eine Laterne schaurig durch die gewundenen Gassen, um zur Menge aufzuschließen, die jetzt wortlos in die Kirche schlüpfte. Ich wartete, bis sämtliche Gestalten durch das Portal geströmt und auch die Nachzügler in seinem schwarzen Schlund verschwunden waren. Der alte Mann zog mich am Ärmel, aber ich war fest entschlossen, als Letzter zu gehen.

Als ich über die Schwelle in den wimmelnden Tempel unerahnbarer Finsternis eintrat, wandte ich ein letztes Mal den Kopf, um einen Blick auf die Außenwelt zu werfen, wo der

Kirchhof im Flackerschein der Totenlichter ein kränkliches Glühen über das Pflaster der Hügelkuppe goss. Ich erschauderte, denn obwohl der Wind nur wenig Schnee zurückgelassen hatte, waren ein paar Stellen auf dem Weg neben dem Kirchenportal liegen geblieben; und während jenes flüchtigen Blicks über die Schulter kam es meinen entgeisterten Augen vor, als wiesen die Schneeflecken keinerlei Fußspuren auf, selbst meine eigenen fehlten.

Das Kircheninnere war kaum erhellt von all den Laternen, die hereingefunden hatten, denn der größte Teil der Menge war bereits verschwunden. Sie waren den Mittelgang zwischen den hohen Kirchenbänken zur Falltür der Grabgewölbe hinaufgeströmt, die direkt vor der Kanzel widerlich gähnend offen stand, und schlängelten sich nun lautlos hinein. Stumm folgte ich ihnen über die ausgetretenen Stufen in die dunkle stickige Krypta. Das Ende dieser dahinkriechenden Schlange von Nachtpilgern kam mir ganz entsetzlich vor, und als ich sah, dass sie in eine altehrwürdige Grabkammer hineinglitten, erschienen sie noch furchtbarer.

Dann gewahrte ich, dass der Boden der Grabkammer eine Öffnung aufwies, durch die die Schar nun in die Tiefe zog, und im nächsten Augenblick stiegen wir alle einen beklemmenden Treppenschacht aus roh behauenen Steinen hinab; einen engen, gewendelten Treppenschacht, feucht und von einem unsäglichen Geruch erfüllt, der sich endlos in die Eingeweide des Hügels hinabschraubte, durch immergleiche Wände aus tropfenden Steinquadern und bröckelndem Mörtel. Es war ein stiller schockierender Abstieg und nach einer schrecklichen Zeitspanne bemerkte ich, dass die Wände und Stufen ihre Beschaffenheit änderten, so, als seien sie aus dem gewachsenen Fels geschlagen. Was mich am meisten besorgte, war, dass die Myriaden von Schritten keinerlei Geräusche verursachten und keinerlei Echos hervorriefen.

Nach weiteren Äonen des Abstiegs sah ich einige Seitengänge oder Tunnel aus unbekannten Kavernen der Finsternis in diesen Schacht nächtlicher Geheimnisse münden. Bald wurden es unglaublich viele, gleich gottlosen Katakomben namenloser Bedrohungen; und ihr beißender Verwesungsgestank wurde nahezu unerträglich. Ich wusste, wir mussten quer durch den ganzen Berg bis unter die Erde von Kingsport selbst hinabgestiegen sein, und es jagte mir einen Schauder über den Rücken, dass eine Stadt dermaßen alt sein konnte und madenzerfressen vom bodenlos Bösen.

Dann sah ich ein geisterhaftes Glimmen fahlen Lichtes und hörte das tückische Platschen sonnenloser Wasser. Abermals überkroch mich ein Schauder, denn mir gefielen die Dinge nicht, die die Nacht gebracht hatte, und ich wünschte bitterlich, keiner meiner Vorfahren hätte mich zu diesem uralten Ritual gerufen. Als die Stufen und der Schacht breiter wurden, vernahm ich ein neues Geräusch, das dünne, spöttische Winseln einer leisen Flöte; und plötzlich erstreckte sich vor meinen Augen das grenzenlose Panorama einer unterirdischen Welt – ein weites, pilzbefallenes Ufer, erhellt von einer speienden Säule kränklich grünen Feuers und durchschwappt von einem breiten öligen Fluss, der aus furchtbaren und unerahnten Abgründen hervorquoll, um sich mit den schwärzesten Tiefen eines unvordenklichen Ozeans zu vermählen.

Einer Ohnmacht nahe und nach Luft ringend, blickte ich auf den unheiligen Erebus titanischer Giftpilze, leprösen Feuers und schleimigen Wassers, und sah zu, wie die kapuzenverhüllte Menge einen Halbkreis um die flammende Säule bildete. Es war der Julbrauch, älter als der Mensch und bestimmt, ihn zu überdauern; der uranfängliche Brauch der Sonnenwende und der Verheißung des Frühlings nach der Zeit des Schnees; der Brauch von Feuer und Immergrün, von Licht und Musik. Und in jener stygischen Grotte sah ich sie den Brauch begehen; sah sie zu der ungesunden Flammensäule beten; sah sie Hände voll der ausgerupften, klebrigen Vegetation ins Wasser werfen, die im fahlen Feuerschein grünlich schimmerte.

Dies sah ich, und ich sah etwas konturlos Missgeformtes, das weit vom Licht entfernt dahockte und ekelhaft auf einer Flöte blies; und während das Ding spielte, glaubte ich, gedämpftes widerliches Geflatter in der stinkenden Finsternis zu hören, in der ich nichts sehen konnte. Doch was mich am meisten in Furcht versetzte, war jene flammende Säule, die lavagleich aus abgründigen unlotbaren Tiefen heraufschoss und das salpetrige Gestein mit einem üblen giftigen Grünspan übergoss – dabei warf sie keine Schatten wie eine gesunde Flamme. In dieser ganzen kochenden Feurigkeit lag auch keine Wärme, sondern einzig und allein die Feuchtigkeit von Tod und Fäulnis.

Der Mann, der mich hergebracht hatte, drängte jetzt zu einer Stelle unmittelbar neben der grässlichen Flamme und vollführte steife zeremonielle Gesten vor dem Halbkreis, dem er gegenüberstand. Bestimmte Stadien des Rituals begleitete die Menge mit unterwürfigen Huldigungen, besonders wenn er das grauenerweckende *Necronomicon* über den Kopf hielt, das er mitgebracht hatte; und ich fiel in sämtliche der Huldigungen ein, da ich schriftlich von meinen Ahnen zu diesem Fest berufen worden war. Anschließend gab der alte Mann dem schattenverhüllten Flötenspieler in der Dunkelheit ein Zeichen, woraufhin der Spieler sein schwaches Jaulen zu einem etwas lauteren Gejaule in einer tieferen Tonart steigerte. Dieses Vorgehen beschwor ein unvorstellbares, ungeahntes Grauen herauf, das mich beinahe auf den moosbedeckten Boden sinken ließ, erstarrt in einer Furcht, die nicht von dieser Welt noch von irgendeiner anderen kam, sondern einzig und allein aus der verrückten Leere zwischen den Sternen.

Aus der unvorstellbaren Schwärze jenseits des brennenden Strahlens jener kalten Flamme, aus den Tartarusklüften, durch die sich die öligen Fluten unheimlich, tonlos und unbeschreiblich dahinwälzten, flatterte rhythmisch eine Horde zahmer, abgerichteter, schwingenschlagender Mischwesen heran, die kein gesundes Auge je gänzlich erfassen, kein gesundes Hirn je gänzlich erinnern könnte. Sie waren weder Krähen noch Maulwürfe, noch Bussarde, noch Insekten, noch Vampirfledermäuse oder verweste Menschenleiber; sondern etwas, das ich mir weder in Erinnerung rufen kann noch darf. Sie flatterten lahm einher, teils mittels ihrer Schwimmfüße und teils mittels ihrer häutigen Schwingen; und als sie die Menge der Zelebranten erreichten, hielten die kapuzenverhüllten Gestalten sie fest, saßen auf und ritten eine nach der anderen über jenem lichtlosen Flusslauf entlang, hinein in Schlünde und Durchbrüche des Grauens, wo giftige Quellen entsetzliche und unauffindbare Wasserfälle speisen.

Die alte Spinnerin war mit der Menge auf und davon, und auch der alte Mann blieb nur zurück, weil ich mich geweigert hatte, auf sein Winken hin eines der Tiere zu ergreifen und den andern nachzufliegen. Als ich mich wieder auf die Füße kämpfte, sah ich, dass der formlose Flötenbläser außer Sicht gekrochen war, dass aber noch immer zwei der Kreaturen geduldig auf uns warteten. Ich sträubte mich weiter, da zückte der alte Mann Griffel und Tafel und schrieb, dass er wirklich der ermächtigte Sendbote meiner Ahnen sei, welche die Julverehrung an diesem uralten Ort begründet hatten, dass meine Rückkehr befohlen worden sei und dass die geheimsten der Mysterien noch nicht vollzogen seien. Er schrieb dies in einer überaus altertümlichen Handschrift, und als ich noch immer zögerte, brachte er aus seiner weiten Robe einen Siegelring und eine Uhr zum Vorschein, beide mit dem Wappen meiner Familie geschmückt, um sich als derjenige auszuweisen, für den er sich ausgab. Doch es war ein scheußlicher Beweis, denn ich wusste aus alten Schriften, dass diese Uhr anno 1698 meinem Ur-Ur-Ur-Urgroßvater mit ins Grab gelegt worden war.

Daraufhin strich der alte Mann seine Kapuze zurück und deutete auf die Familienähnlichkeit in seinen Gesichtszügen, doch mich packte nur ein Schauder, denn ich hegte keinen Zweifel, dass dieses Gesicht lediglich eine teuflische Wachsmaske war. Die flatternden Tiere scharrten jetzt ungeduldig auf dem bemoosten Boden und ich erkannte, dass der alte Mann fast ebenso ungeduldig war. Als eines der Viecher loswatschelte und Anstalten machte, sich davonzustehlen, fuhr er rasch herum, um es aufzuhalten.

Doch durch die Plötzlichkeit der Bewegung verrutschte seine Maske – und legte das frei, was sein Kopf hätte sein sollen. Ich jedoch, da dieser entblößte Albtraum den Weg zum Treppenschacht versperrte, über den wir herabgelangt waren, warf mich in den öligen Unterweltfluss, der auf unergründlichen Pfaden den Grotten des Meeres entgegengurgelte; warf mich in die ranzige Brühe unterirdischer Schrecken, bevor der Wahnsinn meiner Schreie all die Leichenhaus-Legionen auf mich herabriefen, die in diesen Pesthöhlen lauern mochten.

Im Krankenhaus erzählte man mir, ich sei beim Morgengrauen halb erfroren aus dem Hafen von Kingsport gefischt worden, an eine dahintreibende Spiere geklammert, die der Zufall zu meiner Rettung gesandt hatte. Man erzählte mir, ich hätte am Abend zuvor die verkehrte Gabelung der Hügelstraße genommen und sei bei Orange Point über die Klippen gestürzt; eine Schlussfolgerung, die man aus im Schnee gefundenen Fußspuren gezogen hatte.

Darauf wusste ich nichts zu erwidern, da einfach nichts mehr stimmte. Nichts stimmte überein mit den hohen, breiten Fenstern, die den Blick auf ein Meer von Dächern gewährten, von denen nur etwa jedes fünfte wirklich alt war, und mit dem Lärm der Straßenbahnen und der Motoren in den Straßen darunter. Meine Betreuer beharrten darauf, dass dies Kingsport sei, und ich konnte es nicht abstreiten.

Als ich einen Nervenzusammenbruch erlitt, weil ich hörte, das Krankenhaus stehe in der Nähe des alten Friedhofs auf dem Central Hill, verlegte man mich ins St. Mary's Hospital von Arkham, wo ein Fall wie der meine besser behandelt werden konnte. Mir gefiel es dort, denn die Ärzte waren aufgeschlossen und ließen sogar ihren Einfluss spielen, um mir das sorgsam gehütete Exemplar von Alhazreds verfluchtem *Necronomicon* aus der Arkhamer Universitätsbibliothek auszuleihen. Sie sprachen von einer »Psychose« und stimmten mir zu, dass es besser sei, wenn ich mein Gehirn von jedweden quälenden Zwangsvorstellungen befreite.

So las ich also jenes verabscheuenswerte Kapitel und verspürte einen doppelten Schauder, denn es war mir in der Tat nicht neu. Ich hatte es bereits gelesen, da mögen irgendwelche

Fußspuren sonst was bekunden; doch wo ich es gelesen habe, soll lieber vergessen sein. Es gab niemanden, der mich in meinen wachen Stunden daran erinnern konnte, doch meine Träume sind erfüllt von Schrecken, wegen der Sätze, die ich nicht zu zitieren wage. Ich wage nur einen einzigen Absatz wiederzugeben, den ich so gut ins Englische übertrage, wie ich es aus dem holprigen Latein vermag.

»Die allertiefsten Höhlen«, schrieb der wahnsinnige Araber, »sind der Auslotung durch schauende Augen entrückt; denn ihre Wunder sind befremdlich und furchtbar. Verflucht ist der Boden, wo tote Gedanken neuerlich Fleisch werden in grotesker Gestalt, und verdorben der Geist, der keinen Kopf bewohnt. Weisheit spricht aus Ibn Schacabaos Wort, dass glücklich jenes Grab, in dem nie ein Zauberer geruht, und glücklich die Stadt bei Nacht, deren Zauberer allesamt Asche sind. Denn es heißt seit alters her, die Seele, die des Teufels Lohn, dürstet nimmer nach der Lösung von dem Leib des Toten, sondern füttert und lehrt *jenen einen Wurm, der nagt*; denn die Fäulnis gebiert gräuliches Leben, und die trägen Aasfresser des Erdreichs wachsen tückisch, es zu quälen, und wuchern grässlich, es zu schinden. Gewaltige Löcher werden insgeheim gegraben, wo die Poren der Erde genügen sollten, und Dinge haben zu gehen gelernt, denen zu kriechen gebührt.«

# Das gemiedene Haus

## I

Selbst das größte Grauen entbehrt selten der Ironie. Manchmal mischt sie sich unmittelbar in den Gang der Ereignisse, manchmal aber auch entspringt sie lediglich den Verbindungen, die zwischen Menschen und Orten geknüpft werden. Als Paradebeispiel für die letztere Spielart mag ein Fall aus der alten Stadt Providence dienen, wo in den späten vierziger Jahren des neunzehnten Jahrhunderts Edgar Allan Poe während seiner vergeblichen Werbung um die begabte Dichterin Mrs Whitman häufig Aufenthalt nahm. Für gewöhnlich stieg Poe im Mansion House an der Benefit Street ab – dem früheren Golden Ball Inn, unter dessen Dach Washington, Jefferson und Lafayette geweilt haben – und sein Lieblingsspaziergang führte über ebendiese Straße in nördliche Richtung zu Mrs Whitmans Haus und dem benachbart am Hügel ruhenden St. John's Friedhof, dessen versteckt gelegene Ansammlung von Grabsteinen aus dem achtzehnten Jahrhundert eine eigentümliche Anziehungskraft auf ihn ausübte.

Folgendes ist nun die Ironie dabei. Auf diesem Spazierweg, den er so oft zurücklegte, war der weltgrößte Meister des Grauenvollen und Bizarren genötigt, an einem bestimmten Haus an der Ostseite der Straße vorüberzugehen; einem heruntergekommenen altertümlichen Bauwerk, das auf dem steil ansteigenden Seitenhügel kauerte, mit einem weitläufigen ungepflegten Hof aus Tagen, als diese Gegend zum Teil noch freies Feld gewesen war. Es hat nicht den Anschein, als habe er jemals davon gesprochen oder darüber geschrieben, kein Anhaltspunkt spricht dafür, dass er überhaupt davon Notiz nahm. Für die beiden Menschen, die gewisse Informationen besitzen, erreicht oder überbietet dieses Haus an Grauenhaftigkeit dennoch die kühnsten Fantasien dieses Genies, das so häufig unwissentlich daran vorbeispazierte – und düster lauernd steht es als ein Sinnbild all dessen, das unsagbar schrecklich ist.

Dem Haus haftete – und haftet übrigens noch immer – etwas an, das bei Neugierigen Interesse weckt. Ursprünglich ein Bauernhof oder ein teilweise landwirtschaftlich genutztes Gebäude, spiegelte es die durchschnittliche koloniale Architektur Neu-Englands aus der Mitte des achtzehnten Jahrhunderts wider – ein stattlicher Bau mit Spitzdach, zwei Stockwerken und gaubenloser Mansarde, mit dem georgianischen Hauseingang und der hölzernen Innentäfelung, die der geschmackliche Fortschritt jener Zeit verlangte. Es blickte mit einem Giebel nach Norden, wobei es bis zu den unteren Fenstern im östlich aufragenden Hügel begraben war, während die andere Giebelseite frei bis zum Fundament zur Straße hin lag. Man hatte es errichtet, nachdem die Straße in jener Gegend planiert und begradigt worden war, denn die Benefit Street – die zunächst noch Back Street geheißen hatte – war einst als Feldweg angelegt worden, der sich zwischen den Begräbnisplätzen der ersten Siedler hindurchgeschlängelt hatte und dessen Begradigung erst erfolgte, als die Umbettung der Toten in den Nordfriedhof es ohne Verletzung der Pietät gestattete, eine Schneise durch die alten Familiengrabstätten zu legen.

Anfangs hatte sich die westliche Hausmauer gut sechs Meter von der Straße entfernt auf einer abschüssigen Rasenfläche erhoben; doch eine Verbreiterung der Straße, etwa zur Zeit der Revolution, hatte den größten Teil des trennenden Zwischenraums abgeschnitten und die Fundamente bloßgelegt, sodass eine Grundmauer aus Backstein hochgezogen werden musste, die dem tiefen Keller eine Straßenfront mit einer Tür und zwei Fenstern oberhalb des Bodenniveaus verlieh, dicht an der neuen Streckenführung des öffentlichen Verkehrs. Als vor hundert Jahren der Gehsteig angefügt wurde, fielen auch die letzten trennenden Meter weg; und Poe muss auf seinen Spaziergängen nichts als eine bloße Auftürmung öden grauen Ziegelwerks erblickt haben, direkt an den Gehsteig stoßend und in drei Metern Höhe überragt von der uralten, schindelbedeckten Masse des eigentlichen Hauses.

Das farmähnliche Anwesen reichte rückwärtig weit den Hang hinauf bis fast zur Wheaton Street. Das Gelände südlich des Hauses, das an die Benefit Street grenzte, lag natürlich deutlich oberhalb des Bürgersteigniveaus und bildete eine Terrasse, die von einer hohen Stützmauer aus feuchten, moosgrünen Steinen befestigt wurde, durch die sich eine steile Flucht schmaler Stufen ihren Weg bahnte und zwischen schluchtartigen Begrenzungsflächen einwärts zum oberen Bezirk mit welkem Rasen, schiefen Backsteinmauern und ungepflegten Gärten führte. Mit den umgestoßenen Zementvasen, rostzerfressenen Kesseln, die von ihren Dreifüßen aus Knotenstöcken heruntergefallen waren, und ähnlichem Plunder bildete dies eine passende Kulisse für die verwitterte Eingangstür mit dem zersplitterten Fächerfenster, den bröckelnden ionischen Säulen und dem wurmzernagten dreieckigen Ziergiebel.

Was ich in meiner Jugend über das gemiedene Haus hörte, war lediglich, dass darin Menschen in erschreckend großer Zahl starben. Dies, so erfuhr ich, sei der Grund gewesen, warum die Erbauer und Erstbesitzer des Anwesens gut zwanzig Jahre nach seiner Fertigstellung ausgezogen waren. Es war einfach ungesund, vielleicht wegen der Feuchtigkeit und des Schwammbefalls im Keller, des *durchdringenden* üblen Geruchs, des Luftzugs in den Gängen und Fluren oder der Ungenießbarkeit des Wassers aus dem Pumpbrunnen. Diese Dinge waren schlimm genug, und sie waren alles, was bei meinen Bekannten Glauben fand. Erst die Notizbücher meines Onkels, des Altertumsforschers Dr. Elihu Whipple, enthüllten mir *in extenso* die dunkleren, vageren Vermutungen, die einen verstohlenen Strom volkstümlicher Überlieferungen unter den Dienstboten und dem einfachen Volk früherer Tage bildeten, Vermutungen, die niemals weit kursierten und die größtenteils schon vergessen waren, als Providence zu einer Metropole mit hektischen, modernen Einwohnern anwuchs.

Unumstößliche Tatsache ist, dass das Gebäude von den gediegeneren Gesellschaftskreisen niemals wirklich als ›Spukhaus‹ angesehen wurde. Geschwätz über rasselnde Ketten, eisige Luftzüge, ausgeblasene Lichter oder Gesichter an den Fenstern kursierte nicht. Zum Extrem neigende Menschen behaupteten manchmal, das Haus sei »vom Unglück heimgesucht«, aber mehr sagten sogar sie nicht. Was tatsächlich außer Frage stand, ist, dass eine beängstigende Anzahl von Menschen dort starb; oder genauer gesagt: gestorben *war,* denn seit einigen seltsamen Vorkommnissen vor über sechzig Jahren stand das Gebäude leer, weil es sich einfach nicht mehr vermieten ließ. Alle diese Menschen waren dem Leben nicht plötzlich durch irgendeine akute Todesursache entrissen worden. Vielmehr hatte es den Anschein, als litten sie unter einem schleichenden Entzug der Lebensenergie, sodass jeder von ihnen früher als vorherbestimmt an irgendeiner scheinbar natürlichen Krankheit verschied. Und jene, die nicht starben, offenbarten mehr oder weniger stark eine Art Blutarmut oder Schwindsucht und manchmal auch einen Verfall der geistigen Kräfte, was nicht gerade für die Bekömmlichkeit des Gebäudes sprach. Es muss hinzugefügt werden, dass die Häuser in der Nachbarschaft vollkommen frei von solchen abträglichen Eigenschaften waren.

So viel war mir bekannt, ehe meine beharrlichen Fragen meinen Onkel dazu brachten, mir die Notizbücher zu zeigen, die uns beide schließlich zu unserer schrecklichen Nachforschung veranlassten. In meiner Kindheit war das gemiedene Haus unbewohnt gewesen, mit kahlen, knorrigen und grässlich alten Bäumen, unnatürlich bleichem Gras und albtraumhaft missgeformtem Unkraut auf dem hochgelegenen Terrassengarten, wo sich niemals Vögel niederließen. Wir Jungen trieben uns häufig dort herum, und ich erinnere mich noch gut meines kindlichen Schreckens nicht nur angesichts der morbiden Fremdartigkeit der unheimlichen Vegetation, sondern auch wegen der schaurigen Atmosphäre und dem Geruch des baufälligen Hauses, durch dessen unverschlossene Eingangstür wir uns häufig vorwagten, um uns zu gruseln. Die Scheiben der kleinen Fenster waren zum größten Teil zerbrochen, und eine unbeschreibliche Aura der Verlassenheit lastete auf den rissigen Wandvertäfelungen, den wackligen Rollläden, der sich abschälenden Tapete, dem bröckelnden Verputz, den morschen Treppen und den Überresten der kaputten Möbel, die noch vorhanden waren. Staub und Spinnweben verstärkten die gespenstische Stimmung; und als wirklich mutig galt der Junge, der freiwillig die Leiter zum Speicher erklomm, einem riesigen, von Dachsparren gerippten Schlauch, erhellt nur durch winzige blinzelnde Fenster an den Giebelenden und angefüllt mit einem Haufen zertrümmerter Truhen, Stühle und Spinnräder, die unter den Staub- und Schmutzschichten endloser Jahre der Lagerung monströse und höllische Formen angenommen hatten.

Doch im Grunde war der Dachspeicher gar nicht mal der gruseligste Teil des Hauses. Der dumpfe, feuchte Keller war am schaurigsten. Auf unbestimmte Art weckte er den allerstärksten Abscheu in uns, obwohl er zur Straße hin ganz offen lag, mit einer von Fenstern durchbrochenen Ziegelmauer und einer dünnen Tür, die ihn vom belebten Gehsteig abgrenzte. Wir wussten nicht recht, ob wir ihn um des unheimlichen Kitzels willen aufsuchen oder unseren Seelen und unserer geistigen Gesundheit zuliebe meiden sollten. Zum einen war der üble Geruch des Hauses dort am stärksten; und zum anderen gefielen uns die weißen Pilzgewächse nicht, die zuweilen bei regnerischem Sommerwetter aus dem festgestampften erdenen Kellerboden sprossen. Diese Gewächse, ebenso grotesk wie die Pflanzenwelt des Außenhofs, waren wirklich widerwärtig anzuschauen: ekelhafte Parodien von Fliegenpilz und Fichtenspargel, wir hatten dergleichen nie zuvor gesehen. Sie verfaulten schnell und begannen, ab einem bestimmten Entwicklungsstadium schwach zu phosphoreszieren, deshalb sprachen nächtliche Passanten manchmal von Irrlichtern, die hinter den zerbrochenen Scheiben der Gestank verströmenden Fenster glommen.

Niemals – auch nicht in unserer übermütigsten Halloweenlaune – gingen wir bei Nacht in diesen Keller, doch konnten wir während einiger unserer Besuche bei Tageslicht die erwähnte Phosphoreszenz beobachten, vor allem an trüben und nassen Tagen. Es gab auch ein weniger fassliches Phänomen, das wir oftmals zu beobachten meinten – es handelte sich in der Tat um eine überaus seltsame, uneindeutige Sache. Ich meine ein verschwommenes weißes Muster auf dem schmutzigen Boden, eine sich bewegende Ablagerung von Schimmel oder Salpeter, deren Ursprung wir manchmal zwischen den spärlichen Pilzgewächsen nahe der großen Feuerstelle des Kellergeschosses vage auszumachen glaubten. Zeitweilig erinnerte uns dieser Fleck in unheimlicher Weise an eine zusammengekrümmte menschliche Gestalt, obwohl eigentlich keine derartige Ähnlichkeit existierte, und oftmals gab es überhaupt keine weißliche Ablagerung.

An einem regnerischen Nachmittag, als dieses Trugbild erstaunlich deutlich auftrat, und als ich darüber hinaus glaubte, den Anblick einer dünnen, gelblichen, schimmernden Ausdünstung erhascht zu haben, die von dem Salpetermuster in den gähnenden Kamin aufstieg, sprach ich meinen Onkel auf die Sache an. Er lächelte über diese sonderbare Einbildung, doch schien er sich mit diesem Lächeln auch an etwas zu erinnern. Später hörte ich, dass eine vergleichbare Beobachtung Eingang in einige der überspannten alten Geschichten des einfachen Volkes gefunden hatte – eine Beobachtung, die in entsprechender Weise auf ghoulische, wölfische Formen anspielte, die im Rauch aus dem großen Schornstein erkennbar sein sollten, und auf absonderliche Umrisse, die der verschlungene Wuchs einiger Baumwurzeln anzudeuten schien, die sich durch die losen Steine des Fundaments einen Weg in den Keller gesucht hatten.

## II

Erst als ich erwachsen war, machte mein Onkel mir die Aufzeichnungen und Unterlagen zugänglich, die er über das gemiedene Haus gesammelt hatte. Dr. Whipple war ein sachlich denkender, konservativer Arzt der alten Schule, und trotz seines Interesses an diesem Ort strebte er nicht danach, die Gedanken eines jungen Menschen auf das Anormale zu lenken. Seine eigene Ansicht, die einfach von einem Gebäude und Grundstück mit auffällig ungesunden Eigenschaften ausging, hatte nichts mit dem Anormalen zu tun; und doch erkannte er, dass der romantische Aspekt des Ganzen, der sein eigenes Interesse geweckt hatte, die rege Fantasie eines jungen Mannes zu allerlei schauerlichen Gedankenverknüpfungen anstiften würde.

Der Doktor war Junggeselle; ein weißhaariger, glatt rasierter, altmodischer Gentleman und ein Lokalhistoriker von Ruf, der oftmals eine Lanze mit solch streitbaren Hütern der Tradition wie Sidney S. Rider und Thomas W. Bicknell gebrochen hatte. Er und sein einziger Diener bewohnten ein georgianisches Heim mit Türklopfer und eisernen Treppengeländern, das am steilen Gefälle der North Street beunruhigend um Gleichgewicht rang, direkt neben dem alten Gerichts- und Verwaltungsgebäude, in dem sein Großvater – ein Cousin jenes gefeierten Kaperfahrers Captain Whipple, der 1772 Seiner Majestät bewaffneten Schoner *Gaspee* in Brand setzte – bei der gesetzgebenden Versammlung vom 4. Mai 1776 für die Unabhängigkeit der Kolonie Rhode Island gestimmt hatte. In der klammen Bibliothek mit der niedrigen Decke, den modrigen weißen Paneelen, dem schweren, geschnitzten Kaminaufsatz und den kleinen, von Weinlaub beschatteten Fenstern umgaben ihn die Erinnerungsstücke und schriftlichen Zeugnisse seiner alteingesessenen Familie, darunter zahlreiche Andeutungen bezüglich des gemiedenen Hauses in der Benefit Street. Dieser verseuchte Ort liegt nicht weit von dort entfernt – denn die Benefit Street verläuft wie ein Gesims direkt oberhalb des Gerichtsgebäudes entlang der steilen Hügelflanke, an der die erste Ansiedlung emporwuchs.

Als mein ständiges Drängen zu guter Letzt meinem Onkel die sorgsam gehüteten Informationen entlockt hatte, die ich haben wollte, lag eine wirklich sonderbare Chronik vor mir. Umständlich, statistisch und ermüdend genealogisch wie manches von den Dokumenten war, durchzog sie doch ein roter Faden von beharrlich brütendem Grauen und unnatürlicher Bosheit, die mich noch mehr als den guten Doktor beeindruckte. Einzelne Vorfälle standen auf einmal in einem unheimlichen Zusammenhang und vermeintlich unbedeutende Einzelheiten bargen einen Fundus abscheulicher Möglichkeiten.

Eine neue und brennende Neugier erwachte in mir, verglichen mit der meine jungenhafte Neugierde vergangener Tage matt und einfältig anmutete. Die ersten Enthüllungen führten zu einer erschöpfenden Recherche und letzten Endes zu der grauengetränkten Nachforschung, die sich als so verhängnisvoll für mich und die meinen erwies. Denn mein Onkel bestand darauf, an der Untersuchung mitzuwirken, die ich in Angriff genommen hatte, und nach einer gewissen Nacht in jenem Haus verließ er es nicht mehr mit mir. Ich bin einsam ohne diese gütige Seele, deren lange Lebensjahre nur von Anstand, Tugend, Taktgefühl, Wohlwollen und Gelehrsamkeit bestimmt gewesen waren. Ich habe zu seinem Gedenken eine Marmor-Urne für den St. John's Friedhof gestiftet – den Ort, den Poe liebte – jenen verborgenen Hain gewaltiger Weiden an der Hügelseite, wo Gräber und Grabsteine sich still unter der altersgrauen Steinmasse der Kirche und der Häuser und der Stützmauern der Benefit Street drängen.

Die Geschichte des Hauses, die mit einem Durcheinander an Daten beginnt, offenbarte keine Spur des Unheilvollen, weder in Bezug auf seine Errichtung noch bezüglich der wohlhabenden und ehrbaren Familie, die es erbaute. Und doch zeigte sich von Beginn an ein Anflug des Verhängnisvollen, der schnell eine unheilvolle Kraft gewann. Die gewissenhaft zusammengestellten Aufzeichnungen meines Onkels begannen mit der Grundsteinlegung im Jahre 1763 und verfolgten das Thema ungewöhnlich detailreich. Das gemiedene Haus, so scheint es, wurde zuerst von William Harris und seiner Frau Rhoby Dexter bewohnt sowie deren Kindern Elkanah, geboren 1755, Abigail, geboren 1757, William jr., geboren 1759, und Ruth, geboren

1761. Harris war ein achtbarer Kaufmann und Seefahrer im Westindienhandel und geschäftlich verbunden mit der Firma von Obadiah Brown und Neffen. Nach Browns Tod im Jahre 1761 ernannte ihn die neue Firma von Nicholas Brown & Co. zum Kapitän der 120-Tonnen-Brigg *Prudence,* die aus einer Werft in Providence stammte, was ihm ermöglichte, den neuen Familienwohnsitz zu bauen, von dem er seit seiner Heirat stets geträumt hatte.

Die von ihm erwählte Lage – ein vor Kurzem begradigter Abschnitt der neuen und vornehmen Back Street, die entlang der Hügelflanke oberhalb der dichtbesiedelten Cheapside verlief – konnte wünschenswerter nicht sein, und das fertige Bauwerk wurde dem Standort gerecht. Es war das Beste, was sich mit seinen bescheidenen Mitteln erreichen ließ, und Harris beeilte sich einzuziehen, ehe seine Frau das von der ganzen Familie erwartete fünfte Kind zur Welt brachte. Dieses Kind, ein Knabe, wurde im Dezember geboren; er war tot – ganze anderthalb Jahrhunderte lang sollte in diesem Haus kein einziges Kind lebend entbunden werden.

Im folgenden April erkrankten die Kinder und noch vor Monatsende starben Abigail und Ruth. Dr. Job Ives' Diagnose lautete Kindfieber, obwohl andere behaupteten, es habe sich eher um schlichtes körperliches Siechtum oder Dahinschwinden gehandelt. Die Sache schien auf jeden Fall ansteckend; denn Hannah Bowen, eine von zwei Bediensteten, starb im folgenden Juni auf die gleiche Weise. Eli Lideason, der andere Dienstbote, klagte ständig, dass er erschöpft sei – und er wäre auf die Farm seines Vaters in Rehoboth zurückgekehrt, hätte er nicht unverhofft eine zärtliche Neigung zu Mehitabel Pierce gefasst, die als Hannahs Nachfolgerin eingestellt worden war. Er starb im Jahr darauf: wahrlich ein trauriges Jahr, denn es brachte auch den Tod von William Harris, dessen Konstitution im Klima von Martinique angegriffen worden war, wo berufliche Pflichten ihn während der zurückliegenden Dekade über längere Zeiträume festgehalten hatten.

Die verwitwete Rhoby Harris erholte sich nie von dem Schock, den sie durch den Verlust ihres Mannes erlitten hatte, und als ihr Erstgeborener Elkanah zwei Jahre später starb, versetzte dies ihrem Verstand den Todesstoß. Anno 1768 fiel sie einer milden Form des Wahnsinns anheim, worauf man sie in den oberen Teil des Hauses verbannte.

Inzwischen war ihre ältere, unverheiratete Schwester, Mercy Dexter, eingezogen, um die Familie zu versorgen. Mercy war eine einfache, grobknochige Frau und sehr kräftig – und doch verschlechterte sich ihre Gesundheit seit dem Tag ihrer Ankunft sichtlich. Sie hing sehr an ihrer unglücklichen Schwester und hegte zu ihrem einzigen überlebenden Neffen William eine besondere Neigung, der sich von einem kräftigen Kind in einen kränkelnden, spindeldürren Knaben verwandelt hatte. In diesem Jahr starb die Dienstmagd Mehitabel, und der zweite Diener, Preserved Smith, kündigte ohne vernünftige Erklärung – er erzählte allerdings einige wüste Geschichten und beschwerte sich über den Geruch des Hauses, den er nicht gut vertrage.

Es dauerte einige Zeit, bis Mercy endlich neue Dienstboten fand, denn die sieben Todesfälle und der eine Fall von Wahnsinn, die alle innerhalb eines Zeitraums von fünf Jahren eingetreten waren, hatten die Welle von Klatschgeschichten ausgelöst, die später so bizarre Formen annahmen. Schließlich jedoch warb sie Personal von außerhalb der Stadt an; Ann White, eine mürrische Frau aus jenem Teil North Kingstowns, der nun den Amtsbezirk Exeter bildet, sowie einen tüchtigen Mann aus Boston namens Zenas Low.

Es war Ann White, mit der das düstere Getratsche erstmals greifbare Züge gewann. Mercy hätte es besser wissen sollen, als jemanden aus der Gegend um Nooseneck Hill in Dienst zu nehmen, denn jener abgelegene, rückständige Landesteil war damals, wie auch heute, die Brutstätte des unerfreulichsten Aberglaubens. Noch im Jahre 1892 exhumierte eine Gemeinde in Exeter einen Leichnam und verbrannte feierlich das Herz, um vermeintliche, der öffentlichen Gesundheit und dem allgemeinen Frieden abträgliche Heimsuchungen zu unterbinden, und man kann sich unschwer die vorherrschende Geisteshaltung jenes Landstrichs im Jahre 1768 ausmalen. Anns Zunge war in unheilvoller Bewegung, und nach wenigen Monaten setzte Mercy sie vor die Tür und vergab ihre Stelle an eine treue und liebenswerte Amazone aus Newport, Maria Robbins.

Inzwischen verlieh die bedauernswerte Rhoby Harris in ihrem Wahnsinn Träumen und Trugbildern der scheußlichsten Sorte hörbaren Ausdruck. Zuweilen waren ihre Schreie unerträglich und lange Zeit formten ihre Stimmbänder kreischende Schrecken, die ihren Sohn manchmal zwangen, bei seinem Cousin Peleg Harris in der Presbyterian Lane nahe dem neuen Universitätsgebäude Unterkunft zu suchen. Nach diesen Gastaufenthalten schien der Junge immer sichtlich gekräftigt, und wäre Mercy so klug gewesen, wie sie wohlmeinend war, hätte sie ihn dauerhaft bei Peleg einquartiert.

Was genau Mrs Harris während ihrer Tobsuchtsanfälle hinausschrie, hält die Überlieferung vornehm zurück – oder verbreitet vielmehr derart übertriebene Darstellungen, dass sie sich dank ihrer schieren Absurdität von selbst erledigen. Es kann ja nur absurd klingen, wenn man hört, dass eine Frau, die nur bruchstückhafte Kenntnisse des Französischen besitzt, oftmals stundenlang in einem vulgären Dialekt dieser Sprache brüllte, oder dass dieselbe Person, allein im Zimmer, aber unter Beobachtung, heftig über ein Etwas klagte, das sie anstarre, sie beiße und an ihr kaue.

Im Jahre 1772 starb der Diener Zenas, und als Mrs Harris davon hörte, lachte sie mit einer schockierenden Begeisterung, die überhaupt nicht zu ihr passte. Im folgenden Jahr starb sie selbst und wurde auf dem North Burial Ground neben ihrem Gatten beerdigt.

Als 1775 der Krieg gegen Großbritannien ausbrach, gelang es William Harris trotz seiner jungen sechzehn Jahre und schwachen körperlichen Verfassung, in die Erkundungstruppen unter General Greene einzutreten; und von da an erfreute er sich stets zunehmender Gesundheit und wachsenden Ansehens. Anno 1780, er war Hauptmann der Rhode-Island-Truppen unter Colonel Angell, heiratete er Phebe Hetfield aus Elisabethtown, die er nach seiner ehrenhaften Entlassung im folgenden Jahr nach Providence brachte.

Die Heimkehr des jungen Soldaten war kein Ereignis von ungetrübter Freude. Das Haus, zugegeben, war noch immer in gutem Zustand; und die Straße war verbreitert und von Back Street in Benefit Street umbenannt worden. Doch Mercy Dexters ehedem robuste Natur hatte einen schmerzlichen und unerklärlichen Verfall durchlaufen, sodass sie nunmehr eine gebeugte und traurige Frau mit tonloser Stimme und erschreckend blass war – Symptome, die in unnatürlichem Ausmaß auch die einzige verbliebene Dienerin Maria aufwies. Im Herbst 1782 gebar Phebe Harris ein totes Mädchen und am fünfzehnten Mai des folgenden Jahres schied Mercy Dexter aus einem hilfsbereiten, anspruchslosen und rechtschaffenen Leben.

William Harris, nun endlich überzeugt von der durch und durch gesundheitsschädlichen Natur seines Heims, bereitete sich auf den Auszug vor und wollte das Haus für immer aufgeben. Während er mit seiner Frau ein Ausweichquartier im jüngst eröffneten Golden Ball Inn bezog, gab er den Bau eines neuen und schöneren Hauses in der Westminster Street in Auftrag, die zum wachsenden Teil der Stadt am anderen Ende der Great Bridge gehörte. Dort wurde 1785 sein Sohn Dutee geboren; und dort wohnte die Familie, bis der vordringende Handel sie wieder über den Fluss und den Hügel zurück in die Angell Street trieb, ins neuere Wohnviertel der East Side, wo der verstorbene Archer Harris 1876 seine teure, aber geschmacklose Mansardendach-Villa errichtete. William und Phebe erlagen beide der Gelbfieber-Epidemie von 1797, Dutee wurde indessen von seinem Cousin Rathbone Harris, Pelegs Sohn, aufgezogen.

Rathbone war ein praktisch veranlagter Mann und vermietete das Haus in der Benefit Street, entgegen Williams Wunsch, es leer stehen zu lassen. Er betrachtete es als Verpflichtung seinem Mündel gegenüber, aus dem Besitztum des Jungen das Beste herauszuholen, und er kümmerte sich wenig um die Todes- und

Krankheitsfälle, die einen so häufigen Wechsel der Bewohner bewirkt hatten, oder die beständig zunehmende Abneigung, mit der das Haus allgemein betrachtet wurde. Vermutlich empfand er nur Verdruss, als der Stadtrat ihm im Jahre 1804 auferlegte, wegen der viel diskutierten Tode von vier Menschen, mutmaßlich verursacht von der inzwischen abklingenden Fieberepidemie, das Anwesen mit Schwefel, Teer und Kampfer auszuräuchern. Es hieß, dem Ort hafte ein Fiebergeruch an.

Dutee selbst dachte wenig an das Haus, denn er fühlte sich zum Kapermatrosen berufen und diente im Krieg von 1812 mit Auszeichnung auf der *Vigilant* unter Captain Cahoone. Er kehrte unverletzt zurück, heiratete im Jahr 1814 und wurde in jener denkwürdigen Nacht des 23. September 1815 zum Vater, als ein mächtiger Sturm das Wasser der Bucht über die halbe Stadt peitschte und eine große Schaluppe weit die Westminster Street hinauftrieb, sodass ihre Masten fast an die Fenster des Harris-Hauses pochten, gleichsam als symbolische Bestätigung, dass der neugeborene Knabe, Welcome, der Sohn eines Seemanns war.

Welcome überlebte seinen Vater nicht, stattdessen war es ihm bestimmt, im Jahre 1862 bei Fredericksburg ruhmreich zu sterben. Weder ihm noch seinem Sohn Archer bedeutete das gemiedene Haus etwas anderes als ein Ärgernis, das sich um nahezu keinen Preis vermieten ließ – vielleicht aufgrund der Muffigkeit und des unerträglichen Gestanks verwahrlosten Alters. Es wurde tatsächlich nie mehr vermietet, nachdem sich eine Reihe von Todesfällen ereignet hatte, die ihren Höhepunkt 1861 erreichte und in den Kriegswirren nahezu ohne Echo blieb. Carrington Harris, letzter Spross der männlichen Linie, kannte das Haus lediglich als verlassenen und geradezu malerischen Kern lokaler Legenden, bis ich ihm von meinem Erlebnis erzählte. Er hatte vorgehabt, das Haus abzureißen und an seiner statt ein Apartmenthaus hochzuziehen, doch nach meinem Bericht entschied er sich nun, es stehen zu lassen, mit Wasserleitungen auszustatten und zu vermieten. Bislang hat er auch keine Schwierigkeiten gehabt, Mieter zu finden. Das Grauen ist verschwunden.

# III

Es lässt sich leicht ermessen, welch starken Eindruck die Annalen der Harris-Sippe auf mich machten. In diesem fortlaufenden Bericht schien mir eine nachhaltige böse Macht zu brüten, die alles in den Schatten stellte, was die Natur, wie ich sie kannte, aufzubieten hatte; eine böse Macht, die klar ersichtlich mit dem Haus verknüpft war und nicht mit der Familie.

Dieser Eindruck wurde durch die ungeordnete Sammlung unterschiedlichster Hinweise meines Onkels bestärkt – Berichte, die beim Anhören von Dienstbotenklatsch niedergeschrieben wurden, Zeitungsausschnitte, Kopien von Sterbeurkunden aus dem Archiv von Arztkollegen und dergleichen mehr. Dieses Material hier vollständig vorzulegen ist nicht möglich, denn mein Onkel war ein unermüdlicher Altertumskundler und hegte ein tiefes Interesse an dem gemiedenen Haus. Doch möchte ich verschiedene wichtige Fakten anführen, die wegen ihrer Wiederholung in zahlreichen Berichten aus unterschiedlichen Quellen Aufmerksamkeit verdienen. So schrieb zum Beispiel der Dienstbotenklatsch dem pilzbefallenen und übelriechenden *Keller* des Hauses einmütig einen herausragenden Anteil des bösen Einflusses zu. Es hatte Hausangestellte gegeben – vor allem Ann White –, die sich weigerten, die Küche im Keller zu benutzen, und mindestens drei Aussagen bezogen sich konkret auf die gleichsam menschlichen oder teuflischen Umrisse, die Baumwurzeln oder Schimmelflecken in diesem Bereich bildeten. Besonders die letzteren Erzählungen interessierten mich aufgrund dessen, was ich in meiner Kindheit gesehen hatte, doch schien es mir, dass in jedem einzelnen Fall ihre Bedeutung durch Hinzufügungen aus dem üblichen Fundus lokaler Gespenstersagen stark beeinträchtigt worden war.

Ann White mit ihrem Exeter-Aberglauben hatte die überspannteste und zugleich in sich schlüssigste Geschichte ausgestreut; sie deutete an, dass unter dem Haus ein Vampir begraben liegen müsse – einer jener Toten, die ihre körperliche Gestalt beibehalten und sich vom Blut oder Atem der

Lebenden nähren und deren grausige Legionen ihre Spukgestalten oder Geisterscheinungen bei Nacht nach Opfern aussenden. Um einen Vampir zu vernichten, so raten die Großmütter, müsse man ihn aus dem Grab zerren und sein Herz verbrennen, oder zumindest einen Pflock durch dieses Organ stoßen. Anns penetrante Forderung, unter dem Kellerboden nachzuforschen, war der Hauptgrund für ihre Entlassung gewesen.

Dennoch fanden ihre Geschichten breites Gehör und, weil das Haus tatsächlich auf einem Grundstück stand, das früher zu Begräbniszwecken gedient hatte, desto bereitwilligeren Glauben. Für mich waren sie weniger wegen dieses Umstandes von Interesse als aufgrund der merkwürdig passenden Art und Weise, in der sie sich zu gewissen anderen Aspekten fügten – der Beschwerde des scheidenden Dieners Preserved Smith, der vor Ann angestellt gewesen war und nie von ihr gehört hatte, dass ihm etwas bei Nacht den »Atem saugte«; den Sterbeurkunden der Fiebertoten des Jahres 1804 aus dem Archiv von Dr. Chad Hopkins, laut denen alle vier Verstorbenen einen unerklärlichen Blutmangel aufwiesen; und den rätselhaften Verbindungen in den Delirien der armen Rhoby Harris, als sie sich vor den scharfen Zähnen einer starräugigen, halb sichtbaren Erscheinung fürchtete.

Obzwar ich frei von törichtem Aberglauben bin, lösten diese Dinge einen sonderbaren Aufruhr in mir aus, noch verstärkt durch zwei weit auseinander datierende Zeitungsausschnitte, die von Todesfällen im gemiedenen Haus handelten – einer aus der *Providence Gazette and Country Journal* vom 12. April 1815 und der andere aus dem *Daily Transcript and Chronicle* vom 27. Oktober 1845. Beide gingen ausführlich auf einen außerordentlich grauenerregenden Umstand ein, dessen Übereinstimmung erstaunlich war. Wie es scheint, durchliefen in beiden Fällen die Sterbenden eine Verwandlung – 1815 eine liebenswürdige alte Dame namens Stafford und 1845 ein Schullehrer mittleren Alters namens Eleazar Durfee – auf eine grauenvolle Art und Weise; ihre Augen blickten starr und glasig und sie versuchten, die betreuenden Ärzte in den Hals zu beißen.

Noch verwirrender jedoch waren die letzten Ereignisse, die der Vermietung des Hauses ein Ende setzten – eine Reihe von Todesfällen, verursacht durch Blutarmut. Allen waren Symptome fortschreitenden Wahnsinns vorangegangen, in dessen Verlauf die Patienten durchtrieben ausgeführte Mordanschläge auf ihre Verwandten verübten, indem sie sie an deren Hälsen oder Handgelenken verwundeten.

Dies geschah in den Jahren 1860 und 1861, als mein Onkel gerade seine Arztpraxis eröffnet hatte; und ehe er an die Front ging, hörte er viel darüber von seinen älteren Berufskollegen. Das wirklich Unerklärliche war die Art, in der die Opfer – ungebildete Menschen, denn an andere konnte das übelriechende und weithin gemiedene Haus nicht mehr vermietet werden – Verwünschungen auf Französisch brabbelten, einer Sprache, die sie unmöglich in nennenswertem Umfang erlernt haben konnten. Es erinnerte an die arme Rhoby Harris fast ein Jahrhundert zuvor und berührte meinen Onkel so sehr, dass er, nachdem er einige Zeit nach seiner Heimkehr aus dem Krieg von den Ärzten Dr. Chase und Dr. Whitmarsh einen Bericht aus erster Hand über die Ereignisse vernahm, damit begann, historische Informationen über das Haus zu sammeln.

Ich erkannte, dass mein Onkel gründlich über diese Sache nachgedacht hatte und sich nun über mein eigenes Interesse daran freute – ein aufgeschlossenes und gleichgesinntes Interesse, das es ihm ermöglichte, Dinge mit mir zu erörtern, über die andere nur gelacht hätten. Seine Fantasie war nicht so weit vorausgeprescht wie meine, doch fühlte er, dass dieser Ort der Einbildungskraft ein selten weites Feld eröffnete und als Inspirationsquell auf dem Gebiet des Grotesken und Makabren Beachtung verdiente.

Ich für meinen Teil war geneigt, die ganze Angelegenheit verbissen ernst zu nehmen, und begann sofort, nicht nur die Zeugenaussagen zu prüfen, sondern so viel davon zu sammeln, wie ich konnte. Ich befragte den alten Archer Harris, dem das

Haus inzwischen gehörte, viele Male, bevor er 1916 starb. Von ihm und seiner noch immer lebenden unverheirateten Schwester Alice erhielt ich eine authentische Bestätigung all der Informationen über die Familie, die mein Onkel dokumentiert hatte. Als ich sie allerdings fragte, welche Verbindung zu Frankreich oder dessen Landessprache das Haus wohl haben könnte, bekannten sie sich ebenso erstaunt und ahnungslos, wie ich es war. Archer wusste nichts, und alles, was Miss Harris beisteuern konnte, war, dass eine alte Andeutung, die ihr Großvater Dutee Harris gehört hatte, vielleicht etwas Licht in die Angelegenheit bringen könne. Der alte Seemann, der den Soldatentod seines Sohnes Welcome um zwei Jahre überlebte, hatte die Geschichte selbst nicht gekannt; doch erinnerte er sich noch an seine frühe Amme, jene Maria Robbins längst vergangener Tage – sie hatte eine dunkle Ahnung von etwas besessen, das den französischsprachigen Wahnausbrüchen von Rhoby Harris, die sie während der letzten Tage jener unglücklichen Frau so oft vernommen hatte, eine unheimliche Bedeutung verlieh. Maria war im gemiedenen Haus von 1769 bis zum Auszug der Familie im Jahre 1783 beschäftigt gewesen und hatte Mercy Dexter sterben sehen. Einmal hatte sie dem kleinen Dutee gegenüber einen reichlich merkwürdigen Umstand während Mercys letzter Augenblicke erwähnt, doch hatte der Junge bald alles darüber vergessen, außer dass es etwas Merkwürdiges gewesen war. Und die Enkelin entsann sich dieses Wenigen nur unter Mühen. Sie und ihr Bruder waren nicht so stark an dem Haus interessiert wie Archers Sohn Carrington, der gegenwärtige Eigentümer, mit dem ich nach meinem Erlebnis sprach.

Nachdem ich der Familie Harris alle verfügbaren Informationen entlockt hatte, wandte ich meine Aufmerksamkeit frühen städtischen Chroniken und Dokumenten zu, wobei ich einen gründlicheren Eifer an den Tag legte, als mein Onkel ihn zuvor bei derselben Tätigkeit gezeigt hatte. Mein Ziel war eine lückenlose Übersicht der Grundstücksgeschichte, beginnend mit seiner Besiedelung im Jahre 1636 – oder sogar noch früher, falls sich irgendeine Legende der Narragansett-Indianer aufstöbern ließ, die die Daten ergänzte. Gleich zu Beginn fand ich heraus, dass das Land zu der langgezogenen Parzelle gehört hatte, die ursprünglich an John Throckmorton übertragen worden war; einer von zahlreichen ähnlichen Landstreifen, die an der Town Street neben dem Fluss beginnen und sich über den Hügel hinauf bis zu einer Linie erstrecken, die in groben Zügen der heutigen Hope Street entspricht. Throckmortons Parzelle ist erwartungsgemäß später mehrfach unterteilt worden und ich bemühte mich sehr, jenen Abschnitt zu ermitteln, durch den später die Back beziehungsweise Benefit Street verlief. Es war, so besagte ein Gerücht, tatsächlich der Friedhof der Throckmortons. Doch als ich die alten Dokumente eingehender durchforschte, fand ich heraus, dass die Gräber schon früher alle zum North Burial Ground an der Pawtucket West Road verlegt worden waren.

Dann stieß ich unverhofft – dank eines glücklichen Zufalls, da das Fundstück sich nicht im Hauptbestand der Dokumente befand und leicht hätte übersehen werden können – auf etwas, das mich in äußerste Spannung versetzte, da es mit verschiedenen der seltsamsten Phasen der Angelegenheit zusammenpasste. Es war der Nachweis der Verpachtung eines kleinen Grundstücks an einen Etienne Roulet und seine Frau im Jahre 1697. Nun endlich war das französische Element zum Vorschein gekommen – dies und ein weiteres, bedeutsameres Element des Schreckens, das dieser Name aus den dunkelsten Winkeln meines Geistes und meines weit gestreuten Aktenstudiums heraufbeschwor – und ich suchte fieberhaft, welchen Grundriss und welche Lage das Grundstück gehabt hatte, bevor zwischen 1747 und 1758 die Back Street hindurch verlegt und dann verbreitert worden war. Ich entdeckte, was ich nahezu erwartet hatte: Dort, wo nun das gemiedene Haus stand, hatten die Roulets hinter einem einstöckigen Wohnhaus mit Dachboden einst ihren eigenen Friedhof unterhalten – und nirgends ließ sich eine Verlegung der Gräber nachweisen.

Das betreffende Dokument endete allerdings etwas wirr; ich

war genötigt, sowohl die Rhode Island Historical Society als auch die Shepley Library zu durchforsten, ehe ich, bildlich gesprochen, vor Ort eine Tür fand, zu der der Name Etienne Roulet als Schlüssel passte. Letztendlich entdeckte ich etwas, und dies war von solch unbestimmter, aber monströser Tragweite, dass ich auf der Stelle daranging, den Keller des gemiedenen Hauses erneut mit angespannter Gründlichkeit zu erforschen.

Die Roulets, so schien es, waren 1696 über die Westküste der Narragansett-Bucht aus East Greenwich hergekommen. Sie waren Hugenotten aus Caude und hatten beträchtliche Widerstände überwinden müssen, ehe der Magistrat von Providence ihnen erlaubte, sich in der Stadt niederzulassen. In East Greenwich, wohin sie 1686 nach dem Widerruf des Ediktes von Nantes gezogen waren, waren sie unbeliebt gewesen, und gerüchteweise ging der Anlass der Abneigung über schlichte rassische oder nationale Vorurteile hinaus, wie auch über die Grenzstreitigkeiten, deretwegen sich andere französische Siedler mit den Engländern befehdeten, was selbst Gouverneur Andros nicht zu unterbinden vermochte. Doch wegen ihres glühenden Protestantismus' – zu glühend, raunten einige – und ihres offensichtlichen Unglücks, nachdem man sie förmlich aus dem Dorf geprügelt hatte, gewährte man ihnen Zuflucht. Der dunkelhäutige Etienne Roulet, weniger versiert im Ackerbau als im Lesen seltsamer Bücher und im Anfertigen seltsamer Diagramme, erhielt einen Posten als Schreiber im Lagerhaus an Pardon Tillinghasts Pier, das weit südlich in der Town Street lag. Dort ereignete sich jedoch später eine Art Aufruhr – ungefähr vierzig Jahre später, nach dem Tod des alten Roulet – und danach hat niemand noch etwas von der Familie gehört.

Mehr als ein Jahrhundert lang, so hat es den Anschein, blieben die Roulets als auffälliges Phänomen im ansonsten ruhigen Leben einer neuenglischen Hafenstadt deutlich in Erinnerung und Gegenstand häufiger Gespräche. Etiennes Sohn Paul, ein mürrischer Bursche, dessen unmögliches Benehmen vermutlich den Aufruhr herausforderte, der die

Familie auslöschte, war der besondere Gegenstand von Mutmaßungen; und obwohl Providence nie den Hexenwahn seiner puritanischen Nachbarn teilte, wurde von alten Frauen offen angedeutet, dass seine Gebete weder zur rechten Zeit gesprochen noch an den rechten Empfänger gerichtet waren. All dies hat zweifellos die Grundlage zu der Geschichte abgegeben, von der Maria Robbins wusste. In welcher Beziehung es zu den französisch gesprochenen irren Reden von Rhoby Harris und denen anderer Bewohner des gemiedenen Hauses stand, das herauszufinden bleibt allein der Fantasie oder zukünftigen Nachforschungen überlassen.

Ich fragte mich, wie viele von jenen, die diese Legenden kannten, sich der zusätzlichen Verknüpfung mit dem Grauenvollen bewusst waren, die meine ausgedehnte Lektüre mir noch erschloss: jenes unheilvolle Schriftstück in den Annalen morbiden Schreckens, das von der Kreatur *Jacques Roulet aus Caude* berichtet, die anno 1598 als vom Teufel besessen zum Tode verurteilt, jedoch nachträglich vom Pariser Parlament vor dem Scheiterhaufen bewahrt und in ein Irrenhaus gesperrt wurde. Man fand ihn mit Blut und Fleischfetzen bedeckt im Wald auf, kurz nachdem zwei Wölfe einen Knaben getötet und zerrissen hatten. Einen der Wölfe sah man noch unverletzt davonhetzen. Dies war fraglos eine nette Geschichte für Abende am Kamin, und sonderbar bedeutungsvoll bezüglich des Namens und Ortes; doch ich gelangte zu dem Schluss, dass die Klatschmäuler aus Providence wohl nichts davon gewusst haben konnten. Hätten sie es gewusst, so hätte die Übereinstimmung des Namens zu handfesten und furchtgetriebenen Aktionen geführt – aber könnten nicht doch einige verstohlene Andeutungen darüber den Tumult ausgelöst haben, der die Roulets aus der Stadt fegte?

Ich besuchte den verfluchten Ort inzwischen immer häufiger, studierte die ungesunde Vegetation des Gartens, untersuchte sämtliche Mauern des Gebäudes und brütete über jedem Quadratzentimeter des Kellerbodens aus gestampfter Erde. Schließlich ließ ich mit Carrington Harris' Erlaubnis einen passenden Schlüssel zu der unbenutzten Tür anfertigen, die vom Keller unmittelbar auf die Benefit Street hinausging, denn ich bevorzugte einen direkteren Zugang zur Außenwelt als ihn die dunkle Stiege, die Eingangshalle und die Haustür bieten konnten. Dort unten, wo das Üble am dichtesten lauerte, suchte und stöberte ich lange Nachmittage herum, während das Sonnenlicht durch die Ritzen der spinnwebenverhangenen, ebenerdigen Tür sickerte, die mich wenige Meter entfernt mit der ruhigen Straße verband. Meine Mühen wurden nicht belohnt, ich fand nichts Neues – nur dieselbe Muffigkeit und vage Anflüge von widerlichen Gerüchen und salpetrige Umrisse auf dem Boden – und ich stelle mir vor, dass zahlreiche Fußgänger mir neugierig durch die zerbrochenen Scheiben zugeschaut haben müssen.

Schließlich entschied ich auf Anregung meines Onkels, den Ort während der Nacht aufzusuchen. In einer stürmischen Mitternacht ließ ich den Strahl einer elektrischen Taschenlampe über den modrigen Boden mit seinen unheimlichen Konturen und missgebildeten, halb phosphoreszierenden Pilzgewächsen wandern. Die Stätte bedrückte mich an jenem Abend auf seltsame Weise und eine Vorahnung beschlich mich, als ich inmitten der weißlichen Ablagerungen eine besonders scharfe Abbildung der ›zusammengekauerten Gestalt‹ sah oder zu sehen glaubte, an die ich mich aus meiner Kindheit erinnerte. Ihre Deutlichkeit war überraschend und unerhört – und während ich sie betrachtete, vermeinte ich, wieder die dünne, gelbliche, schimmernde Ausdünstung zu beobachten, die mich an jenem regnerischen Nachmittag vor so vielen Jahren mit Angst erfüllt hatte.

Sie stieg über dem menschenförmigen Schimmelfleck am Kamin auf: eine feine, kränkliche, beinahe durchscheinende Schwade, die, während sie zitternd in der klammen Luft hing, vage und schockierend Andeutungen einer Gestalt bildete, die allmählich in nebulöser Fäulnis verwehte und, einen ekligen Gestank hinter sich herziehend, in die Schwärze des großen Kamins abzog. Es war wirklich grausig, umso mehr im Lichte dessen, was ich über den Ort wusste. Meinen Fluchtimpuls unterdrückend, beobachtete ich, wie der Schwaden verschwand – und während ich hinsah, fühlte ich, dass er mich seinerseits gierig aus Augen beobachtete, die eher erahnbar als sichtbar waren.

Als ich meinem Onkel davon erzählte, war er äußerst aufgewühlt, und nach einer nervösen Stunde des Nachdenkens traf er einen endgültigen und folgenschweren Entschluss. Indem er die Bedeutung der Angelegenheit und unsere Beziehung dazu abgewogen hatte, forderte er, dass wir den Schrecken des Hauses während einer oder mehrerer gemeinsamer mühevoller Nachtwachen in jenem modrigen und pilzverseuchten Keller stellen und, falls möglich, vernichten sollten.

## IV

Nachdem wir Carrington Harris gebührend verständigt hatten, ohne jedoch Andeutungen darüber zu verlieren, was wir zu finden erwarteten, trugen mein Onkel und ich am Mittwoch, dem 25. Juni 1919, zwei Campingstühle und ein zusammenklappbares Feldbett in das gemiedene Haus, außerdem einige wissenschaftliche Geräte, die schwer und kompliziert waren. Diese stellten wir tagsüber im Keller auf, klebten die Fenster mit Papier ab und planten, am Abend zu unserer ersten Nachtwache zurückzukehren. Wir hatten die Tür zwischen Keller und Erdgeschoss abgesperrt; und da wir einen Schlüssel zur Außentür des Kellers besaßen, waren wir bereit, unsere teure und empfindliche Apparatur – die wir heimlich und unter großen Kosten beschafft hatten – so viele Tage lang dort zu lassen, wie wir unsere Nachtwachen würden fortsetzen müssen. Gemeinsam wollten wir bis spät in die Nacht wach bleiben und dann einzeln im Zwei-Stunden-Turnus aufpassen, zuerst ich und dann mein Gefährte; der Pausierende sollte auf dem Feldbett ruhen.

Die Selbstverständlichkeit, mit der mein Onkel die Instrumente aus den Laboren der Brown University und aus der Cranston Street Armory besorgt hatte und die Leitung unseres Unterfangens übernahm, veranschaulichte deutlich die Vitalität und Energie des einundachtzigjährigen Mannes. Elihu Whipple hatte selbst immer nach den Gesundheitsvorschriften gelebt, die er als Arzt gepredigt hatte, und wäre es nicht zu den späteren Vorfällen gekommen, so würde er noch heute im Vollbesitz seiner Kräfte unter uns weilen. Nur zwei Menschen ahnten etwas davon, was geschehen würde – Carrington Harris und ich selbst. Ich musste Harris einweihen, denn er war der Eigentümer des Hauses und er besaß ein Recht, zu wissen, was sich daraus verflüchtigt hatte. Außerdem hatten wir vor unserer Untersuchung mit ihm gesprochen, und nach dem Tod meines Onkels spürte ich, dass er Verständnis aufbringen und mir bei einigen notwendigen öffentlichen Erklärungen zur Seite stehen würde. Er wurde sehr blass, erklärte sich jedoch bereit, mir zu helfen, und entschied, dass es nunmehr nicht länger gefährlich sei, das Haus zu vermieten.

Zu behaupten, wir seien in jener regnerischen Nacht des Wachehaltens nicht nervös gewesen, wäre eine ebenso schamlose wie lächerliche Untertreibung. Wie schon gesagt, kindisch abergläubisch waren wir ganz und gar nicht, doch wissenschaftliche Studien und Überlegungen hatten uns gelehrt, dass das bekannte Universum der drei Dimensionen nur einen Bruchteil des gesamten Kosmos aus Materie und Energie umfasst. In diesem Fall verwies das erdrückende Gewicht des Beweismaterials aus zahlreichen authentischen Quellen auf die zählebige Existenz gewisser Kräfte von großer Macht und unfassbarer Bösartigkeit. Zu sagen, dass wir tatsächlich an Vampire oder Werwölfe glaubten, wäre zu einfach. Eher müsste es heißen, dass wir die Existenz unbekannter Varianten von Lebensenergie und flüchtiger Materie nicht ausschlossen, die zwar im dreidimensionalen Raum höchst selten vorkommen, jedoch der Grenze zu unserer eigenen Welt nahe genug sind, um sich manchmal zu manifestieren – wir dürfen aber, in Ermangelung des geeigneten Überblicks, wohl niemals hoffen, sie je zu verstehen.

Kurzum, mein Onkel und ich glaubten an einen schleichend tätigen Einfluss im gemiedenen Haus, der auf den einen oder anderen der missliebigen französischen Siedler zwei Jahrhunderte zuvor zurückging und infolge seltener und unbekannter Bewegungsgesetze von Atomen und Elektronen noch immer aktiv war. Dass die Familie Roulet eine eigentümliche Neigung zu äußeren Bezirken des Daseins besaß – dunklen Sphären, die gewöhnlichen Menschen nur Abscheu und Schrecken einflößen –, schien ihre schriftlich überlieferte Geschichte zu belegen. Konnte es dann nicht sein, dass die Tumulte jener längst vergangenen 1730er Jahre im krankhaften Hirn eines oder mehrerer von ihnen – besonders dem des finsteren Paul Roulet – gewisse kinetische Abläufe ausgelöst hatten, die in den ermordeten Körpern überlebten und in irgendeinem vieldimensionalen Raum entlang der ursprünglichen Kraftlinie weiterhin wirkten, in Gang gesetzt von einem rasenden Hass auf die Gemeinschaft, die ihren Tod verursacht hatte?

Ein solcher Vorgang war sicherlich keine Unmöglichkeit, wenn man ihn im Licht der neueren Wissenschaft betrachtete, zu der die Relativitätstheorie und die Quantenmechanik gehören. Man könnte sich ohne Weiteres einen fremden Materie- oder Energiekern vorstellen, der sich durch langsame, unstoffliche Aneignung von der Lebenskraft und den Leibessäften anderer, fassbarerer Daseinsformen am Leben erhält, in sie eindringt und mit deren stofflicher Struktur bisweilen vollkommen verschmilzt. Er könnte aktiv feindselig sein oder lediglich gesteuert von blinden Selbsterhaltungstrieben. In jedem Fall müsste solch ein Ungeheuer in unserem System der Dinge notwendigerweise eine Anomalie und ein Eindringling sein, dessen Zerstörung die wichtigste Pflicht eines jeden Menschen darstellt, der kein Feind allen Lebens dieser Welt und ihres geistigen Heils ist.

Uns verunsicherte, dass wir absolut nicht wussten, wie wir uns des Dings erwehren konnten. Kein geistig gesunder Mensch hatte es jemals gesehen, und nur wenige es deutlich gespürt. Es konnte reine Energie sein – eine ätherische Existenz außerhalb der materiellen Welt – oder teilweise fassbar; irgendeine unbekannte und konturlose, veränderliche Masse mit der Fähigkeit, sich nach Belieben den festen, flüssigen oder gasförmigen Aggregatzuständen zu nähern. Der menschenförmige Schimmelfleck auf dem Boden, die Form des gelblichen Dunstes und die Krümmung der Baumwurzeln in den alten Geschichten, all dies sprach für eine zumindest entfernte Verbindung zur menschlichen Gestalt; doch wie groß oder unveränderlich diese Ähnlichkeit sein mochte, das konnte niemand auch nur halbwegs sicher sagen.

Wir hatten zwei Waffen gewählt, um es zu bekämpfen; eine große und eigens modifizierte Crookes'sche Röhre, die von starken Akkumulatoren gespeist wurde und mit besonderen Schirmen und Reflektoren ausgestattet war, für den Fall, dass es sich als unstofflich erwies und nur mit hochzerstörerischer Ätherwellenbestrahlung vernichtet werden konnte, sowie zwei Armeeflammenwerfer, wie sie im Weltkrieg eingesetzt worden waren, falls es teilweise stofflich war und es sich mechanisch zerstören ließ – denn gleich den abergläubischen Bauern aus Exeter waren wir gerüstet, dem Ding das Herz auszubrennen, sofern es ein Herz zum Verbrennen besaß.

Diese Angriffsapparate bauten wir im Keller auf und berücksichtigten besonders jene Stelle vor dem Kamin, wo der Schimmel sonderbare Formen hervorgebracht hatte – doch dieser Fleck war nur schwach sichtbar, auch als wir am selben Abend zurückkehrten, um unsere Nachtwache anzutreten. Einen Moment lang zweifelte ich daran, dass ich ihn überhaupt jemals in der deutlicher gezeichneten Form gesehen hatte – doch dann erinnerte ich mich an die Legenden.

Unsere Wacht im Keller begann um zehn Uhr abends, und während sie sich hinzog, geschah nichts Besonderes. Ein schwaches Glimmen der regenumpeitschten Straßenlaternen, das von draußen hereinsickerte, und eine schwächliche Phosphoreszenz der widerwärtigen Schwämme im Kellerinneren enthüllten die tropfenden Mauersteine, deren Kalkanstrich völlig verschwunden war, ebenso den klammen, stinkenden und mehltaubedeckten Erdboden mit seinen obszönen Pilzgewächsen, die vor sich hin modernden Überreste von Hockern, Stühlen und Tischen und weiteres formloses Mobiliar, die schweren Bodendielen und massiven Balken des Erdgeschosses über uns, die altersschwache Brettertür, die zu Verschlägen und Kammern unterhalb weiterer Abschnitte des Hauses führte, die zerbröckelnde Steintreppe mit ihrem morschen Holzgeländer und den klobigen, grottenartigen Kamin aus geschwärzten Ziegeln, wo rostige Eisenfragmente das einstmalige Vorhandensein von Haken, Kaminböcken, Bratspieß, Kesselhalterung und einer Ofentür bezeugten – all diese Dinge sowie unser nüchternes Feldbett mit den Stühlen und die komplizierten Vernichtungsinstrumente, die wir hergebracht hatten.

Ebenso wie ich es bereits bei meinen früheren Untersuchungen getan hatte, ließen wir die Tür zur Straße unverschlossen, damit uns ein schneller Fluchtweg offenstand, falls sich etwas manifestieren sollte, gegen das wir nicht ankamen. Wir bauten darauf, dass unser anhaltender nächtlicher Besuch die übelwollende, lauernde Präsenz hervorlocken würde und dass wir dieses Etwas mit dem einen oder anderen von uns vorgesehenen Mittel unschädlich machen könnten, sobald wir es erst erkannt und genügend beobachtet hätten. Wie lange es dauern würde, das Ding heraufzubeschwören und zu vernichten, wussten wir jedoch nicht. Uns war ebenso bewusst, dass unser Abenteuer alles andere als ungefährlich war; denn welche Kräfte das Ding gegen uns aufzubieten vermochte, konnte niemand vorhersagen. Doch wir glaubten, das Spiel sei den Einsatz wert, und ließen uns ohne zu zögern darauf ein: im vollen Bewusstsein, dass die Inanspruchnahme fremder Hilfe uns nur der Lächerlichkeit preisgeben und womöglich unser gesamtes Vorhaben vereiteln würde. Dementsprechend war unsere Stimmung, während wir uns bis tief in die Nacht unterhielten, und als ich die wachsende Müdigkeit meines Onkels bemerkte, forderte ich ihn auf, sich zu seinem zweistündigen Schlaf niederzulegen.

So etwas wie Furcht beschlich mich, als ich während der frühen Morgenstunden einsam dort saß – Ich sage einsam, denn wer neben einem Schlafenden sitzt, ist in der Tat einsam; vielleicht einsamer, als ihm bewusst ist. Mein Onkel atmete mühsam, seine tiefen Atemzüge wurden vom rauschenden Regen draußen begleitet und untermalt von dem nervenzermürbenden Geräusch tropfenden Wassers irgendwo in den Eingeweiden des Hauses – dies war selbst bei trockenem Wetter widerlich feucht, bei diesem Sturm wurde es jedoch regelrecht zu einem Sumpf. Ich studierte das lockere, alte Mauerwerk im Schein der Schwämme und des schwachen Lichtschimmers, der sich von der Straße durch die zugeklebten Fenster hereinstahl. Einmal, als die ungesunde Atmosphäre meiner Umgebung mich zu ersticken drohte, zog ich die Tür auf und schaute die Straße hinauf und hinab und ließ meine Augen sich an vertrauten Anblicken und meine Nase an der frischen Luft erholen. Noch immer geschah nichts, das mein Wachen belohnte, und ich gähnte ein ums andere Mal, die Müdigkeit verdrängte die Furcht.

Dann fiel mir der unruhige Schlaf meines Onkels auf. Er hatte sich mehrmals ruhelos auf seinem Feldbett hin und her gewälzt, nun jedoch atmete er äußerst unregelmäßig und stieß gelegentlich einen tiefen Seufzer aus, der in mehr als nur einer Hinsicht an ein ersticktes Stöhnen gemahnte. Ich richtete das Licht der Taschenlampe auf ihn und fand sein Gesicht abgewandt, deshalb erhob ich mich und ging auf die andere Seite des Feldbettes. Abermals richtete ich das Licht auf ihn, um zu schauen, ob er vielleicht irgendwelche Schmerzen habe.

Was ich sah, ging mir unerwartet stark an die Nerven, wenn man bedenkt, wie banal es eigentlich war. Wahrscheinlich war es bloß die Verknüpfung einer ungewöhnlichen Beobachtung mit dem düsteren Gepräge der Umgebung und unserer Aufgabe, denn was ich sah, war an sich nicht furchterregend oder unnatürlich. Es war nur, dass der Gesichtsausdruck meines Onkels – von sonderbaren Träumen gezeichnet, die fraglos durch unsere Situation hervorgerufen wurden – starke Aufgewühltheit verriet und so gar nicht zu ihm passte. Gewöhnlich wirkte sein Gesicht freundlich, höflich gelassen, doch nun schienen eine Vielzahl unterschiedlichster Gefühle in ihm zu kämpfen. Ich glaube, alles in allem war es diese *Unterschiedlichkeit,* die mich am meisten verstörte. Während er immer unruhiger keuchte und sich herumwarf, jetzt mit offenen Augen, schien mein Onkel nicht nur eine einzige, sondern viele Personen gleichzeitig zu sein, was eine sonderbare Selbstentfremdung vermuten ließ.

Unvermittelt murmelte er, und während er sprach, behagte mir das Aussehen seines Mundes und seiner Zähne ganz und gar nicht. Zuerst waren die Worte nicht unterscheidbar, doch dann verstand ich einige von ihnen. Eiskalte Furcht erfüllte mich, bis ich mich der umfassenden Bildung meines Onkels entsann und seiner zahllosen Übersetzungen anthropologischer und archäologischer Artikel aus der *Revue des Deux Mondes.* Denn der ehrwürdige Elihu Whipple murmelte auf Französisch, und die wenigen Sätze, die ich heraushörte, schienen mit den finstersten Mythen zusammenzuhängen, die in der berühmten Pariser Zeitschrift jemals abgehandelt worden waren.

Plötzlich trat Schweiß auf die Stirn des Schläfers und er fuhr unvermittelt hoch, halb erwacht. Das französische Kauderwelsch mündete in einen Aufschrei auf Englisch, »Ich ersticke, ich ersticke!«.

Dann erwachte er völlig und die verzerrte Miene entspannte sich zu seinem gewohnten Gesichtsausdruck. Mein Onkel ergriff meine Hand und begann einen Traum zu erzählen, dessen verborgenen Sinn ich allenfalls ehrfürchtig erahnen konnte.

Er sei, berichtete er, aus einer gewöhnlichen Folge von Traumbildern in eine Szenerie hinübergedriftet, deren Fremdartigkeit mit nichts in Verbindung stand, worüber er je gelesen hatte. Sie war von dieser Welt, und auch wieder nicht – ein schattenhaftes geometrisches Durcheinander, in dem sich Bestandteile vertrauter Dinge in neuen und verstörenden Zusammenstellungen abzeichneten. Andeutungen merkwürdig verschobener Bilder, die einander überlagerten; eine Anordnung, in der die Grundbedingungen von Zeit und Raum aufgelöst und widersinnig vermengt schienen. In diesem kaleidoskopischen Strudel irrealer Anblicke blitzten gelegentliche Schnappschüsse auf, falls man diesen Ausdruck anwenden kann, von gestochener Schärfe und rätselhafter Mischung.

Einmal glaubte mein Onkel, er liege in einer flüchtig ausgehobenen Grube und eine Ansammlung wütender, von zottigen Locken und Dreispitzhüten umrahmter Gesichter starre auf ihn herab. Dann wieder schien er sich im Inneren eines Hauses zu befinden – ein offenbar altes Haus –, aber die Einzelheiten und die Bewohner verwandelten sich ständig, und er konnte sich der Gesichter und der Einrichtung nie sicher sein, ja sogar kaum der ihn umgebenden vier Wände, da Türen und Fenster sich ebenso im Fluss befanden wie die beweglichen Gegenstände.

Es war seltsam – verdammt seltsam – und mein Onkel wurde fast verlegen, als fürchtete er, ich glaube ihm nicht, als er erklärte, dass viele der fremden Gesichter unverkennbar die Züge der Harris-Familie aufgewiesen hätten. Und die ganze Zeit über würgte ihn ein Gefühl des Erstickens, so als habe sich eine allgegenwärtige Präsenz in seinem Körper ausgebreitet und danach getrachtet, sich seiner Lebensfunktionen zu bemächtigen. Ich schauderte bei dem Gedanken, wie diese Lebensfunktionen, die nach einundachtzig Jahren ununterbrochener Tätigkeit zwar abgenutzt waren, gegen unbekannte Kräfte ankämpften, die selbst der jüngste und stärkste Organismus fürchten musste – doch im nächsten Augenblick bedachte ich, dass Träume eben nur Träume sind und dass diese beunruhigenden Visionen wohl nicht mehr als die Reaktion meines Onkels auf die Erfahrungen sein konnten, die in letzter Zeit unsere Gemüter erfüllt und alles andere daraus verdrängt hatten.

Der Verlauf unserer Unterhaltung trug dazu bei, meine Beklemmung zu zerstreuen, und kurz darauf gab ich meiner Müdigkeit nach und legte mich schlafen. Mein Onkel schien jetzt völlig munter zu sein und trat seinen Teil der Wache bereitwillig an, obwohl der Albtraum ihn weit vor Ablauf der ihm zustehenden zwei Stunden aus dem Schlummer gerissen hatte.

Der Schlaf umfing mich schnell und ich wurde sofort von verstörenden Träumen heimgesucht. Ich verspürte eine kosmische und abgrundtiefe Einsamkeit, und Hass gegen mich drang von allen Seiten auf das Gefängnis ein, in dem ich festgehalten wurde. Ich schien gefesselt und geknebelt zu sein und wurde verhöhnt mit gellenden Schreien einer fernen Menschenmenge, die mein Blut wollte. Das Gesicht meines Onkels erschien vor meinen Augen, löste jedoch weniger angenehme Empfindungen in mir aus als in meinen wachen Stunden, und ich entsinne mich vieler vergeblicher Versuche, meine Fesseln abzustreifen und zu schreien. Es war kein angenehmer Schlaf und im ersten Moment bedauerte ich den widerhallenden Schrei nicht, der die Schranken dieses Schlummers durchbrach und mich in einen kristallklaren und überraschten Wachzustand riss, in dem jeder mir vor Augen stehende Gegenstand sich mit unnatürlicher Schärfe und Wirklichkeitstreue abzeichnete.

## V

Ich hatte mit dem Gesicht vom Sitzplatz meines Onkels abgekehrt gelegen, sodass ich beim abrupten Erwachen erst nur die Tür zur Straße sah, das weiter nördlich gelegene Fenster und die Mauer, den Boden und die Decke im nördlichen Teil des Raumes, alles mit krankhafter Deutlichkeit von einem Licht in mein Hirn gebrannt, das heller war als das Glühen der Schimmelpilze oder die von draußen hereinfallende Straßenbeleuchtung. Es war kein helles Licht, mit Sicherheit nicht annähernd hell genug, um in einem Buch zu lesen. Doch es warf meinen Schatten und den des Feldbettes auf den Boden und besaß eine gelbliche, durchdringende Intensität, die auf Dinge schließen ließ, die machtvoller waren als bloßes Licht.

Dies nahm ich mit ungesunder Schärfe wahr, obwohl zwei meiner übrigen Sinne stark angegriffen wurden. Denn in meinen Ohren wütete noch der Nachklang jenes erschreckenden

Schreis, während meine Nase sich gegen den Gestank empörte, der auf mich eindrang. Mein Geist, so wach wie meine Sinne, erkannte die ungewohnte Bedrohung und nahezu automatisch sprang ich auf und griff nach den Vernichtungsgeräten, die wir auf den Schimmelfleck vor dem Kamin gerichtet hatten. Als ich mich umwandte, fürchtete ich den Anblick, der sich mir bieten mochte, denn der Schrei war von meinem Onkel ausgestoßen worden und ich wusste nicht, gegen welche Bedrohung ich ihn und mich selbst würde verteidigen müssen.

Dennoch war der Anblick schlimmer, als ich befürchtet hatte. Es gibt Schrecken jenseits aller Schrecken, und dieser zählte zum innersten Mark aller nur erträumbaren Abscheulichkeit, die sich der Kosmos vorbehält, um einige wenige Glücklose und Verfluchte dem Verderben zu weihen. Aus der schimmelverseuchten Erde quoll ein dampfendes Leichenlicht hervor, gelb und krankhaft, das zu immenser Höhe emporbrodelte. Vage formten sich halb menschliche, halb monströse Umrisse, durch die ich den Kamin und den Rauchabzug dahinter erkennen konnte. Es bestand ganz aus Augen – wölfisch und hämisch – und der runzlige insektenhafte Kopf löste sich an der Spitze in einer dünnen Nebelschwade auf, die sich stinkend kräuselte und schließlich den Kamin hinaufzog und im Rauchfang verschwand.

Ich sage, dass ich das Ding sah, doch erst jetzt in der Erinnerung erkenne ich seine verteufelte Annäherung an eine Gestalt. In jenen Minuten war es für mich nur eine wabernde, trüb phosphoreszierende Wolke modriger Abscheulichkeit, die das einzige Objekt, dem meine Aufmerksamkeit galt, einhüllte und zu einer widerlichen Teigigkeit auflöste. Dieses Objekt war mein Onkel – der ehrwürdige Elihu Whipple. Mit schwarz verwesenden Gesichtszügen stierte er mich an und redete geifernd auf mich ein – während er triefende Klauen nach mir ausstreckte, um mich in den Wahnwitz hineinzuzerren, den dieses Grauen entfesselt hatte.

Es war eine unbewusste Reaktion, die mich vor dem Irrewerden bewahrte. Ich hatte mich auf den kritischen Augenblick intensiv vorbereitet und blindes Training kam mir nun zur Rettung. Indem ich erkannte, dass dem wallenden Übel weder Materie noch stoffliche Chemie etwas anhaben konnte, ignorierte ich den Flammenwerfer, der zu meiner Rechten stand, aktivierte stattdessen den Apparat mit der Crookes'schen Röhre und lenkte die stärksten Ätherwellen, die menschliche Erfindungsgabe aus den Räumen der Natur gewinnen kann, auf jenes unvergesslich blasphemische Schauspiel. Es entstand ein bläulicher Nebel und ein irrwitziges Gezisch, und die gelbliche Phosphoreszenz trübte sich vor meinen Augen. Doch ich bemerkte, die Trübung war nur ein Kontrasteffekt und die Wellen aus der Maschine erzielten nicht die geringste Wirkung.

Und dann, im Zentrum dieses dämonischen Spektakels, erblickte ich einen neuerlichen Schrecken, der Schreie auf meine Lippen riss und mich tastend und taumelnd zur unversperrten Tür jagte, die auf die ruhige Straße führte, nicht achtend, welch abnorme Furchtbarkeiten ich auf die Menschheit losließ. Inmitten des trüben blau-gelben Gewölks begann sich die Gestalt meines Onkels abscheulich zu verflüssigen, eine Merkwürdigkeit, die sich jeder Beschreibung entzieht. Über sein vergehendes Gesicht huschte ein solcher Reigen wechselnder Physiognomien, wie ihn nur Wahnsinn ausbrüten kann. Er war zugleich ein Teufel und mehrere Menschen, ein Leichenhaus und eine Herrlichkeit. Erhellt von den vermischten und unsteten Lichtstrahlen, wechselte jenes glibberige Antlitz den Ausdruck dutzendmal – vierzigmal – hundertmal, und grinsend sank es auf einen Menschenkörper nieder, der dahinschmolz wie Talg, das groteske Ebenbild ganzer Heerscharen, die mir fremd und doch bekannt waren.

Ich erblickte die Gesichtszüge der Harris-Sippe, männlich und weiblich, erwachsen und kindlich, sowie weitere alte und junge Gesichter, ordinäre und kultivierte, vertraute und unvertraute. Eine Sekunde lang blitzte die entartete Kopie eines Portraits der armen Rhoby Harris auf, die ich im Museum der School of Design gesehen hatte, und ein anderes Mal glaubte ich, das grobknochige Antlitz von Mercy Dexter zu sehen, wie ich es von einem Gemälde in Carrington Harris' Haus her in Erinnerung hatte. Es war grässlich, jenseits aller Vorstellung.

Am Ende, als sich auf dem verpilzten Boden eine Lache aus grünlichem Fett ausbreitete und dicht darüber eine absonderliche Mischung aus Dienstboten- und Säuglingsgesichtern aufflackerte, schien es, als ob die wechselnden Fratzen darum kämpften, Züge zu formen, die dem gütigen Gesicht meines Onkels glichen. Ich möchte gern glauben, dass er in jenem Moment noch gegenwärtig war und dass er versuchte, von mir Abschied zu nehmen. Es scheint mir, als habe ich selbst ein »Lebewohl« aus meiner trockenen Kehle gewürgt, während ich auf die Straße hinaustaumelte und mir ein dünner Faden aus geschmolzenem Fett durch die Tür auf den regenüberfluteten Gehsteig nachlief.

Der Rest ist schattenhaft und monströs. Niemand ließ sich auf der nassen Straße blicken und es gab niemanden, dem ich mich um welchen Preis auch immer hätte anvertrauen mögen. Ziellos ging ich in südliche Richtung, vorbei am College Hill und am Athenäum, die Hopkins Street hinab und über die Brücke hinweg bis in das Geschäftsviertel, wo hohe Gebäude mich zu bewachen schienen, ganz so wie die modernen materiellen Dinge die Welt vor uraltem und ungesundem Aberglauben beschützen.

Inzwischen dämmerte im Osten diesig der graue Morgen herauf, schälte den archaischen Hügel und die ehrwürdigen Kirchtürme aus dem Zwielicht und winkte mich zu dem Ort, wo meine schreckliche Aufgabe noch der Vollendung harrte. Schließlich ging ich im frühen Licht des neuen Tages zurück, durchnässt, ohne Hut und benommen, und durchschritt jene entsetzliche Tür in der Benefit Street, die ich angelehnt gelassen hatte – sie schwang noch immer geheimnisvoll hin und her, direkt vor den Augen der Frühaufsteher unter den Anwohnern, mit denen ich kein Wort zu wechseln wagte.

Das Fett war verschwunden, versickert im porösen Schimmelboden. Vor dem Kamin fand sich keinerlei Überrest der großen, zusammengekauerten Silhouette aus Salpeter. Ich blickte auf das Feldbett, die Stühle, die Instrumente, meinen liegengelassenen Hut und den gelben Strohhut meines Onkels. Ich war völlig benommen und konnte mich kaum entsinnen, was Traum gewesen war und was Wirklichkeit. Dann tröpfelte die Erinnerung in meine Gedanken und ich wusste, dass ich Dinge gesehen hatte, die grauenerregender waren, als ich es mir jemals erträumt hätte.

Ich setzte mich hin und versuchte mir zusammenzureimen, was nun eigentlich passiert war und wie ich dem Schrecken ein Ende bereiten könne, falls er denn tatsächlich real gewesen war. Es schien weder aus Materie noch aus Äther oder sonst irgendetwas zu bestehen, das ein sterbliches Hirn sich vorzustellen vermag. Was aber konnte es sonst sein außer irgendeiner nichtweltlichen Ausdünstung – ein vampirischer Dunst, wie er laut den Erzählungen der Exeter-Bauern bestimmte Kirchhöfe heimsucht?

Dies, das fühlte ich, war der Schlüssel. Wieder sah ich auf den Boden vor dem Kamin, wo Schimmel und Salpeter zuvor diese absonderliche Form angenommen hatten. Nach zehn Minuten gelangte ich zu einem Entschluss, ergriff meinen Hut und trat den Weg nach Hause an. Nachdem ich gebadet und etwas gegessen hatte, bestellte ich per Telefon eine Spitzhacke, einen Spaten, eine Militärgasmaske und sechs Ballonflaschen mit Schwefelsäure, die alle am kommenden Morgen vor die Kellertür des gemiedenen Hauses in der Benefit Street gebracht werden sollten. Anschließend versuchte ich zu schlafen, doch da dies misslang, verbrachte ich die Stunden mit Lesen und dem Verfassen sinnloser Verse, um meine gedrückte Stimmung zu vertreiben.

Um elf Uhr am Vormittag des nächsten Tages begann ich zu graben. Die Sonne schien hell, und darüber war ich froh. Ich war immer noch allein, denn sosehr ich das unbekannte Grauen fürchtete, das ich aufspüren wollte, mehr Angst empfand ich bei dem Gedanken, jemandem davon zu erzählen. Später weihte ich Harris ein, doch nur weil es unumgänglich war und weil er von den alten Leuten seltsame Geschichten gehört hatte, was seine Bereitschaft, mir zu glauben, zumindest minimal erhöhte.

Als ich die stinkende schwarze Erde vor dem Kamin aushob und mein Spaten den weißen Pilzgeschwüren, die er zerschnitt, ein zähes, eitergelbes Sekret entlockte, zitterte ich bei der dunklen Vorstellung, was ich zutage fördern mochte. Manche Geheimnisse unter der Erdoberfläche sind der Menschheit nicht zuträglich, und dies schien eines davon zu sein.

Meine Hand zitterte merklich, doch ich grub weiter. Nicht lange, und ich stand in einem großen Loch, das ich ausgehoben hatte. Mit der stetigen Vertiefung der Grube, die knapp zwei Meter im Quadrat maß, verdichtete sich der üble Geruch, und ich verlor jeglichen Zweifel an meiner bevorstehenden Berührung mit dem höllischen Ding, dessen Ausdünstungen das Haus anderthalb Jahrhunderte lang mit seinem Fluch durchtränkt hatten. Ich fragte mich, wie es wohl aussah. Welche Gestalt und Substanz wies es auf? Und welche Größe mochte es erreicht haben, nachdem es sich Generationen lang an fremden Leben gemästet hatte?

Zuletzt kletterte ich aus der Grube heraus und verteilte die aufgeschüttete Erde, ehe ich die großen Ballonflaschen voll Säure an zwei Seiten des Lochs aufstellte, sodass ich sie bei Bedarf schnell nacheinander über den Grubenrand hinweg entleeren konnte. Anschließend häufte ich an den anderen beiden Seiten Erde an, jetzt arbeitete ich langsamer und setzte die Gasmaske auf, da der Gestank beständig zunahm. Meine Nähe zu dem namenlosen Ding am Grund dieses Erdlochs raubte mir beinahe die Nerven.

Plötzlich traf mein Spaten auf etwas Weicheres als Erde. Ich schauderte und wollte schon aus der Grube steigen, in der ich jetzt tief bis zum Hals stand. Doch dann kehrte mein Mut zurück und ich scharrte im Schein der Stablampe, die ich besorgt hatte, weiter. Die Oberfläche, die ich freilegte, war fischartig und glasig – eine Art halbverwesten, geronnenen Gallerts von schwacher Durchsichtigkeit. Ich scharrte weiter und erkannte, dass sie eine Form besaß. Ein Teil der Substanz war ineinandergefaltet und legte eine längliche Öffnung bloß. Diese ließ ein großes und ungefähr zylindrisches Objekt erkennen, das wirkte wie ein mammutgleiches, leicht blauweißes, gekrümmtes Ofenrohr mit einem Durchmesser, der an seiner dicksten Stelle deutlich mehr als einen halben Meter betrug.

Ich grub zuerst weiter, doch plötzlich sprang ich aus der Grube, nur weg von dem obszönen Wesen. Wie besessen entstöpselte ich die schweren Ballonflaschen und kippte sie um und ließ ihren ätzenden Inhalt Flasche für Flasche jenen Kadaverschacht hinabfluten, auf die unvorstellbare Abnormität, deren titanischen *Ellbogen* ich erblickt hatte.

Den blendenden Mahlstrom grünlich gelben Qualms, der taifunartig aus dem Loch emporwirbelte, als die Säureströme abwärtsschäumten, werde ich nie vergessen. Den ganzen Hügel hinauf und hinab erzählen die Anwohner vom Gelben Tag, als giftige und grauenvolle Dämpfe von dem Fabrikmüll aufstiegen, der in den Providence River entsorgt wurde, doch ich weiß, wie gründlich sie sich in Bezug auf deren Ursprung irren. Auch erzählen sie von dem abscheulichen Brüllen, das zur selben Zeit von einer defekten unterirdischen Wasser- oder Gasleitung ausging – ich könnte sie auch darin berichtigen, falls ich es wagte.

Es war unsagbar schockierend, und ich weiß nicht, wie ich es überhaupt überlebte. Ich verlor die Besinnung, nachdem die vierte Ballonflasche geleert war und die Dünste durch meine Maske eindrangen, doch als ich wieder zu mir kam, sah ich, dass dem Loch keine frischen Dampfschwaden mehr entquollen.

Die beiden noch übrigen Flaschen goss ich ohne spürbare Wirkung aus, und nach einer Weile hielt ich es für vertretbar, die Erde zurück in die Grube zu schippen. Es dämmerte bereits, ehe es vollbracht war, doch die Angst hatte den Ort verlassen. Die Feuchtigkeit stank weniger und die seltsamen Pilzgewächse waren alle zu einer Art grauen Pulvers verdorrt, das wie Asche über den Boden wehte.

Einer der verborgenen Schrecken aus den Tiefen der Erde war für immer vernichtet und falls es eine Hölle gibt, so hat sie endlich die dämonische Seele eines unheiligen Wesens verschlungen. Als ich die letzte Schaufel voll Erde festklopfte, vergoss ich die ersten von vielen Tränen, mit denen ich dem Andenken meines geliebten Onkels Tribut zollte.

Im folgenden Frühling spross im Terrassengarten des gemiedenen Hauses kein bleiches Gras und kein bizarres Unkraut mehr, und wenig später vermietete Carrington Harris das Anwesen. Es wirkt noch immer gespenstisch, doch seine Fremdartigkeit fasziniert mich. Wird es einmal abgerissen werden, um einem Laden für billigen Schnickschnack oder einem tristen Mietshaus zu weichen, wird sich ein seltsames Bedauern in meine Erleichterung stehlen. Die kahlen alten Bäume im Hof tragen jetzt kleine süße Äpfel und letztes Jahr nisteten die Vögel in ihren knorrigen Zweigen.

# In den Mauern von Eryx

(gemeinsam mit Kenneth Sterling verfasst)

Bevor ich versuchen werde, ein wenig Schlaf zu finden, will ich diese Eintragungen vornehmen, als Vorbereitung für den fälligen Bericht. Was ich entdeckt habe, ist so einzigartig und steht allen bisherigen Erfahrungen und Erwartungen so sehr entgegen, dass es einer äußerst gewissenhaften Schilderung bedarf.

Ich erreichte den zentralen Landeplatz auf der Venus am 18. März irdischer Zeit, entsprechend dem 9.VI. planetarischer Zeitrechnung. Nachdem ich der Hauptgruppe unter Miller zugeteilt worden war, erhielt ich meine Ausrüstung – die Uhr wurde auf die geringfügig schnellere Eigenumdrehung der Venus umgestellt – und durchlief das übliche Atemmasken-Training. Nach zwei Tagen erklärte man mich für diensttauglich.

Ich verließ den Handelsposten der Kristallschürfgesellschaft in Terra Nova am 12.VI. gegen Tagesanbruch und folgte der südlichen Route, die Anderson aus der Luft kartografiert hatte. Es ging nur langsam voran, denn nach einem Regen sind diese Urwälder hier beinahe undurchquerbar. Es muss die Feuchtigkeit sein, die den verschlungenen Lianen und Ranken diese ledrige Zähigkeit verleiht, sie werden derart zäh, dass man sich mit dem Buschmesser an einigen davon volle zehn Minuten abmüht. Gegen Mittag war es trockener – die Vegetation wurde weich und gummiartig und bot der Klinge keinen Widerstand –, aber sogar dann kam ich nur langsam voran. Diese Carter-Sauerstoffmasken sind einfach zu schwer – allein schon eine solche zu tragen kostet einen normalen Mann die Hälfte seiner Kraft. Eine Dubois-Maske mit Porenspeicher statt Flaschen würde genauso gute Luft ergeben, aber nur halb so viel wiegen.

Der Kristalldetektor schien gut zu funktionieren und wies mir ständig eine Richtung, die Andersons Bericht bestätigte. Es ist schon erstaunlich, wie dieses Affinitäts-Prinzip funktioniert – ganz ohne diesen alten ›Wünschelruten‹-Hokuspokus von daheim. Im Umkreis von tausend Kilometern muss ein großes Kristallvorkommen liegen, obgleich ich vermute, dass diese verdammten Echsenmenschen es pausenlos beobachten und sichern. Womöglich halten sie es für ebenso hirnrissig von uns, dass wir bis zur Venus dem Zeug hinterherjagen, wie wir es finden, dass sie jedesmal im Schlamm buddeln, sobald sie nur ein Stück davon erspähen, oder dass sie diesen riesigen Klunker auf einem Podest in ihrem Tempel horten. Ich wünschte, sie würden sich eine neue Religion zulegen, denn sie wissen ja doch nichts Besseres mit den Kristallen anzufangen, als sie anzubeten. Wäre dieser Glaube nicht, dann würden sie uns so viel nehmen lassen wie wir wollten – und selbst wenn sie lernen würden, Energie daraus zu gewinnen, wäre mehr als genug da für ihren Planeten und die Erde obendrein. Ich zumindest bin es leid, auf die Hauptvorkommen zu verzichten und bloß einzelne Kristalle aus Dschungelflussbetten aufzulesen.

Eines Tages werde ich darauf drängen, dass diese schuppigen Bettler durch eine fähige Armee von Erdensoldaten ausradiert werden. Rund zwanzig Schiffe könnten genug Truppen herschaffen, um die Sache zu erledigen. Man kann diese verfluchten Viecher doch nicht als Menschen ansehen, trotz ihrer ganzen ›Städte‹ und Türme. Sie besitzen keine Fähigkeiten außer dem Bauen – und dem Gebrauch von Macheten und Giftpfeilen. Ich glaube auch nicht, dass ihre sogenannten ›Städte‹ viel mehr sind als Ameisenhügel oder Biberdämme. Ich bezweifle sogar, dass sie überhaupt eine richtige Sprache haben – das ganze Gerede über psychische Kommunikation mittels dieser Tentakel vor ihrer Brust ist doch reiner Blödsinn. Was die Leute irreführt, ist ihr aufrechter Gang; nichts weiter als eine zufällige körperliche Ähnlichkeit mit uns Menschen von der Erde.

Ich möchte einmal einen Dschungel auf der Venus durchstreifen, ohne nach Schleichtrupps von ihnen Ausschau halten zu müssen oder mich vor ihren verfluchten Pfeilen zu ducken. Sie mögen ja ganz erträglich gewesen sein, bevor wir anfingen, die

Kristalle zu nehmen, aber jetzt sind sie auf jeden Fall die reinste Plage – mit ihrer Pfeileschießerei und dem Leckschlagen unserer Wasserleitungen. Ich glaube mehr und mehr, dass sie über einen speziellen Wahrnehmungssinn verfügen, entsprechend unseren Kristalldetektoren. Noch nie hat jemand erlebt, dass sie einen Menschen behelligten – von Fernschüssen aus dem Hinterhalt abgesehen –, der keine Kristalle bei sich führte.

Etwa um ein Uhr nachmittags riss ein Pfeil mir fast den Helm vom Kopf, und einen Moment lang glaubte ich, eine meiner Sauerstoffflaschen habe ein Loch abbekommen. Die verstohlenen Teufel hatten keinerlei Geräusch verursacht, aber drei von ihnen rückten mir auf die Pelle. Ich erwischte sie alle mit einem Rundumstreich meiner Flammenpistole, denn obwohl ihre Schuppenfärbung mit dem Dschungel verschmolz, konnte ich doch auf die raschelnden Schlingpflanzen zielen. Einer von ihnen war knappe zweieinhalb Meter groß, mit einer Schnauze wie ein Tapir. Die beiden anderen waren die üblichen Zweimeter-Burschen. Sie können sich letztlich nur dank ihrer schieren Anzahl behaupten – schon ein einziges Flammenwerfer-Regiment würde reichen, ihnen die Hölle heiß zu machen. Es ist aber doch seltsam, wie sie es zur dominanten Spezies dieses Planeten gebracht haben. Man findet hier keine höher entwickelten Lebensformen als die sich schlängelnden Akmans und Skorahs oder die flugfähigen Tukahs auf dem zweiten Kontinent – außer natürlich, diese Löcher im Dionaischen Plateau bergen noch eine Überraschung.

Gegen zwei Uhr sprang der Richtungsweiser meines Detektors nach Westen um und zeigte rechts voraus vereinzelte Kristalle an. Das stimmte mit Andersons Angaben überein und ich änderte meinen Kurs entsprechend. Es ging nun wieder schwerer voran – nicht nur, weil das Gelände anstieg, sondern auch, weil die Tierwelt und die fleischfressende Vegetation üppiger wurden. Unermüdlich zerhieb ich Ugrats und zertrat Skorahs, und meine Ledermontur war über und über von geplatzten Darohs gesprenkelt, die von allen Seiten dagegenprallten. Wegen des Nebels brachte auch das Sonnenlicht nicht viel, und es schien den Schlamm kein bisschen auszutrocknen. Immer wenn ich einen Fuß aufsetzte, sank er mindestens zwei Handbreit ein, und zog ich ihn heraus, gab es jedesmal so ein saugendes *Blubb.* Ich wünschte, jemand würde ein anderes sicheres Bekleidungsmaterial als Leder für dieses Klima erfinden. Tuch würde natürlich vermodern, aber irgendein dünnes metallisches, reißfestes Gewebe – wie die Hülle dieser fäulnissicheren, drehbaren Berichtsrolle – sollte doch irgendwann machbar sein.

Ich aß etwa um halb vier – falls es Essen genannt werden kann, sich diese elenden Nährstofftabletten durch die Atemmaske zu schieben. Wenig später fiel mir eine deutliche Veränderung in der Landschaft auf – die leuchtenden, giftig aussehenden Blumen wechselten die Farbe und wirkten mit einem Mal gespenstisch. Die Umrisslinien aller Dinge schimmerten rhythmisch und helle Lichtpunkte tauchten auf und tanzten in ein und demselben trägen, gleichmäßigen Tempo. Danach schien die Temperatur zu schwanken, und zwar im Einklang mit einem eigentümlichen rhythmischen Getrommel.

Das ganze Universum schien in tiefen, regelmäßigen Pulsschlägen zu pochen, die jeden Winkel des Raums ausfüllten und meinen Körper wie auch meinen Verstand durchströmten. Ich verlor jeden Gleichgewichtssinn und taumelte schwindelig umher und es half gar nichts, dass ich meine Augen schloss und die Hände auf die Ohren presste. Aber ich konnte noch immer klar denken und innerhalb nur weniger Minuten begriff ich, was geschehen war.

Ich hatte zuvor doch noch die Bekanntschaft einer jener seltsamen *Wahnblumen* gemacht, über die so viele unserer Männer Geschichten erzählen. Anderson hatte mich vor ihnen gewarnt und mir ihr Aussehen sehr genau beschrieben – den borstigen Stängel, die stacheligen Blätter und die marmorierten Blüten, deren gasförmige, traumgebärende Ausdünstungen jeden denkbaren Maskentyp durchdringen.

Bei der Erinnerung an das, was vor drei Jahren mit Bailey geschehen war, überkam mich kurz eine Panik und ich begann, in der verrückten, chaotischen Welt, die die Pflanzendünste um mich herum gewoben hatten, herumzutoben und zu taumeln. Dann meldete sich mein Verstand zurück und ich erkannte, dass ich mich nur von den gefährlichen Blüten zurückzuziehen brauchte – mich vom Ursprung der Pulsationen entfernen und mir blindlings einen Weg bahnen – achtlos gegen alles, was scheinbar um mich herumwirbelte –, bis ich den Wirkungsbereich der Pflanze sicher hinter mich gebracht hatte.

Obwohl sich alles gefährlich um mich drehte, versuchte ich, die richtige Richtung einzuschlagen und mir einen Fluchtweg freizuschlagen. Dieser verlief offenbar alles andere als geradeaus, denn es schien Stunden zu dauern bis ich dem alles beherrschenden Einfluss der Wahnblume entronnen war. Allmählich begannen die tanzenden Lichter zu verblassen, und die schimmernde, geisterhafte Szenerie gewann die Anmutung des Vertrauten zurück. Sobald ich mich wieder völlig klar fühlte, sah ich auf die Uhr und staunte nicht schlecht, dass sie erst zwanzig nach vier zeigte. Obgleich scheinbar Ewigkeiten vergangen waren, konnte die ganze Sache kaum mehr als eine halbe Stunde beansprucht haben.

Jede Verzögerung war jedoch lästig und ich hatte bei meiner Flucht vor der Pflanze Boden verloren. Ich drängte jetzt bergan in jene Richtung, die mir der Detektor wies, und konzentrierte meine ganze Kraft darauf, Zeit wettzumachen. Der Dschungel war noch immer dicht, wenn auch weniger von tierischem Leben erfüllt. Einmal verschlang eine fleischfressende Pflanze meinen rechten Fuß und hielt ihn so fest gepackt, dass ich ihn mit meinem Buschmesser freihauen musste und nur Fetzen von der Blume übrig ließ, ehe sie mich freigab.

Es war noch keine Stunde verstrichen, als ich bemerkte, dass das Dschungeldickicht sich lichtete, und gegen fünf Uhr nachmittags – ich hatte gerade einen Streifen aus Baumfarnen mit sehr spärlichem Unterholz durchquert – trat ich auf eine breite, moosbewachsene Hochebene hinaus. Nun kam ich rasch voran, und das Zittern meiner Detektornadel zeigte mir, dass ich mich dem Kristall, hinter dem ich her war, jetzt ziemlich näherte. Dies war sonderbar, denn die verstreuten eiförmigen

Sphäroide fanden sich meist in Urwaldflüssen, wie man sie hier auf diesem baumlosen Hochland nicht antraf.

Das Gelände stieg an und lief in einen regelrechten Bergrücken aus. Ich erreichte den Gipfel gegen halb sechs und erblickte in einiger Entfernung vor mir eine weite Ebene voller Wälder. Dies war ganz ohne Frage jenes Plataeu, das Matsuwaga vor fünfzig Jahren aus der Luft kartografiert hatte und das auf unseren Karten die Bezeichnung ›Eryx‹ oder ›Eryzinäisches Hochland‹ trägt. Was jedoch mein Herz höher schlagen ließ, war ein kleineres Detail, dessen Standort nicht weit vom genauen Mittelpunkt der Hochebene entfernt liegen konnte. Es handelte sich um einen einzelnen Lichtpunkt, der durch den Nebel funkelte und aus den gelblichen, dunstgedämpften Sonnenstrahlen eine stechende, konzentrierte Leuchtkraft zu ziehen schien. Dies war ganz zweifellos der Kristall, den ich suchte – ein Objekt, womöglich nicht größer als ein Hühnerei, aber dennoch genügend Energie in sich bergend, um eine ganze Stadt ein Jahr lang mit Wärme zu versorgen. Als ich das ferne Leuchten erspähte, wunderte es mich kaum noch, dass diese elenden Echsenmenschen derartige Kristalle anbeten. Und doch besitzen sie nicht die mindeste Vorstellung von den Kräften, die diesen innewohnen.

Ich stürmte im Eiltempo los beim Versuch, die unverhoffte kapitale Beute so schnell wie möglich zu erreichen; und es verdross mich, als der feste Moosboden einem dünnen, extrem widerlichen Matsch wich, der mit vereinzelten Gras- und Rankenflecken durchsetzt war. Dennoch platschte ich achtlos voran – fast verlor ich dabei aus dem Sinn, nach etwaigen umherschleichenden Echsenmenschen Ausschau zu halten. Es war unwahrscheinlich, dass man mir in diesem offenen Gelände auflauerte. Als ich näherkam, schien das Leuchten vor mir an Größe und Helligkeit zuzunehmen, und mir begann, eine Eigentümlichkeit seiner Lage aufzufallen. Dies war ganz unverkennbar ein Kristall von allerhöchster Güte und meine Entdeckerfreude stieg mit jedem matschspritzenden Schritt.

An diesem Punkt muss ich anfangen, meinen Bericht mit besonderer Umsicht fortzusetzen, denn was ich von nun an mitzuteilen habe, schließt noch nie dagewesene – aber zum Glück beweisbare – Dinge mit ein. Ich stürmte mit wachsendem Eifer vorwärts und hatte mich dem Kristall – dessen Lage auf einer Art Erhebung in dem allgegenwärtigen Schlamm äußerst seltsam war – bis auf etwa hundert Meter genähert, als eine plötzliche, überwältigende Kraft mir vor die Brust und gegen die Knöchel meiner geballten Fäuste schlug und mich rücklings in den Morast schleuderte. Ich traf mit einem furchtbaren Klatscher auf, und weder der weiche Untergrund noch die Gegenwart einiger schleimiger Grashalme und Kriechpflanzen bewahrten meinen Schädel vor einer betäubenden Erschütterung. Einen Moment lang lag ich auf dem Rücken, zu gründlich verwirrt, um auch nur einen Gedanken zu fassen. Dann rappelte ich mich mechanisch wieder auf die Füße und wischte den schlimmsten Dreck von meiner Ledermontur ab.

Womit ich da zusammengeprallt war, konnte ich mir nicht im Mindesten erklären. Ich hatte nichts gesehen, was den Stoß bewirkt haben könnte, und ich sah auch jetzt nichts. War ich am Ende nur im Matsch ausgerutscht? Meine aufgeschlagenen Knöchel und meine schmerzende Brust brachten mich schnell von diesem Gedanken ab. Oder war der ganze Vorfall nur eine Illusion, hervorgerufen von einer verborgen blühenden Wahnblume? Das schien unwahrscheinlich, da ich keine der üblichen Symptome verspürte und weil es im näheren Umkreis keine Stelle gab, wo ein so auffälliges und typisches Gewächs unbemerkt hätte lauern können. Wäre ich auf der Erde gewesen, hätte ich auf eine Barriere aus N-Kraft getippt, errichtet von irgendeiner Regierung, um ein Sperrgebiet zu kennzeichnen, doch in dieser menschenleeren Gegend war eine solche Vermutung einfach absurd.

Schließlich riss ich mich zusammen und fasste den Entschluss, eine behutsame Erkundung vorzunehmen. Indem ich mein Messer so weit wie möglich vor mich hielt, sodass seine Klinge die seltsame Kraft zuerst zu spüren bekäme, rückte ich erneut gegen den leuchtenden Kristall vor – in der Absicht, mich Schritt für Schritt mit größtem Bedacht voranzutasten. Beim dritten Schritt wurde ich vom Auftreffen der Klingenspitze auf eine offenbar feste Fläche zum Stehen gebracht – eine feste Fläche, von der meine Augen nichts sahen.

Nach einem kurzen Zurückschrecken wurde ich mutig. Ich streckte meine behandschuhte Linke aus und ertastete direkt vor mir unsichtbare, aber feste Materie – oder eine Illusion greifbar fester Materie. Als ich meine Hand bewegte, erkannte ich, dass die Barriere eine beachtliche Ausdehnung besaß sowie eine glasartige Glätte, ohne Anzeichen dafür, dass hier Einzelblöcke aneinandergefügt waren. Jetzt wollte ich es genauer wissen, streifte einen Handschuh ab und befühlte die Sache mit bloßer Hand. Sie war tatsächlich hart und glasartig und von einer sonderbaren Kälte, die im Gegensatz zur Lufttemperatur stand. Und sosehr ich meine Augen anstrengte, um auch nur die geringste Spur der hemmenden Substanz zu erspähen, ich konnte nicht das Geringste ausmachen. Selbst irgendeine Art von lichtbrechender Eigenschaft war nicht nachzuweisen, wenn man das Aussehen der Landschaft vor mir als Kriterium heranzog. Auch die Sonne spiegelte sich nirgends.

Brennende Neugier begann, alle anderen Empfindungen zu verdrängen und ich weitete meine Erkundungen aus. Mit den Händen ertastete ich, dass die Barriere sich vom Boden bis zu einer Höhe erstreckte, die für mich nicht mehr erreichbar war, und dass sie sich zu beiden Seiten endlos ausdehnte. Es handelte sich also um eine Art von *Wand* – wenn ich auch bezüglich ihres Materials und ihres Zwecks noch nicht einmal Mutmaßungen anzustellen vermochte. Wieder zog ich Wahnblumen und die Träume in Betracht, die sie hervorrufen, doch nach kurzem Grübeln verwarf ich diese Überlegung.

Ich hämmerte mit dem Heft meines Messers hart auf die Barriere ein und trat mit den schweren Stiefeln dagegen, um Schlussfolgerungen aus den entstehenden Geräuschen zu ziehen. Der Rückhall ließ an Zement oder Beton denken, obgleich die Fläche sich unter meinen Händen eher nach Glas oder einem Metall angefühlt hatte. Ganz ohne Zweifel war ich hier auf etwas höchst Seltsames gestoßen, das mit nichts bisher Dagewesenem vergleichbar war.

Der nächste logische Schritt musste sein, mir eine Vorstellung von den Ausmaßen der Mauer zu verschaffen. Wie hoch sie war, ließ sich nur schwer oder sogar überhaupt nicht ermitteln, die Frage ihrer Länge und Form hingegen ließ sich vielleicht schneller klären. Indem ich meine Arme spreizte und mich eng gegen die Barriere presste, schob ich mich Stück für Stück nach links – wobei ich die vor mir liegende Strecke genau ins Auge fasste. Nach einigen Schritten kam ich zu dem Schluss, dass die Wand nicht in gerader Richtung verlief, sondern dass ich dem Teilstück eines großes Kreises oder einer riesigen Ellipse folgte. Und dann wurde meine Aufmerksamkeit von etwas ganz anderem gefangen genommen – etwas, das mit dem noch immer weit entfernten Kristall zusammenhing, dem meine Suche gegolten hatte.

Ich sagte bereits, dass auch aus größerer Entfernung die Lage des leuchtenden Objekts eigentümlich anmutete – einen kleinen Hügel krönend, der aus dem Schlamm ragte. Jetzt – aus etwa hundert Metern Entfernung – erkannte ich trotz der Nebelhülle klar, was das für ein Hügel war. Es handelte sich um die Leiche eines Mannes in einer der Ledermonturen der Kristallschürfgesellschaft. Er lag auf dem Rücken, eine Armlänge entfernt von der halb im Matsch versunkenen Sauerstoffmaske. Seine rechte Hand, verkrampft an seine Brust gepresst, hielt den Kristall, der mich hierher geführt hatte – ein Sphäroid von unglaublicher Größe, so riesig, dass die toten Finger ihn kaum zu umschließen vermochten. Sogar aus dieser Entfernung konnte ich sehen, dass die Leiche noch nicht alt war. Sie zeigte kaum Verwesungsspuren, woraus ich angesichts des herrschenden Klimas schloss, dass der Tod nicht früher als vor einem Tag eingetreten war. Bald schon würden die verhassten Farnoth-Fliegen sich auf der Leiche tummeln.

Ich fragte mich, wer der Mann sein mochte. Bestimmt niemand, dem ich während meines jüngsten Dienstaufenthaltes begegnet war. Er musste zu den alten Hasen gehört haben und in einem langfristigen Einsatz unterwegs gewesen sein, der ihn ohne die Hilfe von Andersons Vermessungsarbeit in diese spezielle Region geführt hatte. Dort lag er, aller Sorgen entledigt, und das Licht des großen Kristalls strahlte zwischen seinen starren Fingern hervor.

Wohl volle fünf Minuten stand ich da und starrte voller Bestürzung und Sorge hinüber. Eine seltsame Angst beschlich mich und ich verspürte den irrationalen Impuls, wegzurennen. Dies konnte nicht das Werk jener schleichenden Echsenmenschen sein, denn der Tote war ja noch immer im Besitz des Kristalls, den er entdeckt hatte. Bestand vielleicht irgendein Zusammenhang mit der unsichtbaren Wand? Wo hatte der Tote den Kristall gefunden? Andersons Instrument hatte einen in diesem Abschnitt angezeigt, lange bevor dieser Mann umgekommen sein konnte. Ich begann die unsichtbare Barriere jetzt als etwas Unheilvolles zu betrachten und wich schaudernd vor ihr zurück. Dennoch war mir klar, dass ich dem Geheimnis eben wegen dieser Tragödie umso schneller und genauer auf den Grund gehen musste.

Auf einmal – als ich meine Gedanken zu dem näherliegenden Problem zurückzwang – fiel mir eine Möglichkeit ein, wie ich die Höhe der Wand ermessen oder zumindest herausfinden konnte, ob sie sich endlos aufwärts erstreckte oder nicht. Ich hob eine Handvoll Schlamm auf, ließ ihn abtropfen, bis er eine gewisse Formbarkeit gewonnen hatte, und warf dann den Batzen hoch in die Luft gegen die vollkommen durchscheinende Barriere. In einer Höhe von etwa fünf Metern traf er mit einem lauten Klatschen auf die unsichtbare Fläche, zerspritzte sofort und verlor sich überraschend schnell in abwärts rinnenden Schlieren. Die Wand war also ziemlich hoch. Ein zweiter Batzen, in noch steilerem Winkel geworfen, traf in knapp sieben Metern über dem Boden gegen die Fläche und verschwand ebenso rasch wie der erste.

Ich bot jetzt meine gesamte Kraft auf und machte mich bereit, einen dritten Batzen so hoch zu werfen, wie ich überhaupt konnte. Wieder ließ ich ihn abtropfen, dann presste ich ihn so trocken wie möglich und schleuderte ihn derart steil hinauf, dass ich schon fürchtete, er treffe gar nicht gegen die hindernde Fläche. Und tatsächlich, diesmal überflog er die Barriere und klatschte mit gewaltigem Gespritze in den dahinterliegenden Matsch. Endlich hatte ich eine grobe Vorstellung von der Höhe der Wand gewonnen, denn die Überquerung hatte dem Anschein nach fast acht Meter über dem Boden stattgefunden.

Bei einer mindestens sieben Meter hohen senkrechten Wand von glasartiger Glätte brauchte man an eine Überkletterung nicht einmal denken. Ich musste also die Barriere weiter umkreisen, in der Hoffnung, an ein Tor, an ihr Ende oder an irgendeine Art von Unterbrechung zu gelangen. Bildete das Hindernis einen Ring oder sonst eine geschlossene Form, oder war es lediglich ein Bogen oder Halbkreis? Ich wollte fortfahren wie geplant, meine langsame Umrundung in die linke Richtung wieder aufnehmen und dabei meine Hände an der unsichtbaren Fläche auf und ab bewegen, um vielleicht zufällig auf eine Art Fenster oder sonstige kleine Öffnung zu stoßen. Bevor ich damit begann, versuchte ich meine Ausgangsposition zu kennzeichnen, indem ich ein Loch in den Matsch trat, doch erwies er sich als zu dünnflüssig, um eine bleibende Verformung beizubehalten. Ich schätzte jedoch meinen Standort annäherungsweise ab, indem ich mir eine große Zykadee im fernen Wald merkte, die mit dem knapp hundert Meter entfernten, strahlenden Kristall eine Linie bildete. Auch falls kein Durchgang oder keine Unterbrechung existierte, würde es mir anhand dieses Merkmals nicht entgehen, wenn ich die Wand vollständig umrundet hatte.

Ich war noch nicht weit gekommen, als mir klar wurde, dass die Krümmung auf eine kreisförmige Umfriedung mit einem Durchmesser von etwa hundert Metern hindeutete – vorausgesetzt, dass ihre Kurve regelmäßig verlief. Dies würde bedeuten, dass der Tote sich dicht an einer Stelle der Wand befand, die am entgegengesetzten Ende von meinem Ursprungsstandort lag. Lag er noch innerhalb oder schon außerhalb ihrer Grenzen? Darüber würde ich bald Gewissheit erhalten.

Während ich die Barriere langsam umrundete, ohne auf ein

Tor, ein Fenster oder sonst eine Unterbrechung zu stoßen, befand ich, dass der Leichnam innerhalb der Umfriedung lag. Bei näherem Hinsehen erschienen die Gesichtszüge des toten Mannes sonderbar verstörend. Ich entdeckte etwas Beunruhigendes in seiner Miene und diesem glasigen Starren seiner Augen. Sobald ich an ihn herangekommen war, glaubte ich, in ihm Dwight zu erkennen, einen Veteranen, mit dem ich niemals persönliche Bekanntschaft geschlossen hatte, der mir jedoch vergangenes Jahr im Handelsposten gezeigt worden war. Der Kristall, den er umkrallte, war ganz gewiss ein kapitaler Fang – das größte Einzelexemplar, das ich jemals zu sehen bekam.

Ich war dem Toten jetzt so nahe, dass ich ihn – wäre die Barriere nicht gewesen – hätte berühren können, da fühlte meine tastende Linke eine Kante innerhalb der unsichtbaren Fläche. Eine Sekunde später wusste ich, dass sich dort eine Öffnung befand, die etwa einen Meter breit war und vom Boden aus höher hinaufging, als ich reichen konnte. Es gab keine Tür oder Hinweise auf Türangelbefestigungen, die von einer einstmals vorhandenen Tür zeugten. Ohne zu zögern trat ich hindurch und machte zwei Schritte auf den hingestreckten Leichnam zu – der in einer Art abzweigendem Korridor lag, im rechten Winkel zu der Halle, die ich betreten hatte. Es stachelte meine Neugier weiter an, als ich feststellte, dass das Innere dieser weiten Umfriedung in Unterabteilungen gegliedert war.

Ich beugte mich hinab, um den Toten zu untersuchen, wobei ich erkannte, dass er keinerlei Verletzungen aufwies. Das überraschte mich kaum, da das unveränderte Vorhandensein des Kristalls gegen eine Verwicklung der pseudoreptilischen Eingeborenen sprach. Als ich mich nach einer möglichen Todesursache umschaute, traf mein Blick auf die Sauerstoffmaske, die neben den Füßen des Toten lag. Hier hatte ich in der Tat einen Anhaltspunkt. Ohne dieses Hilfsmittel konnte kein menschliches Wesen die Venusluft länger als dreißig Sekunden atmen, und Dwight – falls er es denn war – hatte seine Maske offenkundig verloren. Vermutlich war sie nachlässig festgeschnallt gewesen, sodass das Gewicht der Atemflaschen die Riemen gelockert hatte – ein Unglück, das mit einer Dubois-Porenspeichermaske ausgeschlossen war. Die halbminütige Gnadenfrist war wohl zu knapp bemessen gewesen, als dass der Mann sich hätte bücken und seinen Atemschutz wieder anlegen können – oder aber der Zyangehalt der Venusatmosphäre war gerade besonders hoch gewesen. Wahrscheinlich hatte der Mann sich gerade in der Bewunderung des Kristalls verloren – wo auch immer er ihn gefunden haben mochte. Augenscheinlich hatte er ihn eben erst aus der Transporttasche seiner Montur genommen, denn die Lasche war aufgeknöpft.

Ich ging nun daran, den riesigen Kristall aus den Fingern des toten Prospektors zu winden – ein Unterfangen, das durch die Leichenstarre sehr erschwert wurde. Das Sphäroid war größer als eine Männerfaust und glühte in den rötlichen Strahlen der sinkenden Sonne beinahe wie lebendig. Als ich die glimmende Oberfläche berührte, erschauerte ich unwillkürlich – so als hätte ich, indem ich diesen kostbaren Gegenstand an mich nahm, das Verhängnis, das seinen vormaligen Träger ereilt hatte, ebenso auf mich genommen. Jedoch ging meine Schwäche bald vorüber und ich verschloss den Kristall sorgfältig in der Transporttasche meiner Ledermontur. Ein Hang zum Aberglauben hat nie zu meinen Fehlern gezählt.

Ich stülpte den Helm des Mannes über sein totes, starrendes Gesicht, dann erhob ich mich und trat durch die unsichtbare Türöffnung zurück in die Eingangshalle der großen Umfriedung.

Meine Neugier bezüglich des seltsamen Bauwerks war nun wieder voll entflammt, und ich zermarterte mir das Hirn mit Spekulationen hinsichtlich seines Materials, seines Ursprungs und seines Zwecks. Dass es von Menschenhand errichtet war, vermochte ich keinen Augenblick lang zu glauben. Unsere Schiffe erreichten die Venus erstmals vor gerade mal zweiundsiebzig Jahren, und die einzigen menschlichen Wesen auf dem Planeten sind in Terra Nova zu finden. Außerdem kennt das menschliche Wissen keinen absolut durchsichtigen, brechungsfreien Feststoff gleich dem Material dieses Bauwerks. Prähistorische menschliche Heimsuchungen der Venus kann man getrost ausschließen, sodass eigentlich nur noch die Vermutung übrig bleibt, es mit einem Werk von Einheimischen zu tun zu haben. War eine verschollene Rasse hochentwickelter Lebewesen den Echsenmenschen als Beherrscher der Venus vorausgegangen? Trotz ihrer kunstfertig errichteten Städte schien es abwegig, den Pseudoreptilien irgendetwas in dieser Art zuzutrauen. Also muss vor vielen Äonen eine andere Rasse existiert haben, von der dies hier vielleicht das einzige Überbleibsel ist. Oder werden künftige Expeditionen weitere Ruinen ähnlichen Ursprungs entdecken? Der *Zweck* eines solchen Bauwerks übersteigt alle Mutmaßungen – doch weist sein fremdartiges und anscheinend keinen praktischen Nutzen erfüllendes Baumaterial auf eine religiöse Verwendung hin.

Mit der Einsicht, auf diese Fragen keine Antworten zu bekommen, kam ich zu dem Schluss, dass ich eigentlich nur noch die unsichtbare Anlage selbst erkunden konnte. Dass sich diverse Räume und Korridore über die scheinbar unberührte Schlammebene ausdehnten, davon war ich überzeugt; und ich glaubte, dass eine Kenntnis ihres Grundrisses und ihrer Anordnung wichtige Erkenntnisse erbringen würde. Ich ertastete mir also meinen Weg zurück durch die Eingangstür, schob mich an der Leiche vorbei und begann dann entlang des Korridors zu jenen inneren Bezirken vorzustoßen, aus denen der Tote vermutlich gekommen war. Später dann würde ich die Eingangshalle erforschen, die ich hinter mir gelassen hatte.

Trotz des dunstigen Sonnenlichts ertastete ich wie ein Blinder meinen Weg und kam nur langsam voran. Bald knickte der Korridor scharf ab und begann, sich in immer engeren Spiralen dem Zentrum der Anlage entgegenzuschrauben. Dann und wann enthüllte mein Tasten einen türlosen Quergang, und einige Male traf ich auf Kreuzwege von zwei, drei oder vier auseinanderstrebenden Passagen. In solchen Fällen folgte ich der mittleren Abzweigung, die ich für eine Fortsetzung derjenigen hielt, durch die ich gerade gekommen war. Sobald ich erst die Hauptbezirke erreicht hätte und daraus zurückkehrte, würde noch Zeit genug zur Erkundung dieser Verästelungen bleiben. Ich vermag das Sonderbare dieser Erfahrung kaum in Worte zu fassen – die unsichtbaren Gänge eines unsichtbaren, von längst vergessenen Händen auf einem fremden Planeten errichteten Bauwerks zu durchspüren!

Noch immer stolpernd und tastend, erfühlte ich schließlich, dass der Korridor in einen unbeengten offenen Raum mündete. Durch weiteres Umherfingern fand ich heraus, dass ich mich in einem kreisförmigen Raum von etwa drei Metern Durchmesser befand; und anhand der Position des toten Mannes vor dem Hintergrund gewisser entfernter Waldmerkmale schloss ich, dass dieser Raum im oder nahe beim Zentrum des Bauwerks lag. Von ihm strahlten fünf Gänge ab, außer dem, der mich hergeführt hatte, doch prägte ich mir letzteren ein, indem ich äußerst gewissenhaft an der Leiche vorbei einen bestimmten Baum am Horizont anpeilte, während ich genau im Eingang stand.

Der Raum fiel durch nichts auf – allenfalls durch den Boden aus einer allgegenwärtigen, dünnflüssigen Schlammschicht. Da ich mich fragte, ob dieser Teil des Gebäudes eine Überdachung besaß, wiederholte ich mein Experiment mit dem emporgeworfenen Schlammbatzen und erkannte sogleich, dass keine Decke vorhanden war. Falls je eine existiert hatte, musste sie schon vor sehr langer Zeit eingestürzt sein, denn meine Füße stießen gegen keine Schuttrückstände oder Steinbruchstücke. Als ich darüber nachdachte, kam es mir doch ausgesprochen seltsam vor, dass diese anscheinend uralte Anlage so völlig frei von zerbröckelndem Mauerwerk, klaffenden Wandlöchern und anderen typischen Merkmalen des Verfalls sein sollte.

Wozu diente die Anlage? Wozu war sie früher einmal gebaut worden? Woraus bestand sie? Warum existierte keine Spur von Mauersteinfugen in den glasartigen, verblüffend homogenen Wänden? Warum wies nichts auf Türen hin, weder innen noch außen? Ich wusste nur, dass ich mich in einem runden, unüberdachten, türlosen Bauwerk aus irgendeinem harten, glatten, vollkommen durchsichtigen, brechungs- und spiegelungsfreien Material aufhielt, hundert Meter im Durchmesser, voller Gänge und mit einem kleinen runden Raum in der Mitte. Mehr konnte ich durch eine unmittelbare Erkundung auch nicht in Erfahrung bringen.

Ich bemerkte jetzt, dass die Sonne langsam im Westen versank – eine rötlichgoldene Scheibe, die in einem Meer aus Scharlach und Orange über den nebelverhangenen Bäumen des Horizonts schwamm. Ich musste mich wirklich beeilen, falls ich noch vor dem Dunkelwerden einen trockenen Platz zum Schlafen finden wollte. Schon zuvor hatte ich beschlossen, mein Nachtlager auf dem festen, moosbedeckten Grat der Hochebene nahe dem Bergrücken aufzuschlagen, von dem aus ich den leuchtenden Kristall erstmals erspäht hatte. Ich vertraute darauf, dass mein gewohntes Glück mich vor einem Überfall der Echsenmenschen bewahren würde. Ich habe schon immer den Standpunkt verfochten, dass wir mindestens in Zweiergruppen unterwegs sein sollten, damit einer Nachtwache halten kann, doch die wirklich seltenen nächtlichen Angriffe machen die Gesellschaft etwas sorglos in solchen Dingen. Diese geschuppten Schurken scheinen bei Nacht nicht gut sehen zu können, selbst im Schein ihrer absonderlichen Glühfackeln.

Nachdem ich den Korridor wieder ausfindig gemacht hatte, durch den ich hergelangt war, trat ich den Rückweg zum Eingang der Anlage an. Weitere Erkundungen hatten bis morgen Zeit. Ich tastete mich so gut ich konnte durch den Schneckengang – geleitet nur von einem allgemeinen Orientierungssinn, meinem Gedächtnis und dem vagen Wiedererkennen einiger der Grasinseln auf der Ebene – und befand mich bald erneut in unmittelbarer Nähe zur Leiche. Über das helmbedeckte Gesicht krabbelten jetzt einige Farnoth-Fliegen, und ich wusste, dass die Verwesung einsetzte. In sinnlosem, instinktivem Ekel hob ich meine Hand, um diese Vorhut der Aasfresser fortzuscheuchen – da trat ein seltsamer und erstaunlicher Umstand zutage. Eine unsichtbare Wand, die die Bewegung meines Arms abfing, machte mir klar, dass ich – ungeachtet meiner sorgfältigen Zurückverfolgung des Weges – augenscheinlich nicht in den Korridor zurückgefunden hatte, worin der Leichnam lag. Stattdessen steckte ich in einem Parallelgang, nachdem ich in dem zurückliegenden, vertrackten Geflecht aus Gängen ganz offenkundig eine falsche Abzweigung oder Gabelung gewählt hatte.

In der Hoffnung, eine Türöffnung zu der vor mir liegenden Ausgangshalle zu finden, ging ich weiter geradeaus, stieß jedoch unvermittelt auf eine nackte Wand. Ich würde also zu dem zentralen Gelass zurückkehren und von dort aus eine erneute Kursbestimmung vornehmen müssen. Wo genau mir mein Fehler unterlaufen war, konnte ich nicht sagen. Ich schaute zu Boden, ob nicht auf wundersame Weise Fußspuren als Wegweiser zurückgeblieben waren, musste jedoch sogleich erkennen, dass der dünnflüssige Matsch Abdrücke nur ein paar Sekunden lang beibehielt. Mühelos fand ich ins zentrale Gelass zurück, wo ich abermals sorgfältig über den richtigen Weg nach draußen nachdachte. Ich hatte mich vorhin zu weit rechts gehalten. Diesmal musste ich irgendwo eine weiter links gelegene Abzweigung nehmen – wo genau, konnte ich unterwegs entscheiden.

Als ich mich zum zweiten Mal vorwärtstastete, war ich zuversichtlich, auf dem richtigen Weg zu sein, und an einer Abzweigung, derer ich mich sicher zu erinnern meinte, bog ich nach links ab. Weiter ging es im Spiralverlauf, und ich gab acht, nicht in einen der Quergänge abzuirren. Doch bald erkannte ich zu meinem Verdruss, dass ich in beträchtlicher Entfernung an der Leiche vorüberkam; dieser Gang traf offenkundig ein gutes Stück hinter dem Toten auf die Außenmauer. In der Hoffnung, dass die noch vor mir liegende Hälfte der Wand einen weiteren Ausgang besaß, drängte ich einige Schritte weit vorwärts, stand jedoch plötzlich abermals vor einer festen Hürde. Ganz offensichtlich war der Bauplan der Anlage noch viel komplizierter, als ich geglaubt hatte.

Ich fragte mich, ob ich zum Zentrum zurückkehren oder ob ich es lieber mit einigen der Seitengänge versuchen sollte, die zur Leiche hinführten. Wählte ich die zweite Möglichkeit, lief ich Gefahr, meinen geistigen Orientierungsplan durcheinanderzubringen. Ich ließ mich wohl besser nicht darauf ein, ohne vorher eine Methode gefunden zu haben, wie ich eine sichtbare

Spur hinter mir zurücklassen konnte. Das Auslegen einer solchen Spur stellte ein ziemliches Problem dar, und ich zermarterte mir das Gehirn nach einer Lösung. Ich schien nichts am Körper zu tragen, was irgendwo eine Markierung hinterlassen konnte, und auch nichts, was ich hinter mir hätte ausstreuen können – oder minutiös zerkleinern und dann ausstreuen.

Mein Stift blieb vollkommen wirkungslos auf der unsichtbaren Wand. Auch aus meinen kostbaren Nährstoff-Tabletten konnte ich keine Spur legen, selbst wenn ich die letzteren hätte opfern wollen, so hätten sie doch bei Weitem nicht ausgereicht – mal davon abgesehen, dass die kleinen Pillen in dem dünnflüssigen Matsch sofort dem Blick entschwunden wären. Ich durchforschte meine Taschen nach einem altmodischen Notizbuch – wie es auf der Venus trotz der geringen Papierhaltbarkeit in der Atmosphäre des Planeten häufig inoffiziell benutzt wurde –, um seine Seiten zu zerreißen und zu verstreuen, fand aber keines. Das widerstandsfähige dünne Metall dieser fäulnissicheren, drehbaren Berichtsrolle ließ sich nicht zerkleinern und auch meine Bekleidung bot keine Möglichkeiten. In der eigentümlichen Venus-Atmosphäre konnte ich nicht gefahrlos auf meine feste Ledermontur verzichten, und Unterwäsche trug niemand wegen des Klimas.

Ich versuchte, Schlamm auf die glatten unsichtbaren Wände zu schmieren, nachdem ich ihn so trocken gepresst hatte wie möglich, musste jedoch feststellen, dass er ebenso schnell abtropfte wie zuvor die Schlammbrocken bei meinem Höhentest. Schließlich zückte ich mein Messer und versuchte, in die glasartige Phantom-Oberfläche eine Linie zu ritzen – die ich mit der Hand würde erspüren können, wenn sie schon nicht den Vorteil bot, aus der Entfernung sichtbar zu sein. Doch es war zwecklos, denn die Klinge hinterließ nicht die allerkleinste Schramme auf dem verblüffenden, unbekannten Material.

Enttäuscht in all meinen Bemühungen, eine Art Ariadnefaden auszuwickeln, suchte ich abermals den runden Zentralraum auf. Es schien leichter zu sein, in dieses Zentrum zurückzufinden, als einen bestimmten, vorherberechneten Kurs von ihm weg zu verfolgen, und es bereitete mir keine Schwierigkeit, wieder dorthin zu gelangen. Diesmal hielt ich auf meiner Berichtsrolle jede Abzweigung fest, die ich nahm – skizzierte ein grobes, hypothetisches Schema meiner Route und kennzeichnete alle Seitengänge. Es war natürlich eine irremachend langsame Arbeit, alles und jedes erst durch Herumtasten auskundschaften zu müssen, und sie enthielt eine Vielzahl möglicher Fehlerquellen. Aber ich glaubte, dass es sich auf lange Sicht auszahlen würde.

Das lange währende Abendzwielicht der Venus war bereits matter, als ich den Zentralraum erreichte, aber ich hoffte noch immer darauf, vor Einbruch der Dunkelheit hinauszufinden. Als ich meine neue Zeichnung mit früheren Erinnerungen verglich, meinte ich, meinen ursprünglichen Fehler ermittelt zu haben, und trat noch einmal zuversichtlich den Weg durch die unsichtbaren Korridore an. Ich steuerte weiter nach rechts als während meiner früheren Anläufe und versuchte, jede Biegung, die ich nahm, auf meiner Berichtsrolle nachzuzeichnen, für den Fall, dass ich noch immer falsch lag. In der zunehmenden Dämmerung erkannte ich den düsteren Umriss der Leiche, die nun von einer ekelhaften Wolke von Farnoth-Fliegen umhüllt war. Bestimmt würden bald die im Schlamm hausenden Sificlighs von der Ebene hereinschwärmen, um das grausige Werk zu vollenden. Ich näherte mich dem Toten mit einigem Widerwillen und war schon darauf gefasst, an ihm vorüberzusteigen, als ein plötzlicher Zusammenprall mit einer Wand mir sagte, dass ich schon wieder fehlgegangen war.

Nun war mir klar, dass ich mich verirrt hatte. Die Kompliziertheit dieses Bauwerks ließ keine schnelle Lösung zu, und ich würde vermutlich jede Menge sorgsamer Planungen anstellen müssen, ehe ich auf ein Entrinnen hoffen konnte. Dennoch wollte ich unbedingt trocknen Boden gewinnen, bevor die völlige Dunkelheit einsetzte. Also kehrte ich abermals zum Zentrum zurück und probierte ziemlich ziellos neue Wege aus – und fertigte im Licht meiner Taschenlampe Notizen dazu an. Als ich die Leuchte einschaltete, bemerkte ich interessiert, dass sie keinerlei Spiegelung – noch nicht einmal das schwächste

Glitzern – auf den durchsichtigen Wänden verursachte, die mich umschlossen. Allerdings überraschte mich das nicht mehr.

Als die Dunkelheit vollkommen wurde, tappte ich noch immer tastend herum. Ein dichter Nebel verschleierte den größten Teil der Sterne und Planeten, die Erde jedoch war deutlich als schimmernder, bläulich-grüner Punkt im Südosten zu sehen. Sie war eben aus der Gegenseite zur Venus getreten und hätte, durch ein Teleskop betrachtet, einen herrlichen Anblick geboten. Wann immer die Nebelschleier einen Moment lang aufrissen, konnte ich daneben sogar den Mond ausmachen. Es war jetzt unmöglich geworden, den Leichnam – meinen einzigen Orientierungspunkt – zu erkennen, daher stolperte ich nach einigen falschen Abbiegungen zurück zum Zentrum.

Die Hoffnung, auf trockenem Boden schlafen zu können, musste ich nun doch fahren lassen. Vor Anbruch des Tageslichtes ließ sich ohnehin nichts mehr tun, da konnte ich mich ebenso gut hier niederlegen. Mich in den Matsch zu betten würde nicht angenehm werden, doch in meiner Ledermontur mochte es gehen. Auf früheren Expeditionen hatte ich schon unter übleren Umständen geschlafen, und diesmal würde schiere Erschöpfung über das Unbehagen siegen.

Hier bin ich nun, hocke im Matsch des Zentralraumes und schreibe beim Schein der Taschenlampe diese Eintragungen auf die Berichtsrolle. Meine sonderbare, beispiellose Zwangslage hat schon fast etwas Komisches an sich. Verirrt in einem Bauwerk ohne Türen – einem Bauwerk, das ich gar nicht sehen kann! Ich sollte wohl am frühen Morgen hier hinausgelangen, dann müsste ich ungefähr am späten Nachmittag mitsamt dem Kristall zurück in Terra Nova sein. Er ist schon ein Prachtstück – selbst im schwachen Schein dieser Lampe besitzt er einen erstaunlichen Glanz. Eben erst habe ich ihn hervorgeholt, um ihn in Augenschein zu nehmen. Trotz meiner Müdigkeit kommt der Schlaf nur zögernd, daher schreibe ich so ausführlich. Aber ich muss jetzt Schluss machen. An diesem Ort laufe ich wohl kaum Gefahr, von den verfluchten Einheimischen behelligt zu werden. Am wenigsten behagt mir noch die Leiche

– zum Glück bewahrt mich meine Sauerstoffmaske vor den schlimmsten Auswirkungen. Ich gehe sehr sparsam mit meinen Chlorat-Würfeln um. Werde jetzt noch zwei Nährstofftabletten einwerfen und mich dann aufs Ohr hauen. Später mehr.

*SPÄTER – Nachmittags, am 13.VI.*
Die Schwierigkeiten waren größer als erwartet. Ich bin noch immer in dem Bauwerk eingeschlossen und werde zügig und planvoll zu Werke gehen müssen, falls ich diesmal auf dem Trockenen nächtigen will. Ich brauchte lange, um einzuschlafen, und wachte heute erst fast gegen Mittag auf. Ich hätte sogar noch länger geschlafen, wäre nicht das Gleißen der Sonne durch den Dunst gedrungen. Die Leiche bot einen ziemlich üblen Anblick – sie wimmelte von Sificlighs und war umhüllt von einer Wolke aus Farnoth-Fliegen. Etwas hatte ihr den Helm vom Gesicht gedrückt und man sah besser gar nicht erst hin. In Anbetracht dieser Situation war ich um meine Atemmaske doppelt froh.

Schließlich klopfte und wischte ich mich trocken, nahm zwei Nährstofftabletten ein und schob einen neuen Kalium-Chlorat-Würfel in den Elektrolyseur der Maske. Ich verbrauche diese Würfel nur langsam, wünschte mir jedoch einen größeren Vorrat davon. Nach dem Schlaf fühlte ich mich erheblich besser und erwartete eigentlich, dem Bauwerk binnen kürzester Frist zu entrinnen.

Als ich die Einträge und Skizzen zu Rate zog, die ich eilig angefertigt hatte, überwältigte mich die komplizierte Verschachtelung der Gänge und die Möglichkeit, einen grundlegenden Fehler begangen zu haben. Unter den sechs Öffnungen, die aus dem Zentrum hinausführten, hatte ich eine ganz bestimmte zu der ernannt, durch die ich hereingekommen sein musste – wobei ich mich an der optischen Fixierung orientiert hatte. Wenn ich genau in der besagten Öffnung stand, bildete die fünfzig Meter entfernte Leiche eine gerade Linie mit einem bestimmten Schuppenbaum aus dem weit entfernten Wald.

Nun fragte ich mich, ob meine Fixierung eventuell nicht mit

ausreichender Genauigkeit erfolgt war – der doch recht große Abstand zur Leiche ließ deren Richtungsabweichung gegenüber dem Horizont relativ gering ausfallen, wenn man es von den Öffnungen aus betrachtete, die der Öffnung meines ersten Eintretens am nächsten lagen. Mehr noch, der Baum unterschied sich nicht ganz so deutlich, wie er wohl hätte sollen, von anderen Schuppenbäumen am Horizont. Ich überprüfte die Sache und erkannte zu meinem Ärger, dass ich nicht sicher sein konnte, welche der drei Öffnungen die richtige war.

Hatte jeder von mir erprobte Ausgang mich in einen anderen Spiralgang geführt? Diesmal würde ich auf Nummer sicher gehen. Mir fuhr durch den Sinn, dass ich trotz der Unmöglichkeit des Spurauslegens eine Kennmarke besaß, die ich hinterlassen konnte. Wenngleich meine Montur unverzichtbar war, so konnte ich doch – dank meines dichten Haarschopfs – den Helm entbehren. Dieser war groß und leicht genug, um auf dem dünnflüssigen Matsch sichtbar zu bleiben. Also setzte ich das halbkugelförmige Ausrüstungsteil ab und legte es vor den Eingang eines der Korridore – vor den rechten der drei, die ich ausprobieren musste.

Diesem Korridor würde ich in der Annahme folgen, dass er der richtige sei; die Abzweigungen wiederholen, die ich meiner Erinnerung nach für richtig hielt, und dabei laufend alte Aufzeichnungen zu Rate ziehen und neue anfertigen. Falls mich dies nicht ans Ziel brachte, würde ich systematisch alle denkbaren Alternativen ausschöpfen. Schlug auch dies fehl, würde ich die Gänge, die von der nächsten Öffnung abzweigten, in gleicher Weise abarbeiten – nötigenfalls bis hin zur dritten Öffnung. Früher oder später musste ich einfach den richtigen Weg zum Ausgang erwischen, doch ich brauchte dazu Geduld. Selbst im schlimmsten Fall konnte es mir kaum misslingen, die freie Ebene noch früh genug für einen trockenen Platz zur Nachtruhe zu erreichen.

Die ersten Resultate waren ziemlich entmutigend, wenn sie mir auch halfen, die rechts liegende Öffnung in wenig mehr als einer Stunde abzuhaken. Von diesem Gang schien nur eine

Reihe von Sackgassen abzuzweigen, die alle in großer Entfernung von der Leiche endeten; sehr bald erkannte ich, warum ich bei meinen Streifzügen des gestrigen Nachmittags nicht zu ihr gelangt war. Wie schon gewohnt, gelang es mir allerdings immer noch recht leicht, mich ins Zentrum zurückzutasten.

Gegen ein Uhr nachmittags versetzte ich meinen Helm-Richtpunkt vor die nächste Öffnung und begann, die dahinterliegenden Gänge zu erkunden. Zunächst glaubte ich, die Biegungen wiederzuerkennen, doch bald schon befand ich mich in einem vollends unvertrauten Geflecht von Gängen. Ich kam einfach nicht in die Nähe der Leiche, und diesmal schien ich auch noch vom Zentralraum abgeschnitten, obwohl ich doch überzeugt war, jeden meiner Schritte aufgezeichnet zu haben. Ich schien es mit kniffligen Biegungen und Kreuzungen zu tun zu haben, deren Raffinesse sich meinen groben Zeichnungen entzog, und eine Mischung aus Wut und Entmutigung begann, sich in mir breitzumachen. Natürlich würde Geduld letztlich zum Ziel führen, und mir schwante, dass meine Suche extrem gründlich, rastlos und ausdauernd würde sein müssen.

Um zwei Uhr nachmittags irrte ich noch immer vergeblich durch fremde Korridore – mir beständig den Weg ertastend, abwechselnd zum Helm und zur Leiche hinblickend, und mit schwindender Zuversicht Informationen auf meine Rolle kritzelnd. Ich verfluchte die alberne Dummheit und Neugier, die mich in dieses Gewirr unsichtbarer Wände verschlagen hatten – erst recht, wenn ich mir vor Augen hielt, dass ich inzwischen längst wieder sicher in Terra Nova sein könnte, hätte ich nur dieses Artefakt links liegen lassen und schleunigst den Heimweg angetreten, nachdem ich dem Leichnam den Kristall abgenommen hatte.

Plötzlich schoss mir in den Sinn, dass ich vielleicht mit Hilfe meines Messers einen Tunnel unter den Wänden hindurchgraben und so gewissermaßen per Abkürzung hinausgelangen könnte – oder zu einem Gang, der hinausführte. Ich hatte keine Möglichkeit, zu ermessen, wie tief die Wände des Bauwerks in den Boden reichten, doch sprach der allgegenwärtige Matsch dafür, dass der Untergrund aus nichts als Erde bestand. Den weitab liegenden und immer schrecklicher aussehenden Leichnam im Blick, begann ich, mit der breiten, scharfen Messerklinge fieberhaft drauflloszubuddeln.

Zuerst legte ich eine zirka achtzehn Zentimeter tiefe Schicht des halbflüssigen Matsches frei, unterhalb derer die Festigkeit des Bodens beträchtlich zunahm. Dieser tiefere Boden besaß eine andere Farbe – gräulicher Lehm, der eher der Landbeschaffenheit am Nordpol der Venus glich. Als ich mich dicht an der unsichtbaren Barriere abwärtswühlte, merkte ich, dass der Boden härter und härter wurde. Wässriger Schlamm flutete ebenso schnell in die Ausschachtung, wie ich den Lehm herausschaufelte, doch tauchte ich mit den Händen hinein und arbeitete weiter. Falls ich nur irgendeine Art von Durchlass unter der Wand hindurch graben konnte, würde der Schlamm mein Hinauskriechen nicht verhindern.

In etwa einem Meter Tiefe jedoch setzte die Härte des Bodens meinem Gegrabe entschiedenen Widerstand entgegen. Seine Festigkeit und sein anormal hohes Gewicht übertraf alles, was mir je begegnet war, sogar auf diesem Planeten. Meine Klinge musste den gepressten Lehm zerschneiden und fortschaben, und die Stücke, die ich herausholte, glichen massiven Steinen oder Metallsplittern. Zuletzt wurde sogar dieses Schnippeln und Kratzen unmöglich, und ich musste meine Mühen einstellen, ohne eine Unterkante der Wand erreicht zu haben.

Der stundenlange Versuch war vergeudet und vergebens, denn er hat mich viele Kraftreserven gekostet und mich genötigt, eine extra Nährstofftablette einzunehmen wie auch einen zusätzlichen Chlorat-Würfel in die Sauerstoffmaske zu stecken. Überdies hat er eine Unterbrechung meines Vorantastens am heutigen Tag erwirkt, denn ich bin noch immer viel zu erledigt, um zu laufen. Nachdem ich meine Hände und Arme vom schlimmsten Schmutz gereinigt hatte, setzte ich mich hin, um diese Zeilen zu schreiben – an eine unsichtbare Wand gelehnt und dem Leichnam im Rücken.

Diese Leiche ist jetzt nur noch eine einzige Masse wimmelnden Ungeziefers – der Gestank lockt inzwischen schleimige Akmans aus dem fernen Dschungel an. Ich bemerke, dass zahlreiche Efjeh-Pflanzen auf der Ebene ihre aasfressenden Fühler nach dem Kadaver ausstrecken, doch ich bezweifle, dass irgendeiner davon lang genug ist, um ihn zu erreichen. Ich wünschte, einige wirklich fleischfressende Organismen wie die Skorahs tauchten auf, denn sie würden mich vielleicht wittern und es schaffen, sich durch das Bauwerk zu mir her zu schlängeln. Derartige Biester besitzen einen eigentümlichen Orientierungssinn. Ich könnte ihren Weg verfolgen und seinen annähernden Verlauf skizzieren, sollten ihre Leiber keine durchgehende Linie bilden. Auch das wäre immer noch eine große Hilfe. Falls mir welche in die Quere kämen, würde meine Pistole kurzen Prozess mit ihnen machen.

Doch heißt dies wohl, zu viel zu erhoffen. Nun, da diese Aufzeichnungen gemacht sind, will ich noch ein wenig ausruhen, und später werde ich noch ein wenig umhertasten. Sobald ich in den Zentralraum zurückgekehrt bin – was nicht allzu schwer sein sollte –, werde ich es mit der am weitesten links gelegenen Öffnung versuchen. Vielleicht komme ich bis zum Anbruch der Dämmerung ja doch noch hier raus.

*NACHT – am 13. VI.*

Neuer Ärger. Mein Entkommen wird furchtbar schwierig werden, denn es sind Probleme aufgetaucht, mit denen ich nicht gerechnet hatte. Wieder eine Nacht hier im Matsch, und morgen wartet ein Kampf auf mich. Ich hatte meine Ruhepause abgekürzt und war um fünf Uhr nachmittags schon wieder auf den Beinen und tastete umher. Nach ungefähr fünfzehn Minuten erreichte ich den Zentralraum und verrückte meinen Helm, um die letzte der drei möglichen Öffnungen zu kennzeichnen. Als ich in den dahinterliegenden Gang aufbrach, kam mir sein Verlauf etwas vertrauter vor, doch nach weniger als fünf Minuten ließ mich ein Anblick wie versteinert erstarren, der mich härter traf als ich in Worte fassen kann.

Es handelte sich um eine Gruppe von vier oder fünf dieser abscheulichen Echsenmenschen, die aus dem fernen Wald jenseits der Ebene hervorkamen. Aus dieser Entfernung konnte ich sie nicht genau erkennen, glaubte jedoch, sie anhalten, sich umdrehen und gegen den Waldsaum gestikulieren zu sehen, woraufhin sich noch ein volles Dutzend von ihnen dazugesellte. Der verstärkte Trupp hielt nun direkt auf das unsichtbare Bauwerk zu, und als sie herannahten, musterte ich sie eingehend. Nie zuvor hatte ich sie außerhalb der dampfenden Dschungelschatten so nahe gesehen.

Ihre Ähnlichkeit mit Reptilien war beachtlich, aber wie ich wusste, trog der Schein, da diese Geschöpfe keinerlei Verwandschaft mit irdischem Leben besitzen. Je näher sie kamen, desto weniger reptilhaft schienen sie im Grunde – allenfalls der flache Schädel und die grüne schleimige Froschhaut riefen diese Erinnerung noch wach. Sie gingen aufrecht auf ihren eigentümlichen dicken Stummelbeinen, und ihre Saugscheiben verursachten im Matsch seltsame Geräusche. Es handelte sich um durchschnittliche Exemplare, etwa zwei Meter hoch, mit vier langen, klebrigen Brusttentakeln. Die Bewegungen dieser Tentakel veranschaulichten – falls die Theorien von Fogg, Ekberg und Janat zutreffen, was ich früher bezweifelte, aber jetzt schon eher glauben mag –, dass die Viecher sich angeregt unterhielten.

Ich zog meine Flammenpistole, auf einen harten Kampf gefasst. Die Chancen standen schlecht, doch die Waffe sicherte mir einen gewissen Vorteil. Falls diese Viecher das Bauwerk kannten, würden sie mir durch die unsichtbaren Gänge nachstellen und mir auf diese Weise helfen zu entkommen, so wie die fleischfressenden Skorahs es vielleicht getan hätten. Dass sie mich angreifen würden, schien gewiss – denn obwohl sie den Kristall in meiner Transporttasche nicht sehen konnten, erspürten sie doch seine Gegenwart vermittels des ihnen eigenen Spezialsinns.

Doch erstaunlicherweise griffen sie nicht an. Stattdessen verteilten sie sich und bildeten einen weiten Kreis um mich – in einer Entfernung, die bezeigte, dass sie sich dicht an die unsichtbare Umfassungsmauer pressten. So standen die Viecher dort im Ring, starrten mich stumm und forschend an, schwenkten ihre Tentakel und nickten zuweilen mit ihren Köpfen oder gestikulierten mit ihren oberen Gliedmaßen. Nach einer Weile sah ich weitere von ihnen aus dem Wald dringen, und auch diese traten heran und schlossen sich der schaulustigen Menge an. Jene, die nahe der Leiche standen, schenkten ihr einen knappen Blick, ließen sie aber sonst völlig in Ruhe. Sie bot einen grauenvollen Anblick, doch die Echsenmenschen schienen ungerührt. Ab und an verscheuchte einer von ihnen mit seinen Gliedmaßen oder Tentakeln die Farnoth-Fliegen oder zerquetschte mit den Saugscheiben an seinen Beinen einen kriechenden Sificligh, Akman oder eine vorwitzige Efjeh-Ranke.

Während ich diese grotesken und unverhofften Störenfriede anstarrte und mich unbehaglich fragte, warum sie mich nicht sofort angriffen, verlor ich für den Augenblick die nötige Willenskraft und Nervenstärke, um meine Suche nach dem Ausweg fortzusetzen. Stattdessen lehnte ich mich kraftlos gegen die unsichtbare Wand des Ganges, worin ich stand, und mein Erstaunen ging langsam in eine Reihe abenteuerlichster Spekulationen über. Hunderte Rätsel, die sich mir zuvor gestellt hatten, nahmen auf einmal eine neue und düstere Bedeutung an, und ich erschauderte in einem Anfall plötzlicher Furcht, der nichts glich, was ich je erlebt hatte.

Ich glaubte nun zu wissen, warum diese abstoßenden Geschöpfe mich erwartungsvoll umlagerten. Ich glaubte auch, endlich das Geheimnis dieser durchsichtigen Anlage zu kennen. Der verlockende Kristall, den ich an mich genommen hatte, die Leiche des Mannes, der ihn vor mir ergriffen hatte – all diese Dinge gewannen eine dunkle und bedrohliche Bedeutung.

Es war gar keine ungewöhnliche Verkettung von Missgeschicken gewesen, die mir meine Orientierung in diesem unüberdachten, unsichtbaren Gewirr von Gängen geraubt hatte. Weit gefehlt. Dieser Ort war ganz fraglos ein echter Irrgarten – ein Labyrinth, vorsätzlich errichtet von diesen teuflischen Wesen, deren Geschick und geistige Fähigkeiten ich so verheerend unterschätzt hatte.

Hätte ich nicht eher argwöhnisch werden müssen, in Kenntnis ihrer unheimlichen architektonischen Kunstfertigkeit? Die Absicht dahinter war allzu offenkundig. Dies war eine Falle – eine Falle, um darin Menschen zu fangen, und der Kristall war der Köder. Diese Reptilviecher hatten sich in ihrem Krieg gegen die Kristallräuber auf strategisches Vorgehen verlegt und bekämpften uns mit unserer eigenen Habgier.

Dwight – falls es sich bei dem verwesenden Leichnam tatsächlich um ihn handelte – war ein Opfer. Er musste schon vor einiger Zeit in die Falle gegangen sein und hatte es nicht geschafft, wieder nach draußen zu finden. Bestimmt war er wahnsinnig geworden vor Durst, und vielleicht waren ihm auch die Chlorat-Würfel ausgegangen. Wahrscheinlich hatte sich seine Atemmaske gar nicht versehentlich gelöst. Es sah eher nach Selbstmord aus. Statt einem langsamen Tod entgegenzusehen hatte er der Sache lieber ein Ende gesetzt, indem er die Maske absichtlich abstreifte und dic tödliche Atmosphäre ihr Werk sofort verrichten ließ. Die grausige Ironie seines Schicksals lag in seinem Standort – nur ein paar Schritte von dem rettenden Ausgang entfernt, den er nicht hatte finden können. Hätte er nur eine einzige Minute länger gesucht, er wäre in Sicherheit gewesen.

Und nun saß ich in der Falle wie zuvor er. Saß in der Falle, eingekreist von dieser Horde schaulustiger Gaffer, die über meine Misere höhnten. Dieser Gedanke war zum Wahnsinnigwerden, und als er sich in mir festsetzte, wurde ich von einem Anfall plötzlicher Panik ergriffen und rannte ziellos durch die unsichtbaren Korridore. Einige Augenblicke lang war ich nur noch ein Verrückter – stolpernd, strauchelnd, stieß mich an den unsichtbaren Wänden und brach schließlich als ein japsender, geschundener Haufen gedankenlosen, blutenden Fleisches im Schlamm zusammen.

Der Sturz ernüchterte mich ein wenig, und als ich mich allmählich aufrappelte, war ich wieder Herr meiner Sinne und in der Lage, meinen Verstand zu gebrauchen. Die Gaffer um mich herum schwenkten ihre Tentakel in einer eigentümlichen, wirren Art, die an verschlagenes, fremdartiges Gelächter denken ließ, und beim Aufstehen schüttelte ich drohend die Faust gegen sie. Meine Geste schien ihre ekelhafte Schadenfreude zu verstärken – denn einige von ihnen äfften sie mit ihren grünlichen oberen Gliedmaßen unbeholfen nach. Beschämt zur Vernunft gebracht, versuchte ich, mich zu sammeln und meine Lage zu überdenken.

Alles in allem war ich doch nicht so übel dran wie Dwight es gewesen war. Im Gegensatz zu ihm wusste ich, was gespielt wurde – und gewarnt sein heißt gewappnet sein. Ich besaß den Beweis, dass der Ausgang letzten Endes erreichbar war und ich würde Dwights tragische, ungeduldige Verzweiflungstat nicht wiederholen. Die Leiche – oder das Skelett, das sie bald sein würde – stand mir als Wegweiser zum gesuchten Durchlass stets vor Augen, und verbissene Ausdauer würde mich garantiert dorthin führen, falls ich nur lange und intelligent genug zu Werke ging.

Allerdings hatte ich das Handicap, von diesen reptilischen Teufeln umzingelt zu sein. Jetzt, da mir die Art der Falle klar geworden war – deren unsichtbares Material von einem auf Erden völlig unerreichten Stand der Wissenschaft und Technik zeugte –, konnte ich die geistigen Fähigkeiten und die Möglichkeiten meiner Feinde nicht länger ignorieren. Sogar mit meiner Flammenpistole würde ich es schwer haben, mit heiler Haut davonzukommen – obwohl Mut und Schnelligkeit mir letztlich zum Durchbruch verhelfen würden.

Doch zunächst musste ich nach draußen gelangen – sofern ich nicht ein paar der Kreaturen dazu provozieren konnte, zu mir hereinzukommen. Als ich die Pistole schussbereit machte und meinen reichlichen Munitionsvorrat inspizierte, kam mir der Einfall, die Wirkung ihrer Feuerstöße an den unsichtbaren Wänden zu erproben. Hatte ich eine einfache Möglichkeit des Entkommens übersehen? Es gab keinen Hinweis auf die chemische Zusammensetzung der durchsichtigen Barriere, und möglicherweise bestand sie aus etwas, durch das eine Flammenzunge wie durch Käse schnitt. Ich wählte ein Stück, das in Richtung der Leiche lag, feuerte die Pistole vorsichtig auf kurze Distanz ab und untersuchte mit meinem Messer die Stelle, auf die der Flammenstrahl gezielt hatte. Es war alles wie zuvor. Ich hatte die Flamme auseinanderstieben sehen, als sie die Oberfläche getroffen hatte, und jetzt erkannte ich, dass meine Hoffnung trügerisch gewesen war. Nur eine fortdauernde, ermüdende Suche nach dem Ausgang würde mich jemals hier herausbringen.

Nachdem ich also eine weitere Nährstofftablette geschluckt und noch einen Würfel in den Elektrolyseur meiner Atemmaske geschoben hatte, versuchte ich es weiter auf die langwierige Tour; verfolgte meine Schritte ins Zentrum zurück und machte mich erneut auf den Weg. Dabei griff ich ständig auf meine Notizen und Skizzen zurück und fertigte neue an – nahm eine falsche Biegung nach der anderen und stolperte trotzdem verzweifelt umher, bis das Nachmittagslicht stark nachließ. Dennoch wollte ich meine Suche nicht einstellen; unterdessen sah ich von Zeit zu Zeit auf den stummen Kreis der hämischen Gaffer und bemerkte, dass sie nach und nach abgelöst wurden. Hin und wieder kehrten einige von ihnen in den Wald zurück, während andere folgten und ihre Plätze einnahmen. Je länger ich über ihre Vorgehensweise nachdachte, desto weniger gefiel sie mir, gab sie mir doch einen Hinweis auf die möglichen Beweggründe der Biester. Diese Teufel hätten jederzeit hereintreten und gegen mich kämpfen können, doch sie zogen es wohl vor, meinem Befreiungskampf zuzuschauen. Vielleicht genossen sie das Schauspiel – und dies ließ mich doppelt heftig vor der Aussicht zurückschrecken, ihnen in die Hände zu fallen.

Mit Einbruch der Dunkelheit habe ich meine Suche eingestellt und mich in den Matsch gesetzt, um auszuruhen. Jetzt schreibe ich im Schein meiner Lampe und werde bald versuchen, ein wenig Schlaf zu finden. Ich hoffe, morgen hier rauszukommen; denn mein Feldflascheninhalt geht zur Neige und Lakoltabletten sind ein armseliger Ersatz für Wasser. Ich würde mich schwerlich trauen, den Flüssigkeitsanteil dieses Bodenschlicks zu saufen, denn in den Schlammgegenden ist das Wasser ohne Destillation nicht trinkbar. Aus diesem Grund verlegen wir ja so lange Rohrleitungen in die Gelblehm-Gebiete – oder sind auf

Regenwasser angewiesen, wann immer diese Teufel unsere Leitungen finden und leckschlagen. Ich habe auch nicht mehr viele Chlorat-Würfel und muss versuchen, meinen Sauerstoffverbrauch so weit wie möglich einzuschränken. Mein Versuch vom frühen Nachmittag, mich unter den Mauern durchzugraben, und die spätere Panikattacke haben gefährlich viel Atemluft vergeudet. Morgen werde ich meine körperlichen Anstrengungen so lange auf ein Restminimum verringern, bis ich mich den Reptilien stellen und mit ihnen fertig werden muss. Ich benötige einen satten Würfelvorrat für meine Rückkehr nach Terra Nova. Meine Feinde sind noch immer in der Nähe; ich sehe ihre schwachen Glühfackeln im Kreis um mich her. Diesen Lichtern wohnt ein Schrecken inne, der mich wach halten wird.

*NACHTS – am 14. VI.*
Einen ganzen weiteren Tag mit Suchen vertan und noch immer kein Ausweg! Allmählich sorge ich mich ernsthaft um Wasser, denn mittags war meine Feldflasche leergetrunken. Am Nachmittag regnete es kurz und ich lief zurück in den Zentralraum zu meinem Helm, den ich als Orientierungspunkt dortgelassen hatte – als Auffangschale benutzt, lieferte er etwa zwei Tassen Wasser. Lakoltabletten helfen wenig gegen echten Durst und ich hoffe, dass in der Nacht noch mehr Regen fällt. Den Helm lasse ich umgedreht liegen, sodass er jeden Tropfen auffängt.

Mein Vorrat an Nährstofftabletten ist auch nicht gerade üppig, wenngleich nicht gefährlich geschrumpft. Von jetzt an werde ich meine Rationen halbieren. Meine Hauptsorge sind die Chlorat-Würfel, denn auch ohne harte körperliche Arbeit hat das endlose Umhergeirre meinen Vorrat davon gefährlich reduziert. Meine erzwungene Sauerstoff-Einschränkung schwächt mich, ebenso mein wachsender Durst. Wenn ich die Nahrungsaufnahme einschränke, werde ich sicherlich noch schwächer werden.

Irgendetwas Verteufeltes – etwas Unheimliches – haftet diesem Labyrinth an. Ich könnte schwören, gewisse Abzweigungen durch meine Wegskizzen ausgeschlossen zu haben, und doch konterkariert jeder neue Versuch irgendeine Annahme, die ich für erwiesen hielt. Nie zuvor ist mir bewusst geworden, wie hilflos wir ohne sichtbare Orientierungspunkte sind. Ein Blinder käme vielleicht besser klar – aber für die meisten von uns ist die Fähigkeit zu *sehen* die Krone der Sinne.

Als Folge dieses ganzen fruchtlosen Umherirrens hat eine tiefe Entmutigung von mir Besitz ergriffen. Ich kann gut verstehen, wie sich der arme Dwight gefühlt haben muss. Seine Leiche ist jetzt ein Skelett, und die Sificlighs und Akmans und Farnoth-Fliegen haben sich verzogen. Die Efjeh-Ranken malmen die Ledermontur in Fetzen, denn sie sind länger gewesen und schneller gewachsen, als ich erwartet hatte. Und die ganze Zeit über stehen immer frische Meuten tentakelbewehrter Gaffer hämisch glotzend um das Labyrinth herum, lachen mich aus und weiden sich an meinem Elend. Noch so ein Tag, und ich drehe durch, falls ich nicht vorher vor Erschöpfung tot umfalle.

Es gibt jedoch nur eins, und das ist Weitermachen. Dwight wäre hier rausgekommen, hätte er nur eine Minute länger durchgehalten. Es ist gut möglich, dass schon bald jemand aus Terra Nova mich hier suchen wird, obwohl ich erst den dritten Tag hier bin. Meine Muskeln schmerzen furchtbar, und in diesem widerlichen Morast zu liegen, schenkt mir anscheinend nicht die mindeste Erholung. Letzte Nacht schlief ich trotz meiner schrecklichen Müdigkeit nur sehr unruhig, und heute Nacht, fürchte ich, wird es nicht besser werden. Ich lebe in einem nicht enden wollenden Albtraum – hänge zwischen Wachen und Schlaf und wache oder schlafe doch nie richtig. Meine Hand zittert, ich kann im Moment nicht weiterschreiben. Dieser Kreis matter Glühfackeln ist schauderhaft.

*SPÄTNACHMITTAG – am 15. VI.*

Echter Fortschritt! Sieht gut aus. Bin sehr schwach und schlief bis Tagesanbruch nicht viel. Döste dann bis mittags, ohne jedoch im Mindesten erholt zu sein. Kein Regen, und der Durst schwächt mich sehr. Aß eine extra Nährstofftablette, um auf den Beinen zu bleiben, aber es brachte nicht viel ohne Wasser. Ich habe nur einmal gewagt, ein wenig von diesem Schlammwasser zu kosten, aber mir wurde speiübel und danach war ich noch durstiger als vorher. Muss Chlorat-Würfel sparen, ersticke daher fast vor Sauerstoffmangel. Kann die meiste Zeit nicht laufen, schaffe es jedoch, durch den Matsch zu kriechen.

Gegen zwei Uhr nachmittags glaubte ich, einige Gänge wiederzuerkennen und kam der Leiche – oder dem Skelett – sehr viel näher, als ich ihm seit meinen Bemühungen des ersten Tages je gekommen war. Einmal geriet ich in eine Sackgasse, gelangte jedoch dank meiner Skizzen und Aufzeichnungen wieder auf den Hauptweg zurück. Das Schlimme an diesen Notizen ist, dass ich so viele davon habe. Sie müssen schon einen vollen Meter der Berichtsrolle bedecken und es dauert lange, sie zu entwirren.

Mein Kopf ist dumm vor lauter Durst, Sauerstoffmangel und Erschöpfung, und ich verstehe nicht mehr alles, was ich aufgeschrieben habe. Diese verteufelten grünen Viecher gaffen noch immer und lachen mit ihren Tentakeln. Manchmal gestikulieren sie auf eine Weise, die mich glauben lässt, dass sie sich gemeinsam über einen schrecklichen Witz amüsieren, den ich aber nicht begreife.

Es war drei Uhr am Nachmittag, als ich richtig in Fahrt kam. Ich gelangte an einen Durchgang, den ich, meinen Aufzeichnungen zufolge, bisher noch nie durchschritten hatte; und als ich ihn ausprobierte, stellte ich fest, dass ich indirekt auf das rankenumschlungene Skelett zukriechen konnte. Mein Weg verlief spiralförmig, ganz ähnlich dem, der mich erstmals ins Zentrum geführt hatte. Wann immer ich an eine seitliche Öffnung oder eine Kreuzung kam, verfolgte ich die Richtung, die am besten geeignet schien, meinen damaligen Weg zu wiederholen. Als ich meinen grausigen Orientierungspunkt immer enger umkreiste, verstärkten die Gaffer draußen ihr rätselvolles Gestikulieren und lautloses sardonisches Gelächter. Offenkundig erblickten sie etwas grausam Spaßiges in meinem Vorankommen – sicherlich in der Erkenntnis meiner Hilflosigkeit bei einem Aufeinandertreffen mit ihnen. Ich aber überließ sie gerne ihrer Schadenfreude; denn wenngleich ich mir meiner extremen Schwäche bewusst war, zählte ich auf die Flammenpistole und ihre vielen Ersatzmagazine, die mich schon durch diese widerwärtige reptilische Umzingelung hindurchbringen würden.

Meine Hoffnung wuchs, aber ich versuchte nicht, aufzustehen. Besser, ich kroch weiter und sparte meine Kraft für den Kampf gegen die Echsenmenschen. Langsam kam ich voran und die Gefahr, in irgendeine Sackgasse abzuirren, war sehr groß, trotzdem schien ich mich stetig auf mein knöchernes Ziel zuzuschrauben. Die freudige Erwartung verlieh mir neue Kräfte, und vorübergehend vergaß ich die Schmerzen, den Durst und meinen kläglichen Vorrat an Atemwürfeln. Die Biester rotteten sich nun alle am Eingang zusammen – sie gestikulierten, hüpften, lachten mit ihren Tentakeln. Bald schon würde ich es mit der ganzen Meute aufnehmen müssen – und der möglichen Verstärkung, die sie aus dem Wald erhalten mochte.

Ich bin jetzt nur noch wenige Spannen von dem Skelett entfernt und lege eine Pause ein, um diesen Eintrag zu tätigen, ehe ich rausgehe und durch die widerliche Horde von Scheusalen breche. Ich bin guter Dinge, sie mit meinem letzten Funken Kraft trotz ihrer Anzahl in die Flucht schlagen zu können, denn die Reichweite dieser Pistole ist gewaltig. Dann ruhe ich auf dem trockenen Moos am Rand des Plateaus, und am Morgen führt mich ein beschwerlicher Rückweg durch den Urwald nach Terra Nova. Ich werde froh sein, wieder lebende Männer und die Bauwerke menschlicher Wesen zu sehen. Die Zähne dieses Totenschädels schimmern und grinsen grauenerregend.

*GEGEN ABEND – am 15. VI.*

Grauen und Verzweiflung. Wieder genarrt! Nachdem ich den obigen Eintrag gemacht hatte, robbte ich noch dichter an das Skelett heran, doch plötzlich stieß ich auf eine trennende Wand. Ich sah mich abermals getäuscht und offenbar dorthin zurückgeworfen, wo ich bereits drei Tage zuvor gewesen war, während meines ersten vergeblichen Versuchs, dem Labyrinth zu entkommen. Ob ich laut herumschrie, weiß ich nicht mehr – vielleicht war ich zu schwach, um auch nur einen Laut von mir zu geben. Ich lag einfach für lange Zeit wie betäubt im Matsch, während die grünlichen Viecher draußen hopsten und lachten und gestikulierten.

Nach einer Weile kam ich ein wenig mehr zu Bewusstsein. Schnell brachen mein Durst, meine Schwäche und meine Atemnot wieder über mich herein, und mit meinem letzten bisschen Kraft schob ich einen neuen Würfel in den Elektrolyseur – blindlings und ohne Rücksicht auf den Bedarf während der Reise nach Terra Nova. Der frische Sauerstoff belebte mich etwas und erlaubte mir, mich aufmerksamer umzusehen.

Anscheinend war ich ein Stückchen weiter vom armen Dwight entfernt als bei meiner ersten Enttäuschung, und ich fragte mich dumpf, ob ich mich vielleicht in einem anderen Gang befand, der eine Winzigkeit weiter entfernt lag. Mit diesem schwachen Hoffnungsschimmer schleppte ich mich mühselig voran – steckte jedoch nach wenigen Handbreit wie zuvor in einer Sackgasse.

Das also war das Ende. Drei Tage für nichts, und meine Kräfte waren aufgebraucht. Ich würde bald wahnsinnig werden vor Durst, und ich konnte mich nicht mehr darauf verlassen, genügend Atemwürfel für die Rückkehr übrig zu haben. Ich fühlte eine matte Verwunderung darüber, dass diese Albtraumbiester sich so dicht um den Eingang geschart hatten, als sie mich verhöhnten. Wahrscheinlich diente auch das meiner Verspottung – mich glauben zu machen, ich nähere mich einem Ausgang, von dem sie wussten, dass es ihn gar nicht gab.

Mit mir ist es bald vorbei, wenn ich auch entschlossen bin, die Sache nicht zu beschleunigen, wie Dwight es getan hat. Sein grinsender Schädel hat sich mir gerade zugewandt, herumgewälzt vom Tasten einer der Efjeh-Ranken, die seine Ledermontur aufzehren. Das ghoulische Starren dieser leeren Augenhöhlen ist noch schlimmer als das Glotzen der Echsenmonster. Es verleiht diesem toten, weißzahnigen Grinsen eine schreckliche Bedeutung.

Ich werde ganz ruhig im Schlamm liegen bleiben und so viel Kraft sammeln wie möglich. Dieser Bericht – von dem ich hoffe, dass er jene erreicht und warnt, die nach mir kommen – wird bald beendet sein. Sobald ich den Stift abgesetzt habe, werde ich lange ausruhen. Wenn es dann für diese grässlichen Kreaturen zum Sehen zu dunkel ist, werde ich meine letzen Kraftreserven aufbieten und versuchen, die Berichtrolle über die Wand und den dahinterliegenden Korridor hinweg nach draußen auf die Ebene zu schleudern. Ich werde möglichst nach links zielen, damit sie nicht mitten in die hopsende Horde höhnischer Belagerer fliegt. Vielleicht wird sie unwiederbringlich in dem dünnflüssigen Matsch versinken – vielleicht wird sie aber auch in einem der größeren Unkrautbüschel landen und später in menschliche Hände gelangen.

Falls sie überdauert und gelesen wird, dann wird sie, wie ich hoffe, mehr erreichen, als lediglich Menschen vor dieser Falle zu warnen. Ich hoffe, dass sie unsere Rasse lehrt, diese leuchtenden Kristalle dort zu lassen, wo sie sind. Sie gehören nur der Venus allein. Unser Planet bedarf ihrer nicht wirklich, und ich glaube, wir haben mit unseren Bestrebungen, sie an uns zu nehmen, gegen irgendein ungeahntes und geheimnisvolles Gesetz – ein Gesetz, tief verwurzelt in den Mysterien des Kosmos – verstoßen. Wer weiß denn schon, welch dunkle, starke und weitreichende Mächte diese reptilischen Viecher antreiben, die ihren Schatz so eigentümlich hüten?

Dwight und ich haben bezahlt, so wie andere bezahlt haben und bezahlen werden. Doch es mag sein, dass diese vereinzelten Tode nur das Vorspiel künftiger und größerer Schrecken sind. Lassen wir der Venus, was allein der Venus gehört.

Ich bin dem Tod nun sehr nah und fürchte, dass ich die Rolle nicht mehr werde werfen können, wenn die Nacht anbricht. Falls ich es nicht kann, werden die Echsenmenschen sie vermutlich einsammeln, denn wahrscheinlich wird ihnen klar sein, worum es sich handelt. Sie wollen sicher nicht, dass irgendjemand vor dem Labyrinth gewarnt wird – und sie werden nicht wissen, dass meine Botschaft ein Plädoyer für ihre Sache enthält. Mit dem bevorstehenden Ende bin ich diesen Wesen freundlicher gesinnt. Wer vermag schon zu sagen, welche Spezies auf der Stufenleiter des kosmischen Seins höher steht oder einer weltraumweiten organischen Norm näherkommt – ihre oder meine?

Eben habe ich den großen Kristall aus der Transporttasche geholt, um ihn während meiner letzten Augenblicke zu betrachten. Er leuchtet grell und bedrohlich im roten Schein des sterbenden Tages. Die hüpfende Horde hat es bemerkt und ihre Gesten haben sich auf eine Weise verändert, die ich nicht begreife. Ich frage mich, warum sie sich noch immer um den Eingang drängen, statt sich an einem noch näher liegenden Abschnitt der durchsichtigen Wand zu sammeln.

Meine Glieder werden taub und ich kann nicht mehr viel schreiben. Alles dreht sich um mich herum, und doch verliere ich nicht das Bewusstsein. Kann ich dies über die Wand hinwegwerfen? Dieser Kristall glüht so sehr, gleichwohl verdichtet sich das Zwielicht.

Dunkel. Sehr schwach. Sie lachen und hopsen noch immer um den Eingang herum und haben diese höllischen Glühfackeln entfacht.

Hauen sie ab? Ich träumte, ich hörte ein Geräusch … Licht am Himmel …

BERICHT VON WESLEY P. MILLER, CHEFINSPEKTOR, GRUPPE A, VENUS CRYSTAL COMPANY.

*(Terra Nova auf der Venus – 16. VI.)*
Unser Prospektor A-49, Kenton J. Stanfield aus Richmond, Virginia, Marshall Street 5317, brach in der Frühe des 12.VI. von Terra Nova zu einer detektorgeführten Kurzexkursion auf. Wurde am 13. oder 14. zurückerwartet. Traf bis zum Abend des 15. nicht ein, daher um 8.00 h morgens Start des Spähflugzeugs FR-58 mit fünf Mann Besatzung unter meinem Kommando, um seiner Route per Detektor zu folgen. Die Nadel zeigte keinerlei Abweichung gegenüber früheren Berechnungen.
Folgten der Nadel zum Eryzinäischen Hochland, ließen unentwegt starke Suchscheinwerfer über das Gebiet streichen. Flammenkanonen dreifacher Reichweite und D-Strahl-Röhren hätten alle gewöhnlichen Feindkräfte der Eingeborenen auseinandersprengen können, desgleichen jede gefährliche Ballung fleischfressender Skorahs. Als wir die offene Ebene von Eryx überflogen, sichteten wir eine Ansammlung bewegter Lichter, die wir als Glühfackeln der Eingeborenen erkannten. Bei unserem Nähern zerstreuten sich diese in den Wald. Insgesamt etwa fünfundsiebzig bis hundert Stück. Detektor zeigte Kristall dort an, wo sie gewesen waren. Als wir tief über diese Stelle hinwegglitten, erfassten unsere Scheinwerfer Objekte auf dem Boden. Von Efjeh-Ranken überwuchertes Skelett und vollständigen Leichnam zwei Meter davon entfernt. Setzten Flugzeug nahe bei Toten auf, dabei zerschellte Tragflächenspitze an unsichtbarem Hindernis.
Näherten uns Toten zu Fuß, stießen jedoch bald gegen glatte, unsichtbare Barriere, die uns enorm verblüffte. Tasteten uns in Skelettnähe daran entlang und trafen auf Öffnung, dahinter Freiraum mit weiterer Öffnung, die zum Skelett führte. Ranken hatten es aller Bekleidung beraubt, doch lag einer der nummerierten Metallhelme

der Schürfgesellschaft daneben. Es waren die Überreste von Prospektor B-9, Frederick N. Dwight aus Königs Abteilung, der Terra Nova vor zwei Monaten zu einer Langzeitexkursion verlassen hatte.
Zwischen dem Skelett und dem vollständigen Leichnam schien noch eine Wand zu sein, konnten aber den zweiten Mann leicht als Stanfield identifizieren. Er hielt eine Berichtsrolle in der linken Hand und einen Stift in seiner rechten und schien geschrieben zu haben, als er starb. Ein Kristall war nicht zu sehen, doch zeigte der Detektor ein gewaltiges Exemplar nahe Stanfields Leiche an.
Hatten große Schwierigkeiten, zu Stanfield zu gelangen, schafften es aber doch. Der Leichnam war noch warm, daneben lag, von seichtem Schlick überzogen, ein großer Kristall. Lasen umgehend die Berichtsrolle in seiner linken Hand und leiteten aufgrund ihrer Informationen bestimmte Maßnahmen ein. Der Inhalt der Rolle bestand in dem langen Dokument, das diesem Bericht vorangestellt ist; ein Dokument, dessen wesentliche Schilderungen wir überprüft und bestätigt haben und die wir zur Erklärung des Vorgefundenen anhängen. Die späteren Teile des Dokuments offenbaren geistige Zerrüttung, doch der überwiegende Teil davon braucht nicht bezweifelt zu werden. Stanfield erlag offenbar dem Zusammenwirken von Durst, Luftknappheit, Herzüberlastung und seelischer Depression. Seine Maske saß vorschriftsmäßig und lieferte ungehindert Sauerstoff, trotz alarmierend geringen Würfelvorrats.
Da unser Flugzeug beschädigt war, setzten wir einen Funkruf ab und forderten Anderson mit Reparaturmaschine FG-7, einer Mannschaft Abbrucharbeiter und mehreren Ladungen Sprengstoff an. Am Morgen war FH-58 instand gesetzt und startete unter Anderson zum Rückflug mit den beiden sterblichen Überresten und dem Kristall. Werden Dwight und Standfield auf firmeneigenem Friedhof bestatten und den Kristall mit dem nächsten zur Erde

abfliegenden Pendelraumer nach Chicago verschiffen. Später werden wir Stanfields Vorschlag aufgreifen – den vernünftigen in dem geistig klareren, früheren Abschnitt seines Berichts – und genügend Truppen herschaffen, um die Eingeborenen mit Stumpf und Stiel auszurotten. Haben wir erst freie Bahn, sind der Kristallmenge, die wir fördern können, kaum noch Grenzen gesetzt.

Nachmittags untersuchten wir das unsichtbare Bauwerk beziehungsweise die Falle eingehend, erforschten es mithilfe langer Führungsleinen und verfertigten eine vollständige Grundrisszeichnung für unsere Archive. Wir waren tief beeindruckt von der Konstruktion und werden Proben des Materials zur chemischen Analyse zurückbehalten. Alles so gewonnene Wissen wird uns von Nutzen sein, sobald wir die verschiedenen Städte der Eingeborenen erobern. Unsere Typ-C-Diamantbohrer waren dem unsichtbaren Material gewachsen, die Abbruchmannschaften bringen jetzt die Dynamitkapseln für eine vollständige Sprengung an. Wenn wir hier fertig sind, wird nichts mehr übrig sein. Das Bauwerk stellt eine erhebliche Gefahr für den Flug- und sonstigen möglichen Verkehr dar.

Mit Blick auf die Anlage des Labyrinths gibt einem nicht nur die Ironie von Dwights, sondern ebenso die von Stanfields Schicksal zu denken. Beim Versuch, vom Skelett aus die zweite Leiche zu erreichen, konnten wir rechter Hand keinen Einlass finden, aber Markheim entdeckte eine Öffnung im ersten Innenraum gut fünf Meter hinter Dwight und ein oder zwei Meter hinter Stanfield. Sie führte in einen langen Flur, den wir erst später erkundeten, doch auf der rechten Seite dieses Flurs war ein weiterer Durchgang, der direkt zur Leiche führte. Um den Ausgang zu erreichen, brauchte Stanfield lediglich sieben oder acht Meter zurückzulegen, hätte er nur die Öffnung erkannt, die genau *hinter* ihm lag – eine Öffnung, die er in seiner Erschöpfung und Verzweiflung übersah.

# Gefangen bei den Pharaonen

(Nach einer Idee und im Auftrag von Harry Houdini)

## I

Das Geheimnisvolle zieht Geheimnisvolles an. Seit mein Name als Vollbringer unerklärlicher Bravourstücke um die Welt geht, komme ich immer wieder mit seltsamen Geschichten und Geschehnissen in Berührung, die nach allgemeiner Auffassung zu meinen berufsbedingten Interessengebieten und Unternehmungen passen. Einige davon waren banal und unbedeutend, einige hochdramatisch und fesselnd, andere führten zu unheimlichen und gefahrvollen Erlebnissen, und wiederum andere verstrickten mich in umfangreiche wissenschaftliche und historische Nachforschungen. Vieles davon habe ich freimütig berichtet und werde das auch weiterhin tun. Doch gibt es einen Fall, über den ich nur sehr widerstrebend spreche und den ich auch jetzt nur unter dem Druck hartnäckigen Drängens seitens der Herausgeber dieses Magazins schildere, die aus dem Kreis meiner Familie vage Gerüchte darüber vernommen haben.

Diese bisher sorgsam gehütete Begebenheit hängt mit meiner privaten Ägyptenreise vor vierzehn Jahren zusammen und wurde von mir aus mehreren Gründen gemieden. Zum einen scheue ich mich, gewisse unbestreitbar zutreffende Tatsachen und Umstände offenzulegen, die den Myriaden von Pyramidentouristen wohl unbekannt sind und die anscheinend von den Behörden in Kairo geflissentlich geheim gehalten werden, obwohl man dort nicht völlig in Unkenntnis darüber sein kann. Zum anderen missfällt es mir, ein Ereignis öffentlich zu machen, woran meine eigene überhitzte Einbildungskraft einen derart großen Anteil gehabt haben muss. Was ich sah – oder zu sehen glaubte – fand zweifellos nicht wirklich statt; vielmehr muss es als Folge meiner damals frischen ägyptologischen Lektüre betrachtet werden sowie meiner Gedankengänge zu diesem Thema, die meine Umgebung unweigerlich hervorrief. Diese Fantasieanreize, verstärkt durch die Aufregung eines tatsächlichen, an sich schon hinreichend schrecklichen Erlebnisses, gebaren fraglos das überbordende Grauen jener wahnwitzigen Nacht, die nun schon so lange zurückliegt.

Im Januar 1910 hatte ich gerade einige Gastauftritte in England hinter mir und einen Vertrag für eine Tournee durch australische Theaterhäuser unterschrieben. Da mir für die Hinfahrt reichlich Zeit zur Verfügung stand, beschloss ich, das Beste daraus zu machen, indem ich auf die Art reiste, die mir am liebsten ist. Ich bummelte also in Begleitung meiner Frau genüsslich den europäischen Kontinent hinab und schiffte mich in Marseille auf dem P.-&-O.-Dampfer *Malwa* nach Port Said ein. Von dort aus beabsichtigte ich, die wichtigsten historischen Stätten Unterägyptens zu besuchen, bevor ich schließlich nach Australien abreisen würde.

Die Überfahrt war angenehm und wurde von zahlreichen jener amüsanten Zwischenfälle verkürzt, die einem Bühnenmagier abseits seiner Berufsausübung widerfahren. Um unbehelligt reisen zu können, hatte ich vorgehabt, meinen Namen geheim zu halten. Doch ließ ich mich von einem magischen Zunftbruder aus der Deckung locken, der es so penetrant darauf anlegte, die Passagiere mit billigen Tricks zu verblüffen, dass es mich unwiderstehlich in den Fingern juckte, seine Kunststückchen in einer Weise nachzumachen und zu übertreffen, die Gift für mein Inkognito war. Ich erwähne dies wegen seiner letztendlichen Auswirkung – einer Auswirkung, die ich hätte bedenken müssen, ehe ich mich vor einer Schiffsladung Touristen enttarnte, die sich anschließend über das gesamte Niltal verteilen würden. Die Folge war nämlich die, dass mein Name überall ausposaunt wurde, wohin auch immer ich nachher kam, und meine Frau und ich der ganzen stillen Unauffälligkeit beraubt wurden, an der uns so viel gelegen hatte. Wenn ich Sehenswürdigkeiten bereiste, musste ich es oft erdulden, mich selbst als eine Art von Sehenswürdigkeit bestaunen zu lassen!

Wir waren auf der Suche nach malerischen und mystischen Eindrücken nach Ägypten gekommen, fanden aber recht wenig davon, als der Dampfer vor Port Said ankerte und seine Passagiere in kleinen Booten ausschiffte. Flache Sanddünen, dümpelnde Bojen in seichtem Gewässer und eine langweilig-europäische Kleinstadt, die nichts zu bieten hatte außer einem großen De-Lesseps-Standbild, ließen uns dringend wünschen, zu etwas Lohnenswerterem vorzustoßen. Nach längerer Beratung beschlossen wir, sofort nach Kairo und zu den Pyramiden aufzubrechen und später nach Alexandria weiterzureisen, wo uns das Schiff nach Australien sowie all die griechisch-römischen Sehenswürdigkeiten erwarteten, die jene antike Metropole bereithalten mochte.

Die Bahnfahrt verlief recht passabel und beanspruchte nur viereinhalb Stunden. Wir sahen viel vom Suezkanal, dessen Verlauf wir bis Ismailiya folgten, und bekamen später einen Vorgeschmack auf das Alte Ägypten, als wir einen Blick auf den wieder instand gesetzten Süßwasserkanal des Mitteren Reiches erhaschten. Dann endlich sahen wir Kairo durch die zunehmende Abenddämmerung schimmern; ein blinkendes Sternbild, das zu einem Feuerleuchten wurde, als wir im großen Gare Centrale hielten.

Doch abermals erwartete uns eine Enttäuschung, denn alles, was uns vor Augen kam, war europäisch, abgesehen von den Menschen und ihrer Kleidung. Eine prosaische U-Bahn brachte uns zu einem öffentlichen Platz, der vor Droschken, Taxis und Straßenbahnzügen wimmelte und im elektrischen Licht hoher Gebäude erstrahlte; wogegen eben jenes Theater, worin aufzutreten man mich vergeblich bat und das ich später als Zuschauer besuchte, kurz zuvor in ›American Cosmograph‹ umbenannt worden war. Wir stiegen im Shephard's ab, wohin wir mit einem Taxi fuhren, das über breite, von eleganten Gebäuden gesäumte Straßen jagte; und umgeben vom perfekten Service des Hotelrestaurants, von den Etagenaufzügen und dem ganz allgemein angloamerikanisch geprägten Luxus, schienen der geheimnisträchtige Osten und die geschichtsträchtige Vergangenheit sehr weit weg.

Der nächste Tag jedoch stürzte uns ergötzlich mitten hinein in eine Märchenatmosphäre wie aus *Tausendundeiner Nacht*, und in den verwinkelten Gassen und exotischen Häuserzeilen Kairos schien das Bagdad Harun-al-Raschids wieder lebendig zu werden. Unter Anleitung unseres Baedekers waren wir auf der Suche nach dem Einheimischen-Viertel ostwärts spaziert, vorbei an den Ezbekiyeh-Gärten und durch den Mouski, und befanden uns bald in den Fängen eines stimmgewaltigen Fremdenführers, der – ungeachtet späterer Entwicklungen – unstrittig ein Meister seines Fachs war.

Erst später ging mir auf, dass ich im Hotel um einen amtlich ausgewiesenen Führer hätte bitten sollen. Unser Mann, ein glatt rasierter, halbwegs reinlicher Bursche mit sonderbar hohler Stimme, der wie ein Pharao aussah und sich selbst »Abdul Reis el Drogman« titulierte, schien beträchtliche Macht auf seinesgleichen auszuüben; wenn auch die Polizei später vorgab, ihn nicht zu kennen, und erklärte, dass *Reis* lediglich eine Bezeichnung für jede Art von hochgestellter Persönlichkeit sei, während es sich bei »Drogman« offenkundig um nicht mehr handele als eine Verballhornung des Begriffs für einen Führer von Touristengruppen – *Dragoman*.

Abdul geleitete uns durch Wunder, wie wir sie bisher nur aus Büchern und aus Träumen kannten. Kairos Altstadt ist selbst ein Märchenbuch und ein Traum – ein Irrgarten enger Gassen, durchwoben von den Düften aromatischer Geheimisse; arabesk verzierte Balkone und Erker, die über kopfsteingepflasterten Straßen beinah aneinanderstoßen; ein Gewühl orientalischen Verkehrs mit fremdartigen Rufen, knallenden Peitschen, rumpelnden Karren, Münzgeklingel und Eselsgeschrei; ein Farbenrausch bunter Gewänder, Schleier, Turbane und Fese, Wasserträger und Derwische, Hunde und Katzen, Wahrsager und Bartscherer; und über allem das Gewinsel blinder, in

Nischen gekauerter Bettler und der tönende Singsang der Muezzine von Minaretten, die anmutig schlank vor einem unwandelbar tiefblauen Himmel gepinselt sind.

Die überdachten, ruhigeren Basare waren kaum weniger verlockend. Gewürze, Parfüme, Dufthölzer, Weihrauchperlen, Teppiche, Seidenstoffe und Messingwaren – Graubart Mahmud Suleiman hockt im Schneidersitz inmitten seiner klebrigen Flaschen, während schwatzende Knaben im ausgehöhlten Kapitell einer uralten klassischen Säule Senfkörner zerstoßen – das Kapitell ist von römisch-korinthischer Form, vielleicht stammt es aus dem benachbarten Heliopolis, wo Augustus eine seiner drei ägyptischen Legionen stationiert hielt. Die Antike beginnt, sich mit Exotik zu mischen. Und dann die Moscheen und das Museum – wir besichtigten alles und versuchten, unsere Arabien-Schwelgerei nicht der dunkleren Lockung des pharaonischen Ägyptens erliegen zu lassen, die den unbezahlbaren Museumsschätzen innewohnte. Dies nämlich sollte der Höhepunkt unserer Reise werden, und fürs Erste widmeten wir uns den mittelalterlich-sarazenischen Herrlichkeiten der Kalifen, deren großartige Grabmoscheen eine glitzernde Märchen-Nekropole am Rande der Arabischen Wüste bilden.

Zum Schluss führte Abdul uns über die Scharia Mohammed Ali zu der alten Moschee Sultan Hassans und dem von Türmen eingefassten Babel-Azab, hinter der zwischen steilen Mauern der Durchgang zu jener mächtigen Zitadelle ansteigt, die kein Geringerer als Saladin aus den Steinen vergessener Pyramiden erbaute. Die Sonne ging unter, als wir jenen Felshang erklommen, die moderne Moschee Mohammed Alis umrundeten und von dem schwindelerregenden Brustwehr auf das mystische Kairo hinabblickten – das mystische Kairo im Goldglanz seiner reich verzierten Kuppeln, seiner luftigen Minarette und seiner flammenden Gärten.

Fern erhob sich die riesige römische Kuppel des neuen Museums über der Stadt; und dahinter – jenseits des geheimnisvollen gelben Nils, der Mutter von Zeitaltern und Königsgeschlechtern – dräute bedrohlich das Sandmeer der lybischen Wüste, wogend und schillernd und Bosheit brütend in seinen uralten Geheimnissen.

Die rote Sonne sank tief und brachte die durchdringende Kälte der ägyptischen Abenddämmerung; und als sie schwerelos stillstand am Rand der Welt gleich jener alten Gottheit von Heliopolis – Re-Harachte, Sonne des Horizonts –, erschauten wir vor ihrem scharlachroten Brandopfer die schwarzen Silhouetten der Pyramiden von Giseh, deren uralte Grüfte bereits den Reif von Jahrtausenden trugen, als Tutanchamun im fernen Theben seinen goldenen Thron bestieg. Da wussten wir, dass wir mit dem sarazenischen Kairo abgeschlossen hatten und dass wir nun die tieferen Geheimnisse des uranfänglichen Ägyptens kosten mussten – des schwarzen Khem von Re und von Amun, von Isis und Osiris.

Am nächsten Morgen besuchten wir die Pyramiden. Wir fuhren in einem Victoria-Zweisitzer über die Insel Gezîret mit ihren mächtigen Lebbakh-Bäumen und die kleinere englische Brücke zum Westufer. Weiter ging es auf lebbakh-gesäumten Alleen die Uferstraße hinab, vorbei am riesigen Tiergarten zum Randbezirk von Giseh, wo seither eine neue Brücke direkt nach Kairo gebaut wurde. Anschließend wandten wir uns entlang des Scharia-el-Haram landeinwärts und durchquerten eine Gegend voller spiegelglatter Kanäle und armseliger einheimischer Dörfer, bis vor uns die Ziele unseres Ausflugs in Sicht kamen, die aus dem Frühnebel ragten und sich in den spiegelnden Bassins seitlich der Straße kopfüber zu verwirklichen schienen. Hier blickten, wie Napoleon es seinem Gefolge an derselben Stelle gesagt hatte, vierzig Jahrhunderte auf uns hernieder.

Nun stieg die Straße plötzlich an, bis wir endlich den Ort unserer Weiterbeförderung vom Straßenbahn-Halteplatz zum Mena House Hotel erreichten. Abdul Reis, der uns beflissen die Zutrittskarten zu den Pyramiden besorgte, schien im Einvernehmen mit den aufdringlichen, keifenden und abstoßenden Beduinen zu stehen, die etwas weiter entfernt ein schmuddeliges Lehmhüttendorf bewohnten und jeden Reisenden ekelhaft bedrängten, denn er hielt sie geziemend auf Abstand und besorgte uns zwei ausgezeichnete Kamele. Er selbst stieg auf einen Esel und übertrug die Führung unserer Tiere einer Gruppe von Männern und Knaben, die sich als eher kostspielig denn nützlich erwiesen. Die zu bewältigende Strecke war so kurz, dass man gar keine Kamele benötigte, doch bereuten wir die Erweiterung unseres Erfahrungsschatzes um diese beschwerliche Art der Wüstenschifffahrt nicht.

Die Gruppe der Pyramiden erhob sich auf einem hohen Felsplateau als annähernd nördlichste jener Reihen von prachtvollen und erhabenen Totenburgen der Herrscher und der Hochgestellten, die in Nachbarschaft zur erloschenen Hauptstadt Memphis erbaut worden waren, welche etwas südlich von Giseh am selben Nilufer lag und von 3400 bis 2000 vor Christi Geburt in Blüte stand. Die größte der Pyramiden, die dem modernen Verkehrsweg am nächsten liegt, wurde etwa um 2800 v. Chr. von König Cheops oder Chufu errichtet und erreicht eine Höhe von über 137 Metern. Auf sie folgt in südwestlicher Linie zunächst die zweite Pyramide, eine Generation später von König Chephren auf einer Anhöhe erbaut, weshalb sie größer als die erste wirkt, obwohl sie eigentlich etwas kleiner ist, und anschließend die deutlich kleinere dritte Pyramide von König Mykerinos, erbaut um 2700 v. Chr. Am Rande des Plateaus, genau östlich von der zweiten Pyramide und mit einem Antlitz, das möglicherweise zu einem gigantischen Portrait Chephrens umgestaltet wurde, ihrem königlichen Instandsetzer, ragt die riesige Sphinx auf – stumm, sardonisch und weiser als die Menschheit und alle Erinnerung.

Kleine Pyramiden und die Spuren zerfallener kleiner Pyramiden finden sich an vielen Stellen, und das gesamte Plateau ist unterhöhlt von den Gräbern der Würdenträger nichtköniglichen Ranges. Diese Grabstätten wurden ursprünglich von *Mastabas* gekennzeichnet, steinerne, stufenförmige Bauwerke über den tiefen Grabschächten, wie man sie von anderen memphischen Friedhöfen her kennt und als deren Musterbeispiel das Grab des Perneb im Metropolitan Museum von New

York gelten kann. In Giseh jedoch wurden alle derartigen sichtbaren Zeugnisse von der Zeit und von Plünderern ausgetilgt; und lediglich die in den Fels getriebenen Schächte, entweder mit Sand gefüllt oder von Archäologen freigelegt, zeugen noch von ihrem einstigen Vorhandensein. Jedem Grab war eine Kapelle angeschlossen, worin Priester und Hinterbliebene dem gestaltlos schwebenden *Ka,* dem Lebensodem des Verstorbenen, Speisen und Gebete darbrachten. Bei den kleineren Gräbern sind die Kapellen in den *Mastabas* oder Überbauten enthalten, doch die Grabkapellen der Pyramiden, wo die Pharaonen-Herrscher ruhten, waren gesonderte Tempel, die jeweils östlich der betreffenden Pyramide lagen und durch einen Dammweg mit einem wuchtigen Torbau oder *Propylon* am Rande des Felsplateaus in Verbindung standen.

Die Torkapelle zur zweiten Pyramide gähnt unterirdisch, beinahe begraben unter Sandverwehungen, südostseitig der Sphinx. Eine beharrliche Überlieferung bezeichnet ihn als »Tempel der Sphinx«; und vielleicht trägt er diesen Namen zu Recht, falls die Sphinx tatsächlich den Erbauer der zweiten Pyramide, Pharao Chephren, darstellt. Es kursieren ungute Geschichten über die Sphinx vor Chephrens Zeit – doch wie auch immer ihr Antlitz einst aussah, der König ersetzte es durch seine eigenen Gesichtszüge, damit die Menschen das Monumentalstandbild ohne Furcht ansehen konnten.

In jenem großen Pfortentempel wurde die lebensgroße Diorit-Statue des Chephren entdeckt, die jetzt im Kairoer Museum steht, ein Standbild, vor dem ich in Ehrfurcht verharrte, als ich es sah. Ich bin nicht sicher, ob inzwischen das gesamte Bauwerk ausgegraben wurde, doch im Jahre 1910 lag es noch größtenteils unter der Erde und der Eingang war nachts schwer verbarrikadiert. Deutsche führten damals die Aufsicht über die Grabungen, und der Krieg oder andere Umstände brachten möglicherweise die Arbeiten zum Erliegen. Angesichts meines späteren Erlebnisses und gewisser geflüsterter Gerüchte der Beduinen, die man in Kairo leichthin abtut und gar nicht glaubt, würde ich viel darum geben, zu wissen, was im Zusammenhang mit einem bestimmten Schacht in einem Querstollen ans Licht kam, wo Standbilder des Pharaos in eigenartiger Nebeneinanderstellung mit Statuen von Pavianen gefunden wurden.

Die Straße, über die wir an jenem Morgen auf unseren Kamelen ritten, beschrieb eine enge Kurve um die Polizeistation, die Poststelle, den Bedarfswarenladen und andere Geschäfte und gabelte sich dann nach Süden und Osten zu einem Rundweg, der ansteigend um das gesamte Felsplateau verlief und uns einen direkten Ausblick über die Wüste bescherte, die sich im Schatten der großen Pyramide erstreckte. Wir ritten an zyklopischen Mauern vorüber, bogen um die Ostfassade und erblickten in der Tiefe vor uns ein Tal mit Kleinpyramiden, wohinter gen Osten der ewige Nil glitzerte und gen Westen die ewige Wüste schillerte. Ganz in der Nähe ragten die drei Hauptpyramiden auf, deren größte, ihrer Außenverkleidung beraubt, das nackte Gefüge ihrer riesigen Steinquader darbot, während die anderen noch Reste ihrer sauber aufgetragenen Ummantelung aufwiesen, der sie zu ihrer Zeit Glätte und Vollendung verdankt hatten.

Bald stiegen wir zur Sphinx hinab und hockten schweigend unter dem Bann ihrer schrecklichen, blickleeren Augen. Auf der gewaltigen Steinbrust erkannten wir blass das Zeichen von Re-Harachte, als dessen Bildnis die Sphinx während einer späten Dynastie fälschlich angesehen wurde; und obwohl Sand die Tafel zwischen ihren mächtigen Tatzen bedeckte, entsannen wir uns der Inschrift, die Thutmosis IV. hineinmeißeln ließ, und des Traums, den er als Prinz gehabt hatte. Daraufhin erfüllte uns das Lächeln der Sphinx mit einem vagen Missbehagen und ließ uns über die Legenden von geheimen Gängen in der Erde unterhalb der monströsen Kreatur rätseln, die abwärts und immer weiter abwärts führen, bis hinab in Tiefen, auf die niemand anzuspielen wagt – Tiefen, mit denen Geheimnisse verknüpft sind, die weiter zurückreichen als das Ägypten der Könige, das wir aus dem Wüstensand schaufeln, und die einen dunklen Bezug zum Fortleben widernatürlicher, tierköpfiger Götter aus dem uralten Pantheon des Nils haben. Nun stellte ich mir selbst eine müßige Frage, deren grässliche Bedeutung erst viele Stunden später erhellt werden sollte.

Andere Touristen begannen jetzt zu uns aufzuschließen, und wir strebten weiter zum von Sand begrabenen Tempel der Sphinx, knapp fünfzig Meter in südöstlicher Richtung gelegen, den ich bereits zuvor als großen Torbau des Dammwegs zur Grabkapelle der zweiten Pyramide auf dem Plateau erwähnt habe. Er lag zum größten Teil noch immer unterirdisch, und obwohl wir von unseren Kamelen absaßen und durch einen modernen Tunnelgang zu seinem Alabasterkorridor und seiner Säulenhalle hinabstiegen, wurde ich das Gefühl nicht los, dass Abdul und der hiesige deutsche Aufpasser uns nicht alles gezeigt hatten, was es dort zu sehen gab.

Anschließend absolvierten wir den üblichen Rundgang über das Pyramidenplateau, besichtigten die zweite Pyramide und die eigentümlichen Ruinen ihres Totentempels an der Ostseite, ebenso die dritte Pyramide mit ihren südlich gelegenen Miniaturtrabanten und ihrer verfallenen östlichen Kapelle, dann die Felsengräber und die bienenwabenartigen Anlagen der vierten und fünften Dynastie sowie das berühmte Campbell-Grab, dessen schattendunkler Schacht steile sechzehn Meter tief zu einem düsteren Sarkophag hinabreicht, den einer unserer Kamelführer nach einem schwindelerregenden Abstieg am Kletterseil von seiner störenden Sandschicht befreite.

Jetzt drang Geschrei von der Großen Pyramide zu uns herüber, wo Beduinen eine Touristengruppe mit Angeboten bestürmten, die Leute einzeln in Rekordgeschwindigkeit zur Pyramidenspitze hinauf- und wieder hinunterzutragen. Bei sieben Minuten liegt angeblich die Bestmarke für eine solche Hinauf- und Hinabbeförderung, doch viele rüstige Scheichs und Scheichessöhne versicherten uns, selbige auf fünf Minuten verkürzen zu können, sofern man sie mit dem erforderlichen Ansporn eines großzügigen *Bakschischs* versehe. Von uns erhielten sie diesen Ansporn nicht, doch ließen wir uns von Abdul hinaufgeleiten und gelangten so in den Genuss eines beispiellos prächtigen Ausblicks, der nicht nur das ferne, glitzernde Kairo mit seinem zitadellengekrönten Hintergrund golden-violetter Berghänge einschloss, sondern ebenso sämtliche Pyramiden der Memphis-Ebene, von Abu Roasch im Norden bis zur Daschur im Süden. Die Sakarra-Stufenpyramide, die den Schritt von der niedrigen *Mastaba* zur eigentlichen Pyramide kennzeichnet, hob sich klar und verlockend in der sandigen Ferne ab. In der Nähe dieses Monuments des Übergangs war das sagenumwobene Grab des Perneb entdeckt worden – mehr als sechshundert Kilometer nördlich des Felsentals von Theben, wo Tutanchamun schläft. Abermals verschlug es mir vor lauter Ehrfucht die Sprache. Der Ausblick auf solche Altertümer und die Geheimnisse, die ein jedes altersgraue Monument zu umschließen und zu bewahren schien, erfüllten mich mit einer Ehrerbietung und einem Gefühl der Gewaltigkeit, wie sonst nichts sie mir je eingeflößt hat.

Ermüdet von unserer Kletterpartie und angewidert von der Aufdringlichkeit der Beduinen, deren Betragen jeder Benimmregel spottet, ersparten wir uns die Mühe, zwecks näherer Erkundung in die engen Innenschächte einer der Pyramiden einzudringen, obzwar wir sahen, wie sich mehrere der wagemutigsten Touristen zum erstickenden Durchkriechen von Cheops' mächtigstem Denkmal rüsteten. Als wir unseren hiesigen Aufpasser mit allzu üppiger Vergütung entließen und anschließend mit Abdul Reis im Schein der Abendsonne zurück nach Kairo kutschierten, bereuten wir beinahe unser Versäumnis. Gerüchte berichteten Faszinierendes von noch tieferen Pyramidenschächten, die in den Reisebüchern nicht erwähnt werden; Schächte, deren Zugänge von gewissen verschwiegenen Archäologen, die sie entdeckt und mit ihrer Erforschung begonnen hatten, hastig verschlossen und getarnt worden seien.

Oberflächlich betrachtet entbehrten diese Geschichten natürlich jeder ernsthaften Grundlage; und doch erschien es sonderbar, wenn man bedachte, wie hartnäckig Reisenden verwehrt wurde, die Pyramiden bei Nacht zu betreten oder den tiefsten Katakomben und Krypten der Großen Pyramide einen Besuch abzustatten. Für den letzteren Fall bot vielleicht die psychische Auswirkung auf den Besucher Anlass zu Befürchtungen – er könnte sich erdrückt vorkommen unter einer gigantischen Anhäufung massiven Steins; mit seinem gewohnten Leben bloß durch eine enge Röhre verbunden, die ihm nur zu kriechen gestattet und die ein Unfall oder böser Wille jederzeit versperren können. Die ganze Angelegenheit erschien uns so unheimlich und verlockend, dass wir beschlossen, dem Pyramidenplateau bei der erstbesten Gelegenheit einen neuerlichen Besuch abzustatten. Ich selbst erhielt diese Gelegenheit weit früher als erwartet.

An jenem Abend fühlten sich die Mitglieder unserer Gruppe nach dem anstrengenden Tagesprogramm ein wenig ermüdet, und so brach ich allein mit Abdul Reis zu einem Spaziergang durch das pittoreske Araberviertel auf. Obwohl ich es bereits bei Tag gesehen hatte, wollte ich die Gassen und Basare auch in der Dämmerung erkunden, wenn dicht gewobene Schatten und zart flimmerndes Licht zu deren Zauber und fantastischer Betörung der Sinne beitrugen. Das Gewühl der Einheimischen lichtete sich bereits, doch ging es noch immer sehr laut und gedrängt zu, als wir im Su-ken-Nahhasin, dem Basar der Kupferschmiede, auf eine Traube ausgelassener Beduinen stießen. Ihr augenscheinlicher Anführer, ein unverschämter junger Kerl mit groben Gesichtszügen und kess aufs Ohr gekipptem Fes, fasste uns ins Auge und bezeigte meinem fähigen, wenn auch zugegebenermaßen hochmütigen und zum Spott geneigten Führer ein nicht allzu freundliches Wiedererkennen.

Vielleicht, so dachte ich, provozierte ihn jenes sonderbare, verhaltene Sphinxlächeln, das ich häufig mit amüsierter Irritation auf Abduls Lippen bemerkt hatte; oder vielleicht gefiel ihm auch der hohle Grabesklang von Abduls Stimme nicht. Jedenfalls flogen im Nu orientalisch pralle Schmähworte hin und her; und binnen Kurzem begann Ali Ziz, wie ich den Fremden nennen hörte, wenn ihn gerade kein schimpflicherer

Name traf, ungestüm an Abduls Gewand zu zerren, ein Übergriff, der sogleich Vergeltung fand und in ein lebhaftes Handgemenge mündete, in dessen Verlauf beide Kontrahenten ihre heilig gehaltene Kopfzier verloren und in eine noch beklagenswertere Verfassung geraten wären, hätte ich nicht eingegriffen und die Streithähne mit aller Gewalt auseinandergebracht.

Mein Dazwischengehen, das zunächst beiden Seiten unerwünscht schien, erzielte zumindest den Erfolg einer Einstellung des Streites. Mürrisch glättete jeder der beiden die Wogen seines Zorns und die Falten seines Gewands, und mit würdevollem Gehabe, das ebenso ausgeprägt war, wie es plötzlich kam, schlossen die beiden einen sonderbaren Ehrenpakt, was, wie ich bald erfuhr, uralthergebrachter Brauch ist in Kairo – einen Pakt zur Beilegung ihrer Meinungsverschiedenheit durch einen nächtlichen Faustkampf auf der Spitze der Großen Pyramide, lange nach dem Weggang des letzten Mondscheintouristen. Jeder Duellant musste sich eine Schar von Sekundanten suchen, und die Sache sollte um Mitternacht beginnen und Runde um Runde so zivilisiert wie möglich ausgetragen werden.

Vieles an diesen ganzen Vorbereitungen weckte mein Interesse. Der Kampf selbst versprach einzigartig und unvergesslich zu werden, außerdem brachte die Vorstellung einer solchen Szene auf jenem altersbleichen Steinkegel hoch über der vorsintflutlichen Ebene von Giseh unter dem schwindenden Mond der frühen Zwielichtstunden jede Saite meiner Fantasie zum Klingen. Auf meine Bitte war Abdul nur allzu gewillt, mich unter seine Sekundanten einzureihen. Infolgedessen begleitete ich ihn für den gesamten Rest des frühen Abends zu verschiedenen Räuberhöhlen in den gesetzlosesten Vierteln der Stadt – meist nordöstlich des Ezbekiyeh-Parks gelegen –, wo er Mann für Mann eine erlesene und furchterregende Bande ebenbürtiger Halsabschneider als Rückhalt für seinen Boxkampf anwarb.

Kurz nach neun Uhr abends drängte sich unsere Gruppe auf den Rücken von Eseln mit solch königlichen oder touristenwirksamen Namen wie ›Ramses‹, ›Mark Twain‹, ›J. P. Morgan‹ und ›Minnehaha‹ durch Gassenlabyrinthe sowohl morgen- wie abendländischen Gepräges, überquerte den schlammigen und mastenstarrenden Nil auf der Brücke der Bronzelöwen und kantaperte philosophisch zwischen Lebbakh-Bäumen auf der Straße nach Giseh dahin. Etwas mehr als zwei Stunden vergingen während dieses Ritts, gegen dessen Ende wir am letzten der heimkehrenden Touristen vorüberzogen, die letzte stadtwärts strebende Straßenbahn grüßten und dann allein waren mit der Nacht, der Vergangenheit und dem gespenstischen Mond.

Nun erblickten wir am Schluss der Allee die riesigen Pyramiden, ghoulenhaft und von einer vagen vorzeitlichen Bedrohlichkeit, für die ich anscheinend bei Tage unempfänglich gewesen war. Selbst der kleinsten von ihnen haftete ein Hauch des Schaurigen an – war nicht diese es gewesen, worin Königin Nitokris während der sechsten Dynastie lebendig begraben wurde; jene raffinierte Königin Nitokris, die einst all ihre Feinde zu einem Festmahl in einen Tempel unter dem Nil einlud und sie ertränkte, indem sie die Schleusen öffnen ließ? Ich entsann mich, dass die Araber Dinge über Nitokris munkeln und die dritte Pyramide während bestimmter Mondphasen meiden. Eben sie muss Thomas Moore im Sinn gehabt haben, als er niederschrieb, worüber memphische Bootsführer murmeln:

Die Unterwelt-Nymphe, die in lichtlosem Prunk
und verborgenem Goldglanz ruhet hierin –
Der Pyramide Königin!

Obwohl wir zeitig eintrafen, erwarteten Ali Ziz und seine Schar uns bereits, denn wir sahen die Schattenrisse ihrer Esel vor dem Wüstenplateau bei Kafrel-Haram. Über diese ärmliche arabische Siedlung in der Nähe der Sphinx waren wir ausgewichen, anstatt der regulären Straße zum Mena House zu folgen, wo uns einer der verschlafenen, unfähigen Polizisten hätte beobachten und aufhalten können. Hier, wo schmuddelige

Beduinen Kamele und Esel in den Felsengräbern von Chephrens Höflingen unterstellten, wurden wir die Felsen hinauf und über den Sand zur Großen Pyramide geführt, deren zeitbenagte Flanken die Araber nun emsig erklommen, wobei mir Abdul Reis seine Hilfe antrug, derer ich nicht bedurfte.

Wie die meisten Reisenden wissen, ist die eigentliche Spitze dieses Bauwerks längst dem Zahn der Zeit zum Opfer gefallen und hat eine halbwegs ebene Plattform von etwa vier Metern im Geviert hinterlassen. Auf dieser unheimlichen Zinne reihten wir uns nun zu einem Viereck, und binnen weniger Augenblicke äugte der hämische Wüstenmond auf einen Kampf hinab, der abgesehen von der Sprache der Zuschauerrufe ebenso in einem kleinen Sportklub in Amerika hätte stattfinden können. Beim Zusehen merkte ich, dass auch einige unserer weniger wünschenswerten Errungenschaften nicht fehlten; denn jeder Hieb, jede Finte und jedes Abblocken verrieten meinem nicht unkundigen Auge, dass hier nicht mit vollem Einsatz gekämpft wurde. Es war schnell vorbei, und trotz meines Vorbehalts gegen die Durchführung empfand ich so etwas wie Besitzerstolz, als Abdul Reis zum Sieger ernannt wurde.

Die Aussöhnung erfolgte erstaunlich rasch, und inmitten der sangesfreudigen und weinseligen Verbrüderung, die folgte, fiel mir die Vorstellung schwer, dass überhaupt jemals ein Streit die Gemüter getrübt hatte. Merkwürdigerweise schien ich selbst weit mehr im Mittelpunkt der Aufmerksamkeit zu stehen als die Duellanten; und ich reimte mir behelfs meiner oberflächlichen Kenntnise des Arabischen zusammen, dass sie über meine Bühnenauftritte und meine Befreiungsakte aus jeder Art von Fessel oder Gefängnis sprachen, und zwar auf eine Weise, die nicht nur ein erstaunliches Wissen über mich verriet, sondern ganz deutlich Feindseligkeit und Unglauben in Bezug auf meine Entfesselungskunststücke. Allmählich dämmerte mir, dass die alte Magie Ägyptens nicht spurlos erloschen ist und dass Reste seltsamen Geheimwissens und priesterlicher Kultpraktiken heimlich und in solchem Ausmaß unter den

Fellachen überlebt haben, dass die Meisterschaft eines fremden *Hahwi* oder Zauberers herabgesetzt und in Abrede gestellt wird. Ich dachte daran, wie sehr mein hohlstimmiger Führer Abdul Reis äußerlich einem altägyptischen Priester oder Pharao oder einer lächelnden Sphinx ähnelte … und wunderte mich.

Plötzlich geschah etwas, das mir blitzartig die Berechtigung meiner Überlegungen bewies und mich die Dummheit verfluchen ließ, dank derer ich die Ereignisse dieser Nacht nicht als jenes abgekartete, böse Spiel durchschaut hatte, als das sie sich nun entlarvten. Ohne Vorwarnung und fraglos auf ein verstecktes Zeichen Abduls hin warf sich die gesamte Beduinenmeute auf mich; sie zogen starke Stricke hervor und hatten mich im Nu so fest verschnürt, wie ich nur je im Leben verschnürt worden war, sei es auf der Bühne oder sonstwo.

Anfangs wehrte ich mich, doch sah ich bald ein, dass ein einzelner Mann gegen eine Meute von über zwanzig kräftigen Barbaren nichts auszurichten vermochte. Die Hände wurden mir hinter dem Rücken zusammengebunden, meine Knie so stark wie möglich angewinkelt und meine Fußknöchel und Handgelenke derb mit unnachgiebigen Stricken aneinandergeknotet. Man zwängte mir einen erstickenden Knebel zwischen die Zähne und schlang mir eine Augenbinde fest ums Gesicht. Als mich die Araber dann hoch auf ihre Schultern luden und einen holpernden, stolpernden Pyramidenabstieg begannen, vernahm ich die Spottreden meines ehemaligen Führers Abdul, der mit seiner hohlen Stimme ausgelassen hämte und höhnte und mir versicherte, dass meinen »magischen Fähigkeiten« endlich die entscheidende Probe bevorstünde, die mir rasch jede Arroganz austreiben würde, den meine Triumphe über sämtliche in Amerika und Europa ersonnenen Prüfungen mir vielleicht eingeblasen hätten. Ägypten, rief er mir in Erinnerung, sei überaus alt und voll innerer Geheimnisse und uralter Kräfte, die den heutigen Fachleuten gar nicht vorstellbar seien, deren Mittel so übereinstimmend darin versagt hätten, mich gefangen zu halten.

Wie weit oder in welche Richtung man mich verschleppte, kann ich nicht sagen, denn sämtliche äußeren Umstände standen einer verlässlichen Lagebeurteilung entgegen. Ich weiß nur, dass es keine große Strecke gewesen sein kann, da meine Beförderer sich niemals schneller als im Schritttempo bewegten, mich aber dennoch nur kurze Zeit auf ihren Schultern trugen. Es ist diese frappierend knappe Zeitspanne, die mich geradezu mit Schaudern erfüllt, wann immer ich an Giseh und sein Plateau denke – denn die mutmaßliche Nähe der alltäglichen Touristenwege zu Dingen, die damals existierten und noch immer existieren müssen, drückt mir auf die Seele.

Die böse Abnormität, von der ich spreche, zeigte sich anfangs nicht. Meine Entführer setzten mich auf einem Untergrund ab, der mir eher wie Sand statt Fels vorkam, schlangen mir ein Seil um die Brust und schleiften mich einige Schritte weit zu einer schartigen Öffnung im Boden, durch die sie mich ohne Zögern und ausgesprochen unsanft hinabließen. Scheinbar äonenlang prallte ich gegen die rauen Steinwände eines eng ausgehauenen Schlundes, den ich für einen der zahlreichen Bestattungsschächte des Plateaus hielt, bis seine erstaunliche, ja geradezu unfassbare Tiefe mich aller weiteren Anhaltspunkte für Mutmaßungen beraubte.

Das Grauen dieser Erfahrung vertiefte sich mit jeder dahintropfenden Sekunde. Dass irgendein Abstieg durch massiven, gewachsenen Fels so endlos sein konnte, ohne den Erdkern selbst zu erreichen, oder dass irgendein von Menschenhand gefertigtes Seil lang genug sein konnte, um mich in diese unheiligen und scheinbar bodenlosen Tiefen der Erdeingeweide hinabzusenken, dies waren Vorstellungen von so grotesker Natur, dass es leichter fiel, an meinen überspannten Sinnen zu zweifeln, als sie hinzunehmen. Sogar jetzt noch bin ich dessen unsicher, denn ich weiß, wie trügerisch das Zeitempfinden werden kann, wenn man Verschleppung oder Misshandlung erduldet. Sicher bin ich mir allerdings, dass ich meine Fähigkeit zum logischen Denken bis dahin bewahrt hatte und dass ich zumindest nicht reine Ausgeburten meiner Fantasie einem Bild hinzufügte, das in seiner Realität ohnehin schon grauenvoll genug war und erklärbar als eine Art von Gehirntäuschung, die einer echten Halluzination äußerst nahekam.

All dies war nicht der Grund für meine erste kurze Ohnmacht. Die schockierende Zerreißprobe steigerte sich, und der erste der mir noch bevorstehenden Schrecken war eine deutlich spürbare Beschleunigung meines Absinkens. Die Araber gaben dieses endlos lange Seil nun sehr schnell aus, und ich schrammte grausam an den rauen und engen Wänden des Schachtes entlang, während ich wie rasend in die Tiefe schoss. Meine Kleidung hing in Fetzen und ich fühlte trotz der wachsenden und peinigenden Schmerzen Blut über meinen gesamten Körper rinnen. Auch meine Nase witterte nun eine schwer bestimmbare Gefahr: Ein schleichender, dumpfer und muffiger Geruch schlug mir entgegen, der seltsam anders war als alles, das ich je zuvor gerochen hatte, und der einen leichten Beigeschmack von Gewürzen und Weihrauch enthielt, was ihm eine geradezu spöttische Note verlieh.

Dann erfolgte der mentale Kollaps. Es war grauenvoll – grässlich jenseits aller Worte, denn es entsprang allein der Seele, ohne eine schilderbare Einzelheit. Es war ein rasender Albtraum und die Summe alles Teuflischen. Die Plötzlichkeit, mit der es eintrat, war apokalyptisch und dämonisch – eben noch fiel ich mit dem Tode ringend jenen engen Schacht vieltausenddorniger Marter hinab, und im nächsten Augenblick ritt ich auf Fledermauschwingen in den Schlünden der Hölle; schwang in freiem Sausefall durch unendliche Weiten grenzenlosen, modrigen Raumes; stieg schwindelerregend zu maßlosen Höhen eisigen Äthers empor, um dann wieder atemlos in mahlstromartige Abgründe gefräßiger, abscheulicher, bodenloser Leere abzustürzen … Gott sei gedankt für das Erbarmen, das jene krallenden Furien des Bewusstseins in die Vergessenheit verbannte, die mich halb um den Verstand brachten und harpyiengleich an meinem Bewusstsein rissen! Diese eine Gnadenfrist, so kurz sie auch war, verlieh mir die Kraft und Geistesstärke, jene noch reineren Formen kosmischer Panik zu ertragen, die meiner lauernd und schnatternd harrten.

## II

Nach diesem schaurigen Flug durch stygische Räume kam ich erst nach und nach wieder zu mir. Es war ein unendlich schmerzhafter Vorgang, durchwoben von fantastischen Träumen, die eigentümlich von meinem gefesselten und geknebelten Zustand zehrten. Die genaue Natur dieser Träume war sehr klar, während ich sie erlebte, verschwamm aber fast unmittelbar darauf in meiner Erinnerung und verblasste bald zum bloßen Schatten gegenüber den grauenhaften – realen oder eingebildeten – Ereignissen, die folgten. Ich träumte, ich befände mich in der Umklammerung einer riesigen und grässlichen Pranke; einer gelben, haarigen, fünfkralligen Pranke, die aus dem Boden emporfuhr, um mich zu zermalmen und zu verschlingen. Und als ich innehielt, um zu überlegen, was die Pranke denn sei, da kam es mir vor, als verkörpere sie Ägypten. Im Traum blickte ich auf die Ereignisse der vorangegangenen Wochen zurück und sah mich selbst, wie ich von irgendeiner höllischen Ghoulen-Geistmacht der uralten Nil-Magie Stück für Stück, unmerklich und heimtückisch, umgarnt und ins Netz gelockt wurde; einer Macht, die schon in Ägypten gewesen war, bevor es überhaupt Menschen gab, und die noch dort sein wird, wenn es längst keine Menschen mehr gibt.

Ich sah den Schrecken und das ruchlose Alter Ägyptens sowie die schaurige Verbindung, die es stets zu den Gräbern und Tempeln der Toten besessen hatte. Ich sah gespenstische Prozessionen von Priestern mit den Köpfen von Stieren, Falken, Katzen und Ibissen; gespenstische Prozessionen, die endlos durch unterirdische Labyrinthe und titanenhafte Säulenhallen zogen, neben denen ein Mensch wie eine Mücke wirkt, und unnennbaren Göttern unsägliche Opfer darbrachten. Steinkolosse marschierten durch endlose Finsternis und trieben

Herden grinsender Sphinxmenschen hinab zu den Ufern ewiger, stockender Flüsse aus Pech. Und hinter all dem erblickte ich die unsagbare Bosheit uranfänglicher Nekromantie, schwarz und formlos und im Dunkeln gierig nach mir tastend, um mir den Geist auszutreiben, der sich vermessen hatte, ihrer durch Nachäffung zu spotten.

In meinem schlafenden Gehirn gewann ein Drama finsterer Wut und Verfolgung Gestalt, und ich sah, wie die schwarze Seele Ägyptens mich herauspickte und unhörbar flüsternd anrief; mich rief und verführte, mich mit dem Gefunkel und Geglitzer einer oberflächlichen sarazenischen Lackschicht voranlockte und mich doch nur immer tiefer zu den alters-irren Katakomben und Schrecknissen ihres *toten* und bodenlosen pharaonischen Herzens hinabzog.

Dann nahmen die Visionen menschliche Züge an und ich sah meinen Führer Abdul Reis in Königsroben, mit dem Hohnlächeln der Sphinx auf dem Gesicht. Und ich wusste, dass dieses Gesicht das Antlitz von Chephren dem Großen war, der die zweite Pyramide errichtete, der das Gesicht der Sphinx zu seinem eigenen Konterfei ummeißeln ließ und der jenen titanenhaften Pfortentempel erbaute, dessen vieltausendfache Gänge die Archäologen glauben, aus dem geheimnisvoll brütenden Sand und dem verschwiegenen Fels gegraben zu haben. Und ich blickte auf die lange, schlanke, starre Hand von Chephren; die lange, schlanke, starre Hand, wie ich sie an dem Diorit-Standbild im Kairoer Museum gesehen hatte – jenem Standbild, das in dem grauenvollen Pfortentempel gefunden worden war – und ich frage mich, warum ich nicht aufgeschrien hatte, als ich sie an Abdul Reis wiedererkannte … Diese Hand! Sie war widerlich kalt, und sie zermalmte mich; es war die Kälte und Umklammerung des Sarkophags … der Frosthauch und die Beklemmung des unvordenklichen Ägyptens … sie war das nachtdunkle, nekropolenbedeckte Ägypten selbst … diese gelbe Pranke … und was man über Chephren munkelt …

In diesem kritischen Moment erwachte ich langsam – oder wechselte zumindest in einen Zustand, der weniger dem des

Schlafes glich als der vorangegangene. Ich entsann mich des Boxkampfes auf der Pyramidenspitze, der verräterischen Beduinen und ihres Überfalls, meiner grässlichen Abseilung durch endlose Felstiefen und meines wahnwitzigen Schaukelns und Eintauchens in eine eisige Leere, die den Ruch würziger Fäulnis verströmte.

Ich begriff, dass ich jetzt auf einem feuchten Felsboden lag und dass meine Fesseln mir noch immer unvermindert straff ins Fleisch schnitten. Es war sehr kalt und mir schien es, als strich ein schwacher Strom ekler Luft über mich hinweg. Die Schrammen und Prellungen, die mir die schroffen Wände des Felsenschachts beigebracht hatten, schmerzten erbärmlich, und die Schmerzen in den Wunden wurden durch einen beißenden Geruch in dem schwachen Luftzug zu einem scharfen Stechen oder Brennen gesteigert, sodass der bloße Vorgang des Herumwälzens genügte, mich vor namenloser Qual am ganzen Leib erbeben zu lassen.

Beim Umdrehen verspürte ich von oben einen Ruck und folgerte daraus, dass das Seil, an dem ich herabbefördert worden war, noch immer mit der Erdoberfläche in Verbindung stand. Ob die Araber es weiterhin festhielten oder nicht, war mir schleierhaft; ebenso schleierhaft war mir, wie tief im Innern der Erde ich mich befand. Ich wusste, dass die mich umgebende Finsternis vollkommen oder beinah vollkommen war, da kein einziger Mondstrahl durch die Augenbinde drang; doch traute ich meinen Sinnen nicht genug, um die Empfindung, mein Abstieg habe endlos gewährt, als Beweis für unermessliche Tiefe zu nehmen.

Immerhin wusste ich, dass ich mich in einem beträchtlich großen Raum aufhielt, der von der Erdoberfläche aus durch eine direkt über mir gelegene Öffnung zugänglich war, und so vermutete ich vage, dass mein Kerker womöglich in der verschütteten Grabkapelle des alten Chephren lag – dem Tempel der Sphinx. Vielleicht befand ich mich in irgendeinem tiefen, inneren Gang, den die Führer mir im Verlauf unseres morgendlichen Besuchs nicht gezeigt hatten und aus dem ich leicht entkommen könnte, falls es mir gelang, bis zum verrammelten Eingang vorzudringen. Ich würde mir den Weg durch ein Labyrinth suchen müssen, doch es konnte nicht schlimmer sein als jene, aus denen ich bereits früher in die Freiheit gefunden hatte.

Als Erstes musste ich Fesseln, Knebel und Augenbinde loswerden. Dies bedeutete keine große Herausforderung, wie ich wohl wusste, denn raffiniertere Experten als diese Araber hatten im Laufe meiner langen und wechselvollen Laufbahn als Meister der Entfesselungskunst jede bekannte Art der Schnürung an mir erprobt, ohne jedoch jemals meinen Kunstgriffen gewachsen zu sein.

Dann fiel mir ein, dass die Araber vielleicht vorhatten, mir am Eingang aufzulauern und mich anzugreifen, sobald irgendein Anzeichen, etwa eine heftige Bewegung des Seils, das sie vermutlich hielten, ihnen vom Abwerfen meiner Fesseln kündete. Dies setzte freilich voraus, dass es sich bei meinem Gefängnis tatsächlich um Chephrens Tempel der Sphinx handelte. Die unmittelbare Öffnung im Dach, wo immer sie klaffen mochte, konnte vom gewöhnlichen heutigen Zugang in der Nähe der Sphinx nicht allzu weit abliegen; falls auf der Erdoberfläche überhaupt große Entfernungen zu überwinden waren, denn das gesamte den Besuchern bekannte Gebiet ist nicht riesig. Ich hatte während meines Ausflugs am Tage keine solche Öffnung bemerkt, doch wusste ich, dass man dergleichen inmitten der Sandverwehungen leicht übersieht.

Während ich gekrümmt und gebunden auf dem Felsboden lag und mir diese Dinge durch den Kopf gehen ließ, vergaß ich beinahe die Schrecken meiner Albtraumreise in den Abgrund und meines Wirbelfluges durch die Unterwelt, die mich erst vor so kurzer Zeit in die Besinnungslosigkeit gestürzt hatten. Jetzt galten meine Gedanken nur dem Ziel, die Araber zu überlisten, und deshalb beschloss ich, so schnell wie möglich aus meinen Fesseln zu schlüpfen, ohne dabei an dem herabreichenden Seil zu reißen und dadurch meinen Befreiungsversuch, egal ob er nun unter einem günstigen oder ungünstigen Stern stand, zu verraten.

Dies jedoch war leichter gedacht als getan. Ein paar tastende Versuche machten deutlich, dass sich ohne beträchtliche Körperbewegung wenig ausrichten ließ; und es überraschte mich nicht, als ich nach einem besonders heftigen Aufbäumen die Schlingen des herabfallenden Seils spürte, die sich auf mir und neben mir türmten. Offenbar, so dachte ich, hatten die Beduinen meine Bewegungen mitbekommen und ihr Seilende losgelassen; und nun eilten sie fraglos zum eigentlichen Tempeleingang, um mir mordlüstern aufzulauern.

Diese Aussicht war nicht erfreulich – doch hatte ich zu meiner Zeit schon Schlimmeres gemeistert, und ich würde auch jetzt nicht verzagen. Vor allem musste ich mich erst einmal aus meinen Fesseln befreien und anschließend darauf bauen, dass meine Findigkeit mich unbeschadet aus dem Tempel bringen würde. Es ist schon seltsam, wie ich stillschweigend zu der Annahme gelangt war, mich im Tempel des Chephren nahe der Sphinx und nur ein kleines Stück unter der Erdoberfläche zu befinden.

Diese Annahme wurde von einem Umstand zerschlagen, der auch alle ursprünglichen Gedanken an abnorme Tiefen und dämonische Mysterien neu belebte und dessen Schrecklichkeit mir immer deutlicher ins Bewusstsein trat, während ich noch meinen philosophischen Plan schmiedete. Ich erwähnte, dass das fallende Seil sich neben mir und auf mir häufte. Nun merkte ich, dass es sich weit höher auftürmte, als jedes Seil von durchschnittlicher Länge es überhaupt vermocht hätte. Es regnete immer wuchtiger herab und schwoll zu einer Hanflawine an, die auf dem Boden zu einem wahren Gebirge emporwuchs und mich unter seinen immer zahlreicheren Schlingen halb begrub. Binnen Kurzem war ich gänzlich zugeschüttet und rang nach Luft, je mehr das ausufernde Hanfknäuel mich erstickend bedeckte.

Abermals gerieten meine Sinne ins Taumeln und ich versuchte vergebens, gegen eine Gefahr anzukämpfen, die ausweglos und unentrinnbar schien. Nicht nur, dass ich Martern litt, die menschliches Ertragen überstiegen – nicht nur wurden mir Leben und Atem langsam ausgepresst –, vielmehr dämmerte mir nun auch die Bedeutung dieser widernatürlichen Seillängen und ich begriff, welch unbekannte und unermessliche Schlünde des Erdinnern mich in diesem Augenblick umfangen mussten. Mein endloses Absinken und der Schaukelflug durch dämonische Weiten hatten demnach wirklich stattgefunden und ich selbst lag jetzt wohl bar jeder Hilfe in einer namenlosen Höhlenwelt nahe dem Erdkern. Eine solch unmittelbare Bestätigung äußersten Grauens war nicht mehr erträglich, und ich fiel zum zweiten Mal gnädigem Vergessen anheim.

Wenn ich von Vergessen spreche, heißt das nicht, dass ich keine Träume hatte. Ganz im Gegenteil, meine Abwesenheit von der bewussten Welt war gekennzeichnet durch Visionen unsäglichster Abscheulichkeit. Gott! … Hätte ich doch bloß nicht so viele Bücher über Ägypten gelesen, ehe ich in dieses Land kam, das die Quelle alles Finsteren und Furchtbaren ist! Dieser zweite Ohnmachtsanfall erfüllte meinen schlafenden Geist erneut mit schauderndem Gewahrwerden des Landes und seiner uralten Geheimnisse, und dank irgendeines verdammenswerten Zufalls verweilten meine Träume bei den uralten Vorstellungen über die Toten und deren seelische und leibliche Verweilorte außerhalb jener mysteriösen Mausoleen, die eher Häuser als Gräber waren. In Traumbildern, deren ich mich zum Glück nicht entsinne, erinnerte ich mich an die sonderbare und ausgefeilte Bauweise ägyptischer Grabstätten und die höchst eigentümlichen und schrecklichen Vorstellungswelten, die diese Konstruktion bedingten.

Diese Menschen dachten an nichts anderes als an den Tod und die Toten. Sie glaubten an eine leibliche Wiederauferstehung des Leichnams, weshalb sie ihn mit verzweifelter Sorgfalt mumifizierten und sämtliche lebenswichtigen Organe in Kanopen-Krügen nahe bei dem toten Körper aufbewahrten. Außer an den Körper glaubten sie noch an zwei weitere Elemente, nämlich an die Seele, die von Osiris gewogen wurde, und, falls er sie für würdig befand, ins Reich der Seligen einging; zudem an den ominösen und machtvollen *Ka* oder Lebensodem, der auf schreckliche Weise die Ober- und die Unterwelt durchwandelte, bisweilen Eingang in den einbalsamierten Leichnam begehrte, die von Priestern und frommen Angehörigen in der Grabkapelle dargebrachten Opferspeisen verzehrte und manchmal – wie die Menschen flüsternd berichteten – von der Leiche oder deren hölzernem Ebenbild, das stets neben ihr bestattet wurde, Besitz ergriff und ruchlos umging, um ausgemacht widerwärtige Taten zu vollbringen.

Tausende von Jahren ruhten diese Leichname prachtvoll eingeschreint und glasig starren Blicks, wenn sie nicht vom *Ka* besucht wurden, und warteten auf den Tag, da Osiris ihnen sowohl den *Ka* wie auch die Seele zurückgeben und die steifen Legionen der Toten aus den versunkenen Häusern des Schlafes führen würde. Es hatte eine strahlende Wiedergeburt werden sollen – doch wurden nicht alle Seelen auf der Waage für würdig befunden, noch blieben alle Gräber unversehrt, auch musste auf gewisse groteske *Fehler* und teuflische *Abnormitäten* Obacht gegeben werden. Sogar heute noch zischeln die Araber von unheiligen Zusammenkünften und verderbten Anbetungen in vergessenen Abgründen der Tiefe, woran nur geflügelte, unsichtbare *Kas* und seelenlose Mumien teilnehmen und von wo nur diese unbeschadet zurückkehren können.

Die vielleicht lästerlichsten, blutstockendsten Legenden sind jene, die von gewissen perversen Präparaten dekadenter Priester handeln – von *zusammengestückelten Mumien,* künstlich erzeugt durch die Verbindung menschlicher Rümpfe und Gliedmaßen mit Tierköpfen, um die alten Götter nachzuformen. Durch die ganze ägyptische Geschichte hindurch wurden heilige Tiere mumifiziert, auf dass geweihte Stiere, Katzen, Ibisse, Krokodile und dergleichen eines Tages in größerem Glanze wiederkehrten. Doch nur im Zeitalter der Dekadenz mischte man Mensch und Tier in ein und derselben Mumie – nur in der Zeit der Dekadenz, als die Vorrechte und Privilegien des *Ka* und der Seele nicht mehr begriffen wurden.

Was aus diesen zusammengestückelten Mumien wurde, wird nicht überliefert – zumindest nicht offen – und es ist gewiss, dass kein Ägyptologe jemals eine davon fand. Die Gerüchte der Araber sind reichlich überdreht und keineswegs verlässlich. Sie deuten sogar an, dass der alte Chephren – der mit der Sphinx, der zweiten Pyramide und dem gähnenden Pfortentempel – als Gatte der Ghoul-Königin Nitokris tief in der Erde lebt und über jene Mumien herrscht, die weder menschlich noch tierisch sind.

Von ihnen – von Chephren und seiner Gemahlin und seinem seltsamen Heer toter Mischwesen – träumte ich, und darum bin ich auch froh, dass die genauen Traumbilder aus meinem Gedächtnis entschwunden sind. Meine grässlichste Vision hing mit der müßigen Frage zusammen, die ich mir tags zuvor gestellt hatte, als ich auf das große, in Stein gehauene Rätsel der Wüste blickte und darüber grübelte, mit welcher unbekannten Tiefe der nahebei liegende Tempel vielleicht in heimlicher Verbindung stand. Diese Frage, die damals so arglos und exzentrisch wirkte, gewann in meinem Traum eine Bedeutung tobenden, kreischenden Wahnsinns … *welch gewaltige und Abscheu erweckende Abnormität hatten die Steinmetze der Sphinx ursprünglich darstellen wollen?*

Mein zweites Erwachen – falls es ein Erwachen war – ist für mich eine höchst abscheuliche Erinnerung, der nichts in meinem Leben – ausgenommen eine Sache, die mir noch bevorstand – gleichkommt; und mein Leben war ereignisreicher und abenteuerlicher als das der meisten Menschen. Erinnern wir uns, dass ich das Bewusstsein verloren hatte, während die Kaskade des niederprasselnden Seils mich unter sich begrub, dessen schiere Menge die kataklysmische Tiefe meines gegenwärtigen Aufenthaltes offenbarte. Als ich jetzt wieder zu mir kam, fühlte ich, dass dieses Gewicht zur Gänze von mir genommen war; und ich stellte durch Herumwälzen fest, dass ich zwar noch gefesselt und geknebelt und mit einer Augenbinde versehen war, *jedoch irgendeine Macht die erstickende Hanflawine, die auf mich niedergegangen war, restlos entfernt hatte.*

Die Bedeutung dieser Veränderung dämmerte mir naturgemäß nur langsam; dennoch glaube ich, dass sie mich erneut in eine Ohnmacht gestürzt hätte, wäre ich nicht mittlerweile in einem Zustand derartiger emotionaler Erschöpfung gewesen, dass kein neuer Schrecken mehr von großer Wirkung sein konnte. Ich war allein … *womit?*

Ehe ich mich selbst mit irgendeiner neuen Überlegung martern oder einen neuen Entfesselungsversuch in Angriff nehmen konnte, wurde ein weiterer Umstand offenbar. Zuvor nicht gefühlte Schmerzen tobten in meinen Armen und Beinen, und ich schien von einer Unmenge getrockneten Blutes bedeckt, weit mehr, als meinen bisherigen Schnittwunden und Abschürfungen zugeschrieben werden konnte. Ebenso schien meine Brust von hunderten Wunden zerhackt, so als hätte irgendein bösartiger, riesenhafter Ibis auf sie eingepickt. Die Macht, die das Seil entfernt hatte, war fraglos feindlich und hatte damit begonnen, mir grässliche Verletzungen beizubringen, bis irgendetwas sie gezwungen hatte, von mir abzulassen. Und dennnoch waren meine Empfindungen in diesen Momenten das genaue Gegenteil von dem, was man hätte erwarten können. Anstatt in einen bodenlosen Abgrund der Verzweiflung zu stürzen, fühlte ich mich von frischem Mut und Tatendrang beseelt – denn ich erkannte nun, dass die bösen Mächte körperlicher Art waren, sodass ein furchtloser Mann es unter ebenbürtigen Bedingungen mit ihnen aufnehmen konnte.

Mit der Kraft, die dieser Gedanke mir verlieh, zerrte ich erneut an meinen Fesseln und wandte sämtliche im Leben erworbenen Kniffe an, um freizukommen, wie ich es schon so oft im Rampenlicht und unter dem Beifall riesiger Menschenmengen getan hatte. Die vertrauten Finessen des Entfesselungsvorgangs begannen mich völlig in Beschlag zu nehmen, und da nun das lange Seil nicht mehr vorhanden war, gewann ich halbwegs meinen Glauben zurück, dass die schlimmsten der Schrecken letztlich nur auf Einbildung beruhten und dass es nie einen entsetzlichen Schacht, einen unermesslichen Abgrund oder ein endloses Seil gegeben hatte. Befand ich mich am Ende doch in dem Pfortentempel des Chephren neben der Sphinx, und hatten die verstohlenen Araber sich hereingeschlichen, um mich zu foltern, als ich dort hilflos lag? Wie auch immer, ich musste freikommen. Stand ich erst aufrecht ohne Fesseln, ohne Knebel und mit unverbundenen Augen, die auch den schwächsten Lichtschimmer wahrnehmen konnten, der sich irgendwo hereinstahl, dann würde ich den Kampf gegen gemeine und verräterische Feinde regelrecht herbeisehnen!

Wie lange ich brauchte, um mich der hinderlichen Bande zu entledigen, vermag ich nicht zu sagen. Gewiss länger als bei meinen Publikumsvorführungen, denn ich war verletzt, entkräftet und nervlich verwirrt von dem, was hinter mir lag. Als ich mich schließlich befreit hatte und tiefe Atemzüge einer kalten, dumpfen, vom Bösen durchwürzten Luft nahm, die ohne Knebel und Augenbinde ungehemmt noch schauderhafter anmutete, merkte ich, dass ich zu verkrampft und müde war, um gleich aufzustehen. So lag ich da für unbestimmte Zeit, versuchte, meinen gekrümmten und geschundenen Leib zu strecken und mühte meine Augen, um irgendeinen Lichtschein zu erspähen, der mir etwas Aufklärung über meine Lage verschaffen könnte.

Nach und nach kehrten meine Kraft und meine Geschmeidigkeit zurück, doch ich sah noch immer nichts. Als ich wankend auf die Füße kam, spähte ich angestrengt in jede Richtung, erschaute jedoch bloß eine Ebenholzschwärze, die ebenso tief war wie jene, die hinter meiner Augenbinde geherrscht hatte. Ich versuchte, meine blutverkrusteten Beine unter dem zerfetzten Hosenstoff zu bewegen und stellte fest, dass ich laufen konnte; leider wusste ich nicht, wohin ich meine Schritte lenken sollte. Offenkundig war es nicht ratsam, aufs Geratewohl loszuspazieren und mich dabei vielleicht direkt von dem gesuchten Eingang zu entfernen. Daher hielt ich inne, um festzustellen, woher der kalte, stinkende, natronhaltige Luftzug blies, den ich die ganze Zeit über verspürt hatte. In der Annahme, sein Ursprung sei möglicherweise auch der Eingang des Abgrundes, versuchte ich, diesem Wegweiser zu folgen und stetig auf ihn zuzugehen.

Ich hatte eine Schachtel mit Streichhölzern dabeigehabt und

sogar eine kleine Taschenlampe, aber natürlich waren den Taschen meiner zerlumpten und zerrissenen Kleidung längst alle schweren Gegenstände entglitten. Während ich behutsam durch die Dunkelheit ging, wurde der Luftzug stärker und unangenehmer, bis ich ihn schließlich für nichts anderes mehr halten konnte als einen merklichen Strom abscheulicher Dünste, die irgendeiner Öffnung entwichen wie der Rauch des Dschinns dem Gefäß des Fischers in dem orientalischen Märchen. Der Orient … Ägypten … wahrlich, diese dunkle Wiege der Zivilisation war seit jeher der Urquell unaussprechlicher Schrecken und Wunder!

Je länger ich über die Natur dieses Unterweltwindes nachdachte, desto mehr wuchs meine Beunruhigung. Denn während ich seinem Ursprung trotz seines Geruchs in der Meinung nachgespürt hatte, es handele sich um einen zumindest indirekten Hinweis auf den Weg nach draußen, musste ich nun klar erkennen, dass diese faulige Ausdünstung keinerlei Beimengung oder sonstige Verbindung zu der sauberen lybischen Wüstenluft besaß. Vielmehr musste es sich bei diesem Pesthauch im Grunde um etwas handeln, was sogar noch tiefer gelegene, finstere Schlünde erbrachen. Ich war also in die falsche Richtung marschiert!

Nach kurzem Überlegen entschied ich mich, nicht wieder zurückzugehen. Ohne den Luftzug würde mir der Wegweiser fehlen, denn der halbwegs ebene Felsboden zeigte keinerlei Unterscheidungsmerkmale. Falls ich jedoch dem sonderbaren Luftstrom weiter folgte, müsste ich fraglos zu irgendeiner Art von Öffnung gelangen, die ich als Durchgang nutzen und mir dann entlang der Wände vielleicht meinen Weg zur gegenüberliegenden Seite dieser zyklopischen Halle ertasten konnte. Dass mir dies auch fehlschlagen konnte, wusste ich nur zu gut. Ich erkannte, dass dies kein Teil von Chephrens Pfortentempel war, den die Touristen kennen, und es durchfuhr mich, dass diese spezielle Halle sogar den Archäologen unbekannt sein mochte und von den neugierigen und übel wollenden Arabern, die mich meiner Freiheit beraubt hatten, vielleicht rein zufällig entdeckt worden war. Falls dies zutraf, existierte dann womöglich irgendein Tor, durch das die Flucht in die bekannten Gebäudeteile oder ins Freie möglich war?

Aber welche Anhaltspunkte besaß ich überhaupt noch, dass dies tatsächlich der Pfortentempel war? Einen Moment lang brachen meine abenteuerlichsten Mutmaßungen wieder über mich herein, und ich dachte an jenes lebhafte Gemisch von Eindrücken – den Hinabsturz, das Schweben im Raum, das Seil, meine Wunden und die Träume, die nichts als Träume waren. Bedeutete dies das Ende meines Lebens? Sollte ich es sogar als Gnade betrachten, falls dieser Augenblick *wirklich* mein Ende wäre? Ich fand auf keine meiner Fragen eine Antwort, sondern setzte mein Tun einfach fort, bis mich das Schicksal zum dritten Mal mit Ohnmacht umfing.

Diesmal träumte ich nicht, denn die schockierende Plötzlichkeit des Geschehens beraubte mich aller Gedanken, egal ob bewusst oder unterbewusst. Genau in dem Moment, als der widerliche Luftzug so stark wurde, dass er mir spürbaren Widerstand entgegensetzte, brachte mich eine unvermutete Abwärtstufe ins Stolpern, und ich wurde kopfüber eine schwarze Flucht mächtiger steinerner Stufen und in einen Schlund grenzenloser Schrecklichkeit hinabgeschleudert.

Dass ich jemals wieder Atem schöpfte, beweist die Zählebigkeit, die dem gesunden menschlichen Organismus innewohnt. Oftmals denke ich an jene Nacht zurück und verspüre geradezu Belustigung über die wiederholten Ohnmachtsanfälle; Anfälle, deren Aufeinanderfolge mich damals an nichts so sehr erinnerte wie an die kruden filmischen Melodramen jener Zeit. Natürlich besteht die Möglichkeit, dass diese mehrmalige Bewusstlosigkeit sich niemals ereignete; dass all die Eindrücke jenes unterirdischen Nachtmahrs nur die Träume eines einzigen langen Komas waren, das mit dem Schock meines Absinkens in jenen Abgrund einsetzte und mit dem heilenden Balsam der frischen Luft und der aufgehenden Sonne endete, die mich im Sand von Giseh, hingestreckt unter dem höhnischen, vom Morgenrot gefärbten Angesicht der Großen Sphinx antrafen.

Ich ziehe es vor, so gut ich kann, an die letztere Erklärung zu glauben und war daher froh, als mir die Polizei mitteilte, dass man die Zugangssperre vor Chephrens Pfortentempel durchbrochen vorgefunden hatte und dass in einem Winkel seines bisher unausgegrabenen Abschnitts tatsächlich ein ansehnlicher, bis zur Erdoberfläche reichender Spalt existiert. Auch war ich froh, als die Ärzte urteilten, dass meine Wunden sich mit den von mir überstandenen Strapazen hinlänglich erklären ließen: meiner Gefangennahme, der Augenbinde, dem Abgeseiltwerden, meinem Kampf gegen die Fesseln, einem glimpflichen Sturz – möglicherweise in eine Bodenvertiefung im Innengang des Tempels –, meinem Irrweg zur äußeren Absperrung samt meinem Überwinden derselben und dergleichen mehr … eine überaus tröstliche Diagnose. Und dennoch weiß ich, dass mehr dahinterstecken muss, als es oberflächlich betrachtet den Anschein hat. Jenes extreme Hinuntersinken steht mir zu lebhaft in Erinnerung, um einfach abgetan zu werden – und es mutet sonderbar an, dass niemals ein Mann gefunden werden konnte, auf den die Beschreibung meines Führers gepasst hätte: Abdul Reis el Drogman – der Fremdenführer mit der Grabesstimme, der aussah und lächelte wie König Chephren.

Ich bin von meinem Bericht abgeschweift – vielleicht in der vergeblichen Hoffnung, mich vor der Wiedergabe jenes abschließenden Geschehnisses drücken zu können; jenes Geschehnisses, das noch gewisser als alle anderen eine Halluzination ist. Doch ich versprach, davon zu erzählen, und ich breche ein Versprechen nie.

Als ich nach dem Absturz über die schwarzen Steinstufen wieder zu Sinnen kam – oder dies zumindest glaubte –, war ich ebenso allein und von Dunkelheit umgeben wie zuvor. Der stinkende Wind, schon vorher schlimm genug, war jetzt höllisch; dennoch hatte ich mich inzwischen so sehr daran gewöhnt, dass ich ihn gleichmütig ertrug. Benommen begann ich, von der Stelle wegzukriechen, woher der Fäulniswind wehte, und spürte unter meinen blutenden Händen die kolossalen Blöcke einer gewaltigen Bodenpflasterung. Einmal stieß mein Kopf gegen etwas Hartes, und als ich es betastete, erkannte ich, dass es der Sockel einer Säule war – einer Säule unfassbaren Ausmaßes –, deren Oberfläche mit gigantischen eingemeißelten Hieroglyphen übersät war, die ich deutlich fühlte.

Als ich weiter vorankroch, traf ich auf weitere titanische Säulen, die unglaublich weit auseinanderstanden; und plötzlich wurde meine Aufmerksamkeit von etwas gefangen genommen, das unterbewusst schon lange auf mein Gehör eingewirkt haben musste, bevor es mir bewusst wurde.

Aus einem noch tiefer gelegenen Schlund der Erdeingeweide drangen gewisse *Klänge* hervor, gleichmäßig und klar und anders als alles, was ich jemals zuvor vernahm. Dass diese Klänge überaus alt und eindeutig zeremonieller Natur waren, empfand ich fast intuitiv; und meine ausgedehnte ägyptologische Lektüre veranlasste mich, sie mit der Flöte, der Sambyke, dem Sistrum und dem Tympanon in Verbindung zu bringen. In ihrem rhythmischen Pfeifen, Summen, Rasseln und Trommeln schien mir ein Schrecken mitzuschwingen, der alle bekannten irdischen Schrecken übertraf – ein Schrecken, der eigentümlich wenig mit individueller Furcht zu tun hatte und sich eher in einer Art objektiven Mitleids mit unserem Planeten kundtat, weil in seinem Schoße solches Entsetzen reifen sollte wie diesen ägipanischen Kakophonien zugrunde liegen musste. Die Klänge wurden lauter und ich merkte, dass sie näher kamen. Dann – und mögen sämtliche Götter sämtlicher Götterwelten sich verbünden, um meine Ohren künftig vor dergleichen zu verschonen –, dann begann ich, leise und fern, das morbide und vieltausendjährige Trampeln jener marschierenden Geschöpfe zu hören.

Es war abscheuerregend, dass so verschiedenartige Schritte in einem so perfekten Gleichklang voranstampfen sollten. Die Übung unheiliger Jahrtausende musste hinter diesem Marsch der Monstrositäten aus dem tiefsten Erdschoß stehen ... trampelnd, schlurfend, klappernd, stolpernd, stelzend, staksend, kriechend ... und all dies zu den abscheulichen Missklängen der hämischen Instrumente. Und dann – möge Gott die

Erinnerung an jene Araberlegenden aus meinem Schädel tilgen! – die Mumien ohne Seelen … der Treffpunkt der schweifenden *Kas* … die Horden der höllenverdammten pharaonischen Toten aus vierzig Jahrhunderten … die *zusammengestückelten Mumien*, die König Chephren und seine Ghoul-Königin Nitokris durch die äußersten Onyx-Weiten führen …

Das Getrampel kam näher – der Himmel bewahre mich vor dem Klang jener Füße und Tatzen und Hufe und Pfoten und Klauen, die sich bald hörbar unterscheiden ließen! Aus endlosen Weiten sonnenloser Pflasterung flackerte ein Lichtfunke im stinkenden Wind, und ich trat hinter den gewaltigen Umfang einer zyklopischen Säule zurück, um vorübergehend dem Grauen zu entrinnen, das durch gigantische Säulenhallen unmenschlicher Furcht und panischen Alters millionenfüßig auf mich zustampfte. Das Lichtgeflacker nahm zu und das Trampeln und der misstönende Instrumentenschall wurden widerlich laut. In dem schwankenden orangefarbenen Licht gewann vage eine Szene von solch versteinernder Ehrfucht Gestalt, dass ich vor lauter Staunen, das selbst Angst und Abscheu besiegte, um Atem rang. Postamente von Säulen, deren Schäfte höher waren, als das menschliche Auge blicken kann … bloße Sockel von Gebilden, deren jedes den Eiffelturm zu zwergengleicher Nichtigkeit verdammte … von unvorstellbaren Händen eingemeißelte Hieroglyphen in Gewölben, wo das Tageslicht nur noch eine weit entfernte Legende sein kann …

Ich würde die marschierenden Wesen *nicht* ansehen. Dies schwor ich mir verzweifelt, als das Knarren ihrer Gelenke und ihr salpetriges Keuchen über die Musik und den Marschiertakt des Todes hinweg an mein Gehör drangen. Es bedeutete eine Gnade, dass sie nicht sprachen … aber Gott!, *ihre irrwitzigen Fackeln begannen, Schatten auf die Flanken jener unfassbaren Säulen zu werfen. Nilpferde sollten keine menschlichen Hände besitzen und Fackeln darin tragen … Menschen keine Krokodilsköpfe …*

Ich versuchte mich abzuwenden, aber die Schatten und die Geräusche und der Gestank waren allgegenwärtig. Dann erinnerte ich mich an etwas, das ich als Junge während halbwacher

Albträume zu tun pflegte, und begann, mir immer wieder vorzusagen: »Dies ist nur ein Traum! Dies ist nur ein Traum!«

Aber es half nichts, und ich konnte nur noch meine Augen zupressen und beten … dies zumindest glaube ich getan zu haben, denn Visionen können trügerisch sein – und ich weiß, um mehr als eine solche kann es sich nicht gehandelt haben. Ich fragte mich, ob ich je wieder die Außenwelt erreichen würde, und öffnete zuweilen verstohlen die Augen, um zu erspähen, ob ich irgendein Merkmal dieses Ortes sehen konnte, außer dem Wind würzgesättigter Verwesung, den Säulen ohne oberen Abschluss und den grotesk tanzenden Schatten widernatürlichen Grauens. Mittlerweile herrschte der zuckende Schein immer zahlreicher werdender Fackeln, und falls dieser höllische Ort nicht ganz ohne Wände war, würde ich sicherlich schon bald eine Begrenzung oder ein unverrückbares Orientierungszeichen erblicken. Doch musste ich die Augen wieder schließen, als ich gewahrte, wie viele von diesen Wesen zusammenströmten – und als mein Blick auf ein gewisses Etwas fiel, das feierlich und gemessen einherschritt, *doch oberhalb der Hüfte keinen Körper besaß.*

Ein höllisches und heulendes Leichengegurgel oder Todesgeröchel zerriss nun die Luft – diese Beinhausstickluft, durch die giftige, brennöl- und erdpechschwangere Winde stoben – gleich einem einzigen vielstimmigen Chor jener ghoulischen Legionen hybrider Blasphemien. Meine Augen, deren Lider in widernatürlicher Weise aufgezwungen wurden, starrten momentlang auf ein Schauspiel, das kein Menschenwesen sich ohne Panik, Grauen und körperliche Ermattung auch nur vorzustellen vermag. Die Wesen waren feierlich mit einer bestimmten Blickrichtung aufmarschiert, dem Ursprung des widerlichen Windes zugewandt, und nun fiel der Schein ihrer Fackeln auf ihre gesenkten Köpfe – oder vielmehr die gesenkten Köpfe derer, die überhaupt Köpfe besaßen. Sie verharrten in Huldigung vor einer großen schwarzen, Gestank ausrülpsenden Wandöffnung, die bis fast außer Sichtweite in die Höhe wuchs und die, wie ich erkannte, von zwei gigantischen Stufenfluchten flankiert war, die flügelartig beidseits von ihr emporführten und deren Anfang weit entfernt im Schatten lag. Eine davon war fraglos dieselbe Treppe, die ich hinabgestürzt war.

Die Ausmaße des Loches entsprachen voll und ganz den Abmessungen der Säulen – ein normales Wohnhaus hätte sich darin verloren, und jedes durchschnittliche öffentliche Gebäude hätte problemlos hinein- und wieder hinausbefördert werden können. Sein Umfang war so gewaltig, dass man seine Grenzen nur mit schweifendem Blick ermessen konnte … so riesig, so schauderhaft schwarz und eine solche aromatische Verpestung verströmend … Unmittelbar vor dieses klaffende Zyklopentor warfen die Wesen Gegenstände – offenkundig Opfergaben oder Götterspenden, nach ihren Gesten zu urteilen. Chephren war ihr Oberhaupt; der hohnlächelnde König Chephren *oder der Führer Abdul Reis,* der, von einem goldenen Pschent gekrönt, mit hohler Totenstimme endlose Litaneien intonierte. An seiner Seite kniete die schöne Königin Nitokris, die ich einen Augenblick lang im Profil erblickte und bemerkte, dass ihre rechte Gesichtshälfte von Ratten oder sonstigen ghoulischen Geschöpfen weggefressen war. Und ich schloss abermals die Augen, als ich sah, welche Objekte als Opfergaben vor die Pestöffnung oder die womöglich darin hausende Gottheit hinklatschten.

Mir schien, dass die verborgene Gottheit, nach dem Aufwand des Huldigungsrituals zu urteilen, beträchtliche Bedeutung haben musste. Handelte es sich um Osiris oder Isis, Horus oder Anubis, oder um einen gewaltigen, unbekannten Gott der Toten, der noch erhabener und machtvoller war? Es geht eine Legende um, dass einem Unbekannten entsetzliche Altäre und Kolossalstatuen errichtet worden waren, noch ehe die bekannten Götter Anbetung fanden …

Und nun, da ich meine Nerven stählte, um die hingebungsvollen Grabeshuldigungen jener namenlosen Wesen ansehen zu können, blitzte der Gedanke an Flucht in mir auf. Die Halle war düster und die Säulen von dichten Schatten umlagert. Solange jede Kreatur des Albtraum-Aufmarschs in schockierende

Verzückung versunken war, würde es mir vielleicht knapp gelingen, an ihnen vorbei zur weit entfernten Schwelle einer der Steintreppen zu kriechen und ungesehen hinaufzuklettern; im Vertrauen darauf, dass Glück und Geschick mir anschließend ein Entkommen aus den oberen Bereichen ermöglichen würden. Ich wusste weder, wo ich mich befand, noch dachte ich ernstlich darüber nach – und einen Moment lang kam es mir erheiternd vor, ernsthaft eine Flucht zu planen, um aus etwas zu entkommen, das doch nur ein Traum war. Befand ich mich in einem verborgenen und ungeahnten tieferen Abschnitt von Chephrens Pfortentempel – jenes Tempels, der über Generationen hinweg beharrlich als Tempel der Sphinx bezeichnet wurde? Ich wusste es nicht, doch beschloss ich, ins Leben und ins wache Bewusstsein emporzugelangen, sofern Intelligenz und Muskelkraft es mir vergönnten.

Ich legte mich flach auf den Bauch und begann mit klopfendem Herzen auf die links gelegenen Stufen zuzurobben, die ich für die leichter erreichbare der beiden Treppen hielt. Ich vermag die Zwischenfälle und Empfindungen jener Kriecherei nicht zu schildern, doch kann man sie sich ausmalen, wenn man bedenkt, worauf ich in jenem übel wollenden, windgepeitschten Fackelschein ständig ein Auge halten musste, um einem Entdecktwerden vorzubeugen. Der Beginn der Steintreppe lag, wie schon gesagt, fernab im Schatten, bedingt durch den Umstand, dass sie ohne Krümmung direkt zu dem schwindelerregenden ummauerten Absatz über der titanischen Öffnung emporstrebte. Dadurch verlief der letzte Abschnitt meiner Kriecherei in einiger Entfernung von der abscheulichen Meute, wiewohl das Schauspiel mich selbst dann noch erschaudern ließ, als ich es rechts von mir weit hinter mir gelassen hatte.

Endlich hatte ich es bis zu den Stufen geschafft und begann sie zu erklimmen; dabei hielt ich mich dicht an der Wand, auf der ich Verzierungen der abscheulichsten Art bemerkte, und versprach mir Sicherheit von der tiefen, ekstatischen Entrückung, mit der die Monstrositäten die übeldünstende Öffnung und die gottlosen Opferspeisen betrachteten, die sie davor aufs

Pflaster geworfen hatten. Obwohl die Treppe großstufig und steil war, aus mächtigen Porphyrblöcken wie für die Füße eines Riesen gefügt, schien der Aufstieg schier endlos zu währen. Die Angst vor Entdeckung und die Schmerzen, die diese neuerliche körperliche Anstrengung in meinen Wunden aufflammen ließ, lassen dieses Aufwärtskriechen quälend in mein Gedächtnis eingebrannt bleiben. Ich hatte vorgehabt, sofort nach dem Erreichen des letzten Treppenabsatzes auf jeder danach folgenden Stufenflucht weiterzuklettern, sofern sie mich nur aufwärts führte. Keinen Abschiedsblick wollte ich jenen aasigen Abscheulichkeiten gönnen, die zwanzig oder dreißig Meter unter mir herumfuchtelten und ihre Kniefälle vollführten – doch ein plötzliches Wiederaufbranden jenes tosenden Chors aus Leichengegurgel und Todesgeröchel, das erscholl, als ich das obere Treppenende fast erreicht hatte, und dessen feierlicher Rhythmus verriet, dass er nicht meiner Entdeckung galt, ließen mich innehalten und vorsichtig über die Brüstung spähen.

Die monströsen Kreaturen begrüßten vielstimmig ein Etwas, das sich aus der widerwärtigen Öffnung geschoben hatte, um die ihm dargebrachte höllische Kost aufzuklauben. Es war etwas ziemlich Massiges, selbst aus meiner Höhe betrachtet; etwas Gelbliches und Haariges, in dessen Bewegung sehnige Kraft lag. Es war etwa so groß wie ein ausgewachsenes Nilpferd, doch sehr sonderbar geformt. Es schien keinen Hals zu besitzen, doch fünf einzelne, zottige Köpfe, die nebeneinander einem annähernd zylindrischen Rumpf entsprangen; der erste sehr klein, der zweite mittelgroß, der dritte und vierte von ebenbürtiger, die andern übertreffender Größe, und der fünfte wieder recht klein, wenn auch nicht so klein wie der erste.

Aus diesen Köpfen schnellten eigentümliche, starre Tentakel hervor, die sich gierig über die Unmengen unaussprechlicher Nahrung hermachten, die vor der Öffnung lagen. Ab und an sprang das Ding hoch, und gelegentlich zog es sich auf äußerst seltsame Art in seine Höhle zurück. Seine Bewegungen waren so befremdlich, dass ich gebannt zusah und wünschte, es würde weiter aus seinem höhlenartigen Bau unter mir hervorkommen.

Dann *kam es hervor* … es *kam* hervor, und bei diesem Anblick warf ich mich herum und floh über den Treppenschacht, der hinter mir weiter nach oben führte, in die Dunkelheit hinauf. Ich floh gedankenlos unglaubliche Stufen und Stiegen und Rampen empor, zu denen mich weder menschliches Augenlicht noch menschliche Logik geleiteten und die ich mangels Beweisen auf ewig ins Reich der Träume verweisen muss. Es muss ein Traum gewesen sein, sonst hätte die frühe Dämmerung mich niemals lebend im Sand von Giseh und unter dem höhnischen, vom Morgenrot gefärbten Angesicht der Großen Sphinx angetroffen.

Die Große Sphinx! Gott! – jene müßige Frage, die ich mir selbst am vorangegangenen, sonnengesegneten Morgen gestellt hatte … *welch gewaltige und abscheuerweckende Abnormität hatten die Steinmetze der Sphinx ursprünglich darstellen wollen?*

Verflucht ist der Anblick, der mir, sei es im Traum oder nicht, jenes äußerste Grauen enthüllte – den unbekannten Gott der Toten, der sich im unerahnten Abgrund die gigantischen Lefzen leckt; dem seelenlose Absurditäten, die niemals hätten existieren dürfen, abscheuliche Leckerbissen füttern. Das fünfköpfige Monster, das hervorkam … das fünfköpfige Monster von der Größe eines Nilpferds … das fünfköpfige Monster – *und das, dessen bloße Vorderpranke es war* …

Doch ich überlebte, und ich weiß, es war nur ein Traum.

# Berge des Wahnsinns

## I

Ich muss mein Schweigen brechen, weil Männer der Wissenschaft sich geweigert haben, meinem Rat zu folgen, ohne das Nötige zu wissen. Nur mit größtem Widerwillen lege ich die Gründe dar, aus denen ich mich gegen die geplante Invasion der Antarktis stelle – gegen die damit einhergehende Fossilienjagd und das übermäßige Anbohren und Abschmelzen der uralten Eiskappen. Und ich zögere umso mehr, als meine Warnung auf taube Ohren stoßen könnte.

Unvermeidlich werden Zweifel an den Tatsachen aufkommen, die ich enthüllen werde; doch ließe ich all das aus, was fantastisch und unglaubhaft erscheinen wird, so bliebe nichts mehr übrig. Die bislang zurückgehaltenen Fotografien, gewöhnliche Aufnahmen wie auch Luftbilder, werden zu meinen Gunsten sprechen, denn sie sind erschreckend deutlich und aussagekräftig. Gleichwohl wird man ihre Echtheit anfechten, wenn man bedenkt, was geschickte Fälschung alles zu erreichen vermag. Ganz sicher wird man die Tuschezeichnungen als offensichtlichen Betrug brandmarken, ungeachtet ihrer sonderbaren Technik, die Kunstsachverständigen auffällt und Anlass zum Grübeln geben sollte.

Letzten Endes muss ich mich auf die Urteilskraft und das Renommee der wenigen führenden Köpfe der Wissenschaft verlassen, deren Denken einerseits unabhängig genug ist, um mein Beweismaterial anhand seiner schrecklichen Überzeugungskraft und auch im Lichte gewisser urzeitlicher und überaus erstaunlicher Sagenkreise zu beurteilen; und die andererseits genügend Einfluss besitzen, um die Zunft der Wissenschaftler generell von jedem übereilten und allzu ehrgeizigen Forschungsvorhaben im Reich jener Berge des Wahnsinns abzuhalten. Es ist ein Unglück, dass vergleichsweise unbekannte Männer wie ich selbst und meine Kollegen, die nur mit einer kleinen Universität in Verbindung stehen, wenig Aussicht haben, wirkungsvoll Gehör zu finden, wenn es um Angelegenheiten äußerst bizarrer oder umstrittener Natur geht.

Zu unseren Ungunsten spricht zudem, dass wir genau genommen keine Spezialisten auf jenen Fachgebieten sind, um die es letztendlich geht. Meine Aufgabe als Geologe und Leiter der Expedition der Miscatonic University bestand ausschließlich in der Gewinnung tiefer Gesteins- und Bodenproben aus verschiedenen Teilen des antarktischen Kontinents, unterstützt durch den bemerkenswerten Bohrer, den Professor Frank H. Pabodie aus unserem Fachbereich für Ingenieurwesen entwickelt hatte. Ich hegte keineswegs den Wunsch, Pionierarbeit auf anderem Gebiet als diesem zu leisten. Allerdings hoffte ich, dass der Einsatz dieses neuartigen technischen Gerätes an verschiedenen Punkten entlang bereits zuvor erforschten Routen Material zutage fördern würde, die herkömmlichen Methoden bisher unerreichbar blieben.

Pabodies Bohrgerät war, wie die Öffentlichkeit bereits aus unseren Berichten weiß, einzigartig und revolutionär, da es leicht und tragbar war und das gewöhnliche artesische Bohrverfahren dergestalt mit dem Prinzip des kleineren runden Gesteinsbohrers verband, dass man sich in kurzer Zeit durch Schichten wechselnder Härte vorarbeiten konnte. Der stählerne Bohrkopf, das Gelenkbohrgestänge, der Benzinmotor, der zerlegbare hölzerne Bohrturm, die Sprengausrüstung, die Seile, der Schneckenbohrer zum Auswurf des Bohrschutts sowie die Rohrteilstücke für Bohrlöcher von zwölf Zentimetern Durchmesser und bis zu dreihundert Metern Tiefe bedeuteten mit allem notwendigen Zubehör keine größere Last als drei mit jeweils sieben Hunden bespannte Schlitten befördern konnten. Erreicht wurde dies durch die ausgeklügelte Aluminiumlegierung, aus der die meisten der Metallteile gefertigt waren. Vier große Dornier-Flugzeuge, konstruiert eigens für die enormen

Flughöhen, die im antarktischen Hochland notwendig sind, und ausgestattet mit zusätzlichen, von Pabodie ersonnenen Treibstoffwärme- und Schnellstart-Vorrichtungen, konnten unsere gesamte Expedition von einem Basislager am Rande der großen Packeisgrenze zu verschiedenen geeigneten Punkten im Binnenland befördern, und von dort aus würde uns ein ausreichendes Kontingent an Schlittenhunden weiterbringen.

Wir beabsichtigten, ein so großes Terrain zu erschließen, wie es uns ein ganzer antarktischer Sommer gestatten würde – oder, falls unbedingt nötig, auch ein längerer Zeitraum. Hauptsächlich wollten wir in den Gebirgszügen und im Tafelland südlich des Ross-Meeres arbeiten; Regionen, die in unterschiedlichem Ausmaß von Shackleton, Amundsen, Scott und Byrd erforscht worden waren. Mittels häufiger Stützpunktwechsel mithilfe der Flugzeuge und über genügend große Entfernungen hinweg, um geologisch von Belang zu sein, erwarteten wir, dem Boden eine nie dagewesene Menge an Material abzugewinnen – vor allem den präkambrischen Formationen, die bis dahin nur eine karge Auswahl antarktischer Proben hergegeben hatten. Ebenso wollten wir eine größtmögliche Vielfalt an Proben aus den oberen fossilienhaltigen Gesteinslagen holen, da die Urgeschichte des Lebens in diesem unwirtlichen Reich des Eises und des Todes von höchster Bedeutung für die Kenntnis der Erdvergangenheit ist. Dass der antarktische Kontinent einstmals eine gemäßigte und sogar tropische Klimazone war, mit einer reichen Pflanzen- und Tierwelt, von der nur die Flechten, Meerestiere, Arachniden und Pinguine des Nordrandes überdauert haben, ist allgemein bekannt. Wir hatten die Hoffnung, dieses Wissen erweitern, spezifizieren und vertiefen zu können. Sollte eine einfache Bohrung Hinweise auf Fossilien ergeben, wollten wir das Loch durch Sprengung vergrößern, um Proben von geeigneter Größe und Beschaffenheit zu erhalten.

Unsere Bohrungen, deren Tiefe jeweils davon abhing, welche Hinweise die oberen Gesteins- oder Bodenschichten hergaben, sollten sich auf freie oder annähernd freiliegende Stellen beschränken – wobei es sich unweigerlich um Gebirgshänge und -kämme handeln musste, da die tieferen Landebenen unter einer bis zu eineinhalb Kilometer dicken, massiven Eisdecke liegen. Wir hatten zu wenig Zeit, um uns durch starke Schichten bloßen Eises hindurchzubohren, obwohl Pabodie eine Methode ersonnen hatte, die vorsah, Kupferelektroden in eine Vielzahl dicht nebeneinandergesetzter Bohrlöcher zu versenken und begrenzte Eismengen mittels elektrischen Stroms aus einem benzinbetriebenen Dynamo wegzuschmelzen. Ebendiese Methode – die wir auf einer Expedition wie der unseren nur versuchsweise anwenden konnten – gedenkt die geplante Starkweather-Moore-Expedition einzusetzen, ungeachtet der Warnungen, die ich seit unserer Rückkehr aus der Antarktis erhoben habe.

Die Öffentlichkeit kennt die Einzelheiten der Miskatonic-Expedition durch unsere regelmäßigen Funkberichte an den *Arkham Advertiser* und an Associated Press sowie durch später erschienene Zeitungsbeiträge von Pabodie und mir. Unsere Mannschaft zählte vier Angestellte der Universität – Pabodie, Lake vom Fachbereich Biologie, den Physiker Atwood, der zugleich Meteorologe war, und mich, den Vertreter der Geologie und offiziellen Expeditionsleiter – außerdem sechzehn Hilfskräfte: sieben graduierte Studenten der Miskatonic University sowie neun qualifizierte Mechaniker. Von diesen Sechzehn waren zwölf ausgebildete Piloten, die bis auf zwei von ihnen zudem hervorragende Funker waren. Acht von ihnen beherrschten die Navigation mittels Kompass und Sextant, was auch für Pabodie, Atwood und mich galt. Darüber hinaus waren selbstverständlich unsere beiden Schiffe – ehemalige Walfänger, deren Holzrümpfe für Fahrten ins Eismeer verstärkt und die zusätzlich mit dampfgetriebenen Hilfsmotoren ausgestattet worden waren – vollzählig bemannt.

Die Nathaniel-Derby-Pickman-Stiftung, unterstützt durch einige wenige Sonderzuwendungen, finanzierte die Expedition; daher waren unsere Vorbereitungen überaus gründlich, wenn sie auch wenig öffentliches Interesse erhielten. Die Hunde, die

Schlitten, die Maschinen, das Lagerzubehör und unsere in Einzelteile zerlegten fünf Flugzeuge wurden in Boston übergeben, und dort belud man auch unsere Schiffe. Wir waren glänzend ausgerüstet für unser besonderes Vorhaben, und in allen Belangen des Nachschubs, Proviants, Transports und Lagerbaus profitierten wir von den hervorragenden Erfahrungen zahlreicher und überaus brillanter Vorgänger aus jüngster Zeit. Gerade die ungewöhnlich große Zahl und Berühmtheit dieser Vorgänger bewirkten, dass unsere eigene Expedition – groß angelegt wie sie war – in der weiten Welt so wenig Beachtung fand.

Wie die Zeitungen berichteten, stachen wir am 2. September 1930 vom Bostoner Hafen aus in See, segelten gemächlich die Küste hinab und durch den Panamakanal, legten in Samoa und Hobart, Tasmanien, an, wo wir letzte Vorräte aufnahmen. Kein Mitglied unserer Expedition war je zuvor in polaren Gefilden gewesen, daher verließen wir uns ganz auf unsere Schiffsführer – J. B. Douglas, der die Brigg *Arkham* befehligte und das Oberkommando über unsere Zweier-Flotte besaß, sowie Georg Thorfinnssen, den Kapitän der Bark *Miskatonic* – beides altgediente Waljäger in antarktischen Gewässern.

Je weiter wir den bewohnten Teil der Welt hinter uns ließen, desto tiefer sank im Norden die Sonne und desto länger stand sie mit jedem Tag über dem Horizont. Auf etwa 62° südlicher Breite sichteten wir unsere ersten Eisberge – tafelförmige Objekte mit lotrechten Seitenflächen –, und kurz bevor wir den Polarkreis erreichten, den wir am 20. Oktober unter Begehung der entsprechenden wunderlichen Seemannsbräuche überquerten, plagten wir uns beträchtlich mit einem Eisfeld. Die sinkenden Temperaturen machten mir nach unserer langen Reise durch die Tropen sehr zu schaffen, doch angesichts der weit schlimmeren Unbilden, die uns noch bevorstanden, versuchte ich mich dagegen abzuhärten. Häufig wurde ich von den seltsamen atmosphärischen Erscheinungen in Bann gezogen; unter anderem einer verblüffend lebensechten Luftspiegelung – der ersten, die ich je erblickte –, wobei ferne Bergformationen sich in die Zinnen unvorstellbarer kosmischer Schlösser verwandelten.

Wir bahnten uns den Weg durch das Eis, das zum Glück weder weitflächig noch dicht gepackt war, bis wir bei 67° südlicher Breite, 175° nördlicher Länge wieder offene Gewässer erreichten. Am Morgen des 26. Oktober schimmerte im Süden ein starker Landblink auf, und noch vor der Mittagsstunde erfasste uns alle eine prickelnde Erregung, als wir eine gewaltige, hoch aufragende und schneegekrönte Bergkette sahen, die sich vor uns ausbreitete und bald über unser gesamtes Blickfeld erstreckte. Endlich waren wir einem Außenposten des großen unbekannten Kontinents und seiner geheimnisvollen Welt eisigen Todes begegnet. Offenbar handelte es sich bei diesen Gipfeln um die von Ross entdeckten Admirality-Berge, und unsere Aufgabe bestand nun darin, Kap Adare zu umrunden und entlang der Ostküste von Victoria-Land bis zur Position unseres geplanten Stützpunkts zu segeln, das auf 77° 9' südlicher Breite am Ufer des McMurdo-Sunds, zu Füßen des Vulkanes Erebus, errichtet werden sollte.

Der letzte Teil der Reise war eindrucksvoll und beflügelte die Fantasie. Mächtige kahle Gipfel türmten sich geheimnisvoll drohend ohne Unterbrechung im Westen auf, während die tiefstehende nördliche Mittagssonne oder die noch niedrigere, den Horizont streifende südliche Mitternachtssonne ihre diesigen roten Strahlen über die weißen Schneefelder ergossen, über bläuliche Eisflächen und Wasserrinnen und über die schwarzen Flecken nackter Granithänge. Um die öden Bergkämme fegten in Abständen wütende Stöße des furchtbaren antarktischen Windes, in dessen Heulen ich zuweilen vage Andeutungen eines wilden, halb wahrnehmbaren melodischen Pfeifens mit einem großen Tonumfang heraushörte und das mir aus irgendeiner unterbewussten Erinnerung heraus beunruhigend und irgendwie sogar furchterregend vorkam. Etwas an dieser Szenerie gemahnte mich an die seltsamen und verstörenden asiatischen Gemälde von Nicholas Roerich und an die noch seltsameren und noch verstörenderen Beschreibungen der von bösen Sagen umrankten Hochebene von Leng, die in dem gefürchteten *Necronomicon* des wahnsinnigen Arabers Abdul Alhazred enthalten sind. Ich sollte es noch bereuen, jemals einen Blick in dieses monströse Buch aus der Universitätsbibliothek geworfen zu haben.

Am 7. November, der westliche Gebirgszug war zeitweise außer Sicht geraten, passierten wir die Franklin-Insel, und am folgenden Tag erblickten wir vor uns auf der Ross-Insel die Kegel des Mount Erebus und des Mount Terror, und dahinter die lang gezogenen Kämme der Parry-Berge. Gen Osten erstreckte sich jetzt die niedrige, weiße Linie der großen Eisbarriere, die senkrecht bis zu einer Höhe von sechzig Metern emporstrebte, gleich den Felsklippen von Quebec, und das Ende der Seefahrt in südlicher Richtung markierte. Nachmittags liefen wir in den McMurdo-Sund ein und ankerten vor der Küste leeseits des rauchenden Mount Erebus. Der von Schlacke bedeckte Gipfel ragte gut dreitausendfünfhundert Meter vor dem östlichen Firmament auf wie ein japanischer Holzschnitt des heiligen Fudschijama, während dahinter die weiße, geisterhafte Erhebung des Mount Terror emporwuchs, fast dreitausend Meter hoch und heute als Vulkan erloschen.

In Abständen stieß Erebus Rauchschwaden aus, und einer der Studenten – ein brillanter junger Bursche namens Danforth – wies auf lavaartige Krusten an dem schneebedeckten Abhang hin und bemerkte, dass dieser Berg, der 1840 entdeckt worden war, zweifellos Edgar Allan Poes dichterische Einbildung inspiriert habe, als jener sieben Jahre später schrieb:

*… die Laven, die ruhelos fließen*
*Den Yaneek hinab in schwefligen Strömen*
*Und die in die Eiswelt des Pols sich ergießen –*
*Die ächzen, während sie dem Berg Yaneek entströmen,*
*Um sich am nördlichen Pol zu ergießen.*

Danforth war ein großer Liebhaber bizarrer Literatur und sprach viel über Poe. Ich interessierte mich selbst dafür, weil

Poes einzige lange Erzählung – der verstörende und rätselhafte *Arthur Gordon Pym* – teilweise in der Antarktis spielt.

Auf der öden Küste und der hochragenden Eisbarriere im Hintergrund kreischten Myriaden grotesker Pinguine und schlugen mit ihren Stummelflügeln, während sich im Wasser fette Seehunde tummelten, die umherschwammen oder über große Schollen langsam treibenden Eises robbten.

Mit Hilfe kleiner Boote gelang es uns kurz nach Mitternacht am Morgen des 9. November unter schwierigen Bedingungen, auf der Ross-Insel an Land zu gehen. Dabei spannten wir von jedem der beiden Schiffe ein Tau und trafen Vorbereitungen, um mittels einer Behelfskonstruktion aus Hosenbojen Vorräte und Ausrüstungen überzusetzen.

Unsere ersten Schritte auf antarktischem Boden wurden von erregenden und vielfältigen Empfindungen begleitet, obwohl uns an genau dieser Stelle bereits die Expeditionen von Scott und Shackleton vorausgegangen waren. Unser Lager auf der Eisküste unter dem Vulkanhang sollte nur vorläufig sein, das Hauptquartier sollte an Bord der *Arkham* bleiben. Wir brachten alle unsere Bohrgeräte an Land, ebenso die Hunde, Schlitten, Zelte, Proviantkisten und Treibstoffvorräte, die Anlage für die Schmelzversuche, die Kameras für normale Aufnahmen und für Luftbilder, die Flugzeugteile und anderes Ausrüstungsmaterial, einschließlich drei kleine, tragbare Funkgeräte – zusätzlich zu jenen in den Flugzeugen –, die in der Lage waren, die Verbindung zur Funkzentrale auf der *Arkham* von jedem Teil des antarktischen Kontinents zu halten, den wir erreichen würden. Die große Funkanlage des Schiffes, die unseren Kontakt zur Außenwelt gewährleistete, sollte Pressemitteilungen an die leistungsstarke Sende- und Empfangsstation des *Arkham Advertiser* auf Kingsport Head in Massachusetts durchgeben. Wir hofften, unsere Arbeit in einem einzigen antarktischen Sommer abschließen zu können; doch falls sich dies nicht bewerkstelligen ließ, würden wir auf der *Arkham* überwintern und noch vor dem Zufrieren des Seewegs die *Miskatonic* nach Norden senden, um Vorräte für einen weiteren Sommer zu beschaffen.

Ich brauche nicht zu wiederholen, was über unsere ersten Arbeitsschritte bereits in den Zeitungen stand: unsere Besteigung des Mount Erebus; unsere erfolgreichen Mineralbohrungen an verschiedenen Punkten der Ross-Insel und die einzigartige Schnelligkeit, mit der Pabodies Erfindung dabei selbst massive Felsschichten überwand; die Erprobung der kleinen Schmelzausrüstung; unsere gefahrvolle Ersteigung der großen Eisbarriere mitsamt Schlitten und Vorräten – und schließlich die Montage fünf großer Flugzeuge im Lager auf der Barriere. Der Gesundheitszustand unserer an Land operierenden Gruppe – zwanzig Mann und fünfundfünfzig Alaska-Schlittenhunde – war gut, allerdings hatten wir bis dahin natürlich auch noch keine wirklich vernichtenden Temperaturen oder Sturmwinde erlebt. Die meiste Zeit zeigte das Thermometer Temperaturen zwischen -18° und -5° an, und solche Kältegrade waren wir von den Wintern in Neuengland gewöhnt. Das Lager auf der Barriere war auf mittlere Dauer angelegt und sollte als Nachschubdepot für Treibstoff, Proviant, Dynamit und anderen Bedarf dienen.

Vier unserer Flugzeuge genügten, um die eigentliche Forschungsausrüstung zu befördern, sodass wir die fünfte Maschine mit einem Piloten und zwei Mann aus der Schiffsbesatzung beim Depot zurückließen, damit man uns von der *Arkham* aus erreichen konnte, falls unsere Erkundungsflugzeuge alle verloren gingen. Später, wenn nicht mehr jede dieser Maschinen für den Transport unserer Gerätschaften benötigt wurden, wollten wir eine oder zwei davon für ständige Pendelflüge zwischen diesem Depot und einem dauerhaften Basislager auf dem neun- bis zwölfhundert Kilometer weiter südlich gelegenen großen Tafelland jenseits des Beardmore-Gletschers abstellen. Trotz der fast einmütigen Berichte über schreckliche Winde und Stürme, die von dem Plateau herabwehen, entschlossen wir uns, zugunsten von Wirtschaftlichkeit und Effizienz das Risiko einzugehen und keine Zwischendepots anzulegen.

Unsere Funkberichte zeugten von dem atemberaubenden, vierstündigen Nonstop-Flug unserer Staffel über hohes Schelfeis am 21. November. Im Westen ragten gewaltige Gipfel auf und die unermessliche Stille hallte vom Brummen unserer Motoren wider. Der Wind machte uns kaum zu schaffen, und die Funkkompasse brachten uns sicher durch das einzige dichte Nebelfeld, das wir durchflogen. Als sich zwischen dem 83. und 84. Breitengrad vor uns eine riesige Erhebung drohend auftürmte, wussten wir, dass wir den Beardmore-Gletscher erreicht hatten, den größten Talgletscher der Welt, und dass das eisbedeckte Meer nun einer unregelmäßigen, gebirgigen Küstenlinie wich. Schließlich drangen wir vollends in die weiße, seit Ewigkeiten tote Welt des äußersten Südens ein. Gerade als wir uns dessen bewusst wurden, sahen wir weitab im Osten den Gipfel des Mount Nansen zu seiner Höhe von fast fünftausend Metern aufragen.

Die erfolgreiche Errichtung des südlichen Stützpunktes oberhalb des Gletschers auf 86° 7' südlicher Breite und 174° 23' östlicher Länge sowie die ungeheuer schnellen und ergiebigen Bohrungen und Sprengungen an verschiedenen Punkten, zu denen uns unsere Schlittenfahrten und kurzen Erkundungsflüge führten, gehören bereits der Geschichte an; ebenso die schwierige und triumphale Besteigung des Mount Nansen durch Pabodie und zwei der Studenten – Gedney und Carroll – vom 13. bis 15. Dezember. Wir befanden uns knapp dreitausend Meter über dem Meeresspiegel, und als Probebohrungen an bestimmten Punkten nur vier Meter unter der Schnee- und Eisoberfläche auf festen Untergrund stießen, machten wir ausgiebigen Gebrauch von der kleinen Schmelzvorrichtung und brachten Bohrer und Dynamit an zahlreichen Stellen zum Einsatz, wo kein früherer Forscher es auch nur erträumt hätte, Mineralproben zu gewinnen. Die präkambrischen Granite und Beacon-Sandsteine, die wir auf diese Weise fanden, bestärkten uns im Glauben, dass dieses Tafelland homogen war mit der westwärts sich ausdehnenden Hauptmasse des Kontinents, sich jedoch von dessen östlichen Teilen unterhalb Südamerikas leicht unterschied – welche wir zu jenem Zeitpunkt für einen eigenständigen, kleineren Kontinent hielten, getrennt vom größeren durch eine Eisbrücke zwischen dem Ross-Meer und dem Weddell-Meer, eine Hypothese, die Byrd inzwischen allerdings widerlegt hat.

In manchen der Sandsteine, die wir durch Bohrungen sondiert und anschließend hervorgesprengt und ausgemeißelt hatten, entdeckten wir einige hochinteressante Spuren und Überreste von Fossilien; vornehmlich Farne, Algen, Trilobiten, Seelilien und molluske Formen wie zum Beispiel Lingulata und Gastropoda – denen im Zusammenhang mit der Urgeschichte dieses Gebiets allesamt beträchtliche Bedeutung zukam. Außerdem fanden wir einen sonderbaren dreieckigen, gekritzten Abdruck, dessen Durchmesser an der breitesten Stelle etwa dreißig Zentimeter betrug und den Lake aus drei verschiedenen, einem tiefen Sprengloch entnommenen Schieferbruchstücken zusammensetzte. Diese Bruchstücke stammten von einer Fundstelle, die westlich, in der Nähe des Queen-Alexandra-Gebirges, lag. Aus biologischer Sicht schien Lake ihre sonderbare Struktur außerordentlich rätselhaft und spannend zu finden, obwohl sie sich für meinen Geologenblick nicht wesentlich von den Riffelungen unterschied, die in Sedimentgesteinen recht häufig vorkommen. Da Schiefer nichts anderes ist als eine metamorphe Formation, die aus der Zusammenpressung einer Sedimentschicht hervorgeht, und da der dabei entstehende Druck seltsame Verzerrungen bei sämtlichen darin eingelagerten Strukturen hervorruft, war ich nicht besonders verwundert angesichts dieses Abdrucks.

Am 6. Januar 1931 überflogen Pabodie, Daniels, alle sechs Studenten, vier Mechaniker und ich selbst in zwei unserer großen Flugzeuge den Südpol, wobei uns ein plötzlicher Höhenwind, der sich glücklicherweise nicht zu einem richtigen Sturm auswuchs, zum Niedergehen zwang. Es war, wie die Zeitungen es nannten, einer von mehreren Erkundungsflügen, die dem Versuch dienten, neue Landschaftsmerkmale in Gebieten auszukundschaften, wohin frühere Entdecker nicht vorgedrungen waren. Unsere anfänglichen Flüge verliefen in dieser Hinsicht enttäuschend, wenngleich sie uns mit einigen großartigen Eindrücken von den überaus fantastischen und trügerischen Luftspiegelungen der Polargebiete belohnten, auf die wir während unserer Seereise bereits einen kleinen Vorgeschmack erhalten hatten. Weit entfernte Berge schwebten am Himmel wie verzauberte Städte und oft verschwamm die ganze weiße Welt unter dem magischen Schein der tief stehenden Mitternachtssonne zu einem goldenen, silbernen und scharlachroten Land dunsanianischer Träume und abenteuerlicher Verheißung. An bewölkten Tagen wurde das Fliegen ausgesprochen schwierig, weil dann allzu leicht der schneebedeckte Boden und der verschneite Himmel zu einer einzigen mystisch gleißenden Leere verschmolzen, in der keine sichtbare Horizontlinie beides voneinander trennte.

Endlich beschlossen wir, unseren ursprünglichen Plan durchzuführen und mit unseren vier Erkundungsmaschinen achthundert Kilometer weit nach Osten zu fliegen und ein neues Nebenlager an einer Stelle zu errichten, die auf dem kleineren Teilkontinent lag – davon gingen wir damals irrtümlich noch aus. Dort gewonnene geologische Proben würden zu Vergleichszwecken nützlich sein. Unser guter Gesundheitszustand hielt an – Limonensaft glich unsere einseitige Ernährung mit Konservenkost und Pökelfleisch hinreichend aus und dank Temperaturen, die -10° selten unterschritten, konnten wir meistens auf die dicksten Pelze verzichten. Jetzt herrschte Hochsommer, und wenn wir zügig und umsichtig vorgingen, mochte es uns gelingen, die Arbeiten bis zum März abzuschließen und um eine ermüdende Überwinterung während der langen antarktischen Nacht herumzukommen. Mehrfach brachen von Westen her wütende Sturmwinde über uns herein, doch überstanden wir sie unbeschadet, dank Atwoods Geschick, aus schweren Schneeblöcken behelfsmäßige Flugzeugunterstände und Windbrecher zu errichten und die wichtigsten Lagergebäude mit Schnee zu verstärken. Dass wir bisher so viel Glück und Erfolg gehabt hatten, war fast schon unheimlich.

Die Außenwelt war natürlich über unsere Forschungen unterrichtet und erfuhr auch von Lakes befremdlichem und hartnäckigem Beharren auf einer Exkursion in westlicher – oder eher nordwestlicher – Richtung, ehe wir endgültig in das neue Basislager umziehen würden. Anscheinend hatte er lange, und mit halsstarriger Kühnheit, über jenen dreieckigen, gekritzten Abdruck im Schiefer nachgegrübelt und dabei in Bezug auf dessen Beschaffenheit und erdgeschichtlichen Zeitraum gewisse Unstimmigkeiten hineingelesen, die seine Neugier aufs Höchste anstachelten und den Wunsch in ihm weckten, weitere Bohrungen und Sprengungen im Gebiet jener westwärts verlaufenden Formation vorzunehmen, zu der die zutage geförderten Bruchstücke offensichtlich gehörten. Er war der merkwürdig festen Überzeugung, dass der Abdruck von irgendeinem massigen, unbekannten und absolut unklassifizierbaren Organismus mit einem erstaunlich hohen Evolutionsgrad stammte, obzwar das Gestein, das ihn beherbergt hatte, einem so unendlich alten Erdzeitalter angehörte – dem Kambrium, wenn nicht sogar Präkambrium –, dass nicht nur das Vorhandensein hochentwickelten, sondern überhaupt alles Lebens oberhalb des Stadiums der Einzeller oder bestenfalls der Trilobiten mit großer Wahrscheinlichkeit ausgeschlossen war. Diese Bruchstücke samt ihrem rätselhaften Abdruck mussten zwischen 500 Millionen und einer Milliarde Jahre alt sein.

## II

Die Öffentlichkeit reagierte mit Interesse und Fantasie auf unsere Funkberichte über Lakes Abflug nach Nordwesten in Gefilde, die bisher nie eines Menschen Fuß berührt oder menschliche Vorstellung ermessen hatten. Seine abenteuerlichen Hoffnungen auf eine Umschreibung der gesamten biologischen und geologischen Wissenschaften ließen wir dabei unerwähnt. Seine vorausgegangene Schlittenexpedition zu Testbohrzwecken, die er mit Pabodie und fünf anderen vom 11. bis zum 18. Januar unternahm, hatte mehr und mehr des urzeitlichen Schiefers zutage gefördert – leider wurde die Reise vom Verlust zweier Schlittenhunde überschattet, die bei der Überquerung einer der großen Druckwulste im Eis ums Leben kamen – und die einzigartige Fülle offenkundig fossiler Spuren in dieser unvorstellbar alten geologischen Schicht erweckte sogar mein Interesse. Dennoch, diese Abdrücke stammten von sehr primitiven Lebensformen und hatten wenig Rätselhaftes an sich, bis auf die Tatsache, dass überhaupt Spuren von Leben in Gesteinsschichten vorkamen, die derart ins Präkambrium zu verweisen schienen. Ich vermochte daher, noch immer keinen vernünftigen Sinn in Lakes Forderung nach einer Unterbrechung unseres auf Zeitersparnis ausgerichteten Programms zu erkennen – einer Unterbrechung, die den Einsatz sämtlicher vier Flugzeuge, vieler Männer und der gesamten technischen Ausrüstung der Expedition erforderte.

Letztendlich unterband ich das Vorhaben nicht, entschied mich jedoch selbst gegen die Teilnahme an dem nordwestlichen Vorstoß, so ungern Lake auch auf mein geologisches Fachwissen verzichtete. Während er unterwegs war, wollte ich mit Pabodie und fünf Männern im Lager bleiben und abschließende Vorkehrungen für dessen Verlegung nach Osten treffen. Zur Vorbereitung dieser Verlegung war eines der Flugzeuge im Einsatz gewesen, um vom McMurdo-Sund einen reichlichen Treibstoffvorrat heranzuschaffen; doch dies konnte vorübergehend unterbrochen werden. Ich behielt einen Schlitten und neun Hunde für uns zurück, da es unklug gewesen wäre, in einer völlig unbewohnten Welt äonenalten Todes auch nur zeitweilig ohne Beförderungsmöglichkeit zu bleiben.

Lakes Sonderexpedition ins Unbekannte gab, wie man sich erinnern wird, mithilfe der Kurzwellensender an Bord der Flugzeuge ihre eigenen Berichte durch; diese wurden von unserem Funkgerät im Südlager und gleichzeitig von der *Arkham* am McMurdo-Sund aufgefangen, die sie anschließend an die Außenwelt weitergab. Lakes Mannschaft flog am 22. Januar um vier Uhr morgens los, und nur zwei Stunden später erreichte uns der erste Funkbericht, in dem Lake mitteilte, an einer knapp fünfhundert Kilometer von uns entfernten Stelle zwischengelandet zu sein und damit begonnen zu haben, in bescheidenem Umfang Eis abzuschmelzen und Bohrungen vorzunehmen. Sechs Stunden später meldete eine zweite und überaus erregte Funkbotschaft, man habe in emsiger, fieberhafter Arbeit einen Schacht von geringer Tiefe gebohrt und ausgesprengt und sei als Krönung des Ganzen auf Schieferbruchstücke gestoßen, die fast ebensolche rätselhaften Abdrücke aufwiesen wie jener erste Fund.

Drei Stunden später meldete ein kurzer Funkspruch, dass die Flugzeuge inmitten eines heftigen, beißenden Sturmes erneut starten würden. Als ich mit einem Protest gegen weitere Waghalsigkeiten antwortete, erwiderte Lake knapp, dass seine neuen Proben jedes Risiko rechtfertigten. Mir wurde klar, dass seine Erregung ihn bis zur Meuterei treiben würde und dass ich nichts unternehmen konnte, um diese leichtsinnige Gefährdung unserer Expedition zu verhindern. Zugleich war es erschreckend, sich vorzustellen, wie Lake tiefer und tiefer in jene trügerische und unheilvolle weiße Unendlichkeit der Stürme und unergründeten Geheimnisse vordrang, die sich beinahe zweitausendfünfhundert Kilometer weit bis zum halb bekannten, halb vermuteten Küstenstreifen von Queen-Mary- und Knox-Land erstreckte.

Dann, nach vielleicht weiteren eineinhalb Stunden, erreichte uns jene doppelt aufgeregte Meldung aus Lakes in der Luft befindlicher Maschine, die meine Vorbehalte fast ins Gegenteil verkehrte und mich wünschen ließ, ich hätte mich ihm angeschlossen:

»22.05 Uhr. Unterwegs. Schneesturm überstanden, voraus Gebirgskette gesichtet, höher als alle bisher entdeckten. Vielleicht so hoch wie der Himalaja, die Plateauhöhe einberechnet. Vermutlich auf Breite 76° 15', Länge 113° 10' Ost. Reicht zu beiden Seiten so weit man blicken kann. Glauben zwei rauchende Bergkegel zu erkennen. Alle Gipfel schwarz und schneefrei. Von dorther wehender Sturm behindert Navigation.«

Ab jetzt hockten Pabodie, die Männer und ich mit angehaltenem Atem neben dem Funkempfänger. Der Gedanke an diesen titanischen, über tausend Kilometer entfernten Gebirgswall erregte unsere ganze Abenteuerlust; und wir waren begeistert, dass unserer Expedition, wenn schon nicht uns persönlich, diese Entdeckung zu verdanken war.

Nach einer halben Stunde meldete sich Lake erneut:

> »Moultons Maschine zu Landung auf Plateau im Vorgebirge gezwungen, aber niemand verletzt und Reparatur vielleicht möglich. Werden wichtigste Ladung für Rückflug oder nötigenfalls Weiterflug auf übrige drei Maschinen verteilen, augenblicklich jedoch keine größeren Flüge vonnöten. Gebirge übertrifft alles Vorstellbare. Werde in Carrolls Maschine ohne allen Ballast auf Erkundungsflug gehen.
> Könnt euch so etwas einfach nicht vorstellen. Höchste Gipfel müssen zehntausend Meter übertreffen. Everest aus dem Rennen. Atwood will Höhe mit Winkelmesser ermitteln, während Carroll und ich aufsteigen. Vermutlich im Irrtum bezüglich Kegeln, denn Formationen anscheinend geschichtet. Vielleicht präkambrischer Schiefer vermischt mit anderen Schichten. Gipfelumrisse seltsam – regelmäßige Ansammlungen von Quadern an höchsten Spitzen. Fantastisch anzusehen im rotgoldenen Licht der tief stehenden Sonne. Wie geheimnisvolles Traumland oder Tor zu verbotener Welt nie erschauter Wunder. Wünschte, ihr wäret hier, um mit eigenen Augen zu sehen.«

Obwohl es eigentlich Schlafenszeit war, dachte nicht einer von uns Zuhörern auch nur einen Moment lang daran, sich hinzulegen. Ganz ähnlich musste es sich am McMurdo-Sund verhalten, wo das Nachschubdepot und die *Arkham* Lakes Mitteilungen ebenfalls auffingen, denn Kapitän Douglas funkte allseits Glückwünsche zu der bedeutenden Entdeckung und

Sherman, der Funker des Depots, schloss sich ihm an. Natürlich kam uns der Flugzeugschaden ungelegen, doch hofften wir, dass er sich leicht würde beheben lassen.

Dann, es war gegen 23.00 Uhr, traf Lakes nächster Funkspruch ein:

»Befinde mich mit Carroll über den höchsten Vorbergen. Scheuen bei diesem Wetter die richtig hohen Gipfel, nehmen sie uns aber später vor. Höhe zu gewinnen ist furchtbar mühsam und hier oben zu fliegen schwierig, aber lohnend. Hauptgebirgszug ziemlich kompakt, daher unmöglich, zu sehen, was dahinter liegt. Höchste Gipfel übertreffen Himalaja, wirken sehr eigentümlich. Gebirgskamm sieht nach präkambrischem Schiefer aus, mit deutlichen Spuren zahlreicher anderer aufgeworfener Schichten. Lag falsch bezüglich Vulkantätigkeit. Erstreckt sich zu beiden Seiten weiter als das Auge reicht. Oberhalb von etwa sechstausendfünfhundert Metern von Winden schneefrei gefegt.

Seltsame Gebilde an Hängen der höchsten Berge. Große, flache, quadratische Blöcke mit vollkommen senkrechten Seitenflächen und rechtwinklige Verläufe niedriger, lotrechter Mauern, ähnlich den an steilen Bergflanken klebenden alten asiatischen Burgen in Roerichs Gemälden. Von Weitem sehr eindrucksvoll. Flogen nah an einige heran, und Carroll glaubt, sie bestehen aus kleineren Einzelstücken, aber das sind wohl eher Verwitterungsspuren. Kanten meist abgebröckelt und rundgeschliffen, so als seien sie über Millionen von Jahren Stürmen und klimatischen Veränderungen ausgesetzt gewesen.

Teile davon, vor allem die oberen Abschnitte, scheinen aus hellerem Gestein als alle sichtbaren Schichten der eigentlichen Berghänge, daher augenscheinlich kristallinen Ursprungs. Dichtes Anfliegen offenbart zahlreiche Höhleneingänge, manche ungewöhnlich regelmäßig geformt, viereckig oder halbkreisförmig. Ihr müsst kommen und das erforschen. Glaube, Mauer direkt auf einer der Bergspitzen gesehen zu haben. Höhe scheint mindestens neun- bis zehntausend Meter zu betragen. Bin selbst auf sechstausenddreihundert Metern in höllischer, schneidender Kälte. Wind heult und pfeift durch Pässe und um Höhleneingänge, aber Fliegen bislang ohne Gefahr.«

Lake hielt uns noch eine weitere halbe Stunde lang unter einem Trommelfeuer seiner Eindrücke und teilte uns mit, dass er beabsichtige, einen der Gipfel zu Fuß zu ersteigen. Ich antwortete, ich würde zu ihm stoßen, sobald er ein Flugzeug schicken könne, und dass Pabodie und ich einen geeigneten Plan zur Treibstoffversorgung ausarbeiten – wo und wie wir angesichts der veränderten Expeditionsziele unsere Benzindepots anlegen sollten. Lakes Bohrungen wie auch seine Flugeinsätze würden einen großen Treibstoffvorrat für das Lager erforderlich machen, das er am Fuße der Berge aufschlagen wollte; und es war durchaus möglich, dass der Flug nach Osten gar nicht mehr stattfinden würde, zumindest nicht in diesem Sommer. Ich funkte in dieser Angelegenheit Kapitän Douglas an und bat ihn, mit dem einzelnen Hundegespann, das wir dort zurückgelassen hatten, so viel Treibstoff wie möglich aus den Schiffen auf die Eisbarriere zu bringen. Wir mussten auch eine direkte Luftbrücke über das unbekannte Gebiet zwischen Lakes Standort und dem McMurdo-Sund schaffen.

Später funkte Lake mich an, um mitzuteilen, dass er sich entschlossen habe, das Lager dort zu belassen, wo Moultons Flugzeug notgelandet war und wo dessen Reparatur bereits voranschritt. Die Eisdecke sei sehr dünn und ließe hie und da dunklen Untergrund durchscheinen, und er wolle vor Ort einige Bohrungen und Sprengungen ansetzen, ehe er irgendwelche Schlittenexpeditionen oder Bergbesteigungen in Angriff nehme. Er sprach von der unbeschreiblichen Erhabenheit der ganzen Szenerie und davon, welch eigentümliche Empfindungen es auslöse, sich im Windschatten riesiger, schweigender Gipfel zu befinden, deren Kämme emporragten wie eine himmelstürmende Mauer am Ende der Welt.

Atwoods Winkelmessungen hatten die Höhe der fünf mächtigsten Bergzinnen auf neuntausend bis zehntausendfünfhundert Meter berechnet. Die Schneefreiheit der höheren Lagen versetzte Lake ganz offenkundig in Sorge, denn sie sprach für das gelegentliche Aufkommen ungeheurer Orkane, deren Wut alles übertraf, was wir bisher kennengelernt hatten. Sein Lager lag wenig mehr als acht Kilometer vom Fuße der höheren, steil aufragenden Vorberge entfernt. Ich spürte geradezu einen Anflug unterbewusster Angst in seinen Worten – hinweggefunkt über eine mehr als tausend Kilometer weite Leere aus Eis –, als er darauf drängte, wir alle sollten uns beeilen, damit wir die fremdartige, neuentdeckte Gegend baldigst verlassen könnten. Jetzt wolle er sich erstmal schlafen legen, nach einem langen Tag geradezu beispiellos rastloser, antrengender und ergebnisreicher Arbeit.

Am Morgen führte ich eine Funkkonferenz mit Lake und Kapitän Douglas an ihren so weit voneinander entfernten Standorten. Wir beschlossen, dass eine von Lakes Maschinen zu meinem Lager fliegen sollte, um Pabodie, die fünf Männer und mich abzuholen und darüber hinaus so viel Treibstoff wie möglich mitzunehmen. Die Frage, was mit dem verbleibenden Treibstoff geschehen sollte, konnte nach unserer Entscheidung über einen östlichen Vorstoß auch noch in einigen Tagen entschieden werden, da Lakes Vorräte erst einmal ausreichten zur Beheizung des Lagers und für die Bohrungen. Letztlich würden die Vorräte des alten Südlagers neu aufgefüllt werden müssen, doch falls wir die Ostexpedition verschoben, würden wir es vor dem nächsten Sommer nicht mehr benötigen, außerdem musste Lake in der Zwischenzeit ein Flugzeug schicken, um eine direkte Luftlinien-Route zwischen seinen neu entdeckten Bergen und dem McMurdo-Sund zu finden.

Pabodie und ich trafen Vorbereitungen, um unser Lager für kürzere Zeit – oder falls nötig, auch für länger – dicht zu machen, je nachdem, worauf es hinauslief: Falls wir in der Antarktis überwinterten, würden wir wahrscheinlich direkt von Lakes Lager zur *Arkham* fliegen, ohne an diesen Ort zurückzukehren. Einige unserer kegelförmigen Zelte waren mit Blöcken aus Pressschnee befestigt worden, und wir beschlossen nun, diese Arbeiten zu Ende zu bringen und einen dauerhaften Stützpunkt zu schaffen. Da die Expedition reichlich über Zelte verfügte, hatte Lake in dieser Hinsicht alles dabei, was sein Lager benötigte, selbst wenn wir dazukamen. Ich funkte Lake, dass Pabodie und ich nach einem weiteren Arbeitstag und einer Nacht des Schlafs für den Flug nach Nordwesten bereit sein würden.

Allerdings gingen unsere Arbeiten von 16.00 Uhr an nur noch recht schleppend voran, denn um diese Zeit begann Lake in höchster Erregung, ganz außerordentliche Beobachtungen durchzugeben. Sein Arbeitstag hatte enttäuschend begonnen, denn ein Erkundungsflug über die größtenteils von Schnee freigeblasenen Felsflächen bewies das völlige Fehlen jener archäischen, urzeitlichen Schichten, nach denen er Ausschau hielt und die einen so wesentlichen Anteil der gigantischen Gipfel ausmachten, die sich in verlockender Nähe vom Lager auftürmten. Bei den meisten Gesteinsarten, die er ausmachte, handelte es sich offenbar um Sandstein aus dem Jura und der Kreidezeit sowie Schiefer aus dem Perm und dem Trias, stellenweise unterbrochen von glänzenden schwarzen Ausbissen, die auf harte, schiefrige Kohle schließen ließen. Dies wirkte ziemlich entmutigend auf Lake, für den alles davon abhing, Proben zutage zu fördern, die mehr als 500 Millionen Jahre älter waren. Er erkannte, dass, wollte er die azoische Schieferader wiederfinden, in der er die rätselhaften Abdrücke entdeckt hatte, eine lange Schlittenfahrt von diesem Vorgebirge bis zu den steilen Hängen der gigantischen Berge unvermeidlich sein würde.

Dennoch hatte er sich entschlossen, im Rahmen des allgemeinen Expeditionsprogramms an Ort und Stelle einige Bohrungen durchzuführen; daher ließ er den Bohrturm aufrichten und teilte fünf Mann zu seiner Bedienung ein, während der Rest das Lager fertig aufschlug und die Reparatur des beschädigten Flugzeuges fortsetzte. Die erste Probebohrung galt dem weichsten Gestein, das zu sehen war – ein Sandstein in einigen hundert Metern Entfernung vom Lager –, und der Bohrer kam auch ohne größere Sprenghilfe bestens voran. Ungefähr drei Stunden später, nach der ersten wirklich starken Sprengung im Laufe dieser Arbeiten, erschollen die Rufe der Bohrmannschaft, und der junge Gedney – der als Vorabeiter diente – kam mit der spektakulären Neuigkeit ins Lager gestürmt.

Sie waren auf eine Höhle gestoßen. Zu Beginn der Bohrung war der Sandstein einer kreidezeitlichen Kalksteinader gewichen, die lauter winzige fossile Cephalopoden, Korallen, Echiniden und Spiriferen enthielt sowie gelegentliche Spuren von Urgesteins-Schwämmen und Knochen von Meereswirbeltieren – letztere vermutlich von Knochenfischen, Haien und Ganoiden. Dies allein war schon bedeutsam genug, handelte es sich doch um den ersten Fund von Wirbeltierfossilien im Verlauf unserer Expedition; doch als der Bohrkopf kurz darauf aus der Kalksteinschicht scheinbar ins Leere durchbrach, bemächtigte sich eine neue, noch weit stärkere Aufregung der Männer. Eine größere Sprengung offenbarte dann das unterirdische Geheimnis; und nun gähnte den beflissenen Forschern durch eine ausgezackte Öffnung von etwa eineinhalb Metern Durchmesser eine niedrige Kalkstein-Höhlung entgegen, die vor über 50 Millionen Jahren vom tropfenden Grundwasser einer erloschenen Tropenwelt ausgewaschen worden war.

Die Aushöhlung war höchstens zwei oder drei Meter tief, erstreckte sich jedoch endlos weit in alle Richtungen und führte frische, schwach bewegte Luft, die darauf hindeutete, dass es sich um ein ausgedehntes unterirdisches Höhlensystem handelte. Decke und Boden waren gespickt mit großen Stalaktiten und Stalagmiten, von denen einige zu Säulen zusammengewachsen waren, doch wichtiger als alles andere war die enorme Ansammlung von Schalen und Knochen, die stellenweise fast den Durchgang verstopften. Herabgeschwemmt aus unbekannten Dschungeln mesozoischer Baumfarne und Schwämme sowie aus Wäldern tertiärer Zykadeen, Fächerpalmen und primitiver Angiospermen, enthielt dieses beinerne Sammelsurium Vertreter einer größeren Anzahl kreidezeitlicher, eozäner und sonstiger Tierarten als selbst der beste Paläontologe in einem ganzen Jahr hätte sichten oder klassifizieren können. Mollusken, Panzer von Krustentieren, Fische, Amphibien, Reptilien, Vögel und frühe Säuger – groß und klein, bekannt und unbekannt. Kein Wunder, dass Gedney laut rufend ins Lager zurückrannte, und kein Wunder auch, dass jeder seine Arbeit liegen ließ und Hals über Kopf durch die schneidende Kälte zu der Stelle stürmte, wo der hohe Bohrturm ein neu entdecktes Tor zu Geheimnissen des Erdinneren und entschwundener Äonen markierte.

Nachdem Lake seine erste unbezähmbare Neugier befriedigt hatte, kritzelte er eine Nachricht in sein Notizbuch und schickte den jungen Moulton zurück ins Lager, damit er sie über Funk weitergab. Dies war die erste Kunde von der Entdeckung, die mich erreichte, und sie berichtete über die Identifizierung früher Muscheln, Knochen von Ganoiden und Placoiden, Überresten von Labyrinthodonten und Thecodonten, großen mesosaurischen Schädelfragmenten, Dinosaurierwirbeln und -panzerplatten, Zähnen und Flügelknochen von Pterodactylen, Überresten von Archäopteryges, Haifischzähnen aus dem Miozän, Schädeln primitiver Vogelarten und sonstigem Gebein urzeitlicher Säugetiere wie Paläotherien, Xiphodonten, Eohippi, Oreodonten und Titanotherien. Jüngere Organismen wie Mastodonten, Elefanten, echte Kamele, Rotwild oder Huftiere waren nicht vertreten. Dies veranlasste Lake zu der Schlussfolgerung, dass die jüngsten Ablagerungen aus dem Oligozän stammten und dass die ausgehöhlte Schicht sich seit mindestens 30 Millionen Jahren in ihrem gegenwärtigen ausgetrockneten, toten und unzugänglichen Zustand befinden musste.

Andererseits war das Vorherrschen sehr früher Lebensformen

sehr befremdlich. Obzwar die Kalksteinformation fraglos zwischen Jura- und Kreidezeit und keinen Deut früher entstanden war, was so typische darin eingelagerte Fossilien wie Kieselschwämme eindeutig bewiesen, stammten die losen Überreste in dem Hohlraum zu einem überraschend hohen Anteil von Organismen, die bislang als kennzeichnend für weit ältere Zeitabschnitte galten – darunter sogar rudimentäre Fische, Mollusken und Korallen, die bis zurück ins Silur oder Ordovizium datierten. Die unvermeidliche Schlussfolgerung daraus lautete, dass in diesem Teil der Erde ein einzigartiger Fortbestand des Lebens von vor 300 Millionen Jahren bis hin zu jenem vor lediglich 30 Millionen Jahren geherrscht haben musste. Wie weit dieser Fortbestand über das Oligozän hinaus angedauert hatte, als der Hohlraum von der Außenwelt abgeschnitten worden war, entzog sich natürlich jeder Mutmaßung. Auf alle Fälle musste die vernichtende Eiszeit des Pleistozäns vor gut 500.000 Jahren – die Spanne nur eines Tages, verglichen mit dem Alter dieser Höhle – das Ende all der frühzeitlichen Lebensformen bedeutet haben, denen es in einem begrenzten Gebiet gelungen war, die normale Daseinsfrist ihrer Spezies zu überdauern.

Lake ließ es nicht bei dieser ersten Nachricht bewenden, er schrieb eine weitere Meldung, die er durch den Schnee ins Lager bringen ließ, bevor Moulton zurückkehrte. Danach kam Moulton nicht mehr vom Funkgerät in einem der Flugzeuge weg; vielmehr musste er mir – und ebenso der *Arkham* zur Übermittlung an die Außenwelt – die ständigen Ergänzungen durchgeben, die Lake ihm durch eine Reihe von Boten zutragen ließ.

Wer die Zeitungsberichte verfolgt hat, wird sich an das Aufsehen unter den Wissenschaftlern erinnern, das diese nachmittäglichen Berichte auslösten – Berichte, die schließlich, nach all den Jahren, zu der Zusammenstellung ebenjener Starkweather-Moore-Expedition führten, die ich so verzweifelt von ihren Vorhaben abzubringen versuche.

Am besten gebe ich die Berichte in Lakes Wortlaut wieder, so wie er sie abfasste und unser Lagerfunker McTighe sie aus den Bleistift-Stenogrammen übertrug:

»Fowler macht Entdeckung von äußerster Wichtigkeit in ausgesprengten Sandstein- und Kalksteinfragmenten. Verschiedene deutlich sichtbare, gekritzte dreieckige Abdrücke gleich jenen im azoischen Schiefer, die beweisen, dass Verursacher von vor über 600 Millionen Jahren fast bis zur ausgehenden Jurazeit überlebte, fast ohne morphologische Veränderungen und Abnahme von Durchschnittsgröße, dabei Abdrücke aus Jura anscheinend primitiver oder artfremder als ältere, so weit überhaupt feststellbar. Bitte Tragweite der Entdeckung gegenüber Presse betonen. Wird für Biologie bedeuten, was Einstein für Mathematik und Physik bedeutet hat. Ergänzt meine bisherige Arbeit und erweitert Schlussfolgerungen.
Scheint anzudeuten, was ich schon vermutete – Erde sah vollständigen Kreislauf oder ganze Kreisläufe organischen Lebens noch vor dem uns bekannten, der mit azoischen Zellen beginnt. War vor mindestens einer Milliarde Jahren bereits hoch entwickelt und spezialisiert, als Planet jung und noch kurz zuvor unbewohnbar für sämtliche Lebensformen oder gewöhnliche protoplasmatische Strukturen. Fragt sich, wo, wann und wie Entwicklung erfolgte.«

»Später. Untersuchen Skelettfragmente großer Land- und Meeressaurier sowie primitiver Säuger, entdecken einzigartige Verwundungen oder Verletzungen an bestimmten Knochenstellen, die sich keinem bekannten Raubtier oder Fleischfresser egal welcher Erdepoche zuordnen lassen. Zwei Varianten – gerade, tiefe Löcher und offenkundige Hackspuren. Ein oder zwei Fälle sauber durchtrennter Knochen. Nicht viele Untersuchungsobjekte betroffen. Lasse Taschenlampen aus dem Lager holen. Werden unterirdisches Suchgebiet durch Abschlagen von Tropfgestein erweitern.«

»Noch später. Haben eigentümliches Specksteinbruchstück entdeckt, Durchmesser etwa fünfzehn, Dicke etwa vier Zentimeter, gänzlich verschieden von allen sichtbaren Gesteinsformationen der Umgebung – grünlich, aber ohne Anhaltspunkte, um es erdgeschichtlich einzuordnen. Sonderbar glatt und regelmäßig. Form wie fünfzackiger Stern mit abgebrochenen Spitzen und weiteren Bruchspuren an Innenwinkeln und in Oberflächenmitte. Kleine, glatte Vertiefung mittig in gegenüberliegender, unbeschädigter Oberfläche. Macht sehr neugierig betreffs Herkunft und Zustandekommen. Vermutlich absonderliches Zufallsresultat von Wassereinwirkung. Carroll glaubt, mit Vergrößerungsglas weitere Merkmale von geologischer Bedeutung zu erkennen. Ansammlungen kleiner Punkte in regelmäßiger Anordnung. Hunde werden unruhig bei unserer Arbeit, scheinen Speckstein zu verabscheuen. Müssen rauskriegen, ob irgendein eigentümlicher Geruch vorhanden. Melde mich wieder, sobald Mills mit Lampe zurück und wir unterirdisch weitermachen.«

»22.15 Uhr. Beachtliche Entdeckung. Orrendorf und Watkins, mit Lampe in der Höhle, fanden um 21.45 Uhr ungeheures, fassförmiges Fossil völlig unbekannter Art; vermutlich pflanzlich, falls nicht übergroßer Vertreter unbekannter Meeres-Hohltiere. Gewebe offenkundig von Mineralsalzen konserviert. Zäh wie Leder, aber stellenweise noch erstaunlich flexibel. Spuren abgebrochener Körperteile an Enden und ringsum. Knapp zwei Meter von einem Ende zum anderen, gut ein Meter mittlerer Umfang, an jedem Ende verjüngt auf vierzig Zentimeter. Wie Fass mit fünf gewölbten Wülsten anstatt Dauben. Seitliche Bruchstellen, als hätten dort dünne Stängel

gesessen, entlang Gürtellinie um Mitte dieser Wölbungen. In Rillen zwischen den Wölbungen entspringen seltsame Auswüchse – Kämme oder Flügel, die sich fächerartig aufklappen und ausbreiten lassen. Alle stark beschädigt bis auf einen, der ausgefaltet Spannweite von über zwei Metern erreicht. Anordnung gemahnt an gewisse Monstergeschöpfe in vorzeitlichen Mythen, besonders sagenhafte Ältere Wesen aus *Necronomicon.*
Schwingen scheinen membranartig, gespannt auf Stützgeflecht aus drüsenartigen Röhren. Anscheinend winzige Öffnungen in Röhren an Flügelspitzen. Körperenden verrunzelt, geben keinen Hinweis auf Innenleben oder darauf, was dort abgebrochen ist. Müssen sezieren, wenn zurück im Lager. Immer noch unklar, ob pflanzlich oder tierisch. Viele Merkmale offenkundig von geradezu unglaublicher Primitivität. Alle Mann im Einsatz, um Tropfsteine zu beseitigen und weitere Exemplare zu suchen. Noch mehr zerkratzte Knochen gefunden, müssen aber warten. Ärger mit den Hunden. Können das neue Fundstück nicht ertragen und würden es wahrscheinlich in Stücke reißen, wenn wir es nicht von ihnen fernhielten.«

»23.30 Uhr. Achtung, Dyer, Pabodie, Douglas. Angelegenheit von höchster – möchte sagen herausragender – Bedeutung. *Arkham* muss sofort an Hauptstation auf Kingsport Head durchgeben. Das seltsame fassartige Lebewesen hat die Abdrücke im Gestein verursacht. Mills, Boudreau und Fowler entdecken Ansammlung von dreizehn weiteren Exemplaren an unterirdischer Stelle zwölf Meter von Öffnung entfernt. Dazwischen merkwürdig abgerundete und sonderbar geformte Specksteinfragmente, kleiner als das zuvor entdeckte – sternförmig, aber keine Bruchstellen außer an einigen der Spitzen.
Acht der organischen Wesen anscheinend vollständig erhalten, mit sämtlichen Fortsätzen. Haben alle heraufgeholt, die Hunde in sichere Entfernung gebracht. Sie

können die Dinger nicht ausstehen. Bitte genau auf Beschreibung achten und zur Bestätigung wiederholen. Zeitungen müssen das richtig wiedergeben.
Gesamtlänge der Objekte 2,5 m. 1,8 m langer, in fünf Längswölbungen unterteilter Tonnenrumpf, mittlerer Durchmesser 1 m, Enddurchmesser jeweils 40 cm. Dunkelgrau, flexibel und unglaublich widerstandsfähig. 2,0 m breite Membranschwingen derselben Farbe, bei Auffindung eingefaltet, entspringen Furchen zwischen Wölbungen. Stützgerüst der Schwingen drüsen- oder röhrenartig, von hellerem Grau, mit Öffnungen an Flügelspitzen. Ausgespreizte Schwingen weisen gezackten Rand auf. Entlang mittlerer Umfangslinie des Rumpfs, an zentralem Scheitelpunkt jeder der fünf vertikalen, daubenartigen Wölbungen, sitzt jeweils einer von insgesamt fünf hellgrauen, beweglichen Stängeln oder Tentakeln, bei Auffindung eng an Rumpf anliegend, jedoch ausstreckbar bis zu einer Länge von fast 1 m. Ähneln Armen eines primitiven Crinoiden. Die einzelnen Stängel von 7 cm Durchmesser verzweigen nach 15 cm in fünf einzelne Stängel, von denen wiederum jeder nach 20 cm in kleine, verjüngende Tentakel oder Ranken aussprießt, so dass jeder Stängel oder Arm insgesamt fünfundzwanzig Tentakel besitzt.
An der Rumpf-Oberseite stumpfer, knolliger Hals von hellerem Grau, mit kiemenartigen Merkmalen, trägt eine Art gelblichen Kopf in der Form eines fünfarmigen Seesterns, bedeckt von knapp 1 m langen, drahtigen Wimpern in verschiedenen Regenbogenfarben.
Kopf groß und gedunsen, guter halber Meter von Spitze zu Spitze, aus jeder Spitze ragen jeweils 7 cm lange, biegbare, gelbliche Röhren hervor. Spalt in genauer Mitte von Oberseite vermutlich Atemöffnung. Am Ende jeder Röhre kugelförmige Verdickung, die beim Zurückziehen einer gelblichen Membran glasige Murmel mit roter Iris enthüllt, offenbar ein Auge.

Fünf etwas längere, rötliche Röhren entwachsen den Innenwinkeln des seesternförmigen Kopfes und enden in beutelartigen Schwellungen gleicher Farbe, die sich unter Druck zu glockenähnlichen Öffnungen von 5 cm Maximaldurchmesser und gespickt mit scharfen, weißen, zahnartigen Auswüchsen auftun – vermutlich Mäuler. All diese Röhren, Wimpern und Spitzen des Seestern-Kopfes bei Auffinden eng anliegend; Röhren und Spitzen dicht an knolligen Hals und Rumpf geschmiegt. Erstaunlich flexibel trotz enormer Zähigkeit.
An unterem Ende des Rumpfes befinden sich grobe, dabei anders funktionierende Gegenstücke des Kopfes und seiner Extremitäten. Knolliger, hellgrauer Pseudohals ohne Kiemenanzeichen trägt grünliches, fünfzackiges Seesterngebilde.
Zähe, muskulöse Arme, 1,2 m lang und sich von 18 cm Umfang am Wurzelpunkt bis auf gut 6 cm am äußersten Ende verjüngend. An jedem Ende sitzt Spitze eines grünlichen, von fünf Adern unterteilten Dreiecks, 20 cm lang und am breiten Ende 15 cm von Kante zu Kante. Dies ist das Paddel, die Flosse oder der Pseudofuß, dessen Abdrücke sich ebenso in einer Milliarde altem wie in 60 bis 50 Millionen Jahre altem Gestein finden.
Aus Innenwinkeln des Seesterngebildes ragen 60 cm lange rötliche Röhren, die sich von 7,5 cm Durchmesser am Ausgangspunkt auf 2,5 cm an der Spitze verjüngen. Öffnungen an Spitzen. All diese Teile unendlich zäh und ledrig, aber äußerst flexibel. 1,2 m lange Arme mit Paddeln dienten zweifellos irgendeiner Art der Fortbewegung, im Wasser oder sonstwo. Werden sie bewegt, geben sie Anzeichen von überkräftig ausgebildeter Muskulatur zu erkennen. Sämtliche dieser Fortsätze bei Auffindung eng an Pseudonacken und Rumpfende gefaltet, in spiegelverkehrter Entsprechung zu den Fortsätzen des gegenüberliegenden Endes.
Ob dem Tier- oder dem Pflanzenreich zugehörig, noch

nicht endgültig entscheidbar, doch wahrscheinlich eher Tier. Womöglich Vertreter einer unfassbar hohen Evolutionsstufe der Hohltiere ohne Rückbildung bestimmter primitiver Merkmale. Ähnlichkeiten zu Stachelhäutern trotz vereinzelter gegenteiliger Merkmale unverkennbar. Die flügelartigen Extremitäten verwirren an einem mutmaßlichen Meeresbewohner, könnten aber einen Nutzen für die Fortbewegung im Wasser gehabt haben. Die körperliche Symmetrie ist seltsam pflanzentypisch, erinnert eher an das generelle Oben und Unten der pflanzlichen Struktur als an das Vorne und Hinten der tierischen Anatomie. Sagenhaft früher Evolutionszeitpunkt, noch vor den einfachsten bisher bekannten azoischen Protozoen, führt alle Vermutungen über den Ursprung ad absurdum.
Vollständig erhaltene Exemplare gemahnen auf so unheimliche Weise an gewisse Kreaturen aus uralten Mythen, dass Gedanke an urzeitliche Verbreitung außerhalb der Antarktis unvermeidlich. Dyer und Pabodie haben *Necronomicon* gelesen und darauf basierende albtraumhafte Gemälde von Clark Ashton Smith gesehen und werden mich verstehen, wenn ich von Älteren Wesen spreche, die angeblich alles Leben auf Erden zum Scherz oder durch ein Missgeschick erschaffen haben. Forscher waren stets der Ansicht, diese Vorstellung gehe ursprünglich auf morbide Fantasiebeschreibungen über uralte tropische Hohltiere zurück. Übereinstimmungen auch mit prähistorischen Sagengestalten, von denen Wilmarth gesprochen hat – Umfeld des Cthulhu-Kults etc. Weites Feld für Forschungen eröffnet. Fundstücke vermutlich aus oberer Kreidezeit oder frühem Eozän, nach umliegenden Fossilien zu urteilen. Stark von Tropfsteinen überwachsen. Harte Arbeit, sie da rauszuhämmern, doch Widerstandsfähigkeit verhinderte Beschädigung. Erhaltungszustand märchenhaft, offenbar dank Kalksteineinwirkung. Bisher keine weiteren gefunden, werden Suche

aber später wieder aufnehmen. Müssen zunächst sehen, wie wir vierzehn große Exemplare ins Lager schaffen, ohne die Hunde zu nehmen, die wie rasend bellen und nicht an sie herangelassen werden dürfen.
Zu neunt – drei Mann bleiben zurück und bewachen die Hunde – sollten wir mit den drei Schlitten halbwegs klar kommen, trotz widrigen Winds. Müssen Flugroute mit McMurdo-Sund einrichten und mit Verfrachtung der Funde beginnen.
Bevor wir uns Ruhe gönnen, muss ich aber noch eines dieser Dinger sezieren. Wünschte, ein richtiges Labor hier zu haben. Dyer sollte sich in Grund und Boden schämen, dass er meinen Erkundungsflug gen Westen zu verhindern suchte. Erst die höchsten Berge der Welt, und dann dies. Wenn Letzteres nicht der Höhepunkt der Expedition ist, was dann? Als Wissenschaftler sind wir gemachte Männer. Gratulation, Pabodie, zu dem Bohrer, der die Höhle aufgetan hat. Würde *Arkham* jetzt bitte Beschreibung wiederholen?«

Was beim Eintreffen dieses Berichts in Pabodie und mir vorging, ist fast nicht zu beschreiben, und unsere Gefährten waren kaum weniger aus dem Häuschen als wir. McTighe, der eilends ein paar Höhepunkte des Berichtes für uns wiedergegeben hatte, während sie aus dem brummenden Empfangsgerät strömten, übertrug nun die komplette Nachricht aus seinem Stenogramm, sobald Lakes Funker die Verbindung beendet hatte. Alle waren sich über die epochale Bedeutung der Entdeckung einig, und ich übermittelte Lake meine Glückwünsche, nachdem der Funker der *Arkham* die Abschnitte mit den morphologischen Beschreibungen wunschgemäß wiederholt hatte; meinem Beispiel folgte Sherman an seiner Funkanlage im Depot am McMurdo-Sund ebenso wie Kapitän Douglas von der *Arkham*. Später fügte ich als Expeditionsleiter einige weitere Bemerkungen hinzu und ließ sie über die *Arkham* an die Außenwelt weitergeben. An Schlaf war bei all der

Aufregung natürlich nicht zu denken; ich war nur von dem Wunsch besessen, so schnell wie möglich in Lakes Lager zu gelangen. Dementsprechend enttäuscht war ich, als er meldete, ein aufkommender Gebirgssturm unterbinde vorerst jeden Flugzeugstart.

Doch bereits nach eineinhalb Stunden wurde die Enttäuschung von neu erwachtem Interesse verdrängt. Lake nahm seine Berichterstattung wieder auf und unterrichtete uns von der erfolgreichen Beförderung der vierzehn großen Fundstücke ins Lager. Die Schlitten hatten sich nur unter Mühen ziehen lassen, denn die Objekte wogen unerwartet schwer; doch die neun Mann hatten den Transport sehr gut bewältigt. Nun errichteten einige der Männer in sicherer Entfernung vom Lager unverzüglich einen Schneeverhau, der die Hunde aufnehmen sollte, um die Fütterung zu erleichtern. Die Gebilde wurden in Lagernähe auf dem harten Schnee abgelegt, ausgenommen ein Exemplar, an dem Lake einen behelfsmäßigen Sektionsversuch vornahm.

Diese Sektion bereitete anscheinend unerwartet große Schwierigkeiten, denn trotz der Wärme eines Benzinofens im eigens aufgestellten Laborzelt verlor das trügerisch flexible Gewebe des herangezogenen Exemplars – ein kräftiges und gut erhaltenes – nichts von seiner Zähigkeit, die jene von Leder übertraf. Lake war ratlos, wie er die nötigen Schnitte vornehmen sollte, ohne dabei so viel Gewalt anzuwenden, dass die anatomischen Feinheiten litten, die er freilegen wollte. Zwar verfügte er noch über sieben weitere vollständig erhaltene Exemplare; doch das waren zu wenige, um sie fahrlässig zu verschwenden, sofern nicht die Höhle bei späterer Gelegenheit einen unbegrenzen Vorrat davon preisgab. Also brachte er das betreffende Exemplar wieder hinaus und schaffte stattdessen eines herbei, das, wenn es auch Überreste der Seestern-Gebilde an beiden Enden aufwies, übel zerquetscht und entlang einer der großen Rumpffurchen teilweise aufgerissen war.

Die Sektionsbefunde, die uns schleunigst zugefunkt wurden, waren dann allerdings verblüffend und erregend. So etwas wie

Feinarbeit oder Präzision war unmöglich mit Instrumenten, die sich kaum fähig zeigten, das abnormale Gewebe zu durchtrennen, doch das wenige, das dabei herauskam, versetzte uns in bestürztes Staunen. Die biologische Wissenschaft auf ihrem aktuellen Stand musste völlig neu bewertet werden, denn dieses Ding war aus keiner der Forschung bekannten Form des Zellwachstums hervorgegangen. Eine Mineralisierung hatte kaum stattgefunden, und trotz eines Alters von vielleicht 40 Millionen Jahren waren die inneren Organe vollkommen intakt. Diese lederartige, jeglichem Verfall trotzende und beinahe unzerstörbare Beschaffenheit war eine grundlegende Eigenschaft der Organisationsform dieses Wesens und verwies auf einen Evolutionszyklus der Klasse der Wirbellosen im Paläogen, der unseren Vorstellungshorizont bei Weitem überstieg. Anfangs fand Lake nur trockene Innereien, doch als die auftauende Wirkung der Wärme im Zelt einsetzte, trat an der unverletzten Seite des Dinges ein organisches Sekret auf, das einen beißenden, widerwärtigen Geruch verströmte. Es war kein Blut, sondern eine zähe, dunkelgrüne Flüssigkeit, die offenbar dessen Aufgaben besaß. Als Lake mit seiner Arbeit so weit gekommen war, sperrte man alle 37 Hunde in den noch immer unfertigen Verhau, wo sie sogar in dieser Entfernung wütend bellten und tobten, als der scharfe Gestank sich ausbreitete.

Die provisorische Sektion ergab keine Hinweise auf irgendeine Einordnung des seltsamen Wesens, ganz im Gegenteil, sie ließ seine Natur nur noch rätselhafter erscheinen. Alle Vermutungen über die äußeren Gliedmaßen erwiesen sich als zutreffend, und aufgrund dessen konnte man nicht länger daran zweifeln, es mit einer tierischen Lebensform zu tun zu haben; doch wies sein Körperinneres so viele pflanzliche Merkmale auf, dass Lake mit seiner Weisheit am Ende war. Das Geschöpf besaß einen Blutkreislauf, eine Verdauung und eine Ausscheidung, die über die rötlichen Röhren seines seesternförmigen Fußendes erfolgte. Der erste Augenschein ließ vermuten, dass sein Atmungsapparat eher Sauerstoff als Kohlendioxid umsetzte; und es gab eigentümliche Hinweise auf Luftkammern und das Vermögen, die Luftaufnahme von der äußeren Körperöffnung auf mindestens zwei weitere voll ausgebildete Atmungssysteme umzustellen – Kiemen und Poren. Offenbar war es amphibisch und darüber hinaus wahrscheinlich angepasst an lange, luftlose Überbrückungszeiträume. Vorhandene Sprechorgane schienen mit den Hauptatmungsvorrichtungen in Verbindung zu stehen, doch wiesen sie Anomalien auf, die sich nicht unmittelbar erklären ließen. Artikuliertes Sprechen im Sinne von Silbenformung schien auf diese Art kaum vorstellbar, doch kreative Pfeiflaute mit großem Tonumfang ließen sich mit hoher Wahrscheinlichkeit erzeugen. Diese Muskulatur war geradezu überentwickelt.

Das Nervensystem war derartig komplex und hochentwickelt, dass es Lake förmlich die Sprache verschlug. Obwohl in mancher Hinsicht außerordentlich primitiv und urtümlich, verfügte das Ding über ein Arsenal von Gangliengeflechten und Nervensträngen, das auf eine unendlich fortgeschrittene Spezialisierung hindeutete. Sein fünflappiges Gehirn war überraschend hoch entwickelt, und es gab Hinweise auf Organe zum Empfang äußerer Sinneseindrücke, die zum Teil über die drahtigen Wimpern am Kopf aufgenommen wurden, wobei Aspekte mitwirkten, die allen übrigen irdischen Organismen fremd sind. Vermutlich besaß das Geschöpf mehr als fünf Sinne, sodass seine Lebensgewohnheiten sich aus keiner bekannten Tierreich-Analogie herleiten lassen. In seiner urzeitlichen Welt muss es, wie Lake glaubte, ein Geschöpf von überragender Sinnesschärfe und mit hoch spezialisierten Arbeitsaufgaben gewesen sein – ganz ähnlich den heutigen Ameisen oder Bienen. Es vermehrte sich wie die pflanzlichen Kryptogamen, insbesondere die *Pteridophyta,* durch Sporenkapseln an den Flügelspitzen und erwuchs offenbar aus einem Thallus oder Prothallium.

Dem Organismus bei diesem Stand der Dinge einen wissenschaftlichen Namen zu geben, wäre schlicht albern gewesen. Es sah aus wie ein Hohltier, war jedoch ganz klar mehr als das. Es war teilweise pflanzlich, wies aber drei Viertel der wesentlichen

Merkmale tierischer Anatomie auf. Dass es ursprünglich dem Meer entstammte, ließen seine symmetrische Form und andere Kennzeichen stark vermuten; doch gab es keine sicheren Erkenntnisse über das Ausmaß seiner späteren Anpassung an andere Lebensräume. Die Flügel immerhin wiesen nachhaltig auf eine Eroberung des Luftraums hin. Wie es seine ungeheuer hohe Entwicklung auf einer eben erst entstandenen Erde in so kurzer Zeit durchlaufen konnte, um sogar Abdrücke in azoischem Gestein zu hinterlassen, ging so weit über jedes Begriffsvermögen hinaus, dass Lake uns launig die urzeitlichen Sagen über die Großen Alten Wesen in Erinnerung rief, die von den Sternen herabdrangen, um das irdische Leben zum Scherz oder aus Versehen auszubrüten; und ebenso die abenteuerlichen Geschichten über kosmische Gebirgsbewohner aus dem All, die ein auf Volkskunde spezialisierter Kollege vom Fachbereich für Englisch an der Miskatonic University zum Besten zu geben pflegte.

Natürlich zog Lake die Möglichkeit in Betracht, dass die präkambrischen Abdrücke von einem weniger weit entwickelten Vorfahren des Geschöpfes stammten, verwarf aber diese allzu wohlfeile Theorie sehr schnell, als er sich die höher entwickelten anatomischen Merkmale der älteren Fossilien vergegenwärtigte. Denn es waren eher die jüngeren Exemplare, die Anzeichen von Degeneration zeigten statt Merkmalen eines fortgeschrittenen Evolutionsstadiums. Die Größe der rudimentären Füße hatte abgenommen, und die gesamte Morphologie schien vergröbert und vereinfacht. Darüber hinaus bewiesen die eben untersuchten Nerven und Organe einzigartige Anzeichen der Rückentwicklung aus komplexeren Erscheinungsformen. Der Anteil zurückgebildeter und verkümmerter Segmente war überraschend hoch. Alles in allem konnte wenig als geklärt betrachtet werden; und Lake griff auf die Mythologie zurück, um seinen Funden einen provisorischen Namen zu geben – er nannte sie scherzhaft ›Die Alten Wesen‹.

Etwa um 2.30 Uhr beschloss Lake, die weitere Arbeit aufzuschieben und ein wenig Schlaf zu finden, deckte den sezierten

Organismus mit einer Plane ab, trat aus dem Laborzelt und begutachtete die unversehrten Exemplare mit noch größerem Interesse als bisher. Unter der beharrlichen antarktischen Sonne war ihr Gewebe bereits ein wenig weicher geworden, sodass die Spitzen der Seestern-Köpfe und die Röhren zweier oder dreier von ihnen sich leicht zu entfalten begannen; doch Lake ging nicht davon aus, dass bei der herrschenden Lufttemperatur von etwa -15° irgendeine unmittelbare Gefahr der Zersetzung bestand. Allerdings schob er sämtliche unsezierten Exemplare dicht aneinander und warf ein Reservezelt darüber, um sie vor der direkten Sonneneinwirkung zu schützen. Dies würde wohl auch dazu beitragen, eine mögliche Geruchsbildung von den Hunden abzuschirmen – allmählich wurde deren aggressive Unruhe zum echten Problem, trotz der verhältnismäßig großen Entfernung vom Lager und der immer höheren Schneewälle, die eine wachsende Anzahl der Männer eilig um die Hundeunterkunft errichtete. Lake musste die Ecken der Zeltplane mit großen Schneebrocken beschweren, um sie gegen die immer heftigeren Windböen zu sichern, denn die titanischen Berge schienen einen wütenden Orkan herabschicken zu wollen. Die anfänglichen Befürchtungen bezüglich möglicher antarktischer Sturmwinde meldeten sich wieder zurück, und unter Atwoods Aufsicht wurden die Zelte, der neue Hundepferch und die simplen Flugzeugunterstände zur Bergseite hin mit Schneemauern befestigt. Die Unterstände für die Flugzeuge, die nur ab und zu um einige harte Schneeblöcke ergänzt worden waren, besaßen noch längst nicht die erforderliche Höhe; und schließlich zog Lake alle Männer von weniger dringlichen Aufgaben ab, damit sie diese Arbeit beschleunigten.

Es war 4.00 Uhr vorbei, als Lake schließlich das Ende seiner Funkübertragungen ankündigte und uns allen riet, uns schlafen zu legen, wie auch seine Männer und er selbst es tun würden, sobald die Schutzwälle noch ein wenig höher gezogen wären. Er führte mit Pabodie noch eine freundschaftliche Unterhaltung per Funk und wiederholte sein Lob über die wirklich ausgezeichneten Bohrvorrichtungen, die seine Entdeckung erst möglich gemacht hätten. Auch Atwood übermittelte Grüße und Anerkennung. Ich sprach Lake nochmals meine wärmsten Glückwünsche aus und räumte ein, dass er mit seinem Vorstoß nach Norden recht gehabt hatte; sodann kamen wir alle überein, um 10.00 Uhr wieder in Funkkontakt miteinander zu treten. Falls der Sturm dann ausgestanden sei, würde Lake ein Flugzeug schicken, um unsere Mannschaft abzuholen. Bevor ich mich hinlegte, sandte ich noch eine letzte Nachricht an die *Arkham* mit der Anweisung, die Neuigkeiten für die Außenwelt ein wenig abzuschwächen, da die volle Wahrheit geeignet schien, eine Woge des Unglaubens auszulösen, noch ehe wir weitere Beweise vorlegen konnten.

## III

Ich vermute, dass keiner von uns an jenem Morgen sehr tief oder lange schlief. Dafür sorgten die Aufregung über Lakes Entdeckung wie auch der zunehmend wütender tobende Wind. So entsetzlich blies der Sturm selbst bei uns, dass wir uns unwillkürlich fragten, um wie vieles schlimmer es in Lakes Lager sein musste, direkt unterhalb der gewaltigen, unbekannten Gipfel, die ihn gebaren. McTighe erwachte um 10.00 Uhr und versuchte wie vereinbart, Verbindung mit Lake aufzunehmen, doch irgendein elektrischer Störfaktor in der aufgepeitschten Luft Richtung Westen verhinderte offenbar das Zustandkommen eines Funkkontakts. Immerhin drangen wir zur *Arkham* durch, und Douglas berichtete mir, dass auch er vergeblich versuche, Lake zu erreichen. Vom Sturm hatte er nichts gewusst, denn am McMurdo-Sund regte sich der Wind kaum, trotz seines anhaltenden Wütens an unserem Standort.

Den ganzen Tag über horchten wir besorgt auf eingehende Funksignale und riefen Lake immer wieder von Neuem, doch erfolglos. Gegen Mittag brauste ein Weststurm von orkanhafter Wut heran, sodass wir schon um unser Lager bangten. Doch schließlich erstarb er und frischte nur um 14.00 Uhr ein letztes Mal wesentlich abgeschwächt auf. Nach 15.00 Uhr war es beinahe windstill, und wir verdoppelten unsere Anstrengungen, Lake per Funk zu erreichen. Angesichts der vier Flugzeuge, die er hatte, deren jedes mit einer vorzüglichen Kurzwellenanlage ausgestattet war, konnten wir uns einfach kein herkömmliches Unglück vorstellen, das imstande gewesen wäre, sämtliche Funkgeräte auf einmal lahmzulegen. Dessen ungeachtet hielt die bleierne Stille an – wenn wir daran dachten, welch entfesselte Gewalt der Sturm in Lakes Region entwickelt haben musste, drängten sich uns die schrecklichsten Befürchtungen auf.

Gegen 18.00 Uhr waren unsere Befürchtungen fast schon zur Gewissheit geworden, und nach einer Funkbesprechung mit Douglas und Thorfinnson beschloss ich, der Sache auf den Grund zu gehen. Das fünfte Flugzeug, das wir mit Sherman und zwei Seeleuten beim Nachschubdepot am McMurdo-Sund zurückgelassen hatten, war gut in Schuss und sofort startklar, und nun schien genau der Notfall eingetreten zu sein, für den wir es vorgesehen hatten. Ich funkte Sherman an und trug ihm auf, mit dem Flugzeug und den beiden Seeleuten so schnell wie möglich zu uns ins Südlager zu kommen, zumal jetzt bestes Flugwetter herrschte. Dann besprachen wir innerhalb des Lagers die Zusammenstellung der erforderlichen Suchmannschaft und entschieden, dass wir jeden Mann aufbieten würden, ebenso den Schlitten und die Hunde, die ich dabehalten hatte. Sogar eine derartig schwere Nutzlast würde das große Flugzeug nicht überfordern, das wie die anderen vier nach unseren besonderen Vorgaben für die Beförderung schweren Geräts konstruiert worden war. Zwischendurch versuchte ich immer wieder, mit Lake in Funkkontakt zu treten, doch ohne Erfolg.

Sherman stieg mit den Seeleuten Gunnarsson und Larsen um 19.30 Uhr auf und meldete mehrfach von unterwegs einen ruhigen Flug. Sie erreichten unser Lager um Mitternacht, und sofort besprachen wir alle den nächsten Schritt. Es war ein riskantes Unterfangen, ohne eine Reihe von Zwischenlandestationen in einer einzigen Maschine die Antarktis zu überfliegen, doch niemand schreckte vor etwas zurück, das eine schiere Notwendigkeit zu sein schien. Nachdem wir mit dem Beladen des Flugzeugs begonnen hatten, begaben wir uns um 2.00 Uhr kurz zur Ruhe, standen jedoch schon vier Stunden später wieder auf den Beinen, packten und brachten die Beladearbeiten zum Abschluss.

Um 7.15 Uhr am 25. Januar traten wir unseren Flug nach Nordwesten an, mit McTighe als Piloten, zehn Mann, sieben Hunden, einem Schlitten, Nahrungs- und Treibstoffvorräten und weiterer Ausrüstung einschließlich des Bordfunkgerätes. Die Luft war klar, ziemlich ruhig und von relativ milder Temperatur, und wir erwarteten sehr wenige Schwierigkeiten bis zum Erreichen jenes Breiten- und Längengrades, die Lake als Position seines Lagers angegeben hatte. Viel mehr Angst machte uns das, was wir am Ende unserer Reise vorfinden – oder nicht vorfinden – mochten, denn Stille war nach wie vor die einzige Antwort auf alle Funkrufe, die wir an Lakes Lager aufgaben.

Jede Einzelheit jenes Viereinhalbstunden-Fluges ist unauslöschlich in mein Gedächtnis gebrannt, weil er einen Scheidepunkt in meinem Leben markiert. Er führte dazu, dass ich im Alter von vierundfünfzig Jahren den Frieden und das innere Gleichgewicht verlor, derer sich der gesunde menschliche Geist dank seiner gewohnten Auffassung von den Naturerscheinungen und Naturgesetzen erfreut. Von nun an sollten wir zehn Männer – vor allem jedoch der Student Danforth und ich – uns einer abscheulich erweiterten Welt verborgen lauernder Schrecken gegenübersehen, die nichts mehr aus unseren Seelen zu tilgen vermag und die mit der restlichen Menschheit zu teilen wir nicht wagen würden, so uns denn eine Wahl bliebe. Die Zeitungen haben die Meldungen gedruckt, die wir von unterwegs funkten und worin wir von unserem langen Flug berichteten, von unseren zwei Kämpfen gegen tückische, heftige Höhenstürme, von dem kurzen Blick auf die durchbrochene Eisfläche, wo Lake drei Tage zuvor und auf halbem Weg nach Norden seinen Schacht in den Boden getrieben hatte, und ebenso von unserer Sichtung einer Anzahl jener seltsamen, flockigen Schneezylinder, von denen schon Amundsen und Byrd berichtet haben und die im Wind über endlose Kilometer vereister Plateaus hinwegrollen. Irgendwann gelangten wir an einen Punkt, an dem unsere Empfindungen sich nicht mehr in Worte fassen ließen, die der Presse verständlich gewesen wären, und letztlich auch an einen Punkt, an dem wir uns eine absolute Nachrichtenzensur auferlegen mussten.

Larsen, der Matrose, erspähte als Erster die gezackte Linie hexenhütiger Kegel und Bergzinnen vor uns, und als er rief, stürzten alle an die Fenster der geräumigen Flugzeugkabine. Trotz unserer Geschwindigkeit wurden sie nur sehr langsam größer; dies verriet uns, dass sie unendlich weit entfernt sein mussten und sichtbar überhaupt nur wegen ihrer außergewöhnlichen Höhe. Stück für Stück jedoch wuchsen sie drohend in den westlichen Himmel empor. Wir machten verschiedene kahle, öde, schwärzliche Gipfel aus und erlebten einen überirdischen Anblick, heraufbeschworen durch das rötliche antarktische Licht vor dem erregenden Hintergrund irisierender Wolken aus Eisstaub. Dem ganzen Schauspiel wohnte eine beharrliche, allbeherrschende Verheißung gewaltigen Geheimnisses und möglicher Offenbarung inne. Es war, als seien diese starren, albtraumartigen Spitztürme die Pfeiler eines schrecklichen Tores zu verbotenen Traumsphären und chaotischen Gräben ferner Zeiten und Räume und unentdeckter Dimensionen. Ich konnte mich des Gefühls nicht erwehren, dass es sich um etwas Böses handelte – Berge des Wahnsinns, deren entfernteste Hänge über einen letzten, fluchbeladenen Abgrund hinausblickten. Jener brodelnde, matt leuchtende Wolkenhintergrund barg unsagbare Andeutungen einer vagen, ätherischen *Jenseitigkeit,* die alle irdischen Größenverhältnisse hinter sich ließ; er gemahnte auf grauenhafte Weise an die äußerste Ferne, Abgeschiedenheit, Einsamkeit und äonenalte Todesstarre dieser unberührten, unerforschten Welt des Südens.

Der junge Danforth war es, der unsere Aufmerksamkeit auf die eigentümlich regelmäßigen Umrisse der höheren Gebirgszacken lenkte – Umrisse so regelmäßig wie jene Überreste perfekter Kuben, die Lake schon an den Gipfeln hatte kleben sehen. Sie rechtfertigten tatsächlich seinen Vergleich mit den entrückten Andeutungen urzeitlicher Tempelruinen auf umwölkten asiatischen Bergzinnen, die Roerich so subtil und sonderbar gemalt hat. Es lag in der Tat etwas unabweisbar Roerich-haftes über diesem unirdischen Kontinent geheimnisvoller Bergwelten. Ich hatte es schon im Oktober gespürt, als wir Victoria-Land erstmals sichteten, und ich spürte es jetzt wieder. Außerdem überkam mich das beklemmende Gefühl, Anklänge an urzeitliche Sagen zu erkennen; und wie verstörend glich doch dieses Reich des Todes der von bösen Sagen umrankten Hochebene von Leng aus den uralten Schriften. Mythenforscher haben Leng in Zentralasien angesiedelt; doch das Erbgedächtnis des Menschen – oder seiner Vorläufer – reicht weit zurück, und es mag wohl sein, dass bestimmte Geschichten aus Ländern und Bergen und Tempeln des Schreckens überliefert wurden, die älter sind als Asien und älter als jede Menschenwelt, von der wir wissen. Einige unerschrockene Mystiker haben einen vorpleistozänen Ursprung der fragmentarischen *Pnakotischen Manuskripte* angedeutet und die Vermutung geäußert, dass die Jünger von Tsathoggua für die Menschheit ebenso fremdartig gewesen sein könnten wie Tsathoggua selbst. Leng, wo auch immer in Raum oder Zeit es dräuen mochte, war kein Ort, an dem oder nahe dem ich gerne weilen wollte, noch fand ich Gefallen an der Nähe zu einer Welt, die irgendwann derartig zweifelhafte und vorzeitliche Monstrositäten hervorgebracht hatte wie die erst kürzlich von Lake erwähnten. In jenem Augenblick bereute ich, jemals das gefürchtete *Necronomicon* gelesen und mich an der Universität so häufig mit dem beunruhigend gelehrten Volkskundler Wilmarth unterhalten zu haben.

Diese Stimmung trug fraglos dazu bei, dass die bizarre Luftspiegelung, die aus dem immer schillernderen Zenit über uns hereinbrach, als wir uns den Bergen näherten und allmählich die wellenförmigen Aufwerfungen der Vorgebirge ausmachen konnten, so stark auf mich wirkte. Ich hatte während der

schwammigen und nicht sehr ausführlichen Bericht, denn man führte ihn auf den Schock zurück, den das traurige Ereignis uns wohl versetzt haben musste, und man glaubte uns, als wir erklärten, die grässliche Gewalt des Sturms hätte alle elf Leichen derart zugerichtet, dass eine Heimführung nicht mehr infrage käme. Ich halte mir zugute, dass wir trotz unserer Trauer, der äußersten Verstörung und des Grauens, das unsere Seelen ergriffen hatte, in keinem Punkt sonderlich von der Wahrheit abwichen. Die ungeheuerliche Bedeutung liegt in dem, was wir nicht zu offenbaren wagten; was ich auch jetzt nicht offenbaren würde, zwänge mich nicht die Notwendigkeit dazu, andere von namenlosen Schrecken fernzuhalten.

Es stimmt, der Orkan wütete mit entsetzlicher Verheerung. Ob ihn alle hätten überleben können – auch ohne jene andere Sache –, ist doch sehr zweifelhaft. Der Sturm muss, tobend Eispartikel vor sich hertreibend, alles übertroffen haben, was unsere Expedition bisher erlebt hatte. Einer der Flugzeugunterstände – die Schutzmaßnahmen scheinen alle in einem viel zu unfertigen und untauglichen Stadium verblieben zu sein – war geradezu pulverisiert worden, und der Bohrturm an der entfernten Bohrstelle lag restlos zertrümmert in Stücken. Das ungeschützte Metall der Flugzeuge und der Bohrgeräte war geradezu auf Hochglanz geschmirgelt und zwei der kleinen Zelte waren trotz der Schneewälle dem Erdboden gleichgemacht. Holzflächen, die der Wut des Sturms unmittelbar ausgesetzt gewesen waren, wiesen Löcher auf und waren ihres Anstrichs beraubt und sämtliche Spuren im Schnee waren restlos ausgelöscht. Es stimmt auch, dass wir keines der vorzeitlichen biologischen Objekte in einem Zustand vorfanden, der gestattet hätte, es als Ganzes zu befördern. Wir klaubten einige Mineralien aus einem riesigen, eingestürzten Haufen, darunter etliche der grünlichen Specksteinbruchstücke, deren fünf seltsam gerundete Spitzen und verwaschene Punktmuster so viele zweifelhafte Vergleiche herausforderten; ebenso einige fossile Knochen, darunter die charakteristischsten der so merkwürdig beschädigten Stücke.

Keiner der Hunde hatte überlebt, ihr hastig in Lagernähe errichteter Schneeverhau war fast völlig zerstört. Das konnte der Sturm angerichtet haben, wenngleich der größere Einbruch auf der dem Lager zugewandten Seite, die im Windschatten gelegen hatte, eher auf eine Selbstbefreiung der wild gewordenen Tiere hindeutete. Alle drei Schlitten fehlten, und wir legten uns die Erklärung zurecht, dass der Sturm sie ins Nirgendwo mitgerissen hatte. Die Bohr- und Schmelzvorrichtungen an der Bohrstelle waren zu sehr beschädigt, um eine Bergung zu rechtfertigen, daher benutzten wir die Trümmer, um jenes vage verstörende Tor in die Vergangenheit zuzuschütten, das Lake aufgesprengt hatte. Die beiden meistramponierten Flugzeuge ließen wir ebenfalls im Lager zurück, da unsere übrig gebliebene Mannschaft insgesamt nur noch über vier ausgebildete Piloten verfügte – Sherman, Danforth, McTighe und Ropes –, und überdies Danforths Nervenkostüm derart zerrüttet war, dass er kein Flugzeug führen konnte. Wir nahmen jedes Buch, jedes Teil der wissenschaftlichen Ausrüstung und andere Dinge mit, die wir fanden, aber auf unerklärliche Weise war vieles fortgeweht worden. Die Reservezelte und die Pelzbekleidungen waren entweder verschwunden oder völlig zerfetzt.

Gegen 16.00 Uhr, nach ausgedehnten Suchflügen, gaben wir die Suche nach Gedney auf und funkten unsere scheu-zurückhaltende Nachricht an die *Arkham,* die sie an die Außenwelt weiterleite; und ich glaube, wir taten gut daran, sie so ruhig und harmlos klingen zu lassen, wie wir es tatsächlich zuwege brachten. Fast alles, was wir an Aufregung eingestanden, betraf unsere Hunde, deren rasende Unruhe in der Nähe der biologischen Gebilde aufgrund der Berichte des armen Lake keine Überraschung bedeutete. Wir erwähnten allerdings nicht, glaube ich, dass sie dieselbe Unruhe zeigten, wenn sie im Umkreis der eigenartigen grünlichen Specksteine und einiger anderer Gegenstände auf dem verwüsteten Areal herumschnüffelten – dazu gehörten wissenschaftliche Instrumente, Flugzeuge und technische Geräte im Lager wie auch an der Bohrstelle, deren Einzelteile gelockert, bewegt und auf sonstige Weise von einem einzigartig neugierigen Sturm untersucht worden waren.

Bezüglich der vierzehn biologischen Gebilde äußerten wir uns aus gerechtfertigten Gründen nur vage. Wir erklärten nur, dass die, die wir fanden, stark beschädigt seien, jedoch sei noch genug von ihnen übrig, um Lakes Beschreibung voll und ganz zu bestätigen. Es war nicht leicht, unsere persönlichen Empfindungen dabei zu verdrängen – und wir schwiegen über ihre Anzahl und den genauen Zustand, in dem sich die vorhandenen Exemplare befanden. Wir waren mittlerweile übereingekommen, nichts verlauten zu lassen, was irgendwie auf Anzeichen einer Geisteskrankheit unter Lakes Männern deutete, obwohl es uns unstreitig wie Wahnsinn vorkam, sechs verstümmelte Ungeheuer aufrecht stehend in beinahe drei Meter hohen Schneegräbern pietätvoll bestattet zu finden – unter fünfzackigen Hügeln, in die Lochmuster eingedrückt waren, die genau den Punktanordnungen auf den sonderbaren grünlichen Specksteinen entsprachen. Die anderen acht unversehrten Exemplare, von denen Lake gesprochen hatte, waren anscheinend allesamt fortgeweht worden.

Uns lag auch an der Wahrung des öffentlichen Seelenfriedens; daher erzählten Danforth und ich wenig von dem furchtbaren Flug über die Berge, den wir am nächsten Tag unternahmen. Es war klar, das nur ein konsequent von Ballast befreites Flugzeug Aussicht hatte, einen Gebirgszug von solcher Höhe zu überfliegen, wodurch sich die Teilnahme an diesem Erkundungsflug gnädigerweise auf uns beide beschränkte. Bei unserer Rückkehr um 1.00 Uhr in der Nacht war Danforth der Hysterie nahe, beherrschte sich jedoch bewundernswert. Es bedurfte keiner Überredungskunst, ihm das Versprechen abzunehmen, niemandem die Skizzen und die übrigen Dinge zu zeigen, die wir in unseren Taschen mitgebracht hatten und den anderen nicht mehr zu verraten als offiziell bekanntzugeben wir vereinbart hatten. Die Filme aus unserer Kamera hielten wir für eine spätere heimliche Entwicklung zurück; daher wird ein Teil der folgenden Geschichte für Pabodie, McTighe,

Ropes, Sherman und die übrigen ebenso neu sein wie für die restliche Welt. Tatsächlich sind Danforths Lippen sogar noch stärker versiegelt als meine; denn er hat etwas gesehen – oder glaubt es gesehen zu haben –, das er sogar mir verschweigt.

Wie jedermann weiß, enthielt unser Bericht eine Darstellung unseres beschwerlichen Aufstiegs mit dem Flugzeug – wir bestätigten Lakes Ansicht, dass die mächtigen Gipfel aus azoischem Schiefer und anderen sehr alten gefältelten Schichten bestanden und dass sie sich spätestens seit der ausgehenden Jurazeit nicht mehr verändert hatten, machten einige unverfängliche Anmerkungen zu der Regelmäßigkeit der würfel- und bollwerkartigen Gebilde, die an den Gipfeln hafteten, äußerten unsere Vermutung, dass die Höhlenöffnungen auf zersetzte Kalksteinadern hinwiesen und dass einige Abhänge und Pässe das Ersteigen und Überqueren der gesamten Gebirgskette durch erfahrene Bergsteiger zu erlauben schienen, und berichteten, dass die geheimnisvolle andere Seite jenseits der Berge eine enorm ausgedehnte Hochebene offenbarte, so uralt und beständig wie die Berge selbst – mehr als sechstausend Meter hoch gelegen, voller grotesker Felsformationen, die aus einer dünnen Gletscherschicht ragten, und von den jähen Klüften der höchsten Bergzinnen durch einen Übergang aus niedrigen, langsam ansteigenden Vorbergen getrennt.

Diese Angaben entsprechen bis dahin in jeder Beziehung der Wahrheit, und sie stellten die Männer im Lager vollauf zufrieden. Wir führten unsere sechzehnstündige Abwesenheit – ein längerer Zeitraum als unser veranschlagtes Pensum samt Flug, Landung, Terrainerkundung und dem Sammeln von Gesteinsproben hätte in Anspruch nehmen dürfen – auf eine angeblich lang anhaltende Gegenwindphase zurück und berichteten wahrheitsgetreu über unsere Landung auf dem jenseitigen Vorgebirge. Zum Glück klang unser Bericht so plausibel und nüchtern, dass sich niemand verleitet sah, den Flug zu wiederholen. Hätten es welche versuchen wollen, so hätte ich meine ganze Überredungskunst eingesetzt, um die Männer daran zu hindern – und der Himmel weiß, was Danforth getan hätte.

Während unserer Abwesenheit hatten Pabodie, Sherman, Ropes, McTighe und Williamson fieberhaft an zweien von Lakes am besten erhaltenen Flugzeugen geschraubt und sie wieder flugtauglich gemacht, trotz der völlig unerklärlichen Beschädigungen einiger wichtiger Funktionsteile. Wir beschlossen, alle Flugzeuge am nächsten Morgen zu beladen und so schnell wie möglich zu unserem alten Lager aufzubrechen. Wenngleich es einen Umweg bedeutete, war es doch der sicherste Weg, dem McMurdo-Sund näher zu kommen; denn die ganz und gar unbekannten Weiten des seit Äonen erstarrten Kontinents im Direktflug zu überqueren, hätte zu viele zusätzliche Risiken mit sich gebracht. Angesichts der tragischen Verringerung unserer Mannschaft und der Zerstörung der Bohrausrüstung waren weitere Forschungsarbeiten kaum noch durchführbar. Die Unsicherheit und die Schrecken um uns herum – über die wir nichts sagten – weckten in uns nur den einen Wunsch, dieser südlichen Welt der Abgeschiedenheit und des brütenden Irrsinns schnellstmöglich zu entfliehen.

Wie der Öffentlichkeit bekannt ist, kehrten wir ohne weitere Katastrophen zurück in die besiedelte Welt. Alle Flugzeuge erreichten am Abend des folgenden Tages – dem 27. Januar – nach einem zügigen Nonstop-Flug das alte Lager; und am 28. schafften wir die Strecke bis zum McMurdo-Sund in zwei Etappen. Die kurze Unterbrechung war durch einen Schaden am Leitwerk in einem heftigen Sturm über dem Schelfeis notwendig geworden, nachdem wir das große Plateau hinter uns gelassen hatten. Nach weiteren fünf Tagen durchbrachen die *Arkham* und die *Miskatonic*, mit allen Mann und der gesamten Ausrüstung an Bord, das dicker werdende Feldeis und bahnten sich einen Weg durch das Ross-Meer, während im Westen die höhnischen Gipfel von Victoria-Land in einen unruhigen antarktischen Himmel hineinwuchsen und das Wehklagen des Windes zu einem melodischen Pfeifen in allen Tonlagen verzerrten, das mich bis auf die Knochen erschauern ließ. Kaum zwei Wochen später ließen wir die letzten Ausläufer des Polargebiets hinter uns und dankten dem Himmel, dass wir einem gespenstischen, fluchbeladenen Reich entronnen waren, wo Leben und Tod, Raum und Zeit in unvordenklichen Epochen dunkle, blasphemische Bündnisse geschlossen haben, noch ehe auf der kaum erkalteten Kruste des Planeten erstmals Materie zuckte und schwamm.

Seit unserer Rückkehr haben wir alle uns konsequent bemüht, die weitere Erforschung der Antarktis zu verhindern, und dabei gewisse Zweifel und Befürchtungen in seltener Eintracht standhaft für uns behalten. Sogar der junge, von einem Nervenzusammenbruch gezeichnete Danforth wankte nicht und plauderte vor seinen Ärzten nicht aus – wie ich bereits sagte, gibt es etwas, von dem er glaubt, es als Einziger gesehen zu haben und worüber er noch nicht einmal mit mir sprechen will, obgleich ich der Ansicht bin, dass es seinem psychischen Zustand zugute käme, ränge er sich dazu durch. Es könnte vieles erklären und lindern, obwohl es vielleicht nicht mehr war als die trügerische Nachwirkung eines vorangegangenen Schocks. Dies jedenfalls ist der Eindruck, der sich mir nach Danforths gelegentlichen unzurechnungsfähigen Momenten aufdrängt, in denen er mir unzusammenhängende Dinge zuflüstert – Dinge, die er heftig von sich weist, sobald er wieder Herr seiner selbst ist.

Es wird beträchtliche Anstrengungen erfordern, andere von dem großen weißen Süden fernzuhalten, und manche unserer Bemühungen könnten unserem Anliegen sogar unmittelbar schaden, indem sie Aufsehen und Neugier erregen. Wie uns von Anfang an hätte klar sein müssen, stirbt die menschliche Neugier nicht aus, und die von uns bekannt gegebenen Entdeckungen könnten ausreichen, andere anzuregen, sich jener lange währenden Jagd nach dem Unbekannten zu verschreiben. Lakes Berichte über die biologischen Monstrositäten hatten unter Naturforschern und Paläontologen stärkstes Aufsehen erregt, obwohl wir umsichtig genug gewesen waren, die abgetrennten Körperteile nicht zu zeigen, die wir von den bestatteten Exemplaren mitgebracht hatten, ebenso wenig wie die Fotografien von ihnen im Zustand ihrer Auffindung. Wir hüteten uns auch, die rätselhafteren der zernagten Knochen und die grünlichen Specksteine zu zeigen; und Danforth und ich halten eisern jene Fotos zurück, die wir auf dem gigantischen Plateau hinter dem Gebirgszug geknipst haben, ebenso die zerknitterten Zeichnungen, die wir glattstrichen, voller Entsetzen betrachteten und in unsere Taschen steckten.

Doch nun bereitet sich diese Starkweather-Moore-Expedition vor, und zwar mit einer Gründlichkeit, die die Möglichkeiten unserer eigenen Ausstattung weit übertrifft. Falls niemand sie daran hindert, werden diese Leute bis zum innersten Kern der Antarktis vorstoßen und schmelzen und bohren, bis sie das zutage fördern, von dem wir wissen, dass es das Ende der Welt herbeiführen könnte. Deshalb muss ich nun doch alle Zurückhaltung aufgeben – sogar bezüglich jenes letzten, namenlosen Etwas jenseits der Berge des Wahnsinns.

## IV

Nur äußerst zögernd und widerstrebend kehre ich in Gedanken zu Lakes Lager und zu dem zurück, was wir dort wirklich vorfanden – wie auch zu jenem anderen Ding jenseits der Berge des Wahnsinns. Ich bin ständig versucht, die Einzelheiten zu umgehen und es bei bloßen Andeutungen statt der Tatsachen und unausweichlichen Schlussfolgerungen zu belassen. Ich hoffe, bereits genug mitgeteilt zu haben, um nur kurz bei dem Übrigen verweilen zu müssen – ich meine das Grauen, das uns im Lager erwartete. Ich habe über die vom Sturm verwüstete Umgebung berichtet, die zerstörten Schutzwälle, die ramponierten Geräte, die Erregung unserer Hunde, das Fehlen der Schlitten und anderer Gegenstände, den Tod der Männer und Hunde, Gedneys Unauffindbarkeit und die sechs auf irrsinnige Art bestatteten biologischen Wesen, deren Gewebe trotz ihrer organischen Verletzungen so sonderbar gut erhalten war und die aus einer Welt stammten, die seit vierzig Millionen Jahren nicht mehr existierte. Ich weiß nicht mehr, ob ich erwähnte, dass wir bei der Überprüfung der Hundekadaver ein Tier vermissten. Anfangs dachten wir uns nicht viel dabei ... Eigentlich waren Danforth und ich die Einzigen, die sich überhaupt Gedanken darüber machten.

Die wesentlichen Dinge, die ich bisher verschwiegen habe, beziehen sich auf die Leichen und auf bestimmte subtile Aspekte, die geeignet oder auch nicht geeignet sind, eine abscheuliche und unfassbare sachliche Erklärung für das offensichtliche Chaos zu liefern. Damals versuchte ich, die Gedanken der Männer von diesen Aspekten abzulenken; war es doch um so vieles einfacher – so weitaus normaler –, alles auf einen Ausbruch von Wahnsinn unter einigen von Lakes Leuten zurückzuführen. Nach Lage der Dinge musste dieser dämonische Gebirgssturm vollkommen ausgereicht haben, um jeden Menschen an diesem Brennpunkt aller Verlassenheit und aller Geheimnisse auf Erden mit Wahnsinn zu schlagen.

Der Gipfel des Abnormen war natürlich der Zustand der Leichen – von Menschen wie auch Hunden. Sie hatten alle irgendeinen grauenvollen Kampf durchgemacht und waren auf höllische und ziemlich unerklärliche Weise zerrissen und verstümmelt worden. Soweit wir es beurteilen konnten, war der Tod in allen Fällen durch Erwürgen oder Zerfleischen eingetreten. Augenscheinlich muss es mit den Hunden angefangen haben, denn der Zustand ihres nachlässig gebauten Verhaus wies Anzeichen eines gewaltsamen Ausbruchs von innen heraus auf. Wegen des Abscheus der Tiere gegen jene höllischen urzeitlichen Organismen war er in einiger Entfernung vom Lager errichtet worden, doch diese Vorkehrung schien vergeblich gewesen zu sein. Sich selbst überlassen in jenem fürchterlichen Sturm, hinter schwachen und zu niedrigen Schneewällen, mussten die Huskys außer Rand und Band geraten sein – ob wegen des Sturmes oder aufgrund eines schleichenden, immer stärker werdenden Geruchs, den die Nachtmahr-Wesen verströmten, vermag niemand zu sagen.

Doch was auch immer sich abgespielt hat, es war überaus grauenvoll und widerlich. Vielleicht sollte ich alle Empfindsamkeit ablegen und endlich über das Schlimmste berichten – allerdings betone ich entschieden, dass ich aufgrund der Beobachtungen von Danforth und mir zu dem unbezweifelbaren Schluss komme, dass der zu jenem Zeitpunkt verschollene Gedney nicht für die vorgefundenen furchtbaren Gräuel verantwortlich sein kann. Ich habe gesagt, die Leichen seien fürchterlich zerfleischt gewesen. Nun muss ich ergänzen, dass einige davon auf die absonderlichste, kaltblütigste und unmenschlichste Weise aufgeschlitzt und ausgeweidet worden waren. Das war bei den Hunden wie auch bei den Menschen so. Aus allen gutgenährten Körpern waren die größten Fleischpartien herausgeschnitten und entfernt worden, so als sei ein gewissenhafter Metzger zu Werke gegangen. Seltsamerweise war rings um die Überreste Salz verstreut – es stammte aus den geplünderten Proviantkisten in den Flugzeugen –, was die grässlichsten Gedankengänge heraufbeschwor. Das Ganze hatte sich in einem der behelfsmäßigen Flugzeugunterstände abgespielt, aus dem das Flugzeug herausgezerrt worden war, und Windböen hatten danach alle Spuren verwischt, die zu einer schlüssigen Erklärung hätten führen können. Verstreute Kleiderfetzen, den Toten brutal von den verstümmelten Leibern gerissen, boten auch keinerlei Aufschluss. Es ist sinnlos, die kaum sichtbaren Spuren im Schnee in einem windgeschützen Winkel der zerstörten Einfriedung zu erwähnen – denn diese Abdrücke hatten nicht das Mindeste mit menschlichen Fußspuren gemein, sondern erinnerten unverkennbar an die fossiler Abdrücke, die der bedauernswerte Lake während der zurückliegenden Wochen erwähnt hatte. Man musste seine Fantasie zügeln, im Schatten dieser alles überragenden Berge des Wahnsinns.

Am Schluss stellte sich wie gesagt heraus, dass Gedney und einer der Hunde fehlten. Wir hatten zuvor noch zwei Hunde und zwei weitere Männer vermisst, bis wir nach der Untersuchung der monströsen Gräber zu jenem grauenerregenden Unterstand kamen und das nur wenig in Mitleidenschaft gezogene Sezierzelt betraten, in dem wir eine Entdeckung machten. Es war nicht mehr in dem Zustand, in dem Lake es verlassen hatte, denn die zugedeckten Überreste des vorzeitlichen Ungetüms waren von dem behelfsmäßigen Tisch entfernt worden. Im Grunde hatten wir bereits erkannt gehabt, dass es sich bei einem von den sechs unvollständigen Geschöpfen, die wir auf so irrsinnige Weise bestattet vorgefunden hatten – nämlich dasjenige, das einen besonders üblen Geruch verströmte – um das zusammengetragene Sektionsmaterial jenes Lebewesens gehandelt haben muss, das Lake zu analysieren versucht hatte. Auf dem Labortisch und rings um ihn herum lagen jedoch andere Dinge verstreut, und wir brauchten nicht lange, um zu erkennen, dass es sich bei diesen Dingen um die sorgfältig, allerdings auch einfallsreich und laienhaft sezierten Körperteile eines Mannes und eines Hundes handelte. Um die Gefühle möglicher Hinterbliebener zu schonen, verschweige ich den Namen des Mannes. Lakes Sektionsbesteck fehlte, doch gab es Anhaltspunkte dafür, dass die Instrumente gewissenhaft gereinigt worden waren. Der Benzinofen war ebenfalls verschwunden, doch rings um die Stelle, wo er gestanden hatte, fanden wir eine sonderbare Ansammlung abgeriebener Zündhölzer. Wir begruben die menschlichen Leichenteile neben den übrigen zehn Männern, die Überreste des Hundes hingegen zusammen mit den anderen fünfunddreißig Tieren. Was es mit den bizarren Schmierflecken auf dem Labortisch und dem Haufen wüst durchgeblätterter illustrierter Bücher daneben auf sich hatte, darüber grübelten wir in unserer Verwirrung nicht nach.

Dies waren die grausigsten Entdeckungen, die wir im Lager machten, doch andere Dinge erschreckten uns nicht weniger. Das Verschwinden von Gedney, eines Hundes, der acht unversehrten fremdartigen Lebewesen, der drei Schlitten, bestimmter Instrumente, illustrierter technischer und wissenschaftlicher Bücher, Schreibutensilien, Taschenlampen und Batterien, von Proviant und Treibstoff, Heizgeräten, Ersatzzelten, Pelzbekleidung und so fort entzog sich bedingungslos jedem vernünftigen Erklärungsversuch. Dasselbe galt für die rätselhaften Tintenspritzer auf einigen Papierbögen und die Anhaltspunkte für ein befremdliches Hantieren und Herumpfuschen fremder Hände an den Flugzeugen und dem übrigen technischen Gerät sowohl im Lager wie an der Bohrstelle. Die Hunde scheuten vor diesen eigentümlich in Unordnung gebrachten Geräten zurück.

Zu erwähnen wäre noch die geplünderte Speisekammer, das Verschwinden einiger Lebensmittel und der unheimliche, aber irgendwie auch drollige Haufen von Konservendosen, die alle auf erstaunlichste Art und an den unmöglichsten Stellen geöffnet worden waren. Die Menge verstreuter, ungebrauchter, zerknickter und abgebrannter Zündhölzer gab ein weiteres kleines Rätsel auf – ebenso wie die zwei, drei herumliegenden Zeltplanen und Pelzanzüge, die merkwürdig zerrissen waren, fast so, als seien sie unbeholfen in irgendeiner unvorstellbaren Weise anprobiert worden. Die Misshandlungen an den Menschenleichen und den Hundekadavern und die verrückte Bestattung der beschädigten urzeitlichen Kreaturen ergänzten nur zu gut diese augenscheinlich geisteskranke Zerstörungswut. Um auf eine Wiederholung solcher Geschehnisse vorbereitet zu sein, fotografierten wir die wahnsinnige Verwüstung des Lagers gewissenhaft; und wir werden diese Aufnahmen natürlich zur Untermauerung unserer Proteste gegen den Aufbruch der geplanten Starkweather-Moore-Expedition benutzen.

Nach der Entdeckung der Leichen im Unterstand fotografierten wir zunächst die verrückte Reihe der Gräber mit den fünfzackigen Schneehügeln und öffneten sie. Die Ähnlichkeit dieser monströsen Hügel und ihrer Punktmuster mit der Beschreibung, die der beklagenswerte Lake von den seltsamen grünlichen Specksteinen abgegeben hatte, konnten wir nicht übersehen; und als wir in dem großen Berg von Gesteinsproben auf einige der Specksteine stießen, war diese Ähnlichkeit in der Tat markant. Ihre Form, das muss ich noch erwähnen, erinnerte an die seesternförmigen Köpfe der urzeitlichen Wesen – und so kamen wir zu dem Schluss, dass diese Wahrnehmung eine mächtige Wirkung auf die überreizten Gemüter von Lakes erschöpfter Mannschaft ausgeübt haben musste.

Denn Wahnsinn – Gedney betreffend, als den einzigen möglichen Überlebenden – war die spontan von allen akzeptierte Erklärung, dem offen Ausgesprochenen nach zu schließen; aber ich bin nicht so naiv, zu verleugnen, dass wohl in jedem von uns abenteuerliche Vermutungen gärten, die keiner unbefangen aussprach, um nicht selbst als geisteskrank zu gelten.

Sherman, Pabodie und McTighe unternahmen am Nachmittag einen ausgiebigen Erkundungsflug über das angrenzende Terrain und suchten dabei den Horizont mit Ferngläsern nach Gedney und den vermissten Gegenständen ab; jedoch erfolglos. Die drei berichteten, dass der gigantische Gebirgszug sich nach beiden Seiten ins Endlose erstreckte, ohne jede Veränderung in Höhe und Aussehen. Allerdings waren auf einigen der Bergkuppen die regelmäßigen Würfel- und Mauergebilde wuchtiger und stachen deutlicher ab, was die fantastischen Ähnlichkeiten mit den von Roerich gemalten asiatischen Bergruinen noch verstärkte. Die rätselhaften Höhlenöffnungen in den schwarzen, schneefreien Gipfelwänden verteilten sich in etwa gleichmäßig, jedenfalls so weit sich der Gebirgszug überblicken ließ.

Trotz des übermächtigen Grauens hatten wir uns so viel wissenschaftlichen Ehrgeiz und Abenteuergeist bewahrt, dass uns das unerforschte Reich jenseits dieser geheimnisvollen Berge immer noch anlockte. Wie aus unseren zurückhaltenden Berichten hervorgeht, legten wir uns nach diesem Tag der Schrecken und der Rätsel um Mitternacht schlafen – nicht ohne den zögerlichen Plan gefasst zu haben, gleich am nächsten Morgen in einer von allem verzichtbaren Ballast befreiten Maschine eine oder mehrere Flüge über die Gebirgskette hinweg durchzuführen, ausgerüstet mit einer Spezialkamera für Luftaufnahmen und geologischem Gerät. Danforth und ich waren ausersehen worden, den ersten Versuch zu unternehmen, und wir standen um 7.00 Uhr auf, damit wir früh losfliegen konnten; allerdings verzögerten heftige Winde – wie in unserem kurzen Bericht an die Außenwelt erwähnt – den Start bis fast 9.00 Uhr.

Ich habe bereits die abgemilderte Darstellung unserer

Erlebnisse wiederholt, die wir nach unserer Rückkehr sechzehn Stunden später den Männern im Lager auftischten und auch an die Außenwelt funkten. Es ist nun meine grässliche Pflicht, diese Aussage zu vervollständigen, indem ich ihre gnädigen Lücken durch Hinweise darauf ausfülle, was wir wirklich in jener verborgenen Welt jenseits der Berge sahen – Hinweise auf jene Enthüllungen, die Danforth letztlich in den Nervenzusammenbruch stürzten. Ich wünschte, er würde genauso offen über das Ding sprechen, von dem er glaubt, er allein habe es gesehen – auch wenn es sich vermutlich nur um eine nervöse Sinnestäuschung handelte – und das vielleicht der letzte Auslöser für seinen jetzigen Zustand war. Doch er weigert sich standhaft. So kann ich also nur sein späteres, unzusammenhängend geflüstertes Gestammel über das wiederholen, was ihn schrill aufkreischen ließ, als unsere Maschine auf dem Rückflug durch den hohen, von Wind gepeitschten Gebirgspass jagte, nach jenem absoluten Schock, den wir alle beide erlitten hatten. Dies soll dann mein letztes Wort sein. Falls die unmissverständlichen Hinweise auf das Überdauern uralter Schrecken in meinen Enthüllungen nicht genügen sollten, um andere davon abzuhalten, sich neugierig in die tiefste Antarktis zu wagen – oder zumindest davon, gar zu tief unter der Oberfläche dieser äußersten Einöde verbotener Geheimnisse und unmenschlicher, seit Äonen verfluchter Abgeschiedenheit zu rühren –, dann trifft mich keine Schuld an unvorhersehbaren und vermutlich monströsen Gräueln.

Danforth und ich berechneten anhand eines Sextanten und der Notizen, die Pabodie während seines nachmittäglichen Rundflugs angefertigt hatte, dass der niedrigste zugängliche Pass der Gebirgskette etwas weiter rechts von uns lag, noch in Sichtweite des Lagers und zwischen siebentausend und siebentausendfünfhundert Metern über dem Meeresspiegel. Ihn steuerten wir zunächst an, als wir in der von Ballast befreiten Maschine zu unserem Erkundungsflug abhoben. Das Lager selbst befand sich gut dreitausendsechshundert Meter über dem Meer auf Vorbergen, die von einem hochgelegenen Kontinentalplateau aufragten; daher war der tatsächliche Höhenunterschied, den es zu überwinden galt, weniger groß als man vermuten könnte. Trotzdem spürten wir, während wir aufstiegen, sehr deutlich die immer dünner werdende Luft und die immense Kälte; denn wegen der schlechten Sichtverhältnisse mussten wir mit offenen Kabinenfenstern fliegen. Natürlich trugen wir unsere dickste Pelzbekleidung.

Als wir uns den drohenden Gipfeln näherten – dunkel und unheimlich erhoben sie sich über den von Gletscherspalten durchzogenen Schneefeldern –, gewahrten wir immer mehr der seltsam regelmäßigen Gebilde, die an den Berghängen klebten; und wieder fühlten wir uns an die merkwürdigen asiatischen Gemälde Nicholas Roerichs erinnert. Die uralten und windzernarbten Gesteinsformationen bestätigten Lakes Funkberichte in jeder Hinsicht und bewiesen, dass diese Kämme seit einem unglaublich frühen Erdzeitalter unverändert emporragten – womöglich schon seit über fünfzig Millionen Jahren. Um wie vieles höher sie einst gewesen waren, ließ sich nicht abschätzen; doch wies alles an dieser seltsamen Region auf unergründliche atmosphärische Einflüsse hin, die den natürlichen Veränderungen entgegenwirkten und anscheinend die gewöhnlichen, klimatisch bedingten Verwitterungsprozesse von Felsgestein hemmten.

Doch am meisten faszinierten und irritierten uns die Anhäufungen von regelmäßigen Würfeln, Schutzwällen und Höhleneingängen an den Berghängen. Ich betrachtete sie mit dem Fernglas und fotografierte sie, während Danforth das Flugzeug steuerte; zuweilen auch löste ich ihn ab – obzwar ich als Pilot ein absoluter Amateur bin –, und überließ ihm den Feldstecher. Wir konnten deutlich erkennen, dass diese Gebilde großenteils aus hellem, azoischem Quarzit bestanden, die keiner an weiten Abschnitten des Massivs sonst sichtbar auftretenden Gesteinsart glich; und dass ihre Regelmäßigkeit außerordentlicher und unheimlicher war als es der bedauernswerte Lake hatte durchklingen lassen.

Wie er berichtet hatte, waren ihre Kanten unter den widrigen

Witterungseinflüssen unvorstellbar langer Zeiten bröckelig und rund geworden; doch ihre unnatürliche Festigkeit und ihr widerstandsfähiges Material hatten sie vor der Zersetzung bewahrt. Viele Bauten, vor allem die dicht mit den Hängen verbundenen, schienen aus demselben Material zu bestehen wie die Felsoberfläche ihrer Umgebung. Das Ganze wirkte wie die Ruinen von Machu Picchu in den Anden oder die urzeitlichen Grundmauern von Kisch, die 1929 von der Expedition des Oxford-Field-Museums ausgegraben worden waren. Ab und zu glaubten Danforth und auch ich, erkennen zu können, dass die Gebilde aus *einzelnen, zyklopischen Blöcken* bestünden, was mit Carrolls Beobachtung während des Erkundungsfluges mit Lake übereinstimmte. Welche Erklärung all dies an einem solchen Ort finden könnte, ging schlicht über mein Begriffsvermögen, und ich fühlte mich als Geologe seltsam überfordert. Vulkanisches Erstarrungsgestein ist oftmals seltsam regelmäßig geformt – wie der berühmte Damm der Riesen in Irland –, doch dieser gewaltige Gebirgszug war, soweit es seine sichtbare Struktur betraf, keinesfalls vulkanisch, auch wenn Lake zu Beginn meinte, einen rauchenden Kegel gesehen zu haben.

Die sonderbaren Höhleneingänge, in deren Nähe die seltsamen Gebilde zahlreicher schienen, stellten ein weiteres, obgleich kleineres Rätsel dar, denn auch sie besaßen eine auffallende Regelmäßigkeit. Sie waren, wie Lake schon gemeldet hatte, meist nahezu quadratisch oder halbkreisförmig, so als seien die natürlichen Öffnungen von Geisterhand gleichförmig gestaltet worden. Ihre große Anzahl und ihre weite Verbreitung waren erstaunlich und ließen vermuten, das gesamte Gebiet sei bienenstockartig durchwoben von Tunneln, die ihre Entstehung dem Zerfall von Kalksteinadern verdankten. Wir erhaschten naturgemäß keine tiefen Einblicke in diese Höhlen, doch immerhin erkannten wir, dass sie offenbar keine Tropfsteine enthielten. In der unmittelbaren Umgebung der Höhlenöffnungen schienen die Bergwände besonders glatt und ebenmäßig zu sein und Danforth glaubte, dass die kleinen, verwitterungsbedingten Risse und Vertiefungen sich zu ungewöhnlichen Mustern fügten. Noch ganz unter dem Eindruck der vorgefundenen rätselhaften Schrecken im Lager, deutete er an, dass diese Vertiefungen verblüffend an die gepunkteten Muster auf den grünlichen Urzeit-Specksteinen erinnerten, die sich so abscheulich auf jenen irrsinnigen Schneehügeln über den sechs begrabenen Ungetümen wiederholt hatten.

Wir gewannen allmählich an Höhe beim Überfliegen der mächtigen Vorberge und steuerten den relativ niedrigen Pass an. Als er herankam, schauten wir gelegentlich nach unten auf den eis- und schneebedeckten Landweg und fragten uns, ob wir diesen Vorstoß mit den einfacheren Mitteln vergangener Tage ebenfalls hätten wagen können. Erstaunt erkannten wir, dass das Terrain keineswegs unwegsam war; trotz der Spalten und sonstiger Hindernisse hätte es die Schlitten eines Scott, eines Shackleton oder eines Amundsen schwerlich aufgehalten. Einige der Gletscher schienen bemerkenswert geradlinig zu vom Wind freigelegten Pässen hinaufzuführen, und als wir den von uns auserkorenen Pass erreichten, erkannten wir, dass er keine Ausnahme bildete.

Unser Gefühl gespannter Erwartung, als wir im Begriff standen, um die Bergkuppe zu fliegen und erstmals einen Blick in eine nie betretene Welt zu tun, lässt sich kaum in Worte fassen, obwohl wir keinen Grund zu der Annahme hatten, dass die Gefilde jenseits des Gebirgszuges sich grundlegend von denen unterscheiden würden, die wir bereits gesehen und durchmessen hatten. Dieses Bollwerk aus Felshängen und das leuchtende Himmelsmeer, das lockend über ihren Zinnen aufschien, wurde umschlungen von einer Aura böser Geheimnisse, die so unbestimmt und wenig greifbar war, dass bloße Worte diesen Eindruck nicht wiedergeben können. Weit eher spielten vage psychologische Symbolik und feinsinnige Gedankenverknüpfungen eine Rolle – etwas aus exotischen Gedichten und Gemälden, oder aus uralten Legenden, die in gemiedenen und verbotenen Bücher lauern. Selbst im Geheul des Windes wehte eine unterschwellige Andeutung bewusster Böswilligkeit;

und eine Sekunde lang hatte es den Anschein, als berge sein vielstimmiges Klagen ein bizarres, melodiöses Pfeifen mit großem Tonumfang, während der Wind in die allgegenwärtigen, widerhallenden Höhleneingänge hineinfegte und wieder daraus hervorstürze. In diesem Geräusch lag ein unergründlicher erinnerungsträchtiger Abscheu, der ebenso undefinierbar war wie alle anderen unserer düsteren Eindrücke.

Nach einem langsamen Aufstieg zeigte unser Höhenmesser jetzt 7190 Meter an, und wir hatten die Schneegrenze des Gebirges endgültig unter uns gelassen. Hier oben gab es nur dunkle, nackte Felsabstürze und die ersten Ausläufer grob gefurchter Gletscher – doch jene faszinierenden Würfel und Wälle, jene widerhallenden Höhlenöffnungen verliehen der Szenerie etwas drohend Unnatürliches, Fantastisches und Traumgleiches. Als ich an dem endlosen Kamm aus hohen Bergzacken entlangschaute, glaubte ich, den vom armen Lake erwähnten einzigen Gipfel zu erkennen, den mitten auf der Spitze eine Mauer krönte. Ein sonderbarer antarktischer Dunstschleier verbarg sie zum größten Teil – ein Dunst, der Lake vielleicht zu seiner anfänglichen Vermutung vulkanischer Tätigkeit verleitet hatte. Der Pass öffnete sich direkt vor uns, glatt und windgepeitscht zwischen seinen beiden zackengekrönten, finster aufragenden Durchgangspfeilern aus Fels. Dahinter dehnte sich ein Himmel, brodelnd vor wirbelndem Dunstgebräu und erleuchtet von einer tiefstehenden Polarsonne – der Himmel jenes geheimnisvollen, fernen Reiches, von dem wir spürten, dass noch kein menschliches Auge es je zuvor erschaut hatte.

Nur noch ein paar Meter höher, und wir würden dieses Reich sehen. Danforth und ich konnten uns inmitten des heulenden, pfeifenden Sturms, der über den Pass fegte, und wegen des ungedämpften Lärms der Motoren, nur schreiend verständigen, doch wir tauschten vieldeutige Blicke aus. Und dann, als wir diese letzten wenigen Meter überwunden hatten, starrten wir endlich über die Felseinkerbung hinweg auf die Offenbarung ungeahnter Geheimnisse einer vorzeitlichen und unfassbar fremdartigen Welt.

## V

Ich glaube, wir schrien beide gleichzeitig auf, als wir den Pass durchflogen hatten und sahen, was dahinter lag. Überwältigt von Ehrfurcht, Staunen und Grauen zweifelten wir an unseren Sinnen. Natürlich mussten wir tief in unserem Unterbewusstsein nach irgendeiner natürlichen Erklärung gesucht haben, um im ersten Moment bei klarem Verstand zu bleiben. Vermutlich dachten wir an solche Dinge wie die grotesk verwitterten Steine im Garten der Götter in Colorado oder die fantastisch symmetrischen, vom Wind zernagten Felsen in der Wüste von Arizona. Vielleicht vermeinten wir zuerst sogar, erneut eine Fata Morgana gleich jener zu sehen, die sich uns zuvor bei der ersten Sichtung der Berge des Wahnsinns dargeboten hatte. Wir mussten uns einfach an derartige normale Erklärungen klammern, als unsere Blicke über die grenzenlose, sturmzerfurchte Hochebene schweiften und das beinah endlose Labyrinth riesiger, regelmäßiger und in geometrischer Harmonie gefügter Steinmassen erfassten, deren bröckelnde und ausgehöhlte Spitzen aus einer Eisdecke emporragten, deren Dicke nur zwölf oder fünfzehn Meter und an manchen Stellen sogar noch sichtlich weniger betrug.

Die Wirkung dieses ungeheuerlichen Anblicks war unbeschreiblich, denn schon beim ersten Hinsehen trat die teuflische Verletzung der bekannten Naturgesetze offen zutage. Hier, auf einem uralten Tafelland in nicht weniger als sechstausend Metern Höhe und unter Klimabedingungen, die seit einem vormenschlichen, mindestens fünfhunderttausend Jahre zurückliegenden Zeitalter für alles Leben tödlich waren, erstreckte sich soweit das Auge sah ein Gewirr regelmäßig angeordneter Steine – nur die Hoffnung, bei Verstand zu bleiben, führte dies nicht auf irgendetwas anderes als geplante und künstliche Urheberschaft zurück. Bis zu diesem Augenblick hatten wir, jedenfalls bei allen ernstlichen Erklärungsversuchen, jede Theorie verworfen, die die Würfelgebilde und Felswälle an den Bergflanken auf einen nicht-natürlichen Ursprung zurückführten. Wie sollte es auch anders sein, da doch der Mensch selbst kaum das Stadium der großen Affen hinter sich gelassen haben konnte, als diese Region der bis in unsere Zeit andauernden ewigen Herrschaft eisigen Todes anheimfiel?

Doch jetzt war die Macht der Vernunft unwiderruflich erschüttert, denn dieser zyklopische Irrgarten quadratischer, gewölbter und abgewinkelter Felsblöcke besaß Merkmale, die jede tröstliche Selbsttäuschung ausschlossen. Vor uns erhob sich zweifellos jene blasphemische Stadt aus der Luftspiegelung, die zur nackten und unbestreitbaren Wirklichkeit geworden war. Also hatte jenes verdammte Omen doch eine reale Grundlage gehabt – eine glatte Schicht aus Eisstaub hatte die oberen Luftschichten durchzogen und das Spiegelbild dieser Steinreste war gemäß den einfachen Gesetzen der Lichtbrechung über die Berge hinwegprojiziert worden. Natürlich war das Phänomen verzerrt und übertrieben dargestellt worden, mit Details, die in Wahrheit fehlten; doch jetzt, als wir diese Wahrheit vor uns sahen, hielten wir sie für noch grauenvoller und bedrohlicher als ihre ferne Nachbildung.

Allein die unfassbare Massivität dieser gewaltigen Türme und Mauern aus Stein hatten das schreckliche Gewirr vor dem völligen Verfall im Laufe der vielen Hunderttausende – vielleicht Millionen – von Jahren bewahrt, während derer es umtost von den Sturmwinden eines kahlen Hochlandes vor sich hinbrütete. »Corona Mundi … Dach der Welt …« Alle möglichen fantastischen Phrasen drängten über unsere Lippen, als wir benommen auf das unglaubliche Schauspiel hinabblickten. Wieder dachte ich an die unheimlichen Urzeit-Mythen, die mich so beharrlich heimsuchten, seitdem ich diese tote antarktische Welt erstmals gesehen hatte – an die dämonische Hochebene von Leng, an die Mi-Go, den abscheulichen Schneemenschen des Himalaja, an die *Pnakotischen Manuskripte* mit ihren Andeutungen aus vormenschlichen Tagen, an den Cthulhu-Kult, an das *Necronomicon* und an die hyperboreischen Legenden vom gestaltlosen Tsathoggua und dem schlimmer als formlosen Sternengezücht, das diesem Halbwesen zugeschrieben wird.

Das Steingewirr dehnte sich endlose Kilometer weit, ohne sich merklich zu lichten; ja, wir erkannten überhaupt keine Auflockerung, als wir es in beiden Richtungen entlang der niedrigen, allmählich ansteigenden Vorberge, die es von dem eigentlichen Gebirgszug trennten, bestaunten, abgesehen von einer Lücke auf der linken Seite des Passes, durch den wir gekommen waren. Wir waren nur zufällig auf einen kleinen Teil von etwas gestoßen, dessen eigentliche Ausdehnung sich gar nicht ermessen ließ. In den Vorbergen sahen wir nur wenige der grotesken Steingebilde, die jene grässliche Stadt mit den nun schon vertrauten Würfelbauten und Mauern verbanden – sie stellten offenkundig ihre Gebirgsvorposten dar. Diese Würfel und Mauern waren, ebenso wie die sonderbaren Höhleneingänge, hier auf der inneren Seite des Gebirgszuges ebenso zahlreich wie auf der äußeren.

Das unbeschreibliche Steinlabyrinth bestand größtenteils aus Mauern, die zwischen drei und fünfzig Meter über die Eisdecke emporragten und zwischen eineinhalb und drei Meter dick waren. Es setzte sich hauptsächlich aus gewaltigen, dunklen Blöcken urzeitlichen Schiefers und Sandsteins zusammen – Blöcke, die nicht selten 1,2 x 2 x 2,5 m groß waren –, obwohl es stellenweise auch aus einem massiven, unebenen Felsgrund präkambrischen Schiefers herausgehauen schien. Die Gebäude waren ganz unterschiedlich groß, es gab unzählige untereinander vernetzte Gebilde enormen Ausmaßes ebenso wie kleinere, einzelne Bauten. Die meisten waren kegelförmig, pyramidenförmig oder terrassenförmig angelegt, doch gab es auch zahlreiche Zylinder, Würfel, Würfelgruppen und andere rechtwinklige Gebilde sowie einige verstreute, sonderbare Gebäude mit wechselnden Winkeln, deren fünfzackiger Grundriss grob an moderne Festungen erinnerte. Die Erbauer hatten reichen und sachkundigen Gebrauch vom Prinzip des Bogens gemacht, und in der Blütezeit der Stadt hatten wahrscheinlich auch Kuppeln existiert.

Das gesamte Gewirr war enorm verwittert, und die Eisoberfläche, aus der die Türme aufragten, übersät mit herabgefallenen Steinblöcken und uralten Trümmerresten. Wo die Eisdecke durchsichtig war, konnten wir die unteren Abschnitte der riesigen Bauwerke erkennen, und wir sahen die vom Eis konservierten Steinbrücken, die die unterschiedlichen Türme in wechselnden Entfernungen vom Boden miteinander verbanden. An den Mauern oberhalb der Eisschicht erspähten wir Bruchstellen, die vom einstigen Vorhandensein weiterer, höher gelegener Brücken derselben Art kündeten. Bei näherem Hinsehen bemerkten wir zahlreiche ziemlich große Fenster. Einige davon waren mit Läden aus einem versteinerten Material verschlossen, das einstmals Holz gewesen sein musste, doch die meisten waren dunkle, bedrohlich gähnende Löcher.

Viele der Ruinen waren längst ihrer Dächer beraubt und ihre unebenmäßigen Oberkanten hatte der Wind rundgeschliffen; andere hingegen, die eine deutlichere Kegel- oder Pyramidenform aufwiesen oder im schützenden Schatten benachbarter, höherer Bauwerke standen, besaßen trotz der allgegenwärtigen Verwitterungs- und Verfallsspuren noch eine intakte Silhouette. Auch mit dem Fernglas war es uns nur schwer möglich, einige Details näher in Augenschein zu nehmen, bei denen es sich anscheinend um Reliefornamente auf horizontalen Friesen handelte – Verzierungen, zu denen auch jene seltsamen Punktmusterungen gehörten, deren Vorhandensein auf den urzeitlichen Specksteinen nun eine sehr viel weiter reichende Bedeutung gewann.

Vielerorts waren von den Gebäuden nur noch Trümmerhaufen übrig und aufgrund unterschiedlicher geologischer Ursachen tiefe Furchen in die Eisdecke gegraben. An anderen Stellen war das Mauerwerk bis auf die Eisoberfläche abgetragen. Eine breite Schneise, die vom Inneren des Plateaus bis zu einer Kluft in den Vorbergen etwa eineinhalb Kilometer links von dem Pass verlief, den wir überquert hatten, war ganz frei von Bauwerken. Möglicherweise, überlegten wir, handelte es sich hierbei um den Verlauf eines großen Flusses, der zur Zeit des Tertiärs – vor Millionen von Jahren – durch die Stadt geströmt war und sich in irgendeinen mächtigen unterirdischen

Abgrund der großen Gebirgskette ergossen hatte. Kein Zweifel, dies war mehr als sonst irgendetwas eine Region der Höhlen, der Abgründe und der unterirdischen Geheimnisse, die sich jeder Ergründung durch den Mensch entzogen.

Erinnere ich mich heute an unsere Empfindungen und an unsere Benommenheit beim Anblick dieses ungeheuerlichen Relikts aus einer vermutlich vormenschlichen Epoche, kann ich nur darüber staunen, dass wir unser seelisches Gleichgewicht bewahrten. Natürlich war uns klar, dass irgendetwas – die Zeitrechnung, die wissenschaftlichen Theorien oder auch unser eigener Verstand – erbärmlich aus den Fugen geraten war. Dennoch behielten wir genügend Fassung, um das Flugzeug zu steuern, zahlreiche recht genaue Beobachtungen anzustellen und eine Serie sorgfältiger Fotografien zu machen, die uns und der übrigen Welt jetzt vielleicht einen unschätzbaren Dienst erweisen werden. Mir mag meine eingefleischte wissenschaftliche Einstellung geholfen haben; denn über meiner Verstörung und der unbestimmten Furcht stand eine brennende Neugier, tiefer in dieses urzeitliche Geheimnis einzudringen – um zu erfahren, welche Lebewesen diese unermesslich riesige Stätte einst erbaut und darin gelebt hatten und in welcher Beziehung zu der restlichen Welt ihrer Zeit eine solch einzigartige Fülle von Leben gestanden haben könnte.

Denn dieser Ort konnte keine gewöhnliche Stadt sein – er musste den ursprünglichen Kern und Mittelpunkt irgendeines urzeitlichen und unfassbaren Kapitels der Erdgeschichte gebildet haben, der nur in den dunkelsten und verzerrtesten Mythen vagen Widerhall findet und vom Chaos der Erdwehen verschlungen wurde, lange bevor irgendeine uns bekannte Menschenrasse aus dem Affenstadium herauswatschelte. Hier erstreckte sich eine paläogene Megalopolis, im Vergleich zu der die legendären Reiche Atlantis und Lemuria, Commorium und Uzuldaroum sowie Olathoë im Lande Lomar erst gestern existierten – noch nicht einmal vorgestern; eine Megalopolis, ebenbürtig solch umwisperten vormenschlichen Blasphemien wie Valusia, R'lyeh, Ib im Lande Mnar oder der Stadt ohne

Namen in der arabischen Wüste. Als wir diese Anhäufung titanischer Türme überflogen, streifte meine Fantasie bisweilen alle Fesseln ab und durchschweifte haltlos Welten verstiegenster Vermutungen – wobei sie sogar Verbindungen zwischen dieser vergessenen Welt und meinen wildesten Träumen im Zusammenhang mit den irrwitzigen Gräueln im Lager knüpfte.

Um das Flugzeug möglichst leicht zu halten, hatten wir es nicht vollgetankt, daher mussten wir bei unseren Erkundungen ab jetzt Umsicht walten lassen. Aber auch so überflogen wir noch eine enorme Fläche, nachdem wir auf eine Höhe heruntergegangen waren, wo der Wind fast keine Wirkung mehr hatte. Der Gebirgszug schien grenzenlos zu sein, und ebenso endlos säumte die furchteinflößende Steinstadt seine inneren Vorberge. Nach achtzig Flugkilometern zeigte sich keine Veränderung an dem Labyrinth aus Fels und Mauerwerk, das sich wie ein Leichnam aus dem ewigen Eis emporkrallte. Dennoch gab es einige überaus fesselnde Besonderheiten; etwa die behauenen Felsen in der Schlucht, wo ein breiter Fluss einst die Vorberge durchschnitten hatte, kurz bevor er sich innerhalb des großen Gebirgszugs in die Tiefe ergoss. Wo der Fluss in den Berg eintrat, waren die Felsen kühn zu zyklopischen Türmen behauen worden; und etwas an deren zerfurchter, fässerartiger Form weckte seltsam vage, hassvolle und verstörende Erinnerungen in Danforth und mir.

Wir überflogen auch mehrere sternförmige Lücken, augenscheinlich öffentliche Plätze, und erkannten vereinzelte hügelige Unebenheiten des Geländes. Steil aufragende Erhebungen waren meist zu einem verschachtelten Steinbauwerk ausgehöhlt worden; doch wir entdeckten mindestens zwei Ausnahmen. Eine davon war zu stark verwittert, um erkennen zu lassen, was diese Anhöhe einst gekrönt hatte, die andere hingegen trug noch immer ein fantastisches kegelförmiges Standbild, das aus dem gewachsenen Fels herausgemeißelt war und grob an solche Objekte erinnerte wie das weithin bekannte Schlangengrab im alten Tal von Petra.

Als wir von den Bergen abdrehten und Kurs auf das Landesinnere nahmen, entdeckten wir, dass die Stadt gar nicht so breit war, obwohl sie sich längs der Gebirgskette ewig hinzuziehen schien. Nach ungefähr fünfzig Kilometern lichteten sich die grotesken Steinbauten allmählich, und nach weiteren fünfzehn Kilometern erreichten wir eine nahezu unberührte Einöde ohne Anzeichen künstlichen Schaffens. Der weitere Flussverlauf außerhalb der Stadt ließ sich anhand einer breiten, vertieften Linie verfolgen, während das Land zerklüfteter wurde und sanft anstieg, bis es sich gen Westen im Dunst verlor.

Wir hatten noch kein einziges Mal zur Landung angesetzt, doch schien es undenkbar, dass wir dem Plateau den Rücken kehrten, ohne den Versuch unternommen zu haben, in eines der monströsen Bauwerke vorzudringen. Wir beschlossen daher, eine flache Stelle in den Vorbergen nahe unserem Pass zu suchen, dort zu landen und einen Erkundungsmarsch anzutreten. Wenngleich diese sanften Hänge teilweise mit Ruinentrümmern übersät waren, erblicken wir im Tiefflug zahlreiche geeignete Landeplätze. Wir wählten den dem Pass nächstgelegenen aus, da wir anschließend über die große Bergkette ins Lager zurückfliegen wollten, und setzten gegen 12.30 Uhr auf einem glatten, harten Schneefeld auf, das ganz frei von Hindernissen war und später einen raschen und problemlosen Start sicherstellen würde.

Es schien unnötig, die Maschine für die kurze Zeit unserer Abwesenheit mit einem Schneewall zu sichern, zumal der Landeplatz erfreulicherweise unterhalb der starken Höhenwinde lag. Daher achteten wir nur darauf, dass die Schneekufen sicher standen und die empfindlicheren Teile der Mechanik gegen die Kälte geschützt waren. Für unseren Fußmarsch entledigten wir uns der schweren Fliegerpelze und stellten eine leichte Ausrüstung zusammen, bestehend aus einem Taschenkompass, einer Handkamera, leichtem Proviant, dicken Notizbüchern, einem Geologenhammer und -meißel, Sammeltaschen für wissenschaftliche Proben, einem Kletterseil, starken Taschenlampen nebst Reservebatterien; diese Ausstattung hatten wir im Flugzeug mitgeführt, damit wir im Falle einer

Landung in der Lage waren, auch vom Boden aus fotografische Aufnahmen zu machen, Zeichnungen und Geländeskizzen anzufertigen und aus irgendeiner schneefreien Bergwand, einem bloßliegenden Felsenabschnitt oder einer Gebirgshöhle Gesteinsproben zu gewinnen. Zum Glück besaßen wir genug Papier, das wir zerreißen konnten, um damit unseren Weg nach dem alten Prinzip der ›Schnitzeljagd‹ zu kennzeichnen, falls wir in irgendwelche labyrinthischen Innenräume vordringen sollten. Ursprünglich hatten wir die Papierreste für den Fall mitgenommen, dass wir ein Höhlensystem entdeckten, dessen Luft ruhig genug war, um diese einfache und zeitsparende Methode anzuwenden, statt aufwändig Wegmarkierungen in Felswände zu meißeln.

Als wir über den verharschten Schnee vorsichtig zu dem gewaltigen Steinlabyrinth hinabmarschierten, das sich drohend vor dem schillernden Westhimmel auftürmte, erfüllte uns ein fast ebenso starkes Gefühl unheilvoller Zauberei wie vier Stunden zuvor, als wir den Gebirgspass angeflogen hatten. Natürlich kannten wir nun schon den Anblick des unfassbaren Geheimnisses, das von der Gebirgsbarriere gehütet worden war. Dennoch, die Aussicht, tatsächlich den Fuß in diese vorzeitlichen Mauern zu setzen, die denkende Wesen vor vielleicht Millionen von Jahren errichtet hatten – noch ehe irgendeine bekannte Menschenrasse gelebt haben konnte –, raubte uns in ihrer Vorahnung kosmischer Anomalie noch immer den Atem.

Wenngleich die dünne Luft in dieser immensen Höhe jede körperliche Anstrengung erschwerte, fühlten Danforth und ich uns ausgesprochen gut und fast jeder Aufgabe gewachsen, die sich stellen mochte. Wenige Schritte brachten uns zu einer formlosen Ruine, die bis auf den schneebedeckten Erdboden hinunter abgetragen war, während fünfzig oder achtzig Meter weiter vorn ein mächtiges, dachloses Bollwerk aufragte, dessen gewaltige, fünfzackige Grundform noch gut erhalten war und bis zu einer unregelmäßigen Höhe von dreieinhalb bis vier Metern emporwuchs. Auf diesen Bau gingen wir zu; und als wir dann tatsächlich seine verwitterten zyklopischen Blöcke mit den

Händen berührten, spürten wir, dass wir eine beispiellose und beinahe blasphemische Verbindung zu vergessenen Zeitaltern geknüpft hatten, die unserer Spezies eigentlich verwehrt sind.

Dieses Bollwerk, von sternförmigem Grundriss und einem Durchmesser, der von Spitze zu Spitze vielleicht hundert Meter betrug, war aus verschieden großen Blöcken jurassischen Sandsteins gefügt, deren Maße im Schnitt 2 x 2,5 m betrugen. Gut einen Meter über der Eisdecke gab es eine Reihe überwölbter Öffnungen oder Bogenfenster, etwa 1,20 m breit und 1,50 m hoch, die sich in regelmäßigen Abständen zwischen den Spitzen und den Innenwinkeln der sternförmigen Außenmauer verteilten. Als wir durch diese Öffnungen spähten, sahen wir, dass die Außenmauern sehr dick waren, etwa 1,50 m, und dass keine inneren Trennwände überdauert hatten. Die Mauerinnenseite wies Reste von Verzierungen und Reliefs auf – wie wir es bereits vermutet hatten, als wir in geringer Höhe über diese und andere Ruinen hinweggeflogen waren. Obwohl das Gebäude einst untere Teile besessen haben musste, waren sie spurlos unter der tiefen Schnee- und Eisschicht begraben.

Wir kletterten durch eines der Fenster und versuchten erfolglos, die von der Zeit fast ausgelöschten Mauerreliefs zu deuten. Den gefrorenen Boden ließen wir jedoch unangetastet – während unseres Orientierungsfluges hatten wir nämlich gesehen, dass viele Gebäude weniger im Eis versunken waren als dieses, und in den Bauwerken, die noch ein Dach besaßen, würden wir vielleicht sogar vollkommen eisfreie Innenräume vorfinden, die bis zur eigentlichen Grundebene hinabführen mochten. Bevor wir das Gebäude verließen, fotografierten wir es gewissenhaft und inspizierten in fassungslosem Staunen sein zyklopisches, mörtelloses Mauerwerk. Wir bedauerten, dass Pabodie nicht anwesend war, denn sein technisches Wissen hätte uns sicherlich geholfen, eine Erklärung dafür zu finden, wie solche titanischen Steinblöcke in jenem unendlich fernen Zeitalter, in dem die Stadt und ihre Ausläufer erbaut worden waren, überhaupt hatten bearbeitet werden können.

Der etwa achthundert Meter weite Marsch zur eigentlichen

Stadt hinab, untermalt vom ohnmächtigen, wütenden Heulen des Höhenwinds zwischen den gewaltigen Gipfeln im Hintergrund, ist etwas, dessen kleinste Einzelheit für immer in mein Gedächtnis eingegraben bleiben wird. Nur in fantastischen Albträumen könnten menschliche Geschöpfe außer Danforth und mir sich solche optischen Effekte ausmalen. Zwischen uns und den brodelnden Nebeln des Westens lag jenes ungeheuerliche Wirrwarr dunkler Steintürme, deren bizarre und unglaubliche Formen uns aus jedem Blickwinkel von Neuem den Atem raubten. Es war eine Fata Morgana aus massivem Stein, und besäßen wir nicht die Fotografien, ich würde bis heute daran zweifeln, dass so etwas überhaupt möglich ist. Der Aufbau der Mauern entsprach der des Bollwerks, das wir untersucht hatten; doch die abenteuerlichen Formen, zu denen sich dieses Mauerwerk in der Stadt selbst fügte, entzogen sich jeder Beschreibung.

Selbst die Fotos geben kaum die unendliche Vielfalt dieser Stadt wieder, ihre sonderbare Grandiosität und unsagbar groteske Fremdartigkeit. Da gab es geometrische Formen, für die selbst ein Euklid kaum einen Namen gefunden hätte – Kegel in allen Stadien der Unregelmäßigkeit und Abflachung, fehlproportionierte Terrassen manigfachster Art, Rundtürme mit knollenartigen Ausbeulungen, Gruppen zerbrochener Säulen und fünfzackige oder fünfhöckrige Gebilde von wahnwitziger Absurdität. Als wir näher kamen, konnten wir an einzelnen, durchsichtigen Stellen durch die Eisdecke hinabblicken und einige der röhrenförmigen Steinbrücken ausmachen, die die verrückt verstreuten Bauten in unterschiedlichen Höhen miteinander verbanden. Reguläre Straßen gab es anscheinend nicht, die einzige breite, offene Schneise befand sich etwa eineinhalb Kilometer weiter links, wo einst zweifellos der urzeitliche Fluss durch die Stadt bis ins Gebirge geströmt war.

Mit unseren Ferngläsern ließ sich erkennen, dass die horizontalen Friese an den Außenseiten der Mauern mit ihren nahezu ausgelöschten Bildwerken und Punktmustern sehr häufig vorkamen, und wir konnten uns halbwegs vorstellen, wie die Stadt einstmals ausgesehen haben musste – obschon die meisten Dächer und Turmspitzen ja nicht mehr existierten. Es musste sich um ein komplexes Gewirr verschlungener Durchgänge und Gassen gehandelt haben, tiefen Schluchten ähnlich, die manchmal wegen der überhängenden Mauern und der weiter oben verlaufenden Brücken eher an Tunnel erinnerten. So wie die Ruinenstadt sich jetzt unter uns ausdehnte, hob sie sich wie ein düsteres Hirngespinst vor den Nebeln des Westens ab, deren nördliche Ausläufer die rötlichen Strahlen der tiefstehenden, antarktischen Frühnachmittagssonne nur mühsam durchdrangen – und als diese Sonne einen Augenblick lang hinter dichteren Nebeln verschwand und die Szenerie vorübergehend in Schatten getaucht wurde, erfasste uns ein derart subtiles Gefühl der Bedrohung, dass ich dafür niemals Worte finden werde. Selbst das schwache Heulen und Pfeifen des kalten Windes in den mächtigen Gebirgspässen hinter uns klang plötzlich wilder und zielbewusst böse. Die letzte Etappe unseres Abstiegs zur Stadt führte steil hinab, und eine freiliegende Felskante an der Stelle, wo die Böschung begann, ließ uns vermuten, dass hier einmal eine künstlich angelegte Terrasse gewesen war. Wir nahmen an, dass unter der Eisdecke eine Treppe oder etwas Vergleichbares verborgen lag.

Als wir schließlich in der Stadt selbst ankamen, über herabgefallenes Mauerwerk kletterten und vor der beklemmenden Nähe und unglaublichen Höhe der allgegenwärtigen, bröckelnden und löchrigen Mauern erschauderten, ergriffen uns abermals so starke Empfindungen, dass ich noch immer über unsere Selbstbeherrschung staunen muss.

Danforth war sichtlich nervös und äußerte einige ekelhafte Überlegungen über die Gräuel im Lager – was mir besonders missfiel, denn angesichts zahlreicher Merkmale dieser ungesunden Überreste aus albtraumhafter Vorzeit drängten sich einige seiner Schlussfolgerungen auch mir geradezu auf. Danforths Vermutungen wirkten sich auf seine Fantasie aus; denn an einer Stelle – wo eine schuttbedeckte Gasse scharf abbog – beharrte er darauf, schwache Spuren auf dem Boden zu erkennen, die ihm ganz und gar nicht gefielen; etwas später blieb er plötzlich stehen, um einem schwachen, eingebildeten Geräusch aus unbestimmbarer Richtung zu lauschen – einem gedämpften, melodischen Pfeifen, wie er erklärte, nicht unähnlich dem des Windes in den Gebirgshöhlen, und doch irgendwie unheilvoll anders. Das unaufhörlich wiederkehrende Motiv der fünfzackigen Sterne in der Architektur ringsum und in den wenigen noch erkennbaren Mauerdekorationen strahlte eine düstere Macht aus, der wir uns nicht entziehen konnten, und verlieh uns einen Anflug unterbewusster und doch schrecklicher Klarheit in Bezug auf die urzeitlichen Wesen, die diesen unheiligen Ort erbaut und bewohnt hatten.

In uns waren trotz alledem Wissensdurst und Abenteuerlust noch nicht gänzlich erloschen, und so schlugen wir nahezu mechanisch Proben sämtlicher Gesteinsarten ab, die in den Gemäuern vorkamen. Wir wollten eine möglichst vollständige Sammlung haben, um bessere Rückschlüsse auf das Alter dieser Stätte ziehen zu können. Kein Bestandteil der großen Außenmauern schien aus einer späteren Periode als dem ausgehenden Jura oder der beginnenden Kreidezeit zu stammen, noch war in der ganzen Umgebung auch nur ein einziger Steinbrocken zu finden, der aus jüngerer Zeit als dem Pliozän datierte. Kein Zweifel, wir wandelten hier inmitten eines Todes, dessen Herrschaft seit mindestens fünfhunderttausend Jahren anhielt, wahrscheinlich sogar schon länger.

Während wir im Zwielicht der Schatten riesiger Steinmonumente durch diesen Irrgarten vorrückten, blieben wir vor allen zugänglichen Maueröffnungen stehen, um die Innenräume zu begutachten und Zutrittsmöglichkeiten ausfindig zu machen. Einige Öffnungen lagen oberhalb unserer Reichweite, andere hingegen führten lediglich in eisgefüllte Ruinen, die ebenso abgedacht und leer waren wie das Bollwerk auf dem Hügel. Ein Raum, obwohl weit und einladend, führte lediglich in einen offenbar bodenlosen Schlund ohne eine sichtbare Abstiegsmöglichkeit.

Hin und wieder ergab sich die Gelegenheit, das versteinerte

Holz eines erhalten gebliebenen Fensterladens zu untersuchen, und wir waren beeindruckt von dem sagenhaften Alter, das sich aus den immer noch erkennbaren Maserungen ablesen ließ. Dieses Holz stammte von mesozoischen Gymnospermen und Koniferen – insbesondere kreidezeitlichen Palmfarnen – sowie von Fächerpalmen und frühen Angiospermen fraglos tertiärer Herkunft. Auch hier fanden wir nichts, was sich eindeutig einer späteren Periode als dem Pliozän zuordnen ließ. Diese Läden – deren Kanten Spuren eigentümlicher und längst entschwundener Scharniere aufwiesen – waren in unterschiedlicher Weise angebracht, einige befanden sich auf der inneren, andere auf der äußeren Seite der tiefen Leibungen. Sie schienen sich in ihrer Position verklemmt zu haben, wodurch sie das Wegrosten ihrer einstigen und vermutlich metallischen Verankerungen überstanden hatten.

Nach einer Weile stießen wir auf eine ganze Reihe von Fenstern – sie befanden sich in den Ausbuchtungen eines riesigen fünfeckigen Kegels mit unversehrter Spitze –, die in einen geräumigen, gut erhaltenen Raum mit Steinfußboden führten. Die Fenster lagen aber so hoch über dem Boden, dass wir ein Seil brauchten, um hinabzugelangen. Wir hatten zwar ein Seil bei uns, doch wollten wir uns diesen über sechs Meter tiefen Abstieg nicht ohne zwingenden Anlass zumuten – schon gar nicht in der dünnen Luft dieses Hochplateaus, die das Herz doch sehr anstrengte. Dieser gewaltige Raum war vermutlich so etwas wie eine Halle oder Versammlungsstätte gewesen, und die Lichtkegel unserer Lampen erfassten deutliche, unterschiedliche und bei näherer Betrachtung womöglich erschreckende Reliefskulpturen, die sich als breite, horizontale Friese an den Wänden entlangzogen, unterbrochen von ebenso breiten Streifen mit konventionellem Schmuckwerk. Wir merkten uns diesen Ort, um vielleicht doch noch hinabzusteigen, sofern wir keinen leichter zugänglichen Innenraum mehr entdeckten.

Aber wir fanden schließlich genau so eine Öffnung wie wir sie uns gewünscht hatten: ein überwölbter Einlass von etwa 1,80 m Breite und 3 m Höhe, ehemals der Beginn einer hohen

Brücke, die ungefähr 1,5 m oberhalb der jetzigen Eisdecke eine Gasse überspannt hatte. Dieser Zugang lag natürlich auf einer Ebene mit dem oberen Stockwerk, und in diesem Fall war der Zwischenboden noch erhalten. Das solchermaßen zugängliche Bauwerk bestand aus einigen rechteckigen Terrassen, die nach Westen blickten. Auf der gegenüberliegenden Seite der Gasse stand ein baufälliges, zylinderförmiges Gebäude ohne Fenster mit einer sonderbaren Ausbeulung etwa 3 m oberhalb des Torbogens. Der andere Zugang gähnte in der Mauer des Bauwerkes – drinnen war es stockfinster, er öffnete sich anscheinend in einen Schlund bodenloser Tiefe.

Angehäufter Schutt vereinfachte das Betreten des großen Gebäudes zu unserer Linken, und dennoch zögerten wir einen Augenblick, die lang ersehnte Gelegenheit zu nutzen – denn obwohl wir bereits ein gutes Stück in diese Ruinenlandschaft urzeitlichen Geheimnisses vorgedrungen waren, mussten wir neuen Mut sammeln, um tatsächlich den Fuß in ein vollständig erhaltenes Bauwerk einer sagenhaften uralten Welt zu setzen, über deren Natur wir immer deutlichere und immer schrecklichere Gewissheit gewannen. Schließlich fassten wir uns doch ein Herz und kletterten über den Schuttberg zu der klaffenden Öffnung empor. Der Raum, der sich dahinter erstreckte, hatte Wände aus großen Schieferplatten und führte in einen langen, hohen Korridor mit friesgeschmückten Wänden.

Als wir die zahlreichen Torbögen in den Wänden des Ganges sahen und erkannten, welch verzweigtes Labyrinth aus Zimmerfluchten uns dahinter vermutlich erwartete, beschlossen wir, dass wir nun unseren Weg wie bei der ›Schnitzeljagd‹ markieren mussten. Bisher hatten uns die Kompasse und häufiges Zurückblicken auf den zwischen den Türmen sichtbaren, gewaltigen Gebirgszug ausgereicht, um die Orientierung nicht zu verlieren; nun jedoch mussten wir uns mit der zusätzlichen Orientierungsmethode behelfen. Also zerrissen wir unser überschüssiges Papier zu Fetzen von geeigneter Größe, stopften diese in eine der Sammeltaschen, die Danforth trug, und wollten sie so sparsam verwenden wie es ein sicheres Zurechtfinden gestattete.

Dies würde uns wahrscheinlich davor bewahren, uns zu verirren, da innerhalb des Bauwerks keine nennenswerte Zugluft herrschte. Falls sie doch entstehen sollte oder falls unser Vorrat an Papierschnitzeln nicht reichte, konnten wir natürlich immer noch auf die zeitraubende Methode des Einmeißelns von Wegmarkierungen zurückgreifen.

Wie ausgedehnt die Innenräume, die uns nun offen standen, wirklich waren, ließ sich noch nicht sagen. Die engen und zahlreichen Verbindungen zwischen den einzelnen Gebäuden ließen vermuten, dass wir unterhalb der Eisdecke über Brücken von einem ins andere gelangen konnten, außer dort, wo Mauereinstürze und geologische Spalten uns behinderten, denn in den massiven Bauten selbst schien sich nur wenig Eis gebildet zu haben.

Nahezu durch alle klaren Eisschichten hatten wir gesehen, dass die darunter befindlichen Fenster durch Läden dicht verschlossen waren, so als sei die komplette Stadt in diesem Zustand aufgegeben und anschließend ihre unteren Abschnitte vom Eis für alle Ewigkeit wie in weißen Bernstein eingegossen worden. Es drängte sich wirklich der sonderbare Eindruck auf, dass diese Stätte in dunkler Vorzeit absichtlich verriegelt und verlassen worden war, statt Opfer einer plötzlichen Katastrophe oder des allmählichen Verfalls geworden zu sein. Hatte die unbekannte Bevölkerung das Kommen des Eises vorhergesehen und war *en masse* ausgezogen, um sich eine weniger bedrohte Bleibe zu suchen? Die genauen physiographischen Eigenschaften der Eisdecke in diesem Gebiet mussten zu einem späteren Zeitpunkt geklärt werden. Ganz offenkundig war sie nicht durch eine zerstörerische Gletscherdrift entstanden. Vielleicht war sie unter dem Druck angesammelter Schneemassen hervorgegangen, vielleicht auch infolge einer Überschwemmung, weil der Fluss über die Ufer trat oder weil in der großen Gebirgskette ein alter Gletscherdamm brach. In Bezug auf diesen Ort waren der Fantasie wirklich keine Grenzen gesetzt.

## VI

Es wäre allzu umständlich, wollte ich ausführlich und der Reihe nach über unseren Streifzug durch das höhlenartige, seit ewigen Zeiten tote Wabenlabyrinth vorzeitlicher Mauern berichten – jenen stillen Hort uralter Geheimnisse, der nach zahllosen Zeitaltern nun zum ersten Mal von menschlichen Schritten widerhallte –, besonders, weil vieles der nun folgenden Enthüllungen sich alleine aus der Betrachtung der allgegenwärtigen Reliefs auf den Mauern ergab. Unsere Fotos von diesem Wandschmuck werden viel zur Glaubwürdigkeit dessen beitragen, was wir nun der Welt preisgeben, und es ist bedauerlich, dass wir nur über einen begrenzten Vorrat an Filmen verfügten. Nachdem diese alle verbraucht waren, mussten wir uns mit einfachen Bleistiftskizzen einiger besonders hervorstechender Darstellungen begnügen.

Das Gebäude, in das wir uns Einlass verschafft hatten, war sehr groß und gewährte uns einen imposanten Eindruck von der Architektur jener namenlosen vergangenen Epoche. Die Innenwände waren zwar weniger massiv als die Außenmauern, jedoch in den unteren Geschossen vorzüglich erhalten. Das gesamte Innere war labyrinthartig verschachtelt und sonderbarerweise wechselte immer wieder die Höhe der Fußböden. Zweifellos hätten wir uns ohne unsere Spur aus Papierschnipseln gleich zu Beginn hoffnungslos verirrt.

Wir wollten die baufälligeren oberen Abschnitte zuerst erkunden und stiegen daher gut dreißig Meter in dem steinernen Irrgarten empor, bis zu den höchstgelegenen Kammern, die schneebedeckt und verfallen unter dem Polarhimmel lagen. Für den Aufstieg nutzten wir die steilen, quergeriffelten Steinrampen, die es hier überall statt Treppen gab. Wir stießen auf Räume in allen denkbaren Formen und Abmessungen, von fünfzackigen Sternen über Dreiecke bis hin zu vollkommenen Würfeln. Verallgemeinernd könnte man sagen, dass sie im Durchschnitt eine Grundfläche von 9 x 9 m und eine Höhe von etwa 6 m besaßen, doch viele Kammern waren auch größer.

Nachdem wir die oberen Abschnitte eingehend erforscht hatten, stiegen wir, Stockwerk um Stockwerk, in die eisumhüllten Teile hinab, wo wir bald erkannten, dass wir tatsächlich in einem fortlaufenden Irrgarten miteinander verbundener Räume und Durchgänge unterwegs waren, dessen Ausdehnung vermutlich weit über die Grenzen dieses einen Gebäudes hinausging. Die zyklopische Wucht und Gewaltigkeit von allem, das uns rings umgab, wirkte mit der Zeit eigenartig bedrückend; und vage spürten wir etwas zutiefst Menschenfeindliches in all den Silhouetten, Ausmaßen, Verzierungen und baulichen Feinheiten des blasphemisch alten Mauerwerks. Durch das, was die Reliefdarstellungen enthüllten, offenbarte sich uns schon bald, dass diese ungeheure Stadt viele Millionen Jahre alt war.

Noch sind uns die Konstruktionsprinzipien, die der widernatürlichen Baustatik dieser gewaltigen Steinmassen zugrunde lagen, ein Rätsel, aber ganz offensichtlich nahm das Prinzip des Bogens eine wichtige Funktion ein. Die Räume, die wir durchstreiften, enthielten keinerlei bewegliche Gegenstände, ein Umstand, der uns in der Auffassung bestärkte, dass die Stadt gezielt verlassen worden war. Das wichtigste dekorative Element bestand in den fast allgegenwärtigen figürlichen Darstellungen auf den Mauern, meist in Gestalt fortlaufender horizontaler Friese von einem Meter Breite, welche vom Boden bis zur Decke mit gleich breiten, arabesk gemusterten Friesen abwechselten. Zwar gab es Abweichungen von dieser Regel, doch herrschte sie bei Weitem vor. Häufig waren in diese Friese Reihen mit eigentümlich angeordneten Punktmustern in glatte Zierrahmen eingelassen.

Die bildhauerische Technik, das sahen wir sofort, war vollendet und in ästhetischer Hinsicht bis zum höchsten Grad zivilisierter Meisterschaft entwickelt, wenngleich jedes Detail ihre völlige Fremdartigkeit gegenüber allen bekannten künstlerischen Traditionen der menschlichen Rasse bewies. Was die Anmut der Ausführung betrifft, so kommt kein plastisches Werk, das ich jemals sah, ihr darin auch nur nahe. Die winzigsten Einzelheiten pflanzlichen und tierischen Lebens waren trotz des kühnen Maßstabs der Nachbildungen mit verblüffender Lebendigkeit bis ins Kleinste herausgearbeitet; zugleich stellten die abstrakten Ornamente wahre Wunder an Kunstfertigkeit dar. Die Arabesken verrieten eine tiefe Kenntnis mathematischer Gesetze und bestanden aus sonderbar symmetrischen Krümmungen und Winkeln, die immer auf der Zahl Fünf basierten. Die Bilderfriese folgten einer überaus strengen Formvorschrift und offenbarten eine eigentümliche Behandlung der Perspektive, besaßen dabei jedoch eine künstlerische Kraft, die uns ungeachtet der trennenden Abgründe gewaltiger Zeitalter tief bewegte. Ihr Stil basierte auf einer einzigartigen Vermischung von dreidimensionaler und zweidimensionaler Skizzierung und verriet einen analytischen Verstand, der weit über allen bekannten früheren Menschenrassen stand. Es ist zwecklos, diese Kunst mit irgendetwas aus den Beständen unserer Museen zu vergleichen. Wer unsere Fotografien sieht, wird eine Entsprechung wahrscheinlich am ehesten in einigen grotesken Entwürfen der kühnsten Futuristen entdecken.

Die verschnörkelten Steinmetzarbeiten bestanden fast immer aus eingravierten Linien, deren Tiefe auf unverwitterten Mauern zwischen zweieinhalb und fünf Zentimetern schwankte. Wo Rahmen mit Punktmustern eingebettet waren – offensichtlich Inschriften in einer unbekannten urzeitlichen Sprache und einem ebensolchen Alphabet – lag die glatte Oberfläche ungefähr vier Zentimeter tief und die Tiefe der Punkte betrug vielleicht fünf Zentimeter. Die Bilderfriese waren versenkte Flachreliefs, deren Hintergrund um etwa fünf Zentimeter gegenüber der eigentlichen Maueroberfläche zurücktrat. Stellenweise waren noch Spuren einer einstigen Farbgebung erkennbar, aber meistens hatten die ungezählten Zeitalter sämtliche Pigmente, die vielleicht aufgetragen gewesen waren, zersetzt und abgelöst.

Je länger man die fabelhafte künstlerische Technik studierte, desto mehr Bewunderung nötigten einem diese Arbeiten ab. Neben der streng geschulten Ausarbeitung konnte man die minutiöse und genaue Beobachtungsgabe und bildnerische

Begabung ihrer Schöpfer erahnen; ja, die Gestaltung selbst diente dazu, die Essenz und wesentliche Eigenart jedes abgebildeten Gegenstandes zu versinnbildlichen und hervorzuheben. Neben diesen offenkundigen Leistungen spürten wir weitere, die im Verborgenen lagen und sich unserer Wahrnehmungsfähigkeit entzogen. Einige kaum merkliche Feinheiten hier und da bargen eine vage Andeutung auf unterschwellige Symbole, die Reize auslösten, die, hätten wir nur einen anderen geistigen und seelischen Horizont und stärkere Sinnesorgane besessen, uns eine tiefe und überwältigende Bedeutung offenbart hätten.

Offenbar gaben die Reliefs das Leben zur Zeit der versunkenen Epoche wieder und wiesen einen hohen Anteil überlieferter Motive auf. Gerade das auffällige Geschichtsbewusstsein der urzeitlichen Rasse – ein glücklicher Umstand, der uns durch Zufall nun wunderbar zugute kam – machte die Bildhauerarbeiten so enorm aufschlussreich für uns und bewirkte, dass wir ihrer Ablichtung und Beschreibung absoluten Vorrang einräumten. In einigen Räumen wich die künstlerische Ausschmückung vom üblichen Schema ab und beinhaltete Landkarten, astronomische Skizzen und weitere wissenschaftliche Darstellungen in einem vergrößerten Maßstab – dies lieferte uns eine schlichte und grässliche Bestätigung der Schlussfolgerungen, die wir schon aus den Bilderfriesen und dem Wandschmuck gezogen hatten. Wenn ich andeute, was in all dem offenbar wurde, kann ich nur hoffen, dass mein Bericht im Kreise derer, die mir überhaupt Glauben schenken, nicht eine Neugier weckt, die größer ist als die gesunde Vorsicht. Es wäre tragisch, ließen sich Menschen ausgerechnet von dieser Warnung in jenes Reich des Todes und des Grauens locken, die sie von dort fernhalten soll.

Unterbrochen wurden diese dekorierten Wände von hohen Fenstern und massiven, 3,60 m hohen Türöffnungen, zuweilen waren sogar noch die versteinerten Bretter – kunstvoll geschnitzt und geschliffen – der Läden und Türflügel erhalten geblieben. Alle metallischen Befestigungsvorrichtungen waren längst verrottet, aber einige Türen saßen noch in ihren Rahmen und mussten von uns gewaltsam aus dem Weg gerückt werden, als wir von Raum zu Raum vordrangen. Hie und da hatten sich Fensterrahmen erhalten, in denen seltsame durchsichtige Scheiben steckten – meist von ovaler Form –, aber wir fanden nur wenige davon. Häufiger dagegen stießen wir auf sehr große Wandnischen, die meistens leer waren, hin und wieder aber auch bizarre gemeißelte Objekte aus grünlichem Speckstein enthielten, die entweder zerbrochen oder als wohl zu minderwertig angesehen worden waren, um sie mitzunehmen. Andere Öffnungen in den Wänden hingen zweifellos mit einstigen technischen Anlagen zusammen – Heizung, Beleuchtung und so fort –, wie zahlreiche der Reliefdarstellungen verdeutlichten. Die Decken waren fast immer unverziert, gelegentlich allerdings ausgekleidet mit grünen Specksteinen oder sonstigen Kacheln, wovon die meisten jedoch längst herabgefallen waren. Teilweise waren auch die Böden mit derartigen Kacheln gefliest, in aller Regel jedoch bestanden sie aus einfachen Steinplatten.

Wie schon gesagt, gab es keine Möbel oder sonstige beweglichen Gegenstände; doch die Reliefs vermittelten eine klare Vorstellung von den eigenartigen Geräten, mit denen diese gruftartigen, widerhallenden Kammern einst angefüllt gewesen waren. Oberhalb der Eisdecke übersäten Schutt, Trümmer und Geröll die Fußböden, doch weiter unten wurde es sauberer. In einigen der tiefer gelegenen Räume und Korridore fand sich wenig mehr als sandiger Staub und uralte Verkrustungen, während andere Winkel den unheimlichen Eindruck erweckten, als seien sie eben erst makellos rein gefegt worden. Dort, wo in den unteren Räumen die Wände gerissen oder eingebrochen waren, lagen natürlich ebenso viele Trümmer herum wie in den oberen. Ein zentraler Innenhof – wie bei anderen Bauwerken, die wir aus der Luft gesehen hatten – bewahrte die nach innen liegenden Kammern vor völliger Finsternis; wir mussten in den oberen Räumen also nur selten unsere Taschenlampen einschalten, außer zur Ausleuchtung interessanter bildhauerischer Details. Unterhalb der Eisdecke verdichtete sich allerdings das

Zwielicht und in zahlreichen Abschnitten des verschachtelten Erdgeschosses herrschte nahezu vollkommene Schwärze.

Um auch nur einen ungefähren Begriff davon zu erlangen, welche Gedanken und Empfindungen uns bewegten, als wir in jenes seit Äonen stumme nichtmenschliche Mauerlabyrinth vordrangen, muss man sich ein hoffnungslos verwirrendes Chaos flüchtiger Stimmungen, Erinnerungen und Eindrücke vorstellen. Fast jeder empfindsame Mensch wäre alleine durch das entsetzliche Alter und die tödliche Schwermut dieses Ortes seelisch erdrückt worden – doch wir hatten ja erst vor Kurzem die unerklärlichen Gräuel im Lager gesehen und rings um uns herum offenbarten uns die fürchterlichen Mauerreliefs mehr und mehr.

In dem Augenblick, als wir auf einen vollkommen erhaltenen Reliefabschnitt trafen, der keine mehrdeutige Interpretation mehr zuließ, reichte ein kurzer Blick, um uns die grässliche Wahrheit zu enthüllen; eine Wahrheit, die Danforth und ich – es zu leugnen wäre naiv – unabhängig voneinander schon zuvor erahnt hatten, obwohl jeder von uns sich gehütet hatte, sie gegenüber dem anderen auch nur anzudeuten. Jetzt konnte kein barmherziger Zweifel mehr bezüglich der Natur jener Wesen bestehen, die diese monströse, tote Stadt vor Millionen von Jahren erbaut und bewohnt hatten, als die Vorfahren des Menschen noch primitive urzeitliche Säuger gewesen waren und gewaltige Dinosaurier die tropischen Steppen Europas und Asiens durchstreiften.

Bisher hatten wir uns an andere, verzweifelte Erklärungen geklammert und uns – jeder für sich – eingeredet, dass sich hinter der Allgegenwart des fünfzackigen Sternmotivs lediglich irgendeine kulturelle oder religiöse Verklärung der primitiven Wesen verbarg, in deren Gestalt das Merkmal der Fünfzackigkeit so anschaulich verkörpert war – so wie die ornamentalen Motive des minoischen Kretas den heiligen Stier verklärten, die des alten Ägyptens den Skarabäus, die des antiken Roms den Wolf und den Adler und die verschiedener wilder Eingeborenenstämme irgendein erwähltes Totemtier. Doch diese letzte

Ausflucht war uns nun genommen worden, und wir waren gezwungen, uns endgültig der verstandzermalmenden Erkenntnis zu stellen, die der Leser dieser Zeilen fraglos schon lange vorhergeahnt hat. Sogar jetzt noch ertrage ich es kaum, es schwarz auf weiß niederzuschreiben, doch wird dies vielleicht auch gar nicht nötig sein.

Die Wesen, die einst zur Zeit der Dinosaurier innerhalb dieser furchtbaren Mauern gelebt und sich vermehrt hatten, waren keine Dinosaurier, sondern etwas weitaus Schlimmeres gewesen. Dinosaurier waren nichts weiter als neue und beinah hirnlose Geschöpfe – die Erbauer der Stadt jedoch waren weise und alt und sie hatten gewisse Spuren im heißen Gestein hinterlassen, die gut und gern eine Milliarde Jahre vor der Saurierepoche entstanden waren – Gestein, das erstarrt war, bevor jedes Leben auf Erden das Stadium formbarer Zellzusammenschlüsse erreicht hatte, noch ehe echtes Leben auf Erden überhaupt existiert hatte. Sie waren die Erschaffer und Versklaver dieses Lebens gewesen und zweifellos der reale Ursprung jener teuflischen Vorzeitmythen, auf die Quellen wie die *Pnakotischen Manuskripte* und das *Necronomicon* so ängstlich verweisen.

Ich spreche von den ›Großen Alten‹. Wesen die, als die Erde noch jung war, von den Sternen herabgekommen sind – Kreaturen, deren Körper durch außerirdische Evolution geformt wurden und deren Macht alles übertraf, was unser Planet jemals hervorgebracht hat. Wenn ich daran denke, dass Danforth und ich noch einen Tag zuvor mit eigenen Augen Überreste ihrer im Laufe von Jahrtausenden versteinerten Körper gesehen haben – und dass der bedauernswerte Lake und seine Gefährten sie in voller Größe sahen …

Natürlich ist es mir unmöglich, der Reihe nach zu berichten, wann wir welche Puzzleteile jenes Wissens zusammenklaubten, das wir nun von jenem monströsen Kapitel vormenschlichen Lebens besitzen.

Nach dem ersten Schock durch diese Offenbarung mussten wir eine Weile ausruhen, um die Fassung wiederzuerlangen.

Erst um 15.00 Uhr konnten wir unseren eigentlichen, systematischen Erkundungsgang fortsetzen.

Die Reliefs in dem Bauwerk, das wir zuerst betreten hatten, waren verhältnismäßig jung – vielleicht zwei Millionen Jahre alt, nach geologischen, biologischen und astronomischen Gesichtspunkten zu urteilten – und verkörperten eine Kunst, die dekadent zu nennen wäre, verglichen mit den Darstellungen, die wir entdeckten, als wir über Brücken unterhalb der Eisdecke in noch ältere Bauten vorstießen. Ein aus dem gewachsenen Fels gehauenes Bauwerk ließ sich auf vierzig, möglicherweise sogar fünfzig Millionen Jahre zurückdatieren – ins frühe Eozän oder die späte Kreidezeit. Hier fanden wir Reliefs von einer Kunstfertigkeit, die – abgesehen von einer einzigen schrecklichen Ausnahme – alles in den Schatten stellte, was uns bislang begegnet war. Dies war, darin sind Danforth und ich uns einig, das älteste Wohngebäude, das wir durchquerten.

Ohne die Beweiskraft der Blitzlichtaufnahmen, die in Kürze veröffentlicht werden sollen, würde ich gar nicht erst über meine Funde und Folgerungen berichten, aus Angst, als Wahnsinniger in einer Zelle zu landen. Natürlich können die immens frühen Darstellungen jener bruchstückhaften Geschichte – über das vorirdische Leben der sternenköpfigen Wesen auf anderen Planeten, in anderen Galaxien und in anderen Universen – bequem als fantastisches Sagengut dieser Wesen selbst aufgefasst werden; aber diese Arbeiten beinhalten mitunter Skizzen und Diagramme, die den jüngsten Erkenntnissen der Mathematik und Astrophysik so unheimlich nahekommen, dass ich kaum weiß, was ich davon halten soll. Mögen andere darüber urteilen, sobald sie die Fotografien zu sehen kriegen, die ich veröffentlichen werde.

Natürlich erzählte keine der Abbildungen, die wir uns ansahen, mehr als nur einen kleinen Teil aus einer zusammenhängenden Geschichte, und ebenso wenig verstanden wir, diese Teile auch nur ansatzweise in der richtigen Reihenfolge zu ordnen. Einige der großen Räume bildeten abgeschlossene Einheiten künstlerischer Ausgestaltung, in anderen Fällen hingegen zog sich eine fortlaufende Chronik über eine ganze Flucht von Kammern und Korridoren hin. Die wertvollsten Karten und Diagramme schmückten die Wände eines fürchterlichen Schachts, der sogar noch unterhalb der einstigen Erdoberfläche lag – eine quadratische Höhle von vielleicht dreißig Metern Kantenlänge und zwanzig Metern Tiefe, die mit größter Wahrscheinlichkeit einmal als eine Art Bildungszentrum gedient hatte. Es gab zahlreiche imposante thematische Wiederholungen in unterschiedlichen Räumen und Gebäuden, da bestimmte Ereignisse und bestimmte Abschnitte ihrer Rassengeschichte offenbar bei einigen Künstlern besonders beliebt gewesen waren. Mitunter halfen uns auch voneinander abweichende Versionen desselben Themas, strittige Punkte zu klären und Lücken zu schließen.

Ich staune noch heute darüber, dass es uns in der kurzen Zeit, die uns zur Verfügung stand, gelang, derartig viel herauszufinden. Natürlich besitzen wir nach wie vor nur den allergröbsten Überblick – und vieles davon ergab sich erst später aus einer sorgfältigen Auswertung der Fotos und Skizzen. Vielleicht hat ja erst diese Auswertung – die dadurch neu belebten Erinnerungen und vagen Eindrücke im Zusammenwirken mit Danforths Sensibilität und der Schock über das, was er zuletzt angeblich gesehen haben will und das er selbst mir nicht einmal enthüllen will – zu seinem jetzigen Nervenzusammenbruch geführt. Aber es musste sein, denn wir könnten ohne möglichst umfangreiches Beweismaterial unsere Warnung nicht vernünftig vorbringen, und die Warnung selbst ist unerlässlich. Gewisse schleichende Einflüsse in jener unbekannten antarktischen Welt, in der es keine Zeit gibt und fremdartige Naturgesetze herrschen, machen es zur Pflicht, jede weitere Erforschung zu verhindern.

## VII

Alles, was wir bisher auf den Reliefs entschlüsselt haben, wird noch in einem offiziellen Bericht der Miskatonic University erscheinen. Ich will hier nur kurz die entscheidenden Punkte umreißen. Mag es sich um Mythen handeln oder nicht, die Reliefbilder erzählten von der Ankunft jener sternenhäuptigen Wesen aus kosmischen Weiten auf der noch unfertigen, unbelebten Erde – von ihrer Ankunft sowie von der Ankunft zahlreicher weiterer außerirdischer Geschöpfe, die zu gewissen Zeiten durch das All reisen. Sie schienen in der Lage, auf ihren gewaltigen Membranschwingen den interstellaren Äther zu durchqueren – was auf sonderbare Weise mit einigen eigenartigen Sagen aus der Bergwelt übereinstimmt, die mir vor langer Zeit von einem auf Altertumsforschung spezialisierten Kollegen erzählt wurden. Diese Wesen hatten lange Zeit im Meer gelebt, fantastische Städte erbaut und furchtbare Kriege gegen namenlose Gegner geführt, wobei sie sich komplizierter Kampfwerkzeuge bedienten, deren Wirkung auf unbekannten Methoden der Energienutzung beruhte. Offenkundig gingen ihre wissenschaftlichen und technischen Kenntnisse weit über die der heutigen Menschheit hinaus, obwohl sie dieses Wissen nur dann voll nutzten, falls es sich nicht vermeiden ließ. Aus einigen der Abbildungen ging hervor, dass die Wesen auf anderen Planeten bereits ein technologisch hoch entwickeltes Stadium durchlaufen, dieses aber bewusst wieder aufgegeben hatten, weil ihnen die Auswirkungen emotional unbefriedigend erschienen waren. Durch ihren außerordentlich zähen Organismus und ihre geringen natürlichen Bedürfnisse waren sie in einzigartiger Weise dafür gerüstet, ohne besondere, künstlich geschaffene Hilfsmittel in großer Höhe leben zu können, sogar ohne Kleidung, außer zum gelegentlichen Schutz vor den Elementen.

Noch im Meer lebend, hatten sie erstmals irdisches Leben erschaffen – anfangs zur eigenen Ernährung, später mit anderen Absichten –, und zwar aus vorhandenen Stoffen mit ihnen lange vertrauten Methoden. Später, nach der Austilgung verschiedener kosmischer Feinde, folgten aufwendigere Experimente. Sie hatten dergleichen schon auf anderen Planeten durchgeführt und nicht nur notwendige Nahrung hergestellt, sondern auch gewisse vielzellige Klumpen aus Protoplasma, die unter Hypnose ihr Gewebe kurzfristig zu allen möglichen Gliedmaßen formen konnten und deshalb ideale Sklaven zur Erledigung der schweren Arbeiten der Gemeinschaft abgaben. Fraglos meinte Abdul Alhazred jene Gallertklumpen, von denen er in seinem schrecklichen *Necronomicon* als den »Schoggothen« raunte, obwohl selbst dieser wahnsinnige Araber keinen Hinweis darauf gab, dass sie einst auch auf der Erde existierten, außer in den Träumen derer, die ein bestimmtes alkaloidhaltiges Kraut zerkaut hatten. Als die sternenköpfigen Großen Alten auf unserem Planeten ihre simplen, essbaren Schoggothen hergestellt und einen reichen Vorrat von ihnen angelegt hatten, ließen sie zu, dass sich andere Zellgruppen zu tierischen und pflanzlichen Lebensformen für die unterschiedlichsten Verwendungsarten entwickelten, beseitigten aber alle, die ihnen nicht behagten.

Mithilfe der Schoggothen, die durch Ausdehnung ihrer Masse zum Heben ungeheurer Lasten fähig waren, wuchsen die kleinen, niedrigen Städte im Meer zu gewaltigen und eindrucksvollen Steinlabyrinthen heran, nicht unähnlich denen, die später auf dem Festland entstanden. In der Tat hatten die höchst anpassungsfähigen Großen Alten in anderen Teilen des Universums häufig an Land gelebt und zahlreiche ihrer Bautechniken vermutlich durch Überlieferung bewahrt.

Als wir die Architektur all dieser auf den Reliefs dargestellten paläozoischen Städte und jener Stadt studierten, durch deren seit Endlosigkeiten tote Korridore wir im selben Augenblick gingen, versetzte uns eine sonderbare Übereinstimmung in Erregung, die wir bislang nicht zu erklären versucht haben, auch nicht uns selbst gegenüber. Die Dächer der Gebäude, die in der uns real umgebenden Stadt natürlich schon vor vielen Zeitaltern zu formlosen Ruinen zerfallen waren, waren in den Abbildungen gut erkennbar, und zwar in Gestalt gewaltiger

Mengen nadelförmiger Turmspitzen, zierlicher Kreuzblumen auf den Spitzen von Kegeln und Pyramiden sowie Schichten dünner, waagerecht gezahnter Scheiben als Abschluss zylindrischer Pfeiler. All dies hatten wir genau so in der ungeheuren, unheilvollen Fata Morgana gesehen, das Abbild einer toten Stadt, die schon seit Tausenden und Zehntausenden von Jahren keine solchen Dächer mehr besaß; in jener Fata Morgana, die sich jenseits der unerforschten Berge des Wahnsinns unheildräuend vor unseren ahnungslosen Augen abgezeichnet hatte, als wir uns erstmals dem Unglückslager des bedauernswerten Lake näherten.

Über das Leben der Großen Alten, sowohl im Meer wie auch nach ihrem teilweisen Überwechseln aufs Festland, ließen sich Bände füllen. Diejenigen, die in seichteren Gewässern blieben, gebrauchten weiterhin die Augen an den Enden ihrer fünf wichtigsten Kopftentakel und sie übten die Künste der Steinbearbeitung und des Schreibens weiter auf ihre gewohnte Weise aus – geschrieben wurde mit Griffeln auf wasserfesten Wachsflächen. Jene hingegen, die es in die Tiefen des Ozeans zog, benutzen zwar einen sonderbaren phosphoreszierenden Organismus zur Lichterzeugung, ergänzten aber darüber hinaus ihr Sehvermögen durch rätselhafte Zusatzsinne, die ihren Sitz in den regenbogenfarbenen Wimpern an ihren Köpfen hatten – Sinnesorgane, die alle Großen Alten in Notfällen vom Licht unabhängig machten. Ihre Technik des Schreibens und der Steinbearbeitung durchlief während des Abstiegs in die Meerestiefen eine eigenartige Wandlung und schloss schließlich bestimmte chemische Verfahren zur Oberflächenbeschichtung ein – vermutlich zur Erzielung von Phosphoreszenz –, über die uns die Basreliefs keinen weiteren Aufschluss zu geben vermochten. Diese Wesen bewegten sich im Meer teils durch Schwimmen fort – dazu dienten ihre seitlichen, haarsternartigen Arme –, teils durch schwanzflossenartige Bewegungen ihrer unteren Tentakelreihe mit den halb ausgebildeten Füßen. Manchmal stießen sie schnell aufwärts, indem sie zwei oder mehrere Paare ihrer fächerartig zusammenfaltbaren Schwingen benutzten. An Land gingen sie kurze Strecken auf ihren rudimentären Füßen, aber um hoch in die Luft aufzusteigen oder weite Entfernungen zurückzulegen, gebrauchten sie ihre Schwingen. Die zahlreichen dünnen Tentakel, zu denen die haarsternartigen Arme sich filigran verästelten, waren sehr beweglich und kräftig und besaßen herausragende feinmotorische Fähigkeiten – daraus folgten äußerste Geschicklichkeit und Gewandtheit in der Ausführung künstlerischer oder sonstiger Arbeiten.

Die Widerstandsfähigkeit der Kreaturen war geradezu unglaublich. Selbst der furchtbare Druck auf dem tiefsten Meeresgrund konnte ihnen offenbar nichts anhaben. Nur sehr wenige von ihnen schienen jemals zu sterben, außer durch Gewalteinwirkung, und sie legten nur wenige, kleine Begräbnisstätten an. Die Gedanken, die in Danforth und mir geweckt wurden, als wir aus den Reliefs herauslasen, dass sie ihre Toten aufrecht stehend unter fünfeckigen, mit Inschriften versehenen Hügeln bestatteten, ließ uns um unsere Fassung ringen.

Die Wesen vermehrten sich durch Sporenbildung – vergleichbar den pflanzlichen Pteridophyten, wie Lake richtig vermutet hatte –, doch dank ihrer sagenhaften Zähigkeit und Langlebigkeit, wodurch es keinen Nachwuchsbedarf gab, förderten sie die Entwicklung von Prothallien nicht groß, außer wenn es neue Gebiete zu besiedeln galt. Die Jungen reiften schnell heran und genossen eine Ausbildung, die augenscheinlich alles übertraf, was wir uns vorstellen können. Das intellektuelle und ästhetische Leben war hoch entwickelt und brachte sehr beständige Sitten und Gebräuche hervor, die ich in meiner demnächst erscheinenden Monografie genauer beschreiben werde. Diese unterschieden sich ein wenig zwischen den Meeres- und den Landbewohnern, besaßen aber immer die gleichen Grundlagen und Grundzüge.

Obgleich sie wie Pflanzen in der Lage waren, sich von anorganischen Substanzen zu ernähren, bevorzugten sie bei Weitem organische und vor allem tierische Kost. Unter Wasser verzehrten sie die Meerestiere einfach roh, an Land jedoch kochten sie ihre Nahrung. Sie jagten Wild und züchteten Herden von Vieh als Fleischlieferanten – die Schlachtung erfolgte mit scharfen Waffen, deren sonderbare Spuren unsere Expedition an einigen versteinerten Knochen festgestellt hatte. Sie waren erstaunlich widerstandsfähig gegenüber allen gewöhnlichen Temperaturen und konnten im Normalzustand bei Wassertemperaturen bis zum Gefrierpunkt leben. Als jedoch die große Eiszeit des Pleistozäns einsetzte – vor nahezu einer Million Jahren –, mussten die Landbewohner zu besonderen Maßnahmen greifen, beispielsweise zu künstlicher Beheizung – bis die tödliche Kälte sie am Ende wohl doch wieder zurück ins Meer trieb. Für ihre prähistorischen Flüge durch den Weltraum, so besagte die Legende, absorbierten sie bestimmte Chemikalien und wurden dadurch nahezu unabhängig von Nahrung, Atmung und Temperaturbedingungen – doch zur Zeit der großen Eiszeit war das Wissen um diese Methode bereits verloren gegangen. Ohnehin hätten sie diesen künstlichen Zustand der Unempfindlichkeit nicht endlos fortsetzen können, ohne Schaden dabei zu nehmen.

Da sie halb pflanzlich und ungeschlechtlich waren, bestand bei den Großen Alten keine biologische Basis zur Bildung einer Familie wie bei Säugetieren, aber sie gründeten vermutlich große Haushalte, um Raum auszunutzen, und pflegten – wie wir aus den abgebildeten Aktivitäten der Mitglieder der Wohngemeinschaften schlossen – einen gleich gesinnten geistigen Umgang. In ihren Wohnräumen ordneten sie alles Interieur in der Mitte ihrer geräumigen Gemächer an, damit die Wände zur dekorativen Ausgestaltung frei blieben. Die Landbewohner nutzten vermutlich elektrochemische Prozesse zur Beleuchtung. Sowohl auf dem Land wie auch unter Wasser gebrauchten sie sonderbare Tische, Stühle und Kanapees, die zylindrischen Gestellen glichen – denn sie ruhten und schliefen aufrecht mit angelegten Tentakeln –, außerdem Regale für die durch Scharniere verbundenen, gepunkteten Tafeln, die ihre Bücher darstellten.

Ihre Staatsform war offenbar kompliziert und wahrscheinlich

sozialistisch, doch konnten wir darüber aus den Abbildungen keine Gewissheit gewinnen. Es fand ein reger Handel statt, innerhalb eines Ortes wie auch zwischen unterschiedlichen Städten – als Zahlungsmittel dienten kleine, flache, fünfeckige Steine mit Inschriften. Vermutlich handelte es sich bei den kleineren der grünlichen Specksteine, die unsere Expedition gefunden hatte, um Einheiten dieser Währung. Obwohl sie sich kulturell hauptsächlich in den Städten betätigten, betrieben sie auch ein wenig Ackerbau und eine umfangreiche Viehzucht. Sie betrieben auch Bergbau und, allerdings nur in geringem Umfang, echtes Handwerk. Sie reisten oft, doch Umsiedlungen kamen offenbar verhältnismäßig selten vor, ausgenommen die gewaltigen Kolonisationszüge, mittels derer die Rasse sich ausbreitete. Sie verzichteten bei der individuellen Fortbewegung auf Hilfsmittel, da die eigenen körperlichen Eigenschaften der Großen Alten wohl genügte, um auf dem Land, im Wasser und in der Luft gleichermaßen schnell vorwärts zu kommen. Schwere Gewichte wurden allerdings durch Lasttiere transportiert – im Meer von Schoggothen, und später während des Lebens auf dem Festland von einer wunderlichen Menagerie primitiver Wirbeltiere.

Diese Wirbeltiere waren, ebenso wie eine Vielzahl weiterer Lebensformen – tierisch und pflanzlich, wasser-, land- oder luftbewohnend –, die Erzeugnisse einer neugierigen Erforschung lebender Zellgebilde, die von den Großen Alten erschaffen worden waren, dann jedoch ihrer Kontrolle zu entfliehen vermochten. Da sie der dominanten Spezies nicht in die Quere kamen, war ihnen eine ungehinderte Entwicklung erlaubt worden. Lästige Lebensformen wurden allerdings bedenkenlos ausgemerzt. Auf einem der letzten und zerfallensten Reliefs fiel uns ein watschelndes, primitives Säugetier besonders ins Auge, das von den Landbewohnern teils als Schlachtvieh, teils als lustiger Spaßmacher gehalten wurde – seine affenartigen und menschlichen Ansätze waren nicht zu übersehen. Bei der Errichtung der Städte an Land wurden die riesigen Steinblöcke der hohen Türme meist von Pterodactylen mit gewaltigen

Flügeln in die Lüfte gehoben, die einer Art angehörten, die der Paläontologie bisher unbekannt war.

Die Zähigkeit, mit der die Großen Alten verschiedene geologische Umwälzungen und Zuckungen der Erdkruste überstanden, ist verwunderlich. Obwohl anscheinend nur wenige oder gar keine ihrer frühen Städte über das azoische Zeitalter hinaus erhalten blieben, gab es keinen Bruch in ihrer kulturellen Entwicklung, noch in ihrer Geschichtsschreibung. Das erste Mal müssen sie im südlichen Eismeer auf unserem Planeten gelandet sein, wahrscheinlich schon kurz nachdem die Materie, aus der der Mond besteht, dem benachbarten Südpazifik entrissen worden war. Einer der in Stein gehauenen Karten zufolge stand zu jener Zeit der gesamte Erdball unter Wasser, und die Steinstädte hatten sich von der Antarktis her im Laufe der Äonen immer weiter ausgebreitet. Eine andere Karte zeigt eine riesige trockene Landmasse um den Südpol herum, auf der offenkundig einige der Wesen versuchsweise Siedlungen errichteten, obwohl sie ihre Zentren auf den nahen Meeresgrund bauten. Spätere Karten, auf denen zu sehen ist, wie die Landmasse zerbricht und auseinanderdriftet und einzelne ihrer abgelösten Teile nach Norden wandern, bestätigen in verblüffender Weise die Theorien der Kontinentalverschiebung, die in jüngster Zeit von Taylor, Wegener und Joly aufgestellt wurden.

Mit dem Emportauchen neuen Landes im Südpazifik begann eine Ära umwälzender Ereignisse. Einige der Meeresstädte wurden restlos zerstört, aber das war noch nicht das Schlimmste: Eine andere Rasse – eine Rasse von Landlebewesen mit der Gestalt von Tintenfischen, bei denen es sich vermutlich um die sagenumwobene vormenschliche Rotte des Cthulhu handelte – drang schon bald aus den grenzenlosen Weiten des Weltalls herab und entfesselte einen grausamen Krieg. In dessen Verlauf wurden die Großen Alten zeitweise ganz ins Meer zurückgetrieben, was für die zunehmende Besiedelung des Landes ein abruptes Ende bedeutete.

Später wurde Frieden geschlossen, und die unbesiedelten

Landgebiete erhielt das Cthulhu-Gezücht, während die Großen Alten das Meer und die alten Landgebiete behielten. Auf dem Land wurden neue Städte gegründet – die größte davon in der Antarktis, denn dieses Gebiet ihrer erstmaligen Ankunft war für sie heilig. Nun blieb die Antarktis, wie zuvor, das Zentrum der Zivilisation der Großen Alten, und alle Städte, die das Gezücht des Cthulhu dort erbaut hatte, wurden ausradiert.

Aber plötzlich versanken die Küsten des Pazifiks wieder im Meer und die abscheuliche steinerne Stadt R'lyeh und alle kosmischen Krakenwesen wurden mit in die Tiefe gerissen, sodass die Alten Wesen wieder alleine auf dem Planeten herrschten, abgesehen von einer einzigen schattenhaften Furcht, über die sie nicht sprechen wollten. Lange Zeit danach bedeckten ihre Städte alle Länder und Meeresböden des Planeten wie ein Netz – daher werde ich in meiner demnächst erscheinenden Monografie empfehlen, dass ein Team von Archäologen mit den von Pabodie entwickelten Geräten systematische Bohrungen in einigen, weit auseinanderliegenden Regionen vornehmen.

Durch die Zeitalter hinweg wechselten die Großen Alten immer öfter aus dem Wasser aufs Land – eine Entwicklung, die durch das Auftauchen neuer Landmassen noch gefördert wurde, obgleich der Ozean niemals völlig aufgegeben wurde. Eine weitere Ursache für diesen Übergang aufs Land waren neu aufgetretene Schwierigkeiten bei der Züchtung und Haltung der Schoggothen, von denen ein erfolgreiches Leben unter Wasser abhing. Im Lauf der Zeiten war, wie die Reliefs betrübt bekannten, die Kunst, neues Leben aus anorganischer Materie zu erschaffen, verloren gegangen, sodass die Großen Alten sich damit begnügen mussten, bereits bestehende Lebensformen umzugestalten. Die auf dem Land gebräuchlichen großen Reptilien erwiesen sich als überaus gefügig; die Schoggothen des Meeres jedoch, die sich durch Selbstteilung vermehrten, hatten einen gefährlichen Grad unbeabsichtigt entstandener Intelligenz erlangt und stellten zeitweilig ein gewaltiges Problem dar.

Sie waren immer durch hypnotische Befehle der Großen

Alten kontrolliert worden und hatten ihre zähe, formbare Körpermasse vorübergehend in unterschiedliche Glieder und Organe umgebildet; nun jedoch übten sie ihre Fähigkeiten, sich selbst umzugestalten, zuweilen eigenmächtig aus und nahmen verschiedene Formen an, die sie aus früheren hypnotischen Befehlen kannten. Sie hatten, so schien es, ein halb stabiles Gehirn entwickelt, dessen unabhängiger und gelegentlich widerspenstiger Wille die Wünsche der Großen Alten widerspiegelte, ohne jedoch diesen zu befolgen. Die Darstellungen dieser Schoggothen erfüllten Danforth und mich mit Grauen und Ekel – es waren formlose Gebilde aus einem zähen Gallert, die wie eine Kugel aus zusammengeklebten Blasen aussahen und einen Durchmesser von etwa viereinhalb Metern besaßen. Allerdings veränderten sich ihre Gestalt und Größe fortwährend – sie entwickelten vorübergehende Ausstülpungen oder bildeten in Nachahmung ihrer Gebieter entweder spontan oder auf hypnotischen Befehl deutliche Seh-, Hör- oder Sprechorgane aus.

Etwa in der Mitte des permischen Zeitalters, vor vielleicht hundertundfünfzig Millionen Jahren, wurden die Schoggothen besonders aufsässig, und die im Meer lebenden Alten Wesen führten einen regelrechten Unterwerfungskrieg gegen sie. Bildliche Darstellungen dieses Krieges und der geköpften und schleimbedeckten Opfer, die nach einem Schoggothenangriff zurückblieben, waren trotz des dazwischenliegenden Abgrunds ungezählter Zeitalter ungemein grauenvoll. Die Großen Alten setzten eigenartige Waffen gegen die rebellierenden Gebilde ein, die deren molekulare und atomare Struktur auflösten, und trugen letztendlich einen vollständigen Sieg davon. Anschließend zeigten die Reliefs eine Ära, in der die Schoggothen von bewaffneten Großen Alten abgerichtet und unterdrückt wurden, ganz so wie die wilden Pferde im Wilden Westen von den Cowboys gezähmt werden. Obwohl die Schoggothen während ihres Aufstandes gezeigt hatten, dass sie die Fähigkeit besaßen, auch außerhalb des Wassers zu leben, wurde diese Entwicklung nicht gefördert – denn ihr Nutzen an Land hätte kaum die Schwierigkeiten aufgewogen, die ihre Beherrschung bereitete.

Während der Jura-Periode sahen die Großen Alten sich einer erneuten Bedrohung in Gestalt einer weiteren Invasion aus dem Weltall ausgesetzt – diesmal von halb pilzartigen, halb krebsförmigen Geschöpfen – Geschöpfen, die zweifelsohne mit jenen übereinstimmen, die in einigen Berglegenden des Nordens auftreten und die im Himalaja als die Mi-Go oder abscheulichen Schneemenschen in Erinnerung geblieben sind. Im Kampf gegen diese Kreaturen versuchten die Großen Alten zum ersten Mal seit ihrer Ankunft auf Erden, sich wieder in den kosmischen Äther emporzuschwingen; doch war es ihnen trotz aller überlieferungsgetreuen Vorbereitungen nicht mehr möglich, die Erdatmosphäre zu verlassen. Worin auch immer das Geheimnis der Reisen durch den Weltraum bestanden haben mochte, ihre Rasse hatte es für immer eingebüßt. Letztendlich vertrieben die Mi-Go die Großen Alten aus allen nördlichen Landstrichen, doch gegen diejenigen, die im Meer lebten, waren sie machtlos. Schritt für Schritt setzte der langsame Rückzug der uralten Rasse zu ihrem ursprünglichen antarktischen Lebensraum ein.

Durch die auf den Reliefs dargestellten Schlachten stellten wir voller Befremden fest, dass sowohl die Brut des Cthulhu als auch die Mi-Go anscheinend aus Substanzen bestanden, die sich von den uns bekannten Materien noch mehr unterschieden als die der Großen Alten. Sie vermochten, ihre Körper zu verformen und dann wieder ihre ursprüngliche Gestalt anzunehmen, etwas, das ihren Feinden nicht möglich war, woraus man schließen muss, dass sie wohl aus noch weiter entfernten Abgründen des Universums stammen. Trotz ihrer außergewöhnlichen Zähigkeit und Langlebigkeit waren die Großen Alten rein stoffliche Wesen und mussten ihren eigentlichen Ursprung innerhalb des bekannten Raum-Zeit-Kontinuums haben – über den wahren Herkunftsort jener anderen Wesen lässt sich jedoch nur mit angehaltenem Atem mutmaßen. Immer vorausgesetzt natürlich, dass die außerirdischen Beziehungen und die den feindlichen Invasoren zugeschriebenen anomalen Fähigkeiten nicht ins Reich der reinen Sage gehören. Es wäre vorstellbar, dass die Großen Alten diesen kosmischen Rahmen nur erfanden, um ihre gelegentlichen Misserfolge zu erklären, denn Geschichtsbewusstsein und Stolz waren offenkundig ihre Hauptwesenszüge. Es ist bezeichnend, dass ihre Chroniken zahlreiche hochentwickelte und mächtige Rassen unerwähnt lassen, deren große Kulturen und gewaltigen Städte immer wieder in einigen düsteren Legenden auftauchen.

Der Wandel der Erde im Laufe langer geologischer Zeitalter trat in vielen der Karten und Szenen auf den Reliefs mit eindrucksvoller Lebendigkeit zutage. In einigen Fällen wird man nun die als gesichert geltenden wissenschaftlichen Erkenntnisse infrage stellen müssen, in anderen hingegen finden kühne Theorien eine grandiose Bestätigung. Wie schon gesagt, wird die Hypothese von Taylor, Wegener und Joly, dass alle Erdkontinente Bruchstücke einer einstigen antarktischen Landmasse sind, die unter der Einwirkung von Fliehkräften zerbrach und deren Teile auf einer zähflüssigen unteren Schicht auseinandertrieben – eine Vermutung, die die einander ergänzenden Umrisse von Afrika und Südamerika und auch der Verlauf und die Form der großen Gebirgszüge nahelegen –, von dieser unheimlichen Quelle schlagend untermauert.

Landkarten, die offenbar die Welt zur Kreidezeit darstellten, also vor mindestens hundert Millionen Jahren, zeigten vielsagende Risse und Spalten, die später zur Abtrennung Afrikas von den einstmals zusammenhängenden Gebieten Europa (das damalige Valusia uralter Legenden), Asien, Nord- und Südamerika sowie dem antarktischen Kontinent führen sollten. Andere Karten – vor allem eine, die im Zusammenhang mit der Gründung der uns umgebenden, gewaltigen toten Stadt vor fünfzig Millionen Jahren erstellt worden war – verzeichneten sämtliche heutigen Kontinente sauber voneinander getrennt. Und auf der spätesten Karte, die wir sahen – sie stammte vermutlich aus dem Pliozän –, ließ sich die heutige Welt recht deutlich erkennen, trotz der Verbindung von Alaska mit Sibirien, von Nordamerika über Grönland mit Europa, und von Südamerika über Grahamland mit dem antarktischen Kontinent. Auf der kreidezeitlichen Karte war der gesamte Erdball – der Meeresboden ebenso wie die splitternde Landmasse – von Symbolen für die gewaltigen Steinstädte der Großen Alten übersät, doch auf späteren Karten zeichnete sich ihr langsamer Rückzug in Richtung Antarktis sehr deutlich ab. Die letzte Karte aus dem Pliozän zeigte keine Landstädte mehr außerhalb des antarktischen Kontinents und der Spitze Südamerikas und auch nördlich des fünfzigsten Grades südlicher Breite keine Städte in den Meeren. Das Interesse und das Wissen über den nördlichen Teil der Welt war bei den Großen Alten offensichtlich auf den Nullpunkt gesunken – von einer Erforschung der Küstenverläufe abgesehen, die vermutlich im Zuge langer Erkundungsflüge mittels der fächerartigen Membranschwingen stattfand.

Die Vernichtung von Städten durch die Bildung von Gebirgen, das Bersten von Kontinenten durch See- und Erdbeben und andere Naturereignisse kam in den Darstellungen häufig vor; und es war merkwürdig, anzusehen, wie mit dem Verstreichen der Zeitalter immer weniger und weniger zerstörte Städte durch Neugründungen ersetzt wurden. Die gewaltige tote Riesenmetropole, die sich rings um uns auftürmte, schien das letzte große Zentrum der Rasse gewesen zu sein – erbaut in der frühen Kreidezeit, nachdem ein gigantischer Erdeinbruch nicht weit entfernt eine Stadt von noch gewaltigeren Ausmaßen ausgelöscht hatte. Wie es schien, war dieses Gebiet ein sehr heiliger Ort gewesen, denn hier sollten angeblich die ersten Großen Alten einen urzeitlichen Meeresgrund besiedelt haben. In der neuen Stadt – die wir auf vielen Reliefs wiedererkannten und die sich in beiden Richtungen über volle hundertundsechzig Kilometer entlang der Gebirgskette erstreckte, weit über die äußersten Grenzen unseres Erkundungsfluges hinaus – wurden, so hieß es, einige heilige Steine aufbewahrt, die einst Bestandteil der ersten Stadt auf dem Meeresgrund gewesen und die im Zuge des allgemeinen Bruchs geologischer Schichten nach langen Zeitaltern empor ans Tageslicht geschleudert worden waren.

## VIII

Verständlicherweise erkundeten Danforth und ich mit ganz besonderem Interesse und einer eigenartig ehrfürchtigen, persönlichen Anteilnahme alles, was sich unmittelbar mit dem Bezirk befasste, in dem wir uns bewegten. Solche auf ihr Umfeld bezogene Reliefs waren natürlich reichlich vorhanden; und wir hatten das Glück, in den wirren untersten Ebenen der Stadt auf ein Haus sehr späten Ursprungs zu stoßen, dessen Mauern, obzwar von einem Spalt etwas in Mitleidenschaft gezogen, Darstellungen in weniger kunstvollem Stil aufwiesen, auf denen die Geschichte dieses Abschnitts weit über den Stand der pliozänen Karte hinaus weiter erzählt wurde. Dies war der letzte Ort, den wir gründlich erforschten, denn das, was wir dort fanden, lenkte unsere Aufmerksamkeit auf ein neues Ziel.

Ganz ohne Zweifel befanden wir uns in einem der fremdartigsten, unheimlichsten und schrecklichsten Winkel des Erdballs. Unter allen bestehenden Ländern war dies bei Weitem das älteste.

Allmählich beschlich uns die Überzeugung, dass es sich bei diesem grauenvollen Hochland tatsächlich um das sagenumrankte Albtraumplateau von Leng handeln musste, auf das selbst der wahnsinnige Verfasser des *Necronomicon* nur widerstrebend einging. Der große Gebirgszug war enorm lang – er begann als eine niedrige Bergkette im Prinzregent-Luitpold-Land an der Küste des Weddell-Meeres und zog sich buchstäblich quer über den gesamten Kontinent. Sein höchster Abschnitt verlief in einem riesigen Bogen etwa von 82° südlicher Breite, 60° östlicher Länge bis zu 70° südlicher Breite, 115° östlicher Länge, wobei seine Hohlflanke unserem Lager zugewandt war und sein seewärtiges Ende bis in das Gebiet jener langen, eisumschlossenen Küste reichte, deren Berge Wilkes und Mawson am südlichen Polarkreis gesichtet hatten.

Doch es schien, als lauerten in der Nähe sogar noch ungeheuerlichere Auswüchse der Natur. Ich habe gesagt, dass diese

Gipfel höher als der Himalaja sind, aber die Reliefs verbieten mir, zu behaupten, es handele sich um die höchsten der Welt. Diese grausige Ehre ist zweifellos einer Erscheinung vorbehalten, die zu erwähnen die meisten Reliefs sich scheuten, während andere sie nur mit offenkundigem Widerwillen und Grausen zeigten.

Es scheint, als habe es ein Gebiet in diesem alten Land gegeben – jene Region, die als Erste aus dem Wasser aufstieg, nachdem die Erde den Mond abgestoßen hatte und die Großen Alten von den Sternen herabgekommen waren –, das gemieden wurde, weil es aus nicht näher bestimmbaren Gründen als unsagbar böse galt. Städte, die man dort errichtet hatte, zerfielen vorzeitig und wurden hastig verlassen. Als dann im ausgehenden Jura das erste große Aufbäumen der Erdkruste diese Region erschütterte, wuchs inmitten des tosenden Chaos plötzlich der Kamm eines gewaltigen Gipfels empor – und die Erde hatte ihre höchsten und entsetzlichsten Berge bekommen.

Falls der Maßstab der Reliefs stimmte, mussten diese abscheulichen Gebilde weit über zwölftausend Meter hoch sein – also noch gewaltiger als selbst die Berge des Wahnsinns, die wir überflogen hatten. Dem Anschein nach erstreckten sie sich etwa von 77° südlicher Breite, 70° östlicher Länge bis zu 70° südlicher Breite, 100° östlicher Länge – weniger als fünfhundert Kilometer von der toten Stadt entfernt, sodass wir ihre gefürchteten Gipfel fern im verhangenen Westen hätten erspähen müssen, wäre nicht dieser vage, schillernde Dunst gewesen. Ebenso mussten ihre nördlichen Ausläufer von der langen Küstenlinie des südlichen Polarkreises bei Queen-Mary-Land aus sichtbar sein.

In den Tagen des Niedergangs hatten einige der Großen Alten seltsame Gebete an diese Berge gerichtet – doch keiner von ihnen hat sich jemals den Bergen genähert oder es gewagt, zu ergründen, was jenseits ihrer Gipfel liegen mochte. Keines Menschen Auge hatte sie jemals angesehen, und als ich die Empfindungen nachvollzog, die in den Reliefs zum Ausdruck kamen, betete ich dafür, dass es auch nie so weit kommt. Hinter diesen Gipfeln ragt längs der Küste eine Schutzwand aus niedrigeren Bergen empor – in Queen-Mary- und Kaiser-Wilhelm-Land – und ich danke dem Himmel, dass es bisher niemandem gelungen ist, diese kleineren Berge zu erreichen und zu ersteigen. Ich sehe die alten Sagen und Ängste nicht mehr so skeptisch wie früher, und deshalb lache ich auch nicht über die Vorstellungen der vormenschlichen Bildhauer, dass Blitze hin und wieder bedeutungsvoll über diesen brütenden Gipfeln verharrten, und dass ein unerklärlicher Lichtschein eine dieser grässlichen Zinnen die ganze lange Polarnacht hindurch erhellte. Es könnte sehr wohl eine reale und überaus monströse Bedeutung in dem alten Pnakotischen Gewisper über das Kadath in der Kalten Öde liegen.

Aber unsere nähere Umgebung war kaum weniger seltsam, wenn auch nicht ganz so unsäglich verflucht. Bald nach der Gründung der Stadt wurden auf dem großen Gebirgszug die wichtigsten Tempel errichtet, und auf zahlreichen Reliefs sahen wir, dass dort, wo wir jetzt nur noch die eigentümlich an den Berghängen klebenden Würfel und Bastionen erblickten, einst groteske und fantastische Türme in den Himmel stießen. Im Laufe der Zeitalter hatten sich Höhlen gebildet und waren dem Tempel angegliedert worden. Mit dem Heraufziehen noch späterer Epochen wurden die Kalksteinadern der Gegend vom Grundwasser ausgewaschen, sodass die Berge selbst, die Vorberge und die Ebenen an ihrem Fuße sich in ein wahres Netzwerk aus miteinander verbundenen Höhlen und Stollen verwandelten. Viele der Steingravuren berichteten von Erkundungen tief im Inneren der Erde und von der Entdeckung des stygischen, sonnenlosen Ozeans, der sich in den Eingeweiden der Erde versteckt hatte.

Dieser gewaltige, nachtschwarze Schlund war zweifellos von dem großen Fluss gegraben worden, der aus den namenlosen Bergen im Westen herabgeströmt war und einst am Fuße der Bergkette der Großen Alten seine Richtung geändert und an ihr entlanggeschlängelt hatte, bis er zwischen Budd-Land und Totten-Land an der von Wilkes entdeckten Küste in den

Indischen Ozean mündete. Nach und nach hatte er an seiner Biegung den Kalksteinuntergrund weggefressen, bis seine nagenden Fluten die Grotten des Grundwassers erreichten und sich mit diesem vereinten, um einen noch tieferen Abgrund auszuwaschen. Letztendlich ergoss er sein gesamtes Wasser in die ausgehöhlten Berge und sein altes, zum Ozean führendes Bett blieb trocken zurück. Ein Großteil der späteren Stadt, wie wir sie jetzt vorgefunden hatten, war über diesem ehemaligen Flussbett erbaut worden. Die Großen Alten, die wussten, was geschehen war, hatten mit ihrem stets regen Kunstsinn aus der Landzunge der Vorberge reich verzierte Pfeiler gehauen, dort, wo der Fluss einst seinen Sturz in ewige Dunkelheit angetreten hatte.

Offenkundig war dieser Fluss, den einst unzählige stattliche Steinbrücken überspannten, der, dessen ausgetrockneten Lauf wir während unseres Erkundungsflugs erblickt hatten. Seine Position auf verschiedenen Reliefdarstellungen half uns dabei, ein Bild der Stadt während ihrer verschiedenen Entwicklungsstufen im Laufe der Ewigkeiten zu gewinnen, sodass wir in der Lage waren, eine flüchtige, aber brauchbare Karte mit den auffälligsten Merkmalen anzufertigen – öffentliche Plätze, maßgebliche Gebäude und dergleichen –, die das Zurechtfinden bei künftigen Erkundungen in der Ruinenstadt erleichtern werden. Bald vermochten wir, uns das ganze gigantische Trümmerfeld vorzustellen, wie es vor einer Millionen oder zehn Millionen oder fünfzig Millionen Jahren ausgesehen hatte, denn die Reliefs vermittelten uns anschaulich das Aussehen der Gebäude, der Berge, der Plätze, der Außenbezirke, der landschaftlichen Umgebung und der üppigen Vegetation. Dem Ganzen musste eine märchenhafte, rätselhafte Schönheit innegewohnt haben, und als ich es mir vorstellte, vergaß ich beinahe das dumpfe Gefühl düsterer Beklemmung, mit dem das unmenschliche Alter der Stadt, ihre Wucht, Leblosigkeit, Isolation und ihr eisiges Zwielicht meinen Verstand bedrückten. Doch einzelne Reliefs verrieten, dass der Würgegriff drückenden Grauens sogar den Bewohnern dieser Stadt nicht unbekannt gewesen war; denn es gab eine immer wiederkehrende, düstere Szene, worin die Großen Alten gezeigt wurden, wie sie voller Furcht vor irgendeinem – nie zu sehenden – Objekt zurückwichen, das sie aus dem großen Fluss gefischt hatten und das wohl aus den bebenden, von Weinreben umrankten Zykadeenwäldern der grauenhaften westlichen Berge herabgespült worden war.

Erst in dem zuletzt erbauten Haus mit den weniger meisterhaften Bildern fanden wir eine schattenhafte Andeutung auf jene letzte Katastrophe, die zur Aufgabe der Stadt geführt hatte. Fraglos mussten sich an anderen Orten viele Reliefs aus derselben Epoche befunden haben, selbst in Anbetracht der nachlassenden Leistungs- und Antriebskraft einer angespannten und von Unsicherheit gezeichneten Ära; und tatsächlich entdeckten wir wenig später sichere Hinweise auf das Vorhandensein weiterer solcher Darstellungen. Diese erste blieb jedoch die einzige davon, die wir direkt zu Gesicht bekamen. Wir wollten später nach weiteren suchen; doch wie schon gesagt, geschah etwas, das unsere Aufmerksamkeit auf ein neues Ziel lenkte. Natürlich musste die Geschichtsschreibung auf den Reliefs irgendwann zu einem Ende kommen – denn nachdem die Großen Alten alle Hoffnung auf eine weitere Bewohnung des Ortes verloren hatten, musste daraus fraglos die vollständige Einstellung der Gravurarbeiten folgen. Der Todesstoß war natürlich der Einbruch der großen Eiszeit gewesen, die einstmals den Hauptteil des Planeten im Griff gehalten und sich von den unseligen Polen nie mehr zurückgezogen hatte – die große Eiszeit, die am anderen Ende der Welt den Untergang der sagenumwobenen Länder Lomar und Hyperboräa herbeiführte.

Wann exakt diese Entwicklung in der Antarktis begann, lässt sich nicht aufs Jahr genau bestimmen. Heutzutage glauben wir, dass der Beginn der weltweiten Eiszeiten vor ungefähr 500.000 Jahren einsetzte, doch an den Polen muss diese furchtbare Heimsuchung schon weitaus früher begonnen haben. Alle Zahlenangaben bleiben zum Teil Mutmaßung, doch ist es wahrscheinlich, dass die weniger kunstvollen Reliefs vor deutlich weniger als einer Millionen Jahren geschaffen worden waren und dass die Stadt, gemessen an den auf dem gesamten Erdball herrschenden Bedingungen, lange vor dem allgemein angenommenen Einsetzen des Pleistozäns – also vor 500.000 Jahren – vollständig und endgültig aufgegeben wurde.

Aus den letzten Reliefs waren Anzeichen einer überall abnehmenden Vegetation ersichtlich und dass sich die Großen Alten immer mehr vom Land zurückzogen. Nun benutzten sie in den Häusern Heizanlagen und im Winter reisten sie tief vermummt in schützenden Stoffen. Auf einer Reihe von Zierrahmen – ihre fortlaufende Anordnung bei den späteren Wanddekorationen war häufig unterbrochen – sahen wir, dass immer mehr in wärmeren Gebieten Zuflucht suchten; einige flohen in unterseeische Städte vor der fernen Küste, andere krochen durch die labyrinthischen Kalksteinstollen in den ausgehöhlten Bergen bis hinab zu dem schwarzen Abgrund unterirdischer Gewässer.

Wie es scheint, hatten sich am Ende die meisten Flüchtlinge in diesem Abgrund angesiedelt. Gewiss lag dies zum Teil an der überlieferten Heiligkeit dieser Gegend, doch maßgeblich mag die Möglichkeit gewesen sein, die großen Tempel auf den ausgehöhlten Bergen weiter zu nutzen; außerdem konnten sie im Sommer in die riesige Stadt zurückkehren und sie als Zugangsbasis für verschiedene Bergwerke nutzen. Die Verbindung zwischen den alten und den neuen Wohnstätten wurde durch den Ausbau der bisherigen Zugangswege erleichtert, einschließlich der Grabung zahlreicher direkter Tunnel von der uralten Metropole zum schwarzen Abgrund – steil abfallende Stollen, deren Eingänge wir sorgfältig in die Karte einzeichneten, die wir erstellten. Wie sich zeigte, lagen zumindest zwei dieser Tunnel von unserem gegenwärtigen Standort aus in unmittelbarer Nähe – beide befanden sich an dem gebirgsseitigen Rand der Stadt, einer weniger als vierhundert Meter in Richtung des alten Flussverlaufs, der andere vielleicht doppelt so weit in der Gegenrichtung.

Im Abgrund gab es, wie es schien, an manchen Stellen schräge

Küstenstreifen mit trockenem Boden, doch die Großen Alten bauten ihre neue Stadt unter Wasser – fraglos aufgrund der dort herrschenden gleichmäßigeren Wärme. Die Tiefe dieses verborgenen Meeres muss immens gewesen sein, sodass vom Erdkern abstrahlende Hitze seine Bewohnbarkeit für unabsehbare Zeit gewährleistete. Die Wesen schienen keine Schwierigkeiten damit gehabt zu haben, sich erst einem zeitweiligen – und später natürlich permanenten – Leben unter Wasser anzupassen, denn ihre Kiemenatmung war nie verkümmert. Auf vielen Reliefs sahen wir dargestellt, wie sie immer wieder ihre auf dem Meeresboden lebenden Artgenossen in anderen Gegenden besuchten und oft auf dem Grund ihres tiefen Flusses getaucht waren. Auch die unterirdische Finsternis konnte schwerlich abschreckend auf eine Rasse wirken, die an lange antarktische Nächte gewöhnt war.

Selbst wenn die Kunstfertigkeit ihrer Ausarbeitung ganz fraglos nachließen, so bewiesen diese jüngsten Reliefdarstellungen, die von der Erbauung der neuen Stadt im Höhlenozean erzählten, doch immer noch eine wahrlich epische Qualität. Die Großen Alten waren die Aufgabe wissenschaftlich angegangen – hatten Felsen aus dem Herzen der ausgehöhlten Berge herausgebrochen und Spezialisten aus der nächstgelegenen Meeresstadt herbeigerufen, damit diese das Bauvorhaben bestmöglich ausführten. Diese Arbeiter waren mit allem Nötigen ausgerüstet gewesen, um das Unternehmen erfolgreich durchzuführen – dazu gehörten Schoggothen-Gewebe, aus dem sich erst Geschöpfe zum Heben der Steine und später Lasttiere für die Höhlenstadt züchten ließen, und andere protoplasmatische Stoffe zur Erschaffung phosphoreszierender Organismen zur Beleuchtung.

Schließlich erhob sich auf dem Grunde des stygischen Ozeans eine mächtige Metropole, deren Architektur sehr jener der oberirdischen Stadt glich. Die neu gezüchteten Schoggothen wuchsen enorm groß und entwickelten eine einzigartige Intelligenz; Anweisungen verstanden sie ebenso außerordentlich schnell wie sie sie umsetzten. Sie schienen sich mit den Großen

Alten zu verständigen, indem sie deren Stimmen nachahmten – eine Art melodischen Pfeifens von großem Tonumfang, falls der beklagenswerte Lake aus der Obduktion korrekte Schlussfolgerungen gezogen hat –, und arbeiteten mehr aufgrund mitgeteilter Befehle als aufgrund hypnotischer Führung wie in früheren Zeiten. Dennoch hielt man sie bewundernswert unter Kontrolle. Die phosphoreszierenden Organismen erwiesen sich als sehr geeignete Lichtspender und entschädigten zweifellos hinreichend für den Verlust des altvertrauten Polarlichts der oberen Welt.

Kunst und Mauerschmuck wurden weitergeführt, allerdings mit gewissen Ermüdungserscheinungen. Die Großen Alten schienen sich ihres Niedergangs bewusst zu sein und nahmen in vielen Fällen die Handlungsweise von Konstantin dem Großen vorweg, indem sie besonders schöne alte Reliefblöcke aus ihrer oberen Stadt hinabschafften, ganz so wie der Kaiser in einem vergleichbaren Zeitalter des Verfalls Griechenland und Asien ihrer kostbarsten Kunstwerke beraubte, um seiner neuen byzantinischen Hauptstadt größere Pracht zu verliehen als sein eigenes Volk sie erschaffen konnte. Dass nicht noch mehr Reliefblöcke fortgeschafft wurden, lag fraglos daran, dass die alte Stadt zunächst noch nicht vollständig aufgegeben war. Zum Zeitpunkt ihrer definitiven Aufgabe – die muss sich im frühen polaren Pleistozän ereignet haben – hatten sich die Großen Alten vielleicht mit dem Nachlassen ihrer Kreativität abgefunden – oder ihnen war die Überlegenheit der früheren Steinmetzarbeiten einfach nicht aufgefallen. Auf jeden Fall gab es in den seit Äonen stummen Ruinen um uns herum noch Bildhauerarbeiten, obschon alle besseren frei stehenden Skulpturen und andere bewegliche Güter entfernt worden waren.

Die Rahmen und Friese, die diese Geschichte erzählten, waren wie bereits gesagt die jüngsten, die wir auf unserer eiligen Suche fanden. Sie hinterließen ein letztes Bild der Großen Alten, wie sie zwischen der Landstadt im Sommer und der Höhlenstadt unter Wasser im Winter hin- und herpendelten und zuweilen Handel mit den unterseeischen Städten vor der antarktischen Künste trieben. Zu diesem Zeitpunkt mussten sie den unwiderruflichen Untergang ihrer alten Stadt klar erkannt haben, denn zahlreiche Darstellungen zeigten die Auswirkungen der unbarmherzigen Kälte. Die Vegetation verkümmerte und die gewaltigen Schneemassen des Winters schmolzen sogar im Hochsommer nicht mehr vollständig ab. Die Dinosaurierherden waren nahezu ausgestorben und die Säugetiere kämpften hart ums Überleben. Um weiterhin oberhalb der Erdoberfläche arbeiten zu können, wurde es notwendig, einige der gestaltlosen und kälteunempfindlichen Schoggothen an das Landdasein anzupassen – etwas, wovor die Großen Alten früher stets zurückgeschreckt waren. Im großen Fluss lebten jetzt keine Tiere mehr und das obere Meer hatte die meisten seiner Bewohner verloren, außer Wale und Seehunde. Auch alle Vögel waren fortgezogen, bis auf die großen, grotesken Pinguine.

Was danach geschah, können wir nur vermuten. Wie lange hat die neue Höhlenstadt in der Tiefe überlebt? Ist sie noch immer dort unten, ein steinerner Leichnam inmitten ewiger Schwärze? Sind die unterirdischen Wassermassen schließlich gefroren? Welchem Schicksal fielen die Städte in den übrigen Ozeanen anheim? Sind einige der Großen Alten vor der kriechenden Eiskappe nach Norden geflohen? Die Geologie hat bis heute jedenfalls keine Spuren ihres Daseins gefunden. Waren die furchtbaren Mi-Go im Norden noch immer eine Bedrohung? Kann man denn sicher sein, dass in der Lichtlosigkeit und den unauslotbaren Tiefen unserer Gewässer nicht bis zum heutigen Tage noch unbekanntes Leben lauert? Diese Kreaturen konnten scheinbar dem stärksten Druck standhalten – und Seeleute haben oft seltsame Objekte aus dem Meer gefischt. Und ist die Mörderwal-Theorie wirklich glaubhaft, um die üblen und geheimnisvollen Narben an antarktischen Seehunden zu erklären, die Borchgrevingk vor einer Generation beobachtet hat?

Die Exemplare dieser Wesen, die der arme Lake entdeckt hatte, spielten bei derlei Überlegungen keine Rolle, denn ihre geologische Umgebung bewies, dass sie zu einem sehr frühen Zeitpunkt in der Geschichte der oberen Stadt gelebt haben mussten. Nach ihrem Fundort zu urteilen, waren sie gewiss mehr als dreißig Millionen Jahre alt, und wir nahmen an, dass zu ihrer Zeit die unterseeische Höhlenstadt, ja sogar die Höhle selbst, noch gar nicht existiert hatte. Sie hatten eine ältere Szenerie erlebt, mit einer allgegenwärtigen, saftigen tertiären Pflanzenwelt, einer jüngeren Landstadt, in der die Künste noch in Blüte standen, und einem großen Fluss, der zu Füßen der mächtigen Berge einem fantastischen tropischen Ozean entgegenströmte.

Und doch ließen sich die Gedanken an sie nicht verdrängen – vor allem an die acht komplett erhaltenen Exemplare, die aus Lakes grausam verwüstetem Lager verschwunden waren. Dieser ganzen Angelegenheit haftete etwas Verzerrtes an – all die Seltsamkeiten, die wir so krampfhaft als die Wahnsinnstaten von jemandem hatten hinstellen wollen – die grässlichen Gräber – Menge und Art der fehlenden Gegenstände – Gedney – die unirdische Widerstandsfähigkeit jener Scheusale und die unglaubliche Überlebenskraft, die dieser Rasse von den Reliefs zugeschrieben wurde ... Danforth und ich hatten in den vergangenen Stunden eine Menge gesehen und waren nun bereit, an viele entsetzliche und unbegreifbare Geheimnisse der urzeitlichen Natur zu glauben – und darüber Schweigen zu bewahren.

## IX

Ich sagte bereits, dass die Betrachtung der letzten Reliefdarstellungen uns zur unmittelbaren Änderung unserer Pläne bewog. Dies lag natürlich an den in den Fels getriebenen Wegen, die hinab in die schwarze unterirdische Welt führten und deren Vorhandensein uns bisher unbekannt gewesen war – nun wollten wir sie uns unbedingt ansehen. Aus dem eindeutigen Maßstab der Bilder schlossen wir, dass nach einem steilen Abstieg durch einen naheliegenden, ungefähr eineinhalb Kilometer langen Tunnel, der Rand der schwindelerregenden, sonnenlosen Klippen über dem großen Abgrund erreicht werden konnte. An deren Flanken mussten weitere Pfade, von den Großen Alten gebaut, zum steinigen Ufer des verborgenen, nachtschwarzen Ozeans hinabführen. Diesen unwahrscheinlichen Abgrund mit eigenen Augen zu sehen, bedeutete eine Verlockung, die sich nun als unwiderstehlich erwies – doch wir mussten unverzüglich mit der Suche beginnen, wollten wir ihn noch in den Verlauf dieser Erkundung einbeziehen.

Inzwischen war es 20.00 Uhr, und wir besaßen nicht genug Ersatzbatterien, um unsere Taschenlampen ewig weiterbrennen zu lassen. Wir hatten unterhalb der Eisdecke so viel Zeit mit Untersuchungen und Aufzeichnungen verbracht, dass die Lampen mindestens fünf Stunden lang ständig beansprucht worden waren und allenfalls noch weitere vier überdauerten – wenn wir vielleicht auch noch eine Sicherheitsreserve einsparen konnten, indem wir nur eine der beiden Lampen einschalten, außer an besonders interessanten oder schwierigen Stellen. Ohne eine Lichtquelle vermochten wir, in diesen zyklopischen Katakomben nicht voranzukommen; falls wir also den Abstieg noch wagen wollten, mussten wir mit der weiteren Entschlüsselung der Mauerreliefs aufhören. Natürlich wollten wir den Ort erneut aufsuchen, um dort tage-, vielleicht sogar wochenlang eingehend zu forschen und zu fotografieren – längst hatte Neugier unser Grauen verdrängt –, doch jetzt mussten wir uns beeilen.

Unser Vorrat an Papierschnitzeln zum Spurenlegen war nicht unerschöpflich und es widerstrebte uns, ihn auf Kosten übriger Notizbücher aufzufüllen, dennoch opferten wir ein großes Notizbuch für diesen Zweck. Sollte das nicht ausreichen, konnten wir ja noch durch Einkerben die Felsen markieren – und falls wir uns tatsächlich verirrten, blieb natürlich immer noch die Möglichkeit, uns durch den einen oder anderen Schacht zum hellen Tageslicht emporzuarbeiten, sofern ausreichend Zeit für genügend Versuche blieb. Daher liefen wir schließlich neugierig in die ausgemachte Richtung zum Tunnel.

Den Reliefs zufolge konnte der angestrebte Tunneleingang nicht viel weiter als vierhundert Meter von unserem Standort entfernt sein; dazwischen erhoben sich solide wirkende Bauwerke, die vermutlich bis unterhalb der Eisoberfläche noch begehbar waren. Der Eingang selbst befand sich offenbar im Keller eines großen fünfeckigen Gebäudes, das dicht bei den Vorbergen stehen musste und wohl öffentlichen, vielleicht zeremoniellen Aufgaben gedient hatte. Danforth und ich versuchten, uns zu erinnern, ob wir auf unserem Flug über die Ruinen einen solchen Bau bemerkt hatten. Wir erinnerten uns aber nicht an ein derartiges Gebäude, woraus wir schlossen, dass seine oberen Abschnitte stark beschädigt sein mussten oder dass es komplett in einer Eisspalte, die wir an dieser Stelle gesehen hatten, zerschellt war. Falls das Letztere zutraf, würde der Tunnel vermutlich unpassierbar sein, sodass wir uns dem nächsten zuwenden mussten – dem, der etwa einen Kilometer nördlich lag. Der dazwischen liegende Flusslauf hinderte uns daran, auf unserem jetzigen Streifzug einige der weiter südlichen Tunnel zu erproben; und sollten die beiden nächstgelegenen verschüttet sein, war es wirklich fraglich, ob unser Batterievorrat gestattete, es mit dem dritten Tunnel in nördlicher Richtung zu versuchen – der lag noch einmal gut eineinhalb Kilometer von unserer zweiten Wahl entfernt.

Als wir uns mit Hilfe von Karte und Kompass einen düsteren Weg durchs Labyrinth suchten – Räume und Korridore in jedem Zerfallsstadium durchquerten, Rampen erklommen, in höher gelegene Stockwerke stiegen, über Brücken schritten und sie wieder hinabkletterten, vor verschütteten Durchgängen und Schuttbergen standen, von Zeit zu Zeit gut erhaltene und geradezu unheimlich sauber anmutende Passagen entlangeilten, falsche Abzweigungen nahmen und wieder zurückliefen, dabei die umsonst ausgestreute Papierschnitzel-Spur aufsammelten, und manchmal auf dem Grund eines offenen Schachtes standen, durch den Tageslicht herabsickerte –, lockten uns die Reliefs an den Wänden. Viele davon hätten sicherlich Geschichten von herausragender historischer Bedeutung zu erzählen gehabt.

Nur die Aussicht auf spätere Besuche versöhnte uns mit der Notwendigkeit, achtlos an ihnen vorüberzugehen, doch manchmal gingen wir langsamer und schalteten die zweite Taschenlampe ein. Leider hatten wir nicht mehr Filme bei uns, denn dann hätten wir sicherlich kurz innegehalten, um einige Basreliefs zu fotografieren, doch an ein zeitraubendes Abzeichnen war gar nicht zu denken.

Ich gelange nun abermals an einen Punkt, wo die Versuchung sehr groß ist, nur anzudeuten statt offen zu berichten. Aber es ist nötig, auch den Rest zu enthüllen, um zu rechtfertigen, dass die geplante Antarktis-Expedition aufgehalten werden muss.

Wir hatten die vorausbestimmte Position der Tunnelöffnung schon fast erreicht – waren vom zweiten Stock aus über eine Brücke zu der Kante einer spitz zulaufenden Mauer gekommen und in einen verfallenen Korridor hinabgestiegen, der mit besonders vielen sorgfältig ausgeführten und augenscheinlich rituellen Reliefs im Spätstil ausgestattet war –, als, kurz vor 20.30 Uhr, Danforths jugendlich feiner Geruchssinn uns den ersten Hinweis auf etwas Ungewöhnliches gab. Hätten wir einen Hund dabeigehabt, ich glaube, wir wären schon früher gewarnt worden. Zunächst wussten wir nicht zu sagen, was denn mit der bis dahin kristallreinen Luft nicht stimmte, doch schon nach wenigen Sekunden brach die Erinnerung mit Gewalt über uns herein. Ich will es ohne Umschweife aussprechen: Wir rochen vage, flüchtig und doch unmissverständlich den selben Geruch, der uns beim Öffnen des wahnwitzigen Grabes jenes Ungetüms, das der bedauernswerte Lake seziert hatte, entgegengeschlagen war.

Natürlich war die Enthüllung zu jenem Zeitpunkt nicht sofort so eindeutig wie es jetzt klingt. Es gab mehrere mögliche Erklärungen, und eine ganze Weile flüsterten wir unentschlossen miteinander. Fest stand, dass wir uns nicht ohne weitere Erkundung zurückziehen würden; nachdem wir nun schon so weit gekommen waren, ließen wir uns von nichts zur Umkehr bewegen, außer durch eine drohende Katastrophe. Dennoch, der Verdacht, der sich uns aufdrängte, war einfach zu gewagt, um ihn glauben zu können. Derartige Dinge geschahen nicht in einer normalen Welt. Vermutlich war es reiner Instinkt, der uns veranlasste, den Schein der brennenden Taschenlampe abzuschirmen – die düsteren Reliefs, die bedrohlich von den beklemmenden Wänden herabstarrten, lockten uns nicht länger –, und uns nun behutsam auf Zehenspitzen über den zunehmend von Trümmern bedeckten Boden und die Schuttberge dahinschleichen und voranskriechen ließ.

Danforth besaß nicht nur eine bessere Nase als ich, sondern auch schärfere Augen, denn wieder war er es, dem zuerst die merkwürdige Anordnung der Trümmer auffiel, nachdem wir zahlreiche halb verschüttete Torbögen durchschritten hatten, die zu Räumen und Korridoren im Erdgeschoss führten. Die Trümmer lagen nicht ganz so wie sie nach zahllosen Jahrtausenden der Verlassenheit hätten liegen sollen. Als wir zögerlich den vollen Lichtstrahl der Lampe auf sie richteten, sah es aus, als habe sich erst kürzlich etwas eine Schneise hindurchgebahnt. Wegen der wirren Anhäufung des Gerölls gab es keine deutlichen Spuren, doch an einigen glatten Stellen sah es aus, als seien dort schwere Gegenstände entlanggeschleift worden.

Als wir glaubten, parallel verlaufende Spuren wie von Kufen zu erkennen, blieben wir wieder stehen – und in diesem Moment rochen wir beide zugleich den Geruch, der von vorn heranwehte. Verrückterweise war der Geruch nicht schlimm und doch absolut entsetzlich; nicht schlimm an sich, aber unendlich entsetzlich an diesem Ort und unter diesen Umständen – falls, natürlich Gedney … Denn wir rochen die wohlvertraute Ausdünstung von gewöhnlichem Mineralöl – ganz alltäglichem Benzin.

Unsere nun folgenden Aktivitäten zu analysieren, überlasse ich den Psychologen. Wir wussten nun, dass sich irgendeine grauenvolle Ausweitung der Schrecken aus dem Lager in dieses nachtschwarze Grab der Äonen hinabgeschlichen hatte und konnten daher nicht länger leugnen, dass sich vor uns etwas Unheimliches zutrug – oder erst kürzlich zugetragen hatte. Und dennoch ließen wir uns von brennender Neugier … oder

Angst … oder Selbsthypnose … oder vagen Gedanken an eine Verantwortung gegenüber Gedney … oder was auch immer … vorantreiben.

Danforth flüsterte abermals von dem Abdruck, den er an der Wegbiegung in den Ruinen über uns gesehen zu haben glaubte, und von dem leisen melodischen Pfeifen, das er wenig später aus unbekannten unterirdischen Tiefen heraus vernommen hatte – möglicherweise war dieses Pfeifen im Lichte von Lakes Untersuchungen von großer Bedeutung, obwohl es ähnlich klang wie die Echos des heulenden Windes in den Höhleneingängen der Berggipfel.

Ich wiederum flüsterte davon, in welchem Zustand wir das Lager vorgefunden hatten – von dem, was fehlte und wie der Wahnsinn eines einsamen Überlebenden das Unvorstellbare vollbracht haben könnte – und von einer halsbrecherischen Wanderung über die monströsen Berge und einen Abstieg in die unbekannten, vorzeitlichen Gemäuer …

Doch wir glaubten weder einander, noch uns selbst.

Während wir erstarrt dastanden, hatten wir beide Lampen ausgeschaltet und bemerkt, dass von oben ein Streifen abgedämpften Tageslichts die Dunkelheit aufhellte. Automatisch setzten wir uns wieder in Bewegung, leuchteten uns durch gelegentliches Aufflammenlassen einer der Taschenlampen voran. Der durcheinandergewühlte Schutt weckte eine Befürchtung in uns, die wir nicht abzuschütteln vermochten, und der Benzingeruch nahm zu. Immer mehr Steinbrocken behinderten uns; der Weg konnte nicht mehr lange frei sein – unsere pessimistische Vermutung bezüglich der Eisspalte, die wir aus der Luft gesichtet hatten, war nur allzu berechtigt gewesen. Unsere Suche nach dem Tunnel war in eine Sackgasse gelaufen und wir würden nicht einmal in den Keller vordringen können, in dem die Öffnung zum Abgrund sich auftat.

Der Lichtkegel der Taschenlampe, der über die grotesk bearbeiteten Mauern des versperrten Korridors glitt, enthüllte mehrere Torbögen in unterschiedlichen Stadien der Verschüttung; und aus einem davon drang der Benzingeruch – jenen anderen Gestank geradezu überlagernd – besonders stark. Als wir genauer hinsahen, erkannten wir, dass vor diesem Durchgang erst vor Kurzem ein Teil des Schutts hastig beiseitegeräumt worden war. Welcher Schrecken auch immer hier lauerte, nun glaubten wir, den direkten Weg zu ihm zu kennen. Ich schätze, es wird wohl niemanden wundern, dass wir jetzt lange zögerten, bevor wir weitergingen.

Als wir es schließlich wagten, durch diesen schwarzen Torweg zu gehen, befiel uns zunächst Enttäuschung. Denn inmitten des Gerölls in dieser reliefgeschmückten Krypta – einem perfekten Würfel von etwa sechs Meter Kantenlänge – fanden wir kein jüngst hineingeschafftes Objekt, das uns sofort ins Auge sprang. Also blickten wir uns instinktiv, wenngleich vergebens, nach einem weiteren Durchgang um.

Doch Danforths scharfe Augen hatten schon eine Stelle erfasst, wo der Schutt auf dem Boden beiseitegeschoben worden war – und wir richteten das Licht der beiden Taschenlampen direkt auf diese Stelle. Obwohl das, was wir in diesem Licht sahen, eigentlich banal und belanglos war, widerstrebt es mir doch, davon zu berichten, wegen der sich daraus ergebenden Schlussfolgerungen.

Wir sahen dort verschiedene kleinere Gegenstände, die achtlos verstreut herumlagen, und in einer Ecke war eine große Menge Benzin ausgegossen worden, dessen eindringlicher Geruch uns entgegenschlug. Anders ausgedrückt, es konnte sich um nichts anderes als so etwas wie ein Zwischenlager handeln – ein Lager, hinterlassen von Geschöpfen, die, wie wir selbst, einen Weg gesucht hatten und vor dem unerwartet verschütteten Zugang in den Abgrund zur Umkehr gezwungen worden waren.

Ich will es kurz machen: Die verstreuten Gegenstände stammten alle aus Lakes Lager. Es handelte sich um Konservendosen, die ebenso absurd geöffnet worden waren wie die im verwüsteten Zeltlager, um viele abgeriebene Zündhölzer, drei illustrierte Bücher voller mehr oder weniger merkwürdiger Schmierereien, ein leeres Tintenfass mit der dazugehörigen bebilderten Gebrauchsanleitung auf der bedruckten Schachtel, einen zerbrochenen Füllfederhalter, einige zerrissene Pelzkleidungs- und Zeltbahnstücke, eine gebrauchte elektrische Batterie, ein Handbuch, das zu unserem Zeltofen gehörte, und ein paar zerknüllte Papierbögen.

Das alles war schon übel genug, doch als wir die Papierknäuel glatt strichen und sie uns ansahen, schnappten wir nach Luft. Wir hatten schon im Lager einige seltsam bekleckste Papiere gefunden und hätten vielleicht darauf vorbereitet sein sollen, doch die Wirkung hier unten in den vormenschlichen Gewölben einer Albtraumstadt war fast mehr als sich ertragen ließ.

Ein dem Irrsinn verfallener Gedney konnte das Tupfenmuster auf Papier gebracht haben, in Nachahmung der Punkte, die wir auf den grünlichen Specksteinen entdeckt hatten. So mochten ja auch die Punkte auf den verrückten fünfeckigen Gräbern zustande gekommen sein. Es war sogar vorstellbar, dass er hastige, mehr oder minder genaue Skizzen gezeichnet hatte, die die Nachbarbezirke der Stadt umrissen und den Weg von einer als Kreis eingezeichneten Stelle außerhalb unserer Route bis hierher zu dem fünfeckigen Gebäude und dem Tunnelzugang darin wiesen ... Die als Kreis dargestellte Stelle hatten wir in den Reliefs übrigens als großen zylindrischen Turm und auf unserem Erkundungsflug als gewaltiges, kreisrundes Loch ausgemacht.

Er kann, ich wiederhole es, solche Skizzen angefertigt haben, denn die Zeichnungen, die wir in Händen hielten, waren ebenso wie unsere eigenen ganz offensichtlich von späten Reliefs irgendwo in dem Eislabyrinth abgeleitet worden, wenngleich nicht von jenen, die wir gesehen hatten. Doch dieser künstlerische Banause hätte es niemals hinbekommen, besagte Skizzen in einer fremdartigen und gewandten Technik umzusetzen, mit der sie trotz aller Flüchtigkeit jeder der letzten Reliefdarstellungen, die ihnen als Vorlage gedient hatten, übertrafen – nämlich in der charakteristischen und unverkennbaren Meisterschaft der Großen Alten zur Blütezeit der toten Stadt.

Gewiss werden manche sagen, Danforth und ich seien heillos wahnsinnig gewesen, nach all dem nicht um unser Leben zu laufen, jetzt, da unsere Schlussfolgerungen – ungeachtet ihrer Abenteuerlichkeit – feststanden und die ich wohl niemandem, der meinen Bericht bis hierher gelesen hat, noch zu erläutern brauche. Vielleicht waren wir wirklich wahnsinnig – habe ich jene grauenvollen Gipfel nicht Berge des Wahnsinns getauft? Doch ich glaube, etwas von demselben Geist – obgleich in geringerer Ausprägung – beobachtet man auch bei jenen Männern, die tödlichen Raubtieren durch afrikanische Urwälder nachpirschen, um sie zu fotografieren oder ihre Lebensgewohnheiten zu erforschen. Waren wir auch nahezu vor Grauen gelähmt, nun flammte in uns doch eine lodernde Flamme der Ehrfurcht und der Neugier auf, die letztlich triumphierte.

Natürlich wollten wir dem – oder denen –, von denen wir wussten, sie hatten hier verweilt, nicht begegnen, doch wir spürten, dass sie inzwischen fort waren.

Wahrscheinlich hatten sie mittlerweile den anderen nahen Eingang zum Abgrund gefunden und stiegen hinab zu nachtschwarzen Relikten der Vergangenheit, die in der tiefsten Kluft auf sie warten mochten – jener tiefsten Kluft, die sie bisher nie gesehen hatten. Oder sie hatten sich, falls auch dieser Zugang verschüttet sein sollte, nach Norden gewandt, um den übernächsten zu suchen. Sie waren, wie wir ja wussten, teilweise unabhängig vom Licht.

Wenn ich mich an jenen Moment erinnere, kann ich kaum erklären, was eigentlich in uns vorging, aber das Gefühl gespannter Erwartung steigerte sich enorm. Ganz sicher wollten wir dem, was wir fürchteten, nicht begegnen – und doch will ich nicht abstreiten, dass uns der lauernde, unbewusste Wunsch erregte, sie von einem Versteck aus zu beobachten. Vermutlich hatten wir unser Vorhaben noch nicht aufgegeben, einen Blick auf den Abgrund selbst zu erhaschen, obwohl jetzt ein neues Ziel dazwischengetreten war, in Gestalt des großen runden Kreises, den wir auf den zerknüllten Zeichnungen sahen. Diese Stelle erkannten wir auf Anhieb als einen ungeheuren zylindrischen Turm, der in den allerfrühesten Reliefs auftauchte, aus der Luft jedoch nur wie eine gewaltige kreisrunde

Öffnung wirkte. Etwas an der beeindruckenden zeichnerischen Wiedergabe, sogar in diesen hastig gemachten Skizzen, brachte uns auf den Gedanken, dass seine unterhalb der Eisdecke verborgenen Ebenen noch immer sehr wichtig sein mussten. Vielleicht barg er architektonische Wunder, wie wir sie bis jetzt noch nicht entdeckt hatten. Nach den Gravierungen zu urteilen, die ihn zeigten, war er wohl unglaublich alt – er musste zu den ersten Bauten gehört haben, die je in der Stadt errichtet worden waren. Sollte der Turm Reliefs enthalten und sie noch erhalten sein, konnten sie sehr aufschlussreich sein. Vor allem aber mochte er eine gute Verbindung zur Oberwelt bedeuten – einen kürzeren Weg als den, welchem wir so mühsam nachspürten, und wahrscheinlich derselbe, über den auch sie in die Tiefe gestiegen waren.

Wie auch immer, wir prägten uns den schaurigen Plan ein – der unseren eigenen völlig bestätigte – um die eingezeichnete Route zum runden Turm zurückzulegen; diesen Weg mussten unsere unbeschreiblichen Vorgänger nun schon zweimal gegangen sein. Die nächste Abstiegsmöglichkeit in den Abgrund lag wahrscheinlich weiter dahinter.

Ich muss wohl nichts weiter über unseren Marsch dorthin berichten – auf dem wir immer noch sparsam unsere Papierschnitzelspur hinterließen –, denn er entsprach genau jenem, der uns in die Sackgasse gelenkt hatte, allerdings führte er meist dichter am Boden vorbei und manchmal sogar in Kellergänge hinab. Von Zeit zu Zeit erkannten wir in dem Schutt und Dreck unter unseren Füßen einige verstörende Spuren. Und nachdem wir das Benzin nicht länger rochen, stieg uns mehrmals für einen Moment jener andere, grässlichere und nachhaltige Gestank in die Nase.

Nachdem der neue Weg von unserem früheren abgezweigt war, ließen wir gelegentlich den Lichtkegel einer der Lampen kurz über die Mauern streichen; nahezu überall erblickten wir die allgegenwärtigen Reliefs, die in der Tat die hauptsächliche ästhetische Beschäftigung der Großen Alten gewesen zu sein scheinen.

Gegen 22.30 Uhr, als wir einen langen, überwölbten Korridor durchliefen, dessen zunehmend vereister Boden wohl ein wenig unterhalb der Erdoberfläche lag und dessen Decke mit jedem unserer Schritte immer mehr absank, nahmen wir vor uns helles Tageslicht wahr und konnten die Taschenlampe ausschalten. Wie es schien, näherten wir uns dem riesigen ringförmigen Platz und waren von der Außenwelt nicht mehr weit entfernt.

Der Korridor mündete in einen angesichts dieser megalithischen Ruinen überraschend niedrigen Torbogen, doch wir vermochten, durch ihn schon viel zu sehen, noch bevor wir hindurchtraten. Dahinter erstreckte sich ein mächtiger, offener runder Platz – volle sechzig Meter im Durchmesser –, überhäuft mit Geröll und gesäumt von zahlreichen weiteren verschütteten Torbögen wie der, durch den wir gerade liefen. Die Mauern waren – bis in zugängliche Höhen – kühn zu einem Rundfries von heroischen Ausmaßen behauen; dabei entfalteten sie trotz des zerstörerischen Witterungseinflusses, dem der Ort durch das fehlende Dach ausgesetzt war, immer noch eine künstlerische Pracht, die alles, was wir bisher gesehen hatten, weit in den Schatten stellte. Der mit Schutt übersäte Boden war ziemlich stark vereist, und wir nahmen an, dass die eigentliche Sohle beträchtlich tiefer lag.

Am augenfälligsten war jedoch die titanische Steinrampe, die sich, den Torbögen in scharfem Einwärtsschwung zur offenen Platzmitte hin ausweichend, spiralförmig an der gewaltigen Rundmauer emporschraubte. Sie glich einem innen erbauten Gegenstück jener Rampen, die einst an den Außenwänden der ungeheuren Stufentürme oder Zikkurats des antiken Babylon emporstrebten. Nur die Geschwindigkeit unseres Fluges und die Vogelperspektive erklärten, warum wir diese Rampe mit Innenwänden des Turms verwechselt und uns so einen anderen Weg zu der Ebene unterhalb der Eisdecke gesucht hatten. Pabodie wäre vielleicht in der Lage gewesen, zu erklären, welche Konstruktionsprinzipien dieses statische Wunderwerk aufrecht hielten, Danforth und ich hingegen konnten nur staunen und es bewundern. Wir erkannten hin und wieder mächtige Kragsteine und Steinsäulen, die aber längst nicht ausreichend erschienen für die Aufgabe, die sie offenbar bewältigten. Das Gebilde war bis hinauf zum derzeitigen oberen Turmrand hervorragend erhalten geblieben – ein wirklich beachtlicher Umstand angesichts seiner Ungeschütztheit – und ihr Schutz hatte die bizarren, kosmischen Steinmetzarbeiten an den Mauern vor Schaden bewahrt.

Als wir in das unheimliche Zwielicht am Grund dieses monströsen Zylinders traten – der seit fünfzig Millionen Jahren hier stand und fraglos das älteste Bauwerk war, das wir in unseren Leben je sehen werden –, sahen wir, dass die von der Rampe gesäumten Mauern zu schwindelerregenden, vollen zwanzig Metern Höhe emporragten. Dies bedeutete, dass die Eisschicht draußen an die zwölf Meter dick sein musste, hatte doch der gähnende Schlund, den wir vom Flugzeug aus erblickt hatten, oben auf einem gefrorenen Schuttberg von etwa acht Meter Höhe geklafft.

Den Reliefs zufolge hatte der Turm ursprünglich in der Mitte eines gewaltigen, runden Platzes gestanden und eine Höhe von etwa hundertfünfzig bis hundertachtzig Metern erreicht. Dicht unterhalb der Spitze waren mehrere übereinanderliegende, waagerechte Scheiben angebracht gewesen, und entlang der Oberkante ein Kranz nadelartiger Türmchen. Die meisten Mauerbrocken, die sich gelöst hatten, waren offenkundig nach außen gestürzt – ein glücklicher Umstand, denn andernfalls wäre die Rampe sicherlich zertrümmert und das gesamte Innere verschüttet worden. Trotzdem zeigte die Rampe beklagenswerte Schäden; die Verschüttung hingegen war so geringfügig, als seien sämtliche der untersten Torbögen erst kürzlich freigeräumt worden.

Wir brauchten nur einen Augenblick, um uns darüber klar zu werden, dass dies zweifelsfrei der Weg war, auf dem die anderen herabgestiegen waren, und dass es auch der naheliegende Weg für unseren eigenen Aufstieg sein würde, trotz der langen Papierschnitzelspur, die wir bereits hinter uns ausgelegt hatten.

Der Turm lag nicht weiter von den Vorbergen und unserem wartenden Flugzeug entfernt als das große terrassenförmige Gebäude, das wir zuerst betreten hatten, und jede weitere Erkundung, die wir bei diesem Besuch noch in Angriff nehmen mochten, musste in diese Richtung führen.

Merkwürdigerweise glaubten wir noch immer an mögliche spätere Besuche, und das nach all dem, was wir hier gesehen und uns bisher zusammengereimt hatten! Dann, als wir behutsam über die Trümmer auf dem großen Rundboden voranstiegen, traf uns ein Anblick, der sofort alle Überlegungen vergessen ließ. Sie waren von der Rampe verdeckt gewesen, daher hatten wir sie bisher nicht gesehen – drei ordentlich abgestellte Schlitten.

Sie waren es – die drei Schlitten, die aus Lakes Lager fehlten –, die Kufen abgewetzt von unerbittlichem gewaltsamen Zerren über weite Strecken schneefreien Mauerwerks und Schutts. Man hatte sie sorgfältig und zweckmäßig bepackt und verzurrt und sie trugen Dinge, die uns nur zu vertraut waren: den Ölofen, Benzinkanister, Werkzeugkisten, Konservenbüchsen, Zeltplanen, die offenbar um einige Bücher und andere, weniger leicht erkennbare Gegenstände gewickelt waren – lauter Bestandteile von Lakes Ausrüstung.

Nach unserem Fund in jenem anderen Raum waren wir bis zu einem gewissen Grad auf diese Entdeckung gefasst gewesen. Der große Schock kam, als wir hinübergingen und eine der Ölhäute aufschnürten, deren Umrisse uns besonders alarmiert hatten. Wie es scheint, besaßen noch andere als Lake ein ähnliches Interesse wie er an der Sammlung charakteristischer Forschungsexemplare, denn zwei davon lagen nun hier vor uns; beide steifgefroren, vollständig erhalten, bedeckt mit Heftpflastern, wo die Halsgegend Verletzungen aufwies, und sorgsam eingepackt, um weitere Beschädigungen zu vermeiden. Es waren die Leichen des jungen Gedney und des vermissten Hundes.

# X

Wahrscheinlich werden uns viele Menschen nicht nur für wahnsinnig, sondern obendrein noch für gefühllos halten, weil wir uns schon kurz nach dieser traurigen Entdeckung wieder für den nördlichen Tunnel und den Abgrund interessierten – doch es trat ein besonderer Umstand ein, der uns unvorbereitet traf und eine ganze Kette neuer Mutmaßungen in Gang setzte. Wir hatten die Plane wieder über den armen Gedney gelegt und standen stumm und erschüttert da, als wir endlich die Geräusche registrierten – die ersten Geräusche, die wir hörten, seit wir aus den luftigen Regionen unter freiem Himmel, wo der Gebirgswind schwach von unirdischen Höhen herabheulte, hinabgestiegen waren. Obwohl es völlig alltägliche Geräusche waren, wirkten sie in dieser abgeschiedenen Welt des Todes außergewöhnlicher und nervenzerrender als es vielleicht irgendwelche grotesken oder unwirklichen Lauten vermocht hätten – denn sie ließen jetzt all unsere Auffassungen von einer kosmischen Harmonie zusammenbrechen.

Wäre es irgendeine Andeutung jenes bizarren melodischen Pfeifens gewesen, das wir aufgrund von Lakes Untersuchungen bei jenen anderen erwarteten – und das unsere überspannte Einbildung tatsächlich aus jedem Seufzer des Windes heraushörte, seit wir die Schrecken im Lager entdeckt hatten –, so hätte es in einer Art höllischer Übereinstimmung irgendwie zu unserer seit Endlosigkeiten toten Umgebung gepasst. Eine Stimme aus anderen Zeiten gehört in einen Friedhof anderer Zeiten. Doch nun zerschlug das Geräusch alle unsere bisher als gesichert angesehenen Auffassungen – unsere ganze stillschweigende Annahme, die innere Antarktis sei eine Einöde und vollkommen und unwiderruflich frei von jeder Spur normalen Lebens. Was wir hörten, war nicht der unbeschreibliche Klang einer begrabenen Blasphemie der alten Erde, der durch übernatürliche Zähigkeit und eine seit Urzeiten entbehrte Polarsonne eine monströse Regung entlockt wurde. Nein, es handelte sich um etwas, das so haarsträubend normal und uns seit unseren Tagen auf See vor Viktoria-Land und im Lager am McMurdo-Sund so sehr vertraut geworden war, dass uns ein Schauder erfasste, es hier zu vernehmen, wo solche Dinge nicht hingehörten. Denn – es war nichts weiter als das raue Kreischen eines Pinguins.

Das gedämpfte Geräusch drang tief unterhalb der Eisdecke hervor, gegenüber dem Korridor, durch den wir hierhergelaufen waren – aus der Richtung, in der der Tunnel lag, der dem gigantischen Abgrund zustreben musste. Die Gegenwart eines lebenden Wasservogels in solch einer Region – in einer Welt, deren Oberfläche seit ewigen Zeitaltern nicht das geringste Leben beherbergte – konnte nur eine einzige Schlussfolgerung zulassen; daher wollten wir uns sofort von der unwiderlegbaren Wirklichkeit dieses Kreischens überzeugen. Es wiederholte sich mehrmals und es schien gelegentlich aus mehr als einer Kehle zu dringen. Auf der Suche nach seinem Ursprung liefen wir in einen Bogengang, aus dem reichlich Schutt entfernt worden war. Sobald wir ins Dunkel marschierten, streuten wir wieder unsere Wegmarkierungen aus – zusätzliches Papier hatten wir mit Widerwillen einem der verschnürten Bündel auf dem Schlitten entnommen.

Als der vereiste Boden von angehäuftem Geröll unterbrochen wurde, erkannten wir einige deutliche Schleifspuren; und einmal entdeckte Danforth einen klar erkennbaren Abdruck von einer Art, den zu beschreiben wohl völlig überflüssig ist. Wir folgten den Pinguinschreien, die unserer Karte nach genau zur der etwas nördlicheren Tunnelöffnung führen mussten. Erleichtert stellten wir fest, dass wir die Kellergeschosse durch eine anscheinend freie Unterführung ohne Brücken durchqueren konnten. Der Tunnel musste im Keller eines großen pyramidenförmigen Bauwerks beginnen, das wir von unserem Erkundungsflug her vage als bemerkenswert gut erhalten in Erinnerung hatten. Unterwegs erhellte unsere Taschenlampe die übliche Fülle von Reliefs, doch wir hielten nicht inne, um sie uns anzusehen.

Plötzlich schälte sich vor uns ein aufgeblähter weißer Umriss aus dem Dunkel und wir ließen unsere zweite Lampe aufflammen. Seltsam, wie schnell diese neue Suche die frühere Angst vor dem, was ganz in der Nähe lauerte, verdrängt hatte. Die anderen hatten sich gewiss vorgenommen, nach der Erkundung des Abgrundes ihre Beute zu holen, die sie auf dem großen Rundplatz zurückgelassen hatten – dennoch hatten wir alle Vorsicht ihnen gegenüber vergessen, so als hätte es sie niemals gegeben.

Dieses weiße watschelnde Ding war volle 1,80 m groß, aber wir erkannten sofort, dass es nicht zu jenen anderen gehörte, denn diese waren größer und dunkel, und den Bildern zufolge bewegten sie sich am Land rasch und sicher, trotz der seltsamen, dem Tiefseeleben dienlichen Tentakel. Doch es wäre müßig zu behaupten, dass das weiße Etwas uns nicht zutiefst entsetzte. Ja, uns durchzuckte einen Augenblick lang eine primitive Panik, die fast tiefer ging als die schlimmsten unserer begründeten Ängste vor jenen anderen.

Dann folgte die Sekunde der Erleichterung, als die weiße Gestalt in einen Seitengang schlurfte, um sich zwei Artgenossen anzuschließen, die sie mit heiseren Tönen herbeigerufen hatten. Denn es war nur ein Pinguin – wenn auch von einer riesigen, unbekannten Gattung, größer als die mächtigsten der bekannten Kaiserpinguine und durch ihren Albinismus und der völligen Augenlosigkeit einfach monströs.

Als wir dem Geschöpf in den Bogengang gefolgt waren und das Licht beider Taschenlampen auf die unbekümmerte, uns gegenüber achtlose Dreiergruppe richteten, sahen wir, dass sie allesamt augenlose Albinos derselben unbekannten und riesigen Pinguingattung waren. Ihre Größe gemahnte uns an einige der urzeitlichen Pinguine, die wir auf den Reliefs der Großen Alten gesehen hatten, und wir schlossen sofort, dass sie zur selben Rasse gehörten – und die ihr Überleben fraglos dem Rückzug in wärmere Erdtiefen verdankten, in deren ewiger Finsternis ihre Pigmente verschwunden und ihre Augen zu bloßen nutzlosen Schlitzen verkümmert waren. Dass ihr jetziger Lebensraum jener gewaltige Abgrund war, nach dem wir suchten, bezweifelten wir nicht einen Augenblick lang; und dieser Beweis für die bis heute fortwährende Wärme und Bewohnbarkeit des unterirdischen Schlundes weckte in uns absonderlichste und verstörende Fantasien.

Wir fragten uns auch, was diese drei Vögel veranlasst haben mochte, sich aus ihrem vertrauten Gebiet hervorzuwagen. Der Zustand und die Stille der großen toten Stadt machten deutlich, dass sie niemals, zu keiner Jahreszeit, als Brutplatz der Tiere gedient hatte, und die offenkundige Gleichgültigkeit des Trios uns gegenüber ließ es fraglich erscheinen, ob sie durch jene anderen aufgescheucht worden waren. Konnte es sein, dass die anderen die Pinguine angegriffen hatten? Vielleicht hatten sie versucht, ihre Fleischvorräte aufzustocken? Wir bezweifelten, dass der beißende Geruch, der den Hunden so verhasst gewesen war, eine vergleichbare Abneigung bei den Pinguinen erweckte, da deren Vorfahren offenkundig einvernehmlich mit den Großen Alten zusammengelebt hatten – ein friedliches Verhältnis, das da unten fortbestand, solange noch einer der Großen Alten dort verweilte. Wir bedauerten – in einem Aufflackern unseres alten wissenschaftlichen Geistes –, diese anomalen Kreaturen nicht fotografieren zu können, und überließen sie einfach ihrem Gekreische, um weiter dem Abgrund entgegenzulaufen. Dass er zugänglich war, schien ja nunmehr eindeutig bewiesen, und anhand vereinzelter Pinguinspuren ließ sich seine Richtung klar erkennen.

Als wir wenig später durch einen langen, niedrigen, türlosen und relieffreien Gang steil in die Tiefe stiegen, waren wir sicher, uns endlich dem Tunneleingang zu nähern. Wir trafen auf zwei weitere Pinguine und hörten unmittelbar vor uns noch mehr. Der Gang mündete in ein gigantisches freies Gewölbe, das uns unwillkürlich den Atem anhalten ließ – eine vollendet gerundete Hohlkuppel, offensichtlich tief unter der Erde. Sie war volle dreißig Meter im Durchmesser und fünfzehn Meter hoch, mit niedrigen Torbögen, die sich ringsum auftaten, außer an einer Stelle, an der eine höhlenartige, schwarze, überwölbte Öffnung gähnte, die die Symmetrie der

Gruft bis zu einer Höhe von nahezu vier Metern durchbrach. Es war der Zugang zum großen Abgrund.

Unter dieser gewaltigen Halbkugel, deren Decke in Anlehnung an den vorzeitlichen Himmelsdom mit eindrucksvollen Reliefs verziert war, watschelten ein paar Albinopinguine umher – Fremde an diesem Ort, unbeteiligt und blind. Der schwarze Tunnel fiel steil ins Bodenlose ab, seine Öffnung schmückten Pfeiler und ein Torsturz mit grotesken Steinschnitzereien. Aus diesem kryptischen Rachen meinten wir, einen Strom etwas wärmerer Luft zu verspüren, und vielleicht entwich ihm auch der Anflug eines Geruchs, und wir fragten uns, welche Lebewesen außer den Pinguinen die grenzenlosen Weiten dort unten und das damit verknüpfte Tunnelnetz im Herzen des titanischen Gebirges beherbergen mochten. Außerdem stellten wir uns die Frage, ob der sonderbare Rauchstreifen, den der bedauernswerte Lake anfangs über einer der Bergspitzen sah, und auch der seltsame Dunstschleier, den wir rund um dem mauergekrönten Gipfel wahrgenommen hatten, nicht vom Dampf herrührte, der durch verschlungene Kanäle aus den unergründeten Regionen des Erdkerns emporstieg.

Als wir den Tunnel betraten, erkannten wir, dass er – zumindest anfangs – etwa viereinhalb Meter breit und ebenso hoch war. Wände, Boden und die gewölbte Decke bestanden aus den üblichen Mauern aus Megalithgestein. An den Wänden fanden sich nur an wenigen Stellen die üblichen Zierrahmen in spätem Stil; das Mauerwerk und die Steinmetzarbeiten waren alle wunderbar erhalten. Der Boden war ziemlich sauber, abgesehen von einer dünnen Schuttschicht, in der sich die heraufführenden Pinguinfährten und die hinabführenden Spuren der anderen abzeichneten. Je weiter wir vorankamen, desto wärmer wurde es, sodass wir schon bald unsere dicken Schneejacken aufknöpften. Gab es dort unten wirklich eine vulkanische Tätigkeit und war das Wasser des sonnenlosen Sees heiß?

Bald wich das Mauerwerk gewachsenem Fels, obwohl der Tunnel die Abmessungen seines gemauerten Vorgängers beibehielt und weiterhin glatt gemeißelt war. Mitunter wurde sein Gefälle so stark, dass Rillen in den Boden gehauen worden waren. Mehrfach bemerkten wir Öffnungen in kleine Seitengänge, die wir nicht in unseren Plänen eingezeichnet hatten; keiner von ihnen würde das Zurückfinden erschweren, doch sie waren gut geeignet als mögliche Verstecke, falls wir auf unerwünschte Wesen auf ihrem Weg aus dem Abgrund treffen sollten. Der unbeschreibliche Geruch dieser Geschöpfe war sehr ausgeprägt.

Zweifellos kam es selbstmörderischem Wahnsinn gleich, sich unter den gegebenen Umständen weiter in diesen Tunnel vorzuwagen, doch der Reiz des Unbekannten wirkt auf manche Menschen stärker als die meisten vermuten – und gerade durch ihn hatte es uns ja erst in diese unirdische polare Leere verschlagen. Wir gingen weiter und begegneten mehreren Pinguinen. Wie weit würden wir noch hinabsteigen müssen? Anhand der Reliefs hatten wir einen steilen Abstieg von etwa eineinhalb Kilometern erwartet, doch unser bisheriger Marsch zeigte, dass ihrem Maßstab wohl nicht ganz zu trauen war.

Nach etwa vierhundert Metern wurde dieser unmöglich zu beschreibende Gestank ungemein eindringlich, und wir schielten sehr gewissenhaft in die verschiedenen Seitengänge, an denen wir vorbeikamen. Hier gab es keinen Dunst wie zuvor am Eingang, doch fraglos lag dies daran, dass es hier unten keine kühlere Kontrastluft gab. Die Temperatur stieg schnell an und wir waren nicht überrascht, als wir einen achtlos hingeworfenen Haufen fanden, der uns schauderhaft vertraut vorkam. Es handelte sich um Pelzbekleidung und Zeltbahnen aus Lakes Lager, aber wir blieben nicht stehen, um die bizarren Fetzen zu begutachten, zu denen die Stoffe zerrissen worden waren.

Wenig später fiel uns auf, dass die Seitengänge jetzt immer zahlreicher und immer größer wurden – vermutlich hatten wir nun das engmaschig durchhöhlte Gebiet unterhalb der höheren Vorberge erreicht. In den seltsamen Geruch mischte sich jetzt ein zweiter, kaum weniger unangenehmer Gestank – er ließ uns an Verwesung und vielleicht auch unbekannte unterirdische Pilze denken.

Plötzlich dehnte sich der Stollen überraschend aus. Darauf hatten uns die Steinmetzreliefs nicht vorbereitet. Der Gang weitete sich seitwärts und nach oben zu einer hohen, anscheinend natürlichen ovalen Höhle mit flachem Boden, gut zwanzig Meter lang und fünfzehn breit, gesäumt mit riesigen Seitengängen, die in kryptische Finsternis fortstrebten.

Obwohl diese Höhle aussah, als sei sie insgesamt auf natürliche Weise entstanden, stellten wir im Licht der beiden Taschenlampen fest, dass sie durch die Zerstörung mehrerer Trennwände zwischen benachbarten Tunnelwaben erweitert worden waren. Die Höhlenwände waren rau und die hohe, gewölbte Decke hing voller Stalaktiten, doch der massive Felsboden war glattgeschliffen und so vollkommen frei von Trümmern, Schutt und sogar Staub, dass sich dies keineswegs durch eine natürliche Ursache erklären ließ. Abgesehen von dem Zugang, der uns hergeführt hatte, traf dies auf die Böden aller großen Gänge zu, die von der Höhle abzweigten – wir konnten uns dies wirklich nicht erklären. Der eigenartige neue Gestank, der sich mit dem anderen Geruch vermengt hatte, war hier sehr stark, ja, so beißend, dass er den anderen Geruch vollständig überlagerte. Etwas an diesem Ort mit seinem glatt polierten, fast glitzernden Boden erfüllte uns mit einer so starken unterschwelligen Verstörung und Angst wie keine andere der Ungeheuerlichkeiten, denen wir bisher begegnet waren.

Die Gleichmäßigkeit des direkt vor uns liegenden Tunnels, in dem sich obendrein der Kot der Pinguine häufte, ließ nicht den geringsten Zweifel aufkommen, in welchen unter all diesen gleich großen Höhleneingängen der richtige Weg führte. Trotzdem beschlossen wir, wieder Papierschnitzel auszustreuen, denn falls die Orientierung schwieriger werden sollte, konnten wir auf Fährten im Staub nun natürlich nicht mehr hoffen.

Als wir in den Tunnel eintraten, strich der Lichtstrahl unserer Lampe über die Wände – und wir blieben wie angewurzelt stehen vor lauter Bestürzung über den absolut radikalen Wandel der Steinmetzarbeiten. Natürlich waren wir uns des großen Rückschritts in den Arbeiten der Großen Alten zur Zeit der Tunnelgrabung bewusst und hatten auch die nachlassende Kunstfertigkeit der Ornamente in den zurückliegenden Abschnitten bemerkt. Doch jetzt, in diesem tieferen Teil hinter der Höhle, trat ein Unterschied auf, der sich jeder Erklärung entzog – ein so jäher Unterschied in der grundlegenden Methode wie auch in der künstlerischen Güte, der sich in einem derart kläglichen Verfall handwerklichen Könnens niederschlug, dass er uns völlig überraschte.

Diese neuen Arbeiten waren ungeschickt, klobig und ohne die geringsten filigranen Details. Sie waren übermäßig tief in die Tunnelwände eingeschlagen, in derselben Höhe wie die in den früheren Abschnitten, doch diese Reliefs hier schlossen nicht bündig mit der Wandoberfläche ab. Danforth meinte, es könnte sich um überarbeitete Darstellungen handeln – eine Art Palimpsest, das nach der Beseitigung vorangegangener Reliefs geschaffen worden war. Sie waren schlicht, rein dekorativ und bestanden aus groben Spiralen und Winkeln in der mathematischen Tradition der Großen Alten, die auf der Zahl Fünf beruhte, doch wirkten sie eher wie eine Parodie als eine Fortführung dieses Brauches.

Wir konnten uns des Gedankens einfach nicht erwehren, dass sich in die Ästhetik dieser Arbeit ein unklares, aber tiefgreifendes fremdes Element eingeschlichen hatte – und dieses fremde Element könnte auch der Grund für die beflissene Überarbeitung der alten Steinmetzarbeiten sein, vermutete Danforth. Diese Reliefs ähnelten zwar der Kunst der Großen Alten, so wie wir sie kennengelernt hatten, zugleich aber auch nicht. Ich fühlte mich ständig an Mitteldinge wie die plumpen, den römischen Stil nachäffenden Bildhauerarbeiten aus Palmyra in Syrien erinnert. Vor einem dieser Friese lag auf dem Boden eine gebrauchte Lampenbatterie, und daraus schlossen wir, dass kurz vor uns auch die anderen diese Darstellungen gesehen hatten.

Da wir es uns nicht leisten konnten, längere Zeit mit einer genaueren Betrachtung zu vergeuden, setzten wir unseren Weg bereits nach einem flüchtigen Überblick fort. Aber wir leuchteten jetzt die Wände häufig ab, um festzustellen, ob es noch weitere Veränderungen in den Ausschmückungen gab, doch wir sahen nichts dergleichen – wegen der zahlreichen Unterbrechungen durch Seitengänge kamen allerdings nur sehr wenige Reliefs vor.

Wir sahen und hörten jetzt kaum noch Pinguine, glaubten jedoch, unendlich weit entfernt irgendwo aus dem Innern der Erde einen Chor ihrer Stimmen zu vernehmen. Der neue und unerklärliche Gestank war ekelerregend scharf und überlagerte völlig den anderen unbeschreiblichen Geruch. Vor uns zeugten sichtbare Dunstschwaden von wachsenden Temperaturunterschieden und der relativen Nähe der sonnenlosen Meeresklippen des großen Abgrunds.

Und dann, vollkommen unvermittelt, sahen wir einige Hindernisse vor uns auf dem glatt geschliffenen Boden liegen – Hindernisse, die ganz gewiss keine Pinguine waren. Sie bewegten sich nicht und wir schalteten unsere zweite Taschenlampe ein.

## XI

Wieder bin ich an einen Punkt gelangt, an dem es mir sehr schwer fällt, weiter zu erzählen. Ich sollte inzwischen abgehärtet sein, doch es gibt Erlebnisse, die zu tiefe Wunden verursachen, um je eine Heilung zu gestatten. Solche Erlebnisse lassen jedoch eine gesteigerte Empfindsamkeit zurück, sodass in der Erinnerung alles ursprüngliche Grauen immer wieder zum Leben erwacht.

Wie gesagt, sahen wir einige Hindernisse auf dem glatt polierten Boden vor uns, und ich darf hinzufügen, dass uns beinahe gleichzeitig ein Schwall jenes seltsamen, vordringlichen Geruchs in die Nasen drang, der sich jetzt ganz unverkennbar mit dem außerordentlichen Gestank jener anderen vermengte, die hier vor uns gegangen waren. Der Lichtstrahl der Taschenlampen erlaubte keinen Zweifel daran, worum es sich bei den Gebilden vor uns handelte, und wir trauten uns nur näher an sie heran, weil wir sofort erkannten, dass sie keine Bedrohung darstellten, ebenso wenig wie die sechs verwandten Exemplare, die unter den sternförmigen Hügeln im Lager des armen Lake begraben worden waren.

Ihnen fehlten ebenfalls einige Gliedmaßen, genauso wie den meisten von denen, die wir ausgegraben hatten – doch die dickflüssige dunkelgrüne Lache, die sich um sie herum ausbreitete, zeigte sehr deutlich, dass ihre Wunden bei Weitem nicht so alt waren. Es waren wohl nur vier von ihnen, doch durch Lakes Berichte hatten wir vermutet, dass zu dem uns vorausgehenden Trupp mindestens acht gehörten. Sie in diesem Zustand vorzufinden, kam vollkommen unerwartet. Welch ungeheurer Kampf mochte hier unten in der Finsternis stattgefunden haben?

Pinguine, die als Gruppe angegriffen werden, setzen sich mit ihren Schnäbeln wütend zur Wehr, und von fern drang nun unmissverständlich der Lärm einer Brutstätte an unsere Ohren. Hatten die anderen einen solchen Brutplatz gestört und sich dadurch einer mörderischen Hatz ausgesetzt? Die Körper auf dem Boden vor uns boten dafür keine Anzeichen und Pinguinschnäbel hätten dem zähen Gewebe, das Lake seziert hatte, nicht derart schreckliche Verletzungen zufügen können, wie wir sie beim Näherkommen ausmachten. Ganz davon abgesehen schienen die riesigen blinden Vögel, die wir gesehen hatten, ausgesprochen friedfertig zu sein.

War also unter jenen anderen ein Kampf entbrannt? War dies das Werk der fehlenden vier? Falls ja, wo waren sie nun? Hielten sie sich noch in der Nähe auf und stellten eine direkte Gefahr für uns dar? Wir spähten besorgt in einige der glattbödigen Seitengänge hinein, während wir zögernd und zugegeben widerstrebend weitergingen.

Welcher Kampf auch immer hier stattgefunden hatte, er war

zweifellos der Auslöser, der die Pinguine so aufgescheucht hatte, dass sie durch die Gänge geflohen waren. Er musste also nahe der schwach zu hörenden Brutkolonie in dem unermesslichen, fernen Abgrund begonnen haben, da nichts darauf hinwies, dass hier normalerweise irgendwelche dieser Vögel lebten.

Vielleicht war es zu einem schrecklichen Rückzugsgefecht gekommen und die schwächere Gruppe hatte versucht, zurück zu den versteckten Schlitten zu fliehen, als ihre Verfolger sie zur Strecke brachten. Man konnte sich diese Schlacht zwischen unsagbar monströsen Wesen förmlich vorstellen, wie sie aus dem schwarzen Abgrund hervorwogten und dabei eine gewaltige Gischt aus rasenden, kreischenden, trippelnden Pinguinen vor sich her schäumten.

Ich sagte, dass wir uns diesen hingestreckten und zerstückelten Kreaturen langsam und widerstrebend näherten. Wollte der Himmel, wir hätten uns ihnen überhaupt nicht genähert, sondern wären Hals über Kopf zurückgerannt, raus aus diesem blasphemischen Tunnel mit dem verschmierten glatten Boden und den entarteten Bildern, die die ursprünglichen Wandreliefs, an deren Stelle sie eingehauen worden sind, nur nachäfften und verhöhnten – zurückgerannt, bevor wir sahen, was wir dann sahen, und bevor sich etwas in unseren Verstand brannte, das uns niemals wieder unbeschwert atmen lassen wird!

Wir richteten das Licht beider Taschenlampen auf die daliegenden Wesen und erkannten schnell, worin das gemeinsame Hauptmerkmal ihrer Unvollständigkeit bestand. Zerbissen, zerquetscht, entstellt und zerfetzt wie sie waren, bestand doch die schlimmste Verstümmelung in der vollständigen Enthauptung – jedem der vier fehlte der tentakelbesetzte, seesternförmige Kopf.

Als wir näher herankamen, sahen wir, dass die Enthauptung eher durch ein höllisches Reißen oder Saugen vollzogen worden war, als durch irgendeine herkömmliche Art der Abtrennung. Ihr ekeliger dunkelgrüner Lebenssaft breitete sich zu einer großen Lache aus, doch sein Gestank wurde von dem neueren, stärkeren Geruch überlagert, der hier durchdringender herrschte als an irgendeinem anderen Punkt unseres bisherigen Weges.

Erst als wir ganz dicht vor den getöteten Kreaturen standen, erkannten wir die Quelle dieses zweiten, unerklärlichen Gestanks – und in diesem Moment schrie Danforth grauenvoll gequält auf, denn er erinnerte sich jetzt an einige überaus eindringliche Darstellungen aus der Geschichte der Großen Alten in der permischen Epoche vor hundertfünfzig Millionen Jahren, und sein Schrei gellte hysterisch durch den gewölbten und uralten Tunnelgang mit den überarbeiteten gottlosen Steinmetzarbeiten.

Ich stand kurz davor, in seinen Schrei einzustimmen, denn auch ich hatte die vorzeitlichen Reliefs gesehen und schaudernd das Geschick bewundert, mit dem der unbekannte Künstler jene abscheuliche Schleimschicht wiedergegeben hatte, mit der einige der verstümmelt daliegenden Großen Alten bedeckt worden waren – die Überreste jener Hingeschlachteten, denen im großen Unterwerfungskrieg von den fürchterlichen Schoggothen auf unverkennbare Manier grausig die Köpfe abgesaugt worden waren. Es waren schändliche, albtraumartige Darstellungen, auch wenn sie von uralten, längst vergangenen Dingen berichteten, denn die Schoggothen und ihre Taten sollten nie von Menschen erblickt werden, noch sollten sie irgendwelche anderen Geschöpfe darstellen. Der wahnsinnige Verfasser des *Necronomicon* hat furchtsam versucht, glaubhaft zu machen, kein Schoggothe sei auf diesem Planeten gezüchtet worden und nur drogenbenebelte Träumer hätten sie fantasiert.

Ungeformtes Protoplasma mit der Fähigkeit, alle Formen und Organe und Glieder nachzuäffen und zu imitieren – klebrige Ballen von blubberndem Zellgewebe – quabblige Sphäroide, mehr als vier Meter groß, grenzenlos nachgiebig und dehnbar – Sklaven hypnotischer Befehle, Erbauer von Städten – immer aufmüpfiger, immer intelligenter, immer amphibischer, immer besser zur Nachbildung fähig! Großer Gott! Welcher Irrsinn hatte die blasphemischen Großen Alten bewogen, sich solcher Wesen zu bedienen, sie sogar in Stein zu verewigen?

Und jetzt, als Danforth und ich den frisch glitzernden, schillernd-spiegelnden schwarzen Schleim sahen, der dick an diesen kopflosen Leibern haftete und geradezu obszön jenen neuen, unbekannten Gestank verströmte, dessen Herkunft nur eine kranke Fantasie sich auszumalen vermag … an jenen Leibern haftete und einen Abschnitt der verfluchten neu gestalteten Tunnelwand als ein gekleckstes Muster sprenkelte … da kosteten wir die Essenz kosmischer Furcht bis zur tiefsten Neige.

Ich meine nicht etwa die Furcht vor den vier anderen – wir waren uns sicher, dass sie niemandem mehr etwas zuleide taten. Diese armen Teufel! Im Grunde waren sie nicht böse gewesen. Sie waren die Menschen eines anderen Zeitalters und einer anderen Seinsordnung. Die Natur hatte ihnen einen teuflischen Streich gespielt – so wie sie es noch mit weiteren von ihnen tun wird, die menschliche Verrücktheit, Gefühllosigkeit oder Grausamkeit bald in dieser grässlichen toten oder schlafenden Polarwüste ans Licht zerren wird – und so endete ihre tragische Heimkehr. Sie waren überhaupt nicht primitiv gewesen – denn was hatten sie schon verbrochen?

Ein grauenvolles Erwachen in der Kälte einer unbekannten Epoche … vielleicht ein Angriff der pelzigen, wie rasend bellenden Vierfüßer, eine benommene Verteidigung gegen diese Tiere und gegen die nicht weniger rasenden weißen Affenwesen mit ihren sonderbaren Umhüllungen und Apparaturen … armer Lake, armer Gedney … und arme Große Alte!

Wissenschaftler bis zuletzt – was haben sie getan, das wir an ihrer Stelle nicht genauso getan hätten? Gott, und was für eine Intelligenz und Beharrlichkeit! Was für ein Mut gegenüber dem Unglaublichen, gerade so wie ihre Artgenossen und Vorgänger den Mut aufgebracht hatten gegenüber Ereignissen, die kaum weniger unglaublich waren! Hohltiere, Pflanzen, Monster, Sternenbrut – um was auch immer es sich bei ihnen gehandelt hatte, sie waren Menschen!

Sie hatten die eisbedeckten Gipfel überquert, an deren mit Tempeln bebauten Hängen sie einst ihre Weihen vollzogen hatten und wo sie zwischen Baumfarnen gewandelt waren. Sie hatten ihre tote Stadt schlafend unter ihrem eisigen Fluch angetroffen und sie hatten die Geschichte ihrer Spätzeit so wie wir aus den Reliefs abgelesen. Sie hatten versucht, ihre lebenden Artgenossen in der fabelhaften Tiefe ewiger Schwärze zu erreichen, in der sie nie gewesen waren – und was hatten sie gefunden?

All dies schoss Danforth und mir durch den Sinn, als wir von diesen geköpften, schleimbesudelten Körpern auf die widerlichen bearbeiteten Reliefs und weiter zu der teuflischen Gruppe frischer Schleimkleckse auf der Tunnelwand daneben sahen … sahen und begriffen, was hier unten in der zyklopischen Unterwasserstadt triumphiert und überlebt haben musste, in diesem stockfinsteren, von Pinguinen gesäumten Abgrund, aus dem eben jetzt eine unheilvolle, wabernde Nebelschwade fahl heraufbrach, wie zur Antwort auf Danforths hysterischen Schrei.

Der Schock der Erkenntnis hatte uns zu stummen, reglosen Standbildern erstarren lassen. Erst als wir später darüber sprachen, erfuhren wir von der völligen Übereinstimmung unserer Gedanken in diesem Augenblick. Es schien eine Ewigkeit zu vergehen, während der wir dort standen, obwohl es in Wahrheit kaum mehr als zehn oder fünfzehn Sekunden gewesen sein können. Dieser abscheuliche bleiche Nebel wälzte sich heran, als drücke ihn eine dahinter vorrückende Masse vorwärts – und dann ertönte ein Ruf, der viel von dem über den Haufen warf, was wir uns gerade zurechtgelegt hatten.

Dieser Laut brach den Bann und wir rannten wie irrsinnig an kreischenden, verwirrten Pinguinen vorbei, auf dem gleichen Weg zurück, den wir gekommen waren, flüchteten hinauf zur Stadt, rasten blind durch die tief unter dem Eis versunkenen megalithischen Korridore, wollten nur zurück zum großen Rundplatz und dann wie irre die urzeitliche Wendelrampe rauf, bis wir die gesunde frische Luft und das Licht des Tages erreichen würden.

Dieser neue Laut warf, wie bereits angedeutet, viele unserer gewonnenen Annahmen über den Haufen; er entsprach nämlich dem, was wir aufgrund der Untersuchung von Lake den für tot gehaltenen Großen Alten zugeschrieben hatten. Es handelte sich, wie Danforth mich später aufklärte, um das gleiche Geräusch, das er in unendlich abgedämpfter Form aufgeschnappt hatte, als wir hinter der Wegbiegung oberhalb der Eisdecke standen, und es klang dem Pfeifen des Windes schockierend ähnlich, das wir beide oben in den hoch gelegenen Berghöhlen vernommen hatten.

Auf die Gefahr hin, kindisch zu erscheinen, möchte ich noch etwas hinzufügen, und sei es nur wegen der überraschenden Übereinstimmung zwischen Danforths und meinen Eindrücken. Natürlich hatte uns gleichartige Lektüre darauf eingestimmt, beide denselben Eindruck zu empfangen, wenngleich Danforth erwähnte, es gebe sonderbare Vermutungen über ungeahnte und verbotene Quellen, zu denen Edgar Allan Poe Zugang gehabt haben soll, als er vor einem Jahrhundert seinen *Arthur Gordon Pym* schrieb. Man wird sich erinnern, dass in dieser fantastischen Erzählung ein Wort von unbekannter, aber entsetzlicher und unheilvoller Bedeutung vorkommt, das mit der Antarktis zusammenhängt und unaufhörlich von den kolossalen, gespenstisch schneeweißen Vögeln im Herzen jener widrigen Region herausgeschrien wird: *»Tekeli-li! Tekeli-li!«* Genau das, muss ich gestehen, glaubten wir, aus dem plötzlichen Laut hinter dem heranwallenden weißen Nebel herauszuhören – aus jenem hinterhältigen wohlklingenden Pfeifen mit dem einzigartig großem Tonumfang.

Wir rannten um unser Leben, bevor auch nur drei Töne oder Silben erklungen waren, obwohl wir wussten, dass uns das, was Danforths Schrei uns auf den Hals gehetzt hatte, augenblicklich einholen konnte, falls es das wirklich wollte. Doch wir hofften, dass wir für ein solches Wesen so interessant sein würden, dass es uns verschonte, und sei es nur aus wissenschaftlicher Neugier – da es uns nicht fürchten musste, besaß es ja auch keinen Grund, uns etwas zuleide zu tun. Ein Versteck zu suchen, war jetzt völlig sinnlos, deshalb leuchteten wir im Laufen mit unserer Taschenlampe hinter uns und sahen, dass der Nebel abnahm. Sollten wir zu guter Letzt einen lebenden Vertreter der Großen Alten zu Gesicht bekommen? Und wieder erklang jenes heimtückische melodische Pfeifen – *»Tekeli-li Tekeli-li!«*

Dann, als wir bemerkten, dass unser Verfolger immer weiter zurückblieb, kam uns der Gedanke, das Wesen sei vielleicht verletzt. Doch wir durften nichts riskieren, da es uns ganz klar verfolgte, weil es Danforths Schrei angelockt hatte, und nicht, weil es auf der Flucht vor irgendeinem anderen Geschöpf war – daran gab es keinen Zweifel.

Aber wo steckte dieser unvorstellbare Albtraum, dieser stinkende, nie erblickte Berg schleimverspritzenden Protoplasmas, dessen Rasse den Abgrund eroberte und Abordnungen heraufgeschickt hatte, die durch die Berghöhlen gekrochen waren, um neue Reliefs zu meißeln? Es tat uns wirklich sehr leid, den vermutlich entkräfteten Großen Alten – wahrscheinlich der einzige Überlebende – einem namenlosen Schicksal zu überlassen.

Dem Himmel sei Dank, dass wir unsere Flucht nicht verlangsamten, denn die wogende Nebelwand hatte sich wieder verdichtet. Sie wälzte jetzt schnell heran, während die umherirrenden Pinguine hinter uns in panischer Furcht kreischten und schrien. Da sie die Begegnungen mit uns kaum beunruhigt hatten, war das wirklich erstaunlich. Abermals erklang jenes unheilvolle, mehrere Tonlagen umfassende Pfeifen – *»Tekeli-li Tekeli-li!«*

Wir hatten uns geirrt. Der Große Alte war nicht verwundet, er hatte nur innegehalten, wahrscheinlich als er auf die Leichen seiner getöteten Artgenossen mit der höllischen Schleiminschrift an der Wand über ihnen gestoßen war. Wir werden niemals erfahren, was die dämonische Botschaft besagte – doch die Bestattungen in Lakes Lager hatten gezeigt, wie wichtig diesen Wesen ihre Toten waren. Wir nahmen jetzt keine Rücksicht mehr auf die Batterien und erleuchteten mit den Taschenlampen die große, offene Höhle vor uns, wo mehrere

Gänge zusammenliefen. Erleichtert hetzten wir an den bedrückenden, morbiden Relief-Palimpsesten vorbei.

Als wir die Höhle erreichten, erwachte eine neue Hoffnung: die Möglichkeit, unseren Verfolger in diesem verwirrenden Knotenpunkt der großen Tunnelgänge abzuschütteln. In der Weite der Höhle hielten sich mehrere Pinguine auf, die aus lauter Furcht vor dem herannahenden Wesen außer sich gerieten. Wenn wir jetzt das Licht unserer Lampe abdunkelten, bis es gerade noch zum Vorwärtskommen reichte, und es rigoros nach vorn richteten, und die panischen, schallenden Bewegungen der großen Vögel im Nebeldampf vielleicht unsere Schritte übertönten, könnte das unseren wahren Fluchtweg verschleiern und so irgendwie eine falsche Fährte legen. Der brodelnde, wallende Nebel konnte den Unterschied zwischen dem verdreckten Boden des Haupttunnels und der morbiden Glattgeschliffenheit der restlichen Gänge verhüllen; auch, soweit für uns abschätzbar, für die Großen Alten, trotz ihrer besonderen Sinne, die sie in Notfällen teilweise vom Licht unabhängig machten. Wir befürchteten sogar selbst, in unserer Eile vom Weg abzukommen. Natürlich hatten wir entschieden, direkt zur toten Stadt hinaufzulaufen – denn hätten wir uns in jenen unbekannten Tunnelwaben der Vorberge verirrt, wären die Folgen kaum vorstellbar gewesen.

Die Tatsache, dass wir überlebt haben, ist sicher Beweis genug dafür, dass das Wesen in einen falschen Tunnelgang lief, während wir durch die Gnade des Schicksals den richtigen erwischten. Die Pinguine allein können uns nicht gerettet haben, doch mithilfe des Nebels ist es wohl gelungen. Nur dank einer gütigen Fügung blieben die wirbelnden Schwaden im richtigen Augenblick dicht genug, doch unmittelbar bevor wir die Taschenlampe dunkler stellten und uns in der Hoffnung, der Verfolgung zu entgehen, unter die Pinguine mischten, teilten sich die Dampfschwaden für eine Sekunde – und so, als wir ein letztes Mal voll verzweifelter Angst über die Schulter zurücksahen, erhaschten wir einen halb erkennenden, halb erahnenden Blick auf das herannahende Wesen. Falls das

Schicksal, das uns im Nebel verbarg, gnädig war, so gilt für jenes, das uns diesen kurzen Blick gewährte, das genaue Gegenteil, denn jene flüchtige, verschwommene Vision sucht uns seither voller Grauen heim.

Dass wir noch einmal zurücksahen, lag vielleicht nur an dem uralten Instinkt des Gejagten, sich über den Abstand zum Verfolger klar zu werden ... vielleicht war es aber auch ein Versuch, die Antwort auf eine unbewusste Frage zu finden, die einer unserer Sinne nun aufwarf. Selbstverständlich waren wir ganz auf unser Entkommen konzentriert und gar nicht imstande, Details wahrzunehmen oder zu analysieren, dennoch müssen unsere Hirnzellen unterschwellig über die Botschaft gerätselt haben, die sie durch die Geruchsnerven empfingen. Erst viel später haben wir verstanden, was es gewesen ist: Unser Rückzug von den mit stinkendem Schleim überzogenen kopflosen Opfern und das gleichzeitige Näherkommen unseres Verfolgers hatte nicht den Geruchswechsel mit sich gebracht, den man logischerweise erwartet hätte. In der Nähe der hingestreckten Kreaturen hatte der neue Gestank absolut über allem dominiert, doch inzwischen hätte er dem unbeschreiblichen Geruch des Großen Alten gewichen sein müssen. Dem war aber nicht so – stattdessen rochen wir nur die neuere, noch weniger erträgliche Ausdünstung, die mit jeder Sekunde immer giftiger und beißender wurde.

So blickten wir also beide gleichzeitig hinter uns, könnte man meinen; in Wahrheit hatte fraglos die begonnene Bewegung des einen den entsprechenden Reflex beim anderen ausgelöst. Dabei richteten wir beide Taschenlampen direkt in den für einen Augenblick zerfasernden Nebel; entweder aus schlichter Angst heraus, um so viel wie möglich zu sehen, oder in einem weniger primitiven, aber ebenso unbewussten Versuch, das Wesen zu blenden, ehe wir das Licht der Lampen dämpften und zwischen die Pinguine im Höhlenlabyrinth vor uns abtauchten. Welch fatale Handlung! Weder Orpheus selbst noch Lots Weib, haben ihren Blick zurück so teuer bezahlt. Und wieder erklang jenes schockierende Pfeifen – *»Tekeli-li! Tekeli-li!«*

Ich sage am besten ganz offen, was wir sahen – eine ausführliche Schilderung werde ich aber nicht ertragen. Meine Worte können ohnehin niemals auch nur ansatzweise das Grauen des Anblicks andeuten. Er lähmte unser Bewusstsein so vollkommen, dass ich nur darüber staunen kann, dass wir noch genügend Besinnung behielten, unsere Taschenlampen wie geplant abzudunkeln und den richtigen Gang in Richtung der toten Stadt einzuschlagen. Purer Instinkt muss uns geleitet haben – vielleicht besser als es der Verstand vermocht hätte. Aber dafür zahlten wir einen hohen Preis, denn unsere geistige Gesundheit hat stark gelitten.

Danforth war völlig am Ende mit den Nerven und das Nächste, woran ich mich erinnere, ist sein entrücktes Gekrächze einer wahnsinnigen Aufzählung – außer mir hätte kein Mensch auf der Welt etwas anderes als Irrsinn daraus herausgehört. Sein Gebrabbel hallte in schrillen Echos inmitten der Pinguinschreie wider; hallte durch die Gewölbe vor uns und durch die – Gott sei Dank! – jetzt leeren Gewölbe hinter uns. Er muss etwas später damit begonnen haben – sonst wären wir nicht mehr am Leben gewesen, unterwegs in blinder Flucht. Ich erschaudere bei dem Gedanken daran, was passiert wäre, falls er in seiner Anspannung auch nur eine Spur anders reagiert hätte.

»South Station Under … Washington Under … Park Street Under … Kendall … Central … Harvard …« Der arme Kerl rezitierte die vertrauten Haltestellen des Boston-Cambridge-Tunnels, der sich Tausende von Kilometern entfernt durch den friedlichen neu-englischen Heimatboden schlängelte. Für mich war das Ritual keineswegs sinnlos, aber es weckte auch keine heimatlichen Gefühle in mir – es war einfach grauenvoll, denn ich erfasste sofort die ungeheuerliche, abscheuliche Anspielung, die sich dahinter verbarg.

Als wir zurücksahen, hatten wir erwartet, durch die dünnen Dampfschwaden hindurch ein schreckliches, sich auf unglaubliche Art voranbewegendes Wesen zu erspähen, ein Wesen, von dem wir uns eine klare Vorstellung gemacht hatten. Aber was wir dann sahen – denn die Dämpfe hatten sich wirklich unheilvoll gelichtet –, war etwas vollkommen anderes, etwas unendlich Grässlicheres. Es war die ultimative, reale Verkörperung des »Dinges, das nicht sein darf« der fantastischen Romanschreiber. Die ihm am nächsten kommende Beschreibung ist die einer ungeheuren, heranrasenden U-Bahn wie man sie vom Bahnsteig aus sieht – drohend und gigantisch tauchte die große schwarze Stirn aus unterirdischer Entfernung auf, bekränzt mit seltsam gefärbten Lichtern, den ungeheuren Schacht ausfüllend, wie ein Kolben sich durch einen Zylinder presst.

Doch wir standen nicht auf einem Bahnsteig – wir rannten auf den Gleisen! Die wabbelige Albtraumsäule quetschte ihren stinkenden, schwarzen, schillernden metergroßen Umfang eng in den Tunnel, raste heran, dabei einen wirbelnden, sich wieder verdichtenden fahlweißen Dampf aus dem Abgrund vor sich herwälzend. Es war ein unbeschreibliches Etwas, größer als jede U-Bahn-Lok – eine formlose Masse protoplasmatischer Blasen. Es leuchtete schwach aus sich selbst heraus und war mit Myriaden flüchtiger Augen bedeckt, die wie Eiterblasen auf der gesamten tunnelfüllenden Fratze grünlich aufglühten und aufplatzten. Es bohrte sich auf uns zu und zermalmte die verzweifelten Pinguine, glitschte über dem schimmernden Boden dahin, den es und seinesgleichen so eklig von allem Schutt freigefegt hatten.

Noch immer ertönte jener unheimliche, höhnische Schrei – *»Tekeli-li! Tekeli-li!«* Und jetzt erinnerten wir uns endlich, dass die dämonischen Schoggothen – die ihr Leben, ihr Denken und die formbaren Organstrukturen einzig und allein den Großen Alten verdankten – keine eigene Sprache kannten, außer der, die sich in den Punktmustern ausdrückte. Natürlich hatten sie auch keine eigenen Laute entwickelt – außer den nachgeahmten Tönen ihrer dahingegangenen Gebieter.

# XII

Danforth und ich erinnern uns, den Weg durch die zyklopischen Räume und Korridore der toten Stadt zurückgesucht zu haben und irgendwann in das große, reliefgeschmückte Kuppelgewölbe hineingelaufen zu sein. Dies sind reine Traumbilder, ohne Einzelheiten, vorwärts ohne eigenen Willen und ohne bewusste körperliche Anstrengung. Es war, als trieben wir durch eine verschleierte Welt, eine Dimension ohne Zeit, Ursache oder Orientierung. Das graue Zwielicht des riesigen runden Platzes ernüchterte uns zwar ein wenig, den verschnürten Schlitten näherten wir uns dennoch nicht. Wir warfen auch keinen Blick mehr auf den armen Gedney und den Hund – die beiden haben ein seltsames und titanisches Grabmal, mögen sie dort bis zum Ende dieses Planeten ungestört ruhen.

Erst jetzt, als wir uns die gewaltige gewundene Rampe hinaufquälten, spürten wir die enorme Erschöpfung und die Kurzatmigkeit, hervorgerufen durch unsere Hetzjagd in der dünnen Luft der Hochebene. Aber selbst die Angst vor dem Zusammenbruch ließ uns keine Rast einlegen, ehe wir die normale Welt, bestehend aus Sonne und freiem Himmel, erreicht hatten. Irgendwie lag etwas Stimmiges in unserem Abschied von diesen verschütteten Zeitaltern, denn als wir keuchend den gewundenen, zwanzig Meter hohen Aufstieg durch den Zylinder aus urzeitlichem Mauerwerk hochstiegen, erspähten wir neben uns eine durchgängige Prozession erhabener Steinmetzarbeiten im frühen, ursprünglichen Stil der toten Rasse – ein Lebewohl der Großen Alten, geschrieben vor fünfzig Millionen Jahren.

Als wir endlich über den obersten Rand geklettert waren, standen wir auf einem großen Hügel zusammengestürzter Steinblöcke. Im Westen erhoben sich die gewundenen Grundmauern höherer Gebäude und hinter den stark verfallenen Bauwerken im Osten ragten düster die Gipfel der großen Berge hervor. Vom südlichen Horizont her schielte die tiefstehende antarktische Mitternachtssonne rot durch die Risse der zerfressenen Ruinen. Im Kontrast zu so relativ gewohnten Dingen wie der Polarlandschaft erschienen das grauenvolle Alter und die Todesstarre der Albtraumstadt nur noch trostloser.

Am Himmel über uns wirbelte eine regenbogenfarbige Masse dünner Eiswolken und die Kälte drang uns bis ins Mark. Kraftlos setzten wir die Taschen mit der Ausrüstung ab, die wir während unserer verzweifelten Flucht instinktiv umklammert hatten, und knöpften unsere dicken Jacken wieder zu, um vorsichtig von dem Trümmerberg herabzusteigen und durch den Irrgarten uralter Steine zu den Vorbergen zu laufen, wo unser Flugzeug wartete. Wir verloren kein Wort über das, vor dem wir durch die Finsternis der geheimen und uralten Erdschlünde geflohen waren.

In weniger als einer Viertelstunde hatten wir den Steilhang zu den Vorbergen erreicht – eine vermutlich vorzeitliche Terrasse –, über den wir herabgestiegen waren, und sahen inmitten der wenigen Ruinen am Hang vor uns die dunklen Umrisse unseres großen Flugzeuges. Auf halbem Weg zu unserem Ziel hielten wir kurz inne, um Atem zu schöpfen, und drehten uns um. Wir blickten noch einmal hinab auf das fantastische Wirrwarr der unglaublichen Steingebilde unter uns, das sich vor einem einmaligen Himmel im Westen wieder geheimnisvoll abzeichnete. Der frühe Dunst des Himmels hatte sich verflüchtigt und die unruhigen Eiswolken waren zum Zenit aufgestiegen, wo ihre höhnischen Umrisse scheinbar zu einem bizarren Muster gerinnen wollten, sich aber noch scheuten, klare, endgültige Gestalt anzunehmen.

Dort am äußersten weißen Horizont hinter der grotesken Stadt erkannten wir jetzt eine dunkle, verhexte Linie violetter Gipfel, deren nadelspitze Zinnen sich undeutlich vor dem lockenden Rosenrot des Himmels abhoben. Bis hinauf zu diesem schimmernden Rand erstreckte sich das urzeitliche Tafelland, das die tiefe Rinne des ausgetrockneten Flusslaufs wie ein verschlungenes Schattenband durchschnitt.

Einen Augenblick lang hielten wir vor sprachloser Bewunderung für die überirdische kosmische Schönheit dieser Kulisse den Atem an, doch dann schlich sich ein vages Grauen in unsere Seelen. Denn diese fernen violetten Umrisse konnte nichts anderes sein als die furchtbaren Berge des verbotenen Landes – die höchsten Gipfel der Welt und Brennpunkt allen Unheils dieser Erde; Brutstatt namenloser Schrecken und urzeitlicher Geheimnisse; gemieden und vergötzt von jenen, die ihre Bedeutung nicht in Reliefs zu meißeln wagten; von keinem irdischen Lebewesen je betreten, jedoch heimgesucht von unheilvollen Blitzschlägen, die in den Polarnächten sonderbare Lichtstrahlen über das Eisland aussenden ... Ohne den geringsten Zweifel war dies das unbekannte Vorbild des furchtumwitterten Kadath in der Kalten Wüste jenseits des abscheulichen Leng, auf das uralte Legenden nur zögernd anspielen.

Falls die Darstellungen auf den Reliefs die Wahrheit erzählten, ragten diese rätselhaften violetten Berge kaum weiter als fünfhundert Kilometer entfernt auf. Dennoch zeichneten sich ihre düsteren, verwunschenen Gipfel deutlich über dem fernen, verschneiten Horizont ab, wie der gezackte Rand eines fremden, monströsen Planeten, der im Begriff steht, sich am Himmel zu erheben. Demzufolge musste ihre Höhe alle Vorstellungen sprengen – hinaufreichen bis in dünne atmosphärische Luftschichten, in denen nur noch gasförmige Gespenster hausen, von denen unvorsichtige Piloten nach unerklärlichen Abstürzen noch im Sterben flüsternd berichtet haben.

Während ich diese Berge betrachtete, dachte ich voller Unbehagen an einige Andeutungen in den Reliefs darüber, was der große, eingetrocknete Fluss einst von ihren verfluchten Hängen herab in die Stadt geschwemmt hatte – und ich fragte mich, wie viel Wahrheit und wie viel Aberglaube in den Ängsten der Großen Alten gelegen haben mochte, dass sie in ihren Werken davon derart eingeschüchtert berichteten. Die nördlichen Ausläufer dieser Berge mussten bis zur Küste von Queen-Mary-Land reichen, wo zweifellos gerade in diesem Augenblick die Expedition von Sir Douglas Mawson bei der Arbeit war, weniger als tausendfünfhundert Kilometer entfernt. Ich hoffte, dass keine böse Fügung des Schicksals Sir Douglas und seinen

Männern einen Blick auf das eröffnete, was womöglich jenseits des schützenden Küstengebirgszuges liegt. Derartige Gedanken zeigen das Ausmaß meiner damaligen nervösen Verfassung – und Danforth schien noch übler dran zu sein.

Doch lange bevor wir die Ruinen hinter uns ließen und das Flugzeug erreicht hatten, richteten sich unsere Ängste auf die niedrigere, aber immer noch erschreckend große Gebirgskette, deren neuerliche Überquerung uns bevorstand. Aus diesen Vorbergen wuchsen im Osten die schwarzen, von Ruinen überzogenen Abhänge schroff und diabolisch empor, und wieder erinnerten sie uns an die seltsamen asiatischen Gemälde von Nicholas Roerich. Als wir an die schauderhaften Höhlen dachten und an die abstoßenden, formlosen Kreaturen in ihnen, die sich vielleicht sogar bis hinauf zu den höchsten Gipfeln einen stinkenden, gewundenen Weg ausgehöhlt hatten, konnten wir es nicht ohne einen Anflug von Panik erwarten, so schnell wie möglich wieder an diesen zum Himmel weisenden Höhlenmäulern vorbeizufliegen, denen der Wind Geräusche entlockte, die wie ein böses melodisches Pfeifen klangen. Und als wäre dies noch nicht schlimm genug, sahen wir deutlich über mehrere Gipfel aufsteigende Nebel – so wie sie auch der unglückliche Lake beobachtet haben muss und daraus den Trugschluss vulkanischer Tätigkeit zog. Wir dachten schaudernd an den ähnlichen Nebel, dem wir gerade erst entronnen waren, und an den Schrecken hütenden blasphemischen Erdschlund, aus dem alle diese Dämpfe aufstiegen.

Mit dem Flugzeug war alles in Ordnung, und wir schlüpften durchgefroren in unsere dicken Piloten-Pelzmonturen. Ohne Schwierigkeiten konnte Danforth den Motor starten. Wir hoben ruhig ab und flogen über die Albtraumstadt dahin, deren uralte, zyklopische Gebäude sich unter uns erstreckten, so wie wir sie schon beim ersten Mal gesehen hatten – vor so kurzer Zeit, und dennoch vor so unendlich langer Zeit. Um vor der erneuten Passdurchquerung die Windverhältnisse zu erproben, zogen wir die Maschine höher und flogen eine Kehre. Hoch über uns musste es sehr unruhig zugehen, da die Wolken aus vereistem

Staub die fantastischsten Kapriolen am Zenit vollführten; doch auf siebentausenddreihundert Metern, die für den Durchflug des Passes ausreichten, ließ sich die Maschine gut lenken.

Als wir uns den aufragenden Gipfeln näherten, hörten wir wieder das sonderbare Pfeifen und ich sah, wie Danforths Hände am Steuer zu zittern begannen. Blutiger fliegerischer Amateur, der ich war, glaubte ich doch, in diesem Moment besser als er in der Lage zu sein, uns unversehrt zwischen den gefährlichen Bergzinnen hindurchzumanövrieren; und als ich aufstand, um ihn an den Instrumenten abzulösen, sträubte er sich nicht. Ich bot all meine Geschicklichkeit auf und hielt den Blick verbissen auf den entfernten rötlichen Abschnitt des Himmels zwischen den Steilhängen des Passes geheftet – fest entschlossen, mich nicht von den kleinen Dunstwolken aus den Bergspitzen beirren zu lassen, und voller Bedauern, meine Ohren nicht wie Odysseus' Gefährten vor der Insel der Sirenen mit Wachs versiegelt zu haben , um dieses verstörende Pfeifen des Windes aus meinem Bewusstsein zu halten.

Doch Danforth, seiner Pilotenpflichten enthoben und in gefährlich nervöser Erregung befangen, konnte einfach nicht still sitzen bleiben. Ich spürte, wie er auf seinem Sitz herumrutschte, zurück zu der entschwindenden Stadt sah, nach vorne auf die durchhöhlten, mit Würfeln überzogenen Gipfel, zur Seite auf das windige Wogen der verschneiten Vorberge, nach oben in den schäumenden, grotesk bewölkten Himmel. Und gerade jetzt, als ich alles daran setzte, die Maschine sicher durch den Engpass zu steuern, führte uns sein plötzliches irres Kreischen beinahe zu einer Katastrophe. Einen Moment lang verlor ich meine Selbstbeherrschung und begann, hilflos an den Instrumenten herumzufummeln. In der nächsten Sekunde fing ich mich aber wieder und konnte uns heil durch den Pass bringen – doch ich befürchte, dass Danforth für immer verändert sein wird.

Wie ich bereits sagte, weigert sich Danforth bis heute, mir anzuvertrauen, welches finale Grauen ihn so irrsinnig aufschreien ließ – ein Grauen, das mit trauriger Gewissheit weitgehend für seinen gegenwärtigen Zusammenbruch verantwortlich ist. Als wir die sichere Seite des Gebirgszuges erreichten und in einen langsamen Sinkflug Richtung Lager übergingen, verständigten wir uns durch laute, kurze Rufe über das Pfeifen des Windes und den Motorlärm hinweg – doch dies lag eher daran, dass wir uns beim Verlassen der Albtraumstadt Geheimhaltung geschworen hatten. Gewisse Dinge, so waren wir übereingekommen, sollten Menschen besser nicht wissen und leichtfertig darüber reden – und ich würde auch jetzt nicht darüber sprechen, ginge es nicht darum, die Starkweather-Moore-Expedition und ähnliche Vorhaben um jeden Preis zu verhindern. Um des Friedens und der Sicherheit der Menschheit willen ist es absolut notwendig, dass einige der dunklen, toten Winkel und unergründeten Tiefen dieser Erde unangetastet bleiben, damit keine schlafenden Abnormitäten zu neuem Leben erwachen und sich blasphemisch überdauerte Albträume aus ihren schwarzen Schlünden winden und zu neuen und größeren Eroberungen ausbrechen.

Alles, was Danforth jemals verriet, ist, dass dieses letzte Grauen eine Spiegelung der Luft war. Sie hatte, so versicherte er, nichts zu tun mit den würfelförmigen Bauwerken und Höhlen in den widerhallenden, nebelumwogten, wurmzerlöcherten Bergen des Wahnsinns, die wir überflogen. Es war vielmehr ein einziger, fantastisch-dämonischer Blick durch die Wolken des brodelnden Zenits auf das, was sich hinter jenen anderen violetten Bergen im Westen verbarg, denen die Großen Alten ängstlich ferngeblieben waren.

Sehr wahrscheinlich handelte es sich nur um eine Sinnestäuschung, verursacht durch die überstandenen nervlichen Strapazen und von dem realen, aber fehlgedeuteten Trugbild der toten transmontanen Stadt, die wir am Tag zuvor in der Nähe von Lakes Lager beobachtet hatten. Doch für Danforth war diese Täuschung derart naturgetreu, dass er noch heute darunter leidet. Einige Male hat er zusammenhanglose und unverantwortliche Dinge geflüstert über »den schwarzen Abgrund«, »den gemeißelten Grat«, »die Proto-Schoggothen«,

»die fensterlosen Räume mit fünf Dimensionen«, »den unbeschreiblichen Zylinder«, »den älteren Pharos«, »Yog-Sothoth«, »den urzeitlichen weißen Gelee«, »die Farbe aus dem All«, »die Schwingen«, »die Augen in der Dunkelheit«, »die Mondleiter«, »das Ursprüngliche, das Ewige, das Untote« und noch mehr bizarre Begriffe. Wenn er ganz Herr seiner selbst ist, bestreitet er all dies und führt es auf seine kuriose und makabre Literatur früherer Jahre zurück. Danforth zählt wirklich zu den wenigen, die es je gewagt haben, das wurmstichige Exemplar des *Necronomicon,* das in unserer Universitätsbibliothek streng unter Verschluss gehalten wird, vollständig durchzulesen.

Sicher, als wir den Gebirgszug überflogen, waren die Luftschichten über uns äußerst nebelig und unruhig; und obwohl ich selbst den Zenit nicht sah, kann ich mir gut vorstellen, dass seine Strudel aus eisigem Staub sich zu sonderbaren Gebilden geformt haben. Man weiß, wie lebensecht mitunter weit entfernte Schauplätze von solch stürmischen Wolkenschichten gespiegelt, gebrochen und vergrößert werden, und den Rest mag die Einbildung besorgt haben – außerdem hat Danforth diese expliziten Schrecken erst erwähnt, nachdem sein Gedächtnis die Möglichkeit hatte, sich an die einstige Lektüre zu erinnern. Er kann niemals so viel mit einem flüchtigen Blick gesehen haben.

In jenem Moment im Flugzeug gerannen seine Schreie zur Wiederholung eines einzigen übergeschnappten Wortes allzu eindeutiger Herkunft: *»Tekeli-li! Tekeli-li!«*

## GESCHICHTE DES *NECRONOMICONS*

*Ein knapper, jedoch vollständiger Abriss über die Geschichte dieses Buches, seinen Verfasser sowie seine verschiedenen Übersetzungen und Ausgaben von der Zeit der Entstehung des* Necronomicons *(730 n. Chr.) bis zum heutigen Tage.*

Original-Titel: *Al Azif* – ›Azif‹ ist der Begriff, mit dem die Araber jenes nächtliche (von Insekten verursachte) Geräusch bezeichnen, hinter dem sie das Heulen der Dämonen vermuten.

Verfasst von Abdul Alhazred, einem wahnsinnigen Dichter aus der jemenitischen Stadt Sanaá, von dem es heißt, er habe während der Zeit des Kalifats der Omajaden, etwa 700 n. Chr., gewirkt. Er besuchte die Ruinen von Babylon und die unterirdischen Geheimnisse von Memphis und verbrachte ganz auf sich allein gestellt zehn Jahre in der großen südarabischen Wüste – die »Roba El Khaliyeh« oder »leere Weite« der Alten und die »Dahna« oder »Karminrote Wüste« der modernen Araber –, von der man glaubt, sie sei von bösen Schutzgeistern und Ungeheuern des Todes behaust. Über diese Wüste wurden viele seltsame und unglaubliche Wundergeschichten in Umlauf gebracht, von jenen, die behaupten, in sie vorgedrungen zu sein.

Seine letzten Jahre verbrachte Alhazred in Damaskus, wo er das *Necronomicon* (*Al Azif*) niederschrieb, und von seinem schließlichen Tod oder Verschwinden (738 n. Chr.) erzählt man sich mannigfache schreckliche und widerstreitende Dinge. Laut Ebn Khallikan (in einer Biografie aus dem 12. Jahrhundert) wurde er am hellichten Tage von einem unsichtbaren Ungeheuer gepackt und im Angesicht einer großen Zahl vor Angst erstarrter Zeugen auf grauenvolle Weise verschlungen. Über seinen Wahnsinn ist mancherlei im Schwange. Er erhob den Anspruch, das sagenhafte Irem, oder die Stadt der Säulen, gesehen zu haben, und unter den Ruinen einer gewissen Stadt ohne Namen inmitten der Wüste auf die schockierenden Chroniken und Geheimnisse einer Rasse gestoßen zu sein, die älter ist als die Menschheit. Er war seinem muslimischen Glauben nicht treu und betete zu unbekannten Wesenheiten, die er Yog-Sothoth und Cthulhu nannte.

Anno 950 wurde das *Azif,* das unter den Philosophen jener Zeit beträchtliche, wenn auch verschwiegene Verbreitung gefunden hatte, von Theodorus Philetas aus Konstantinopel unter dem Titel *Necronomicon* heimlich ins Griechische übertragen. Ein Jahrhundert lang bewog es gewisse Schwarzkünstler zu grässlichen Versuchen, bis es vom Patriarchen Michael bekämpft und verbrannt wurde. Hernach hörte man nur verstohlen von ihm, doch im späteren Verlauf des Mittelalters fertigte Olaus Wormius eine lateinische Übersetzung (1228) der griechischen Fassung an, und diese lateinische Textversion erschien zweimal im Druck – einmal im 15. Jahrhundert in Frakturschrift (offenkundig in Deutschland) und einmal im 17. Jahrhundert (wahrscheinlich spanischen Ursprungs); beide Ausgaben entbehrten der Urhebervermerke, sodass sich ihre Entstehungszeiten und -orte nur anhand des Schriftbildes bestimmen lassen. Sowohl die lateinische wie auch die griechische Übersetzung des Werkes wurde kurz nach dem Entstehen der lateinischen, die Aufmersamkeit auf das Werk zog, im Jahre 1232 von Papst Gregor IX. verboten. Das arabische Original ging bereits zu Wormius' Zeiten verloren, wie dessen Vorbemerkung zur Übersetzung andeutet (allerdings gibt es einen vagen Bericht über ein geheimes Exemplar, das Anfang des 20. Jahrhunderts in San Francisco aufgetaucht sein soll und später verbrannte), und von einer Sichtung der griechischen Fassung – die zwischen 1500 und 1550 in Italien gedruckt worden war – gibt es keine Kunde, nachdem die Bibliothek eines gewissen Mannes aus Salem im Jahre 1692 zum Raub der Flammen wurde. Eine von Dr. Dee verfertigte Übersetzung gelangte nie zum Druck und ist nur in Bruchstücken erhalten, die aus dem ursprünglichen Manuskript gerettet werden konnten. Von den noch vorhandenen lateinischen Versionen wird bekanntermaßen eine (aus dem 15. Jahrhundert) vom Britischen Museum unter strengem Verschluss gehalten, eine andere (17. Jahrhundert) liegt in der Bibliothèque Nationale in Paris. Jeweils eine weitere Ausgabe aus dem 17. Jahrhundert befindet sich in der Widener Library in Havard, in der Bibliothek der Miskatonic University in Arkham und in der Bibliothek der Universität von Buenos Aires.

Vermutlich existieren im Verborgenen noch zahlreiche weitere Ausgaben, und eine aus dem 15. Jahrhundert ist hartnäckigen Gerüchten zufolge Teil der Sammlung eines berühmten amerikanischen Millionärs. Ein noch unbestimmteres Gerücht schreibt der Salemer Familie Pickman die Verwahrung einer griechischen Textversion aus dem 16. Jahrhundert zu; doch falls sie sich dort erhalten hatte, verschwand sie 1926 mit dem Künstler R. U. Pickman. Das Buch wird von den Behörden fast aller Länder und sämtlichen religiösen Organisationen unterdrückt. Seine Lektüre zeitigt grässliche Folgen. Gerüchten über dieses Buch (von dem in der breiten Öffentlichkeit verhältnismäßig wenige wissen) verdankt angeblich R. W. Chambers den Einfall zu seinem frühen Roman *Der König in Gelb.*

## Chronologische Übersicht

1. Das *Al Azif* wird zirka 730 n. Chr. in Damaskus von Abdul Alhazred verfasst.
2. Übersetzung ins Griechische unter dem Titel *Necronomicon* anno 950 durch Theodorus Philetas.
3. Auf Befehl des Patriachen Michael anno 1050 verbrannt (das bezieht sich auf die griechische Textversion – die arabische ist mittlerweile verschollen).
4. Olaus Wormius übersetzt das Werk anno 1228 aus dem Griechischen ins Lateinische.
5. Die lateinischen und griechischen Ausgaben werden anno 1232 von Papst Gregor IX. unterdrückt.

6. 14. Jh.: Deutsche Frakturschrift-Ausgabe.
7. 15. Jh.: Druck der griechischen Textversion in Italien.
8. 16. Jh.: Übersetzungen der lateinischen Version ins Spanische.

# Katzen und Hunde

Nachdem ich von der Katzen-und-Hunde-Fehde erfahren habe, die sich im Blue Pencil Club anbahnt – für unseren Kreis eine neue Sache, wenn auch der Amateurszene im Ganzen nicht unvertraut –, kann ich mir nicht verkneifen, ein paar kätzische Maunzer und Faucher zugunsten meines eigenen Standpunktes in der Auseinandersetzung beizusteuern, wenngleich mir bewusst ist, dass die Stimme eines ehrwürdigen Ex-Mitgliedes schwerlich viel Gewicht gegenüber der Brillanz jener immer noch aktiven Clubangehörigen beanspruchen kann, die vielleicht zugunsten der Gegenseite bellen werden. Im Wissen um meine argumentative Unbeholfenheit hat mein geschätzter Briefpartner, Kurator James Ferdinand Morton* aus Paterson, mir die Unterlagen einer vergleichbaren Auseinandersetzung in der *New York Tribune* zugesandt, bei der Mr Carl Van Doren** auf meiner Seite steht und Mr Albert Payson Terhune*** auf jener der schwanzwedelnden Sippschaft. Hieraus würde ich gerne die mir nötigen Fakten entwenden; doch hat Mr Morton mir mit echter machiavellistischer Raffinesse lediglich einen Teil des kätzischen Plädoyers zugänglich gemacht, während er mir das Dokument zur Verteidigung der Hunde in voller Länge überließ. Zweifellos glaubt er, dass diese Vorkehrung angesichts meiner eigenen heftigen Parteilichkeit so etwas wie ausgleichende Gerechtigkeit herstellt; für mich jedoch ist es ausgesprochen lästig, da es mich nötigt, verschiedene der folgenden Anmer-

* J. F. Morton (1870–1941), nordamerikanischer Schriftsteller und Gelehrter, langjähriger Brieffreund Lovecrafts. (d. Ü.)

** Carl Clinton Van Doren (1885–1950), nordamerikanischer Kritiker und Biograf. (d. Ü.)

*** Albert P. Terhune (1872–1842), nordamerikanischer Journalist und Hundezüchter, berühmt als Verfasser zahlreicher Hunde-Geschichten und -Romane. (d. Ü.)

kungen auf mehr oder minder eigenständige Gedankengänge zu gründen.

Bei der Wahl zwischen Hund und Katze schlägt mein Pendel derart eindeutig aus, dass es mir nie einfallen würde, beide miteinander zu vergleichen. Ich verspüre keine ausgesprochene Abneigung gegen Hunde, so wenig wie gegen Affen, Menschenwesen, Kühe, Schafe oder Pterodactyle; für die Katze jedoch hege ich seit den Tagen meiner frühesten Kindheit eine ganz besondere Hochachtung und Zuneigung. In ihrer makellosen Anmut und souveränen Unabhängigkeit habe ich, objektiv betrachtet, ein Sinnbild der vollkommenen Schönheit und kühlen Unnahbarkeit des Universums selbst gesehen; und in ihrer stumm-geheimnisvollen Aura liegt für mich die ganze Rätselfülle und Faszination des Unbekannten. Der Hund spricht gewöhnliche und oberflächliche Gefühle an; die Katze hingegen die tiefsten Quellen der Vorstellungskraft und kosmischen Erkenntnis, die der menschliche Geist birgt. Es ist keineswegs Zufall, dass die kontemplativen Ägypter, zusammen mit späteren poetischen Geistern wie Poe, Gautier, Baudelaire und Swinburne, allesamt aufrichtige Verehrer der geschmeidigen Samtpfote waren.

Welche Vorliebe man in der Katzen-oder-Hunde-Frage äußert, hängt naturgemäß ganz und gar vom eigenen Temperament und Standpunkt ab. Im Hund würde ich den Favoriten oberflächlicher, rührseliger, gefühlsbetonter und demokratisch gesinnter Menschen vermuten – Menschen, die mehr fühlen als denken, die der Menschheit und den populären, konventionellen, banalen Gefühlsregungen Bedeutung beimessen und die ihren größten Trost in den schwanzwedelnden und unterwürfigen Zutraulichkeiten eines geselligen Gefolges finden. Solche Leute leben in einer begrenzten Vorstellungswelt; sie übernehmen unkritisch die gemeinhin überkommenen Wertvorstellungen und haben es allemal lieber, dass ihren naiven Überzeugungen, Empfindungen und Vorurteilen geschmeichelt wird, statt das rein ästhetische und philosophische Vergnügen zu genießen, das aus Unterscheidungsvermögen,

Gedankenreichtum und dem Erkennen strenger, vollendeter Schönheit erwächst. Damit soll nicht gesagt sein, dass die plumperen Gefühle nicht auch der Katzenliebe des durchschnittlichen Katzenfreundes innewohnen, sondern es sei lediglich betont, dass die Wertschätzung für Katzen einen Boden wahren Äshetizismusses besitzt, welcher der Vorliebe für Hunde nicht eignet. Der echte Katzenliebhaber ist jemand, der eine klarere Einfügung in das Universum fordert, als landläufige Alltagsplatitüden sie ermöglichen; jemand, der sich weigert, die sentimentale Vorstellung anzuerkennen, dass alle guten Menschen Hunde, Kinder und Pferde lieben, während alle bösen Menschen diese nicht mögen und auch von ihnen nicht gemocht werden. Er ist nicht willens, sich selbst und seine derberen Empfindungen zum Maßstab universaler Werte zu erheben oder seichten Moralauffassungen zu gestatten, sein Urteil zu trüben. Kurz gesagt, er schätzt Bewunderung und Achtung mehr als Überschwang und Schwärmerei; und er erliegt nicht der Täuschung, dass geistlose Anhänglichkeit und Freundschaft oder sklavische Ergebenheit und Hörigkeit in irgendeiner Weise bewundernswert oder preisenswert sind. Hundeliebhaber errichten ihr ganzes Argumentationsgebäude auf diesen niederen, kriecherischen und plebejischen Eigenschaften und beurteilen erheiternderweise die Intelligenz eines Haustiers nach dem Grad seiner Anpassung an ihre eigenen Wünsche. Katzenliebhaber entgehen diesem Trugglauben und lehnen den Gedanken ab, dass scharwenzelnde Unterwürfigkeit und anbiedernde Kameraderie gegenüber dem Menschen überragende Verdienste sind, und besitzen die Freiheit, aristokratische Unabhängigkeit, Selbstachtung, Individualität und Persönlichkeit im Verbund mit äußerster Anmut und Schönheit zu verehren, deren Verkörperung der kühle, geschmeidige, zynische und unbezwungene König der Dachfirste ist.

Menschen mit gewöhnlichen Ansichten – fantasielose, achtbare Spießer, die zufrieden im Alltagstrott verharren und sich dem allgemeinen Credo sentimentaler Wertvorstellungen anschließen – werden stets Hundeliebhaber sein. Ihnen wird nichts jemals wichtiger erscheinen als sie selbst und ihre eigenen, eher groben Gefühlsregungen, und sie werden nie aufhören, jenes Mitgeschöpf wertzuschätzen und zu lobpreisen, das diese am besten verkörpert. Solche Menschen sind abgesunken in den Strudel orientalischen Idealismusses und seiner Erniedrigung, der die Zivilisation der klassischen Antike im frühen Mittelalter zerstörte, und sie leben in einer farblosen Welt abstrakter, gefühlsbestimmter Wertvorstellungen, in denen die rührseligen Illusionen von Sanftmut, Hingabe, Güte, Brüderlichkeit und winselnder Demut zu herausragenden Tugenden aufgeblasen werden und eine komplette, falsche Ethik und Philosophie auf den bänglichen Reaktionen des Systems der Beugemuskeln errichtet wird. Dieses Erbe, das uns ironischerweise aufgebürdet wurde, als römische Politik den religiösen Glauben eines geknechteten und gebrochenen Volkes während des Spätreichs zur Vorherrschaft erhob, hat naturgemäß viel Macht über die Schwachen und die gedankenlos Sentimentalen behalten; und vielleicht erreichte es seinen Höhepunkt im kitschverliebten neunzehnten Jahrhundert, als die Menschen Hunde zu preisen pflegten, »weil sie so menschlich sind« (so als sei Menschlichkeit ein gültiger Wertmaßstab!), und als der ehrbare Edwin Landseer* Hunderte von schnieken ›Fifis‹ und ›Bellos‹ und ›Strolchis‹ mit der ganzen anthropoiden Banalität, Pedanterie und ›Niedlichkeit‹ berühmter Viktorianer malte.

Doch inmitten dieses Dickichts intellektuellen und emotionalen Duckmäusertums haben einige wenige freie Denker stets die alten zivilisierten Wahrhaftigkeiten hochgehalten, die der Geist des Mittelalters verdunkelte – die strenge klassische Treue zu Wahrheit, Stärke und Schönheit, die ein klarer Sinn und ungebeugter Geist dem lebensprallen westlichen Arier verliehen, als er sich der Erhabenheit, Schönheit und Teilnahmslosigkeit der Natur gegenübersah. Dies ist die männliche Ästhetik und

* Sir Edwin Henry Landseer (1802–1873), englischer Maler und Bildhauer, vornehmlich von Tierportraits. (d.Ü.)

Ethik der Streckmuskeln – die tapferen, lebensvollen, unverrückbaren Überzeugungen und Vorlieben stolzer, überlegener, ungebrochener und angstloser Eroberer, Jäger und Krieger – und sie hat wenig übrig für das Heuchlertum und das Gewimmer des brüderlichen, sabbernd-liebedienerischen Friedensapostels und Duckmäusers und Gefühlsmenschen. Schönheit und Tüchtigkeit – Zwillingseigenschaften des Kosmos an sich – sind die Götter jenes aristokratischen und heidnischen Typus; für den Anbeter solch ewiger Dinge wird die höchste Tugend nicht in Demut, Anhänglichkeit, Gehorsam und Gefühlschaos zu finden sein. Diese Art Huldiger wird nach dem suchen, das die Schönheit der Sterne und der Planeten und der Wälder und der Meere und der Sonnenuntergänge am vollkommensten verkörpert, und welches die Kühle, den Stolz, die Präzision, die Selbstgenügsamkeit, die Grausamkeit, die Unabhängigkeit sowie die verachtungsvolle und launenhafte Unpersönlichkeit der allbeherrschenden Natur am besten verlebendigt. Schönheit – Kühle – Reserviertheit – philosophische Gelassenheit – Unabhängigkeit – ungezähmte Überlegenheit – wo überhaupt finden diese Dinge ihre Verkörperung mit auch nur der Hälfte jener Perfektion und Vollständigkeit, in welcher sie die unvergleichliche und schmiegsam gleitende Katze schmücken, die ihre geheimnisvolle Umlaufbahn mit der unerbittlichen und unaufdringlichen Stetigkeit eines Planeten im unendlichen Raum zieht?

Dass Hunde dem fantasielosen, bäurischen Spießbürger am Herzen liegen, während Katzen den feingestimmten Aristokraten – Poeten – Philosophen ansprechen, wird sogleich klar werden, wenn wir uns mit dem Thema der biologischen Artverwandschaft befassen. Praktisch gesonnenes, plebejisches Volk beurteilt ein Ding nur danach, wie es sich unmittelbar anfühlt, schmeckt und riecht; Vertreter des feinsinnigeren Typus hingegen treffen ihre Einschätzungen aufgrund der Gedankenverbindungen und der Bilder, die das betreffende Objekt in ihrem Geiste erweckt. In Bezug auf Hunde und Katzen sieht nun der begriffsstutzige Bauer nur die beiden

Tiere vor sich und formt seine Vorliebe aufgrund ihrer relativen Fähigkeit, seinen schmalzigen, unausgegorenen Vorstellungen von Moral und Freundschaft und schmeichelnder Dienstfertigkeit zu frommen. Demgegenüber sieht der Gentleman und Denker jedes der beiden Geschöpfe innerhalb seiner natürlichen Verwandschaftsbeziehungen und kann nicht umhin, zu erkennen, dass in der großen Symmetrie des organischen Lebens Hunde in einer Reihe stehen mit schmutzigen Wölfen und Füchsen und Schakalen und Koyoten und Dingos und gescheckten Hyänen, wohingegen die Katze stolz mit den Herren des Dschungels einherschreitet und den edlen Löwen, den geschmeidigen Leoparden, den königlichen Tiger sowie den schlanken Panther und ranken Jaguar zu ihren Artverwandten zählt. Hunde sind die Hieroglyphen blinder Gefühle, von Minderwertigkeit, sklavischer Anhänglichkeit und Rudelverhalten – die Kennzeichen des gewöhnlichen, dumpf leidenschaftlichen sowie an Intellekt und Fantasie minder entwickelten Menschen. Katzen sind die Runen der Schönheit, Unüberwindbarkeit, Rätselfülle, Selbstachtung, Freiheit, Kälte, Unabhängigkeit und der kapriziösen Individualität – die Wesensmerkmale feingesponnener, aufgeklärter, geistig hoch entwickelter, heidnischer, zynischer, poetischer, philosophischer, abgeklärter, reservierter, unabhängiger, ungebrochener, zivilisierter, nietzscheanischer Herrenklasse-Menschen. Der Hund ist ein Bauer und die Katze ein Gentleman.

Tatsächlich können wir den Geist und die Denkart einer Zivilisation an ihrer jeweiligen Haltung gegenüber Hunden und Katzen ablesen. Das stolze Ägypten, wo der Pharao unumschränkt herrschte und prachtvolle Pyramiden nach des Königs Willen erstanden, der sie erträumte, verneigte sich vor der Katze, und in Bubastis wurden ihrer Göttin zu Ehren Tempel errichtet. Im kaiserlichen Rom zierte der anmutige Leopard die meisten Häuser von Rang, wo er sich, an einem Halsreif und einer Kette aus Gold, voll anmaßender Schönheit im Atrium aalte; und nach der Ära der Antoniden wurde die eigentliche Katze aus Ägypten eingeführt und als ein seltener und kostspieliger Luxus geschätzt. So viel zu aufgeklärten Herrenvölkern. Wenn wir allerdings zum geduckten Mittelalter mit seinem Aberglauben, seinen religiösen Ekstasen, seinen mönchischen Askesen und seinem Getue um Heilige und ihre Reliquien gelangen, entdecken wir nur sehr geringe Wertschätzung für die kühle und unpersönliche Schönheit der Feliden; stattdessen erblicken wir ein trauriges Schauspiel von Hass und Grausamkeit gegenüber dem anmutigen kleinen Geschöpf, das überhaupt nur wegen seiner Verdienste als Mäusefänger Duldung unter jenen bornierten Bauern fand, die seine selbstbewusste Kühle übel nahmen und seine scheue Unabhängigkeit als etwas fürchteten, das den dunklen Mächten der Hexerei anverwandt sein soll. Diese grobschlächtigen Sklaven östlicher Finsternis mochten nichts leiten, das nicht ihren eigenen seichten Empfindungen und niederen Zwecken diente. Sie wollten einen Hund, der sie schleckte, mit ihnen jagte, ihnen apportierte und für sie arbeitete und besaßen keinen Bedarf für die Katzengabe zeitloser und selbstloser Schönheit, die den Geist erlabt. Man kann leicht ermessen, wie sehr Mietzes erhabene Abgeklärtheit, Geruhsamkeit, Entspanntheit und Verächtlichkeit gegenüber nichtigen menschlichen Bestrebungen und Belangen diese erboste. Wirf einen Stock, und der diensteifrige Hund hechelt und japst und rennt, um ihn dir zu bringen. Tu dasselbe vor einer Katze, und sie bedenkt dich mit einem Blick kühl-höflicher und leicht gelangweilter Belustigung. Und gerade so wie tiefer stehende Menschen das tiefer stehende Tier bevorzugen, das ausgelassen herumtollt, weil ein anderer etwas von ihm verlangt, so schätzen höher stehende Menschen das höher stehende Tier, das sein eigenes Leben lebt und weiß, dass kindisches Stöckchenwerfen fremdartiger Zweibeiner nicht sein Betreff und seiner Aufmerksamkeit nicht würdig ist. Der Hund bellt und bettelt und tollt zu deiner Kurzweil, wenn du mit der Peitsche knallst. Das gefällt einem grobschlächtigen Anhänger der Duckmäuserei, der es genießt, seine selbstangemaßte Wichtigkeit bestätigt zu fühlen. Die Katze hingegen lockt dich bestrickend in ein Spiel nach ihrem Sinn, wenn sie unterhalten werden will; sie lässt dich mit einem Blatt Papier an einer Schnur durchs Zimmer jagen, wenn ihr nach Bewegung zumute ist, verschließt sich jedoch all deinen Versuchen, sie ins Spiel zu ziehen, wenn sie dazu keine Lust verspürt. So sehen Persönlichkeit und Individualität und Selbstachtung aus – das ist die ruhige Überlegenheit eines Geschöpfs, dessen Leben ihm gehört und nicht dir – und der höher stehende Mensch anerkennt und wertschätzt dies, denn auch er ist ein freier Geist, dessen Stellung unangefochten ist und dessen allein gültiges Gesetz seine eigene Tradition und sein ästhetisches Empfinden sind. Zusammengefasst mögen wir ersehen, dass der Hund jene primitiven, gefühlsduseligen Seelen anspricht, deren Haupterwartungen ans Universum belanglose Zuneigung, planlose Geselligkeit sowie schmeichelhafte Aufmerksamkeit und Abhängigkeit sind; wohingegen die Katze unter jenen gedankenvolleren und fantasiereicheren Geistern regiert, die vom Universum lediglich den objektiven Anblick überwältigender, vergeistigter Schönheit fordern sowie die beseelte Verkörperung der gleichgültigen, erbarmungslosen, ruhigen, bedächtigen und unpersönlichen Ordnung und Auskömmlichkeit der Natur. Der Hund *gibt,* die Katze jedoch *ist.*

Schlichte Gemüter überbeanspruchen stets das moralische Element im Leben, und es ist nur natürlich, dass sie dies auch auf den Bereich ihrer Haustiere ausdehnen. Entsprechend hören wir zahlreiche alberne Äußerungen zugunsten der Hunde auf der Grundlage, sie seien *treu,* Katzen hingegen *treulos.* Doch was soll das bitteschön heißen? Wo sind die Anhaltspunkte? Gewiss, der Hund hat eine so geringe Vorstellungsgabe und Individualität, dass er keine Interessen außer denen seines Herrn kennt; doch welcher kultivierte Geist vermag, eine löbliche Eigenschaft in diesem blödsinnigen Verzicht auf ein angeborenes Recht zu erkennen? Wer kritisch zu unterscheiden vermag, muss die Lorbeeren sicherlich der überlegenen Katze zusprechen, die zu viel naturgegebene Würde besitzt, um irgendeine Vorstellungswelt außer der eigenen anzuerkennen und die sich deshalb keinen Deut darum schert, was irgendein Menschentölpel von ihr denkt oder fordert oder erwartet. Sie ist nicht *treulos,* denn sie hat sich keiner Sache abseits ihrer eigenen geruhsamen Wünsche jemals zur Gefolgschaft verpflichtet, und *Treulosigkeit* bedeutet in erster Linie einen Abfall von einem ausdrücklich geschlossenen Bund. Die Katze ist ein Realist, kein Heuchler. Sie nimmt, was und wann es ihr gefällt, und sie macht keine Versprechungen. Sie verleitet dich niemals dazu, mehr von ihr zu erwarten, als sie gibt, und falls du es vorziehst, so töricht viktorianisch zu sein, dass du ihr selbstzufriedenes Schnurren und Um-die-Waden-Streichen als Zeichen vorübergehender Zuneigung dir gegenüber missverstehst, dann ist das nicht ihre Schuld. Keine Sekunde lang würde sie dich glauben machen, dass sie mehr von dir will als Futter und Wärme und Obdach und Amüsement – und sie ist sicherlich befugt, den Entwicklungsstand deines ästhetischen Empfindens und deiner Vorstellungskraft zu tadeln, falls du nicht ihre Anmut und Schönheit und heitere dekorative Wirkung als mehr denn ausreichendes Entgelt für alles betrachtest, was du ihr gibst. Der Katzenliebhaber wundert sich nicht unbedingt über die Hundeliebe eines Mitmenschen – ja, er besitzt diese Eigenschaft vielleicht sogar selbst; denn Hunde sind oft recht adrett und in einer gönnerhaften Hinsicht ebenso liebenswert wie ein treuer alter Diener oder Pächter in den Augen ihrer Herrschaft –, doch kann er nicht umhin, Verwunderung über jene zu empfinden, die seine Katzenliebe nicht teilen. Die Katze ist ein solch vollendetes Sinnbild der Schönheit und Erhabenheit, dass es für jeden wahren Ästheten und zivilisierten Zyniker beinahe unmöglich ist, sie nicht zu verehren. Wir nennen uns selbst den »Herren« eines Hundes – doch wer hat sich je erdreistet, sich als »Herr« einer Katze zu bezeichnen? Wir *besitzen* einen Hund – er weilt bei uns als ein Sklave und Untergeordneter, weil wir ihn so haben wollen. Doch wir *unterhalten* eine Katze – sie schmückt unseren Herd als ein Gast, Mitbewohner und Gleichrangiger, weil *sie* dort sein will. Es ist kein Kompliment, der stumpfsinnig vergötterte Herr eines Hundes zu sein, dessen Insinkt darin besteht, zu vergöttern, doch ist es eine herausragende Achtungsbezeigung, zum Freund und Vertrauten einer philosophischen Katze erkoren zu sein, die gänzlich ihr eigener Herr ist und sich leicht einen anderen Gefährten erwählen könnte, falls sie einen solchen angenehmer und interessanter fände. Eine Spur dieser großen Wahrheit von der höheren Würde der Katze hat sich, wie ich glaube, in Form der Verwendung der Begriffe »Katze« und »Hund« zu Beschimpfungszwecken ins Volkstum eingeschlichen. Während »Katze« niemals auf irgendeine Missetäterin angewandt wurde, die sich Ärgeres hätte zuschulden kommen lassen als die Verbreitung abträglicher Nachreden oder den Charakterzug wehrhafter Kratzbürstigkeit, wurden die Wörter »Hund«, und »Hundsf—« stets mit Gemeinheit, Ehrlosigkeit und Entwürdigung der schwerwiegendsten Art in Verbindung gebracht. Bei der Herausbildung dieser Nomenklatur war im Volksbewusstsein fraglos eine vage, unterschwellige Erkenntnis wirksam, dass es Niederungen der Strolcherei, der Winselei, der Scharwenzelei und der unterwürfigen Entehrung gibt, in die kein Anverwandter des Löwen und des Leoparden jemals absinken könnte. Die Katze mag tief fallen, doch bleibt sie stets ungebrochen. Sie zählt, gleich den nordischen Vertretern der Menschheit, zu denen, die über ihr eigenes Leben bestimmen oder sterben.

Wir müssen nur einmal analytisch auf die beiden Tiere blicken, um zu erkennen, wie die Katze Punkt um Punkt gewinnt. Schönheit, die vermutlich das Einzige innerhalb des ganzen Kosmos ist, dem irgendeine grundlegende Bedeutung zukommt, sollte unser wichtigster Bewertungsmaßstab sein; und hier bewährt sich die Katze derart glänzend, dass alle Vergleiche von vornherein zum Scheitern verdammt sind. Einige Hunde, das stimmt, besitzen ein sehr ansehnliches Maß an Schönheit; doch selbst der höchste Grad kaniner Schönheit fällt weit ab unter den des feliden Durchschnitts. Die Katze ist klassisch, der Hund hingegen gotisch – nirgends in der Tierwelt entdecken wir eine so wahrhaft hellenische Vollendung der Gestalt, deren Anatomie der Funktion folgt, wie bei den Feliden.

Miez ist ein dorischer Tempel – ein ionischer Säulengang – in dem perfekten Klassizismus ihrer körperbaulichen und dekorativen Harmonien. Und dies trifft kinetisch ebenso zu wie statisch, auf den Bewegungszustand ebenso wie auf den Ruhezustand, denn die Kunst kennt nichts, das der bezaubernden Anmut auch nur der kleinsten Bewegung einer Katze gleichkommt. Die schiere, perfekte Ästhetik von Mietzes trägen Rekelungen, geschäftigen Gesichtswäschen, verspielten Purzelbäumen und kleinen, unwillkürlichen Regungen im Schlaf ist so eindringlich und lebendig wie die beste Schäferlyrik oder Genremalerei; wogegen die unfehlbare Akurratesse ihrer Sätze und Sprünge, ihres Rennens und Jagens, einen auf temperamentvollere Weise ebenso hohen künstlerischen Wert besitzt. Doch ist es ihre Fähigkeit zur Muße und zur Entspannung, die der Katze ihre Ausnahmestellung verleiht. Mr Carl Van Vechten preist in *Peter Whiffle* die zeitlose Geruhsamkeit der Katze als Idealbild einer Lebenshaltung*, und Prof. William Lyon Phelps** hat ein Geheimnis der Katzennatur sehr wirkungsvoll eingefangen, als er äußerte, dass die Katze sich nicht einfach nur *hinlege*, sondern *»ihren Leib auf den Boden ergießt wie ein Glas Wasser«*. Welches andere Lebewesen hat in gleicher Weise die Ästhetik der Technik mit jener der Hydraulik vereint? Man stelle dies dem unbeholfenen Hecheln, Japsen, Tapsen, Tollen, Scharren und der allgemeinen Tollpatschigkeit des durchschnittlichen Hundes mit seinen unzähligen fehlgeleiteten und überflüssigen Bewegungen gegenüber. Und was das Detail der Reinlichkeit angeht, da besitzt die anspruchsvolle Katze einen unermesslichen Vorsprung. Wir mögen es stets gern, eine Katze zu berühren, aber nur der Unempfindsame kann in gleicher Weise die ungestümen und feuchten Kosungen und Stüber eines staubigen und womöglich nicht geruchsfreien Struppis begrüßen, der voll tapsiger Erregung Sprünge und Verrenkungen und ein Riesen-

* *Peter Whiffle, His Life and Works* (1922), Künstlerroman von Carl Van Vechten (1880–1964). (d. Ü.)

** William L. Phelps (1865–1943), nordamerikanischer Schriftsteller, Kritiker und Gelehrter. (d. Ü.)

Tamtam vollführt, ohne bestimmten Anlass, außer dass blinde Nervenzentren von bestimmten belanglosen Reizen stimuliert wurden. Es liegt ein verdrießliches Übermaß schlechten Benehmens in diesem wilden Hundegebaren – wohlerzogene Leute betatschen und malträtieren einen nicht, und mit einiger Sicherheit finden wir die Katze unweigerlich sanft und zurückhaltend in ihren Annäherungen und taktvoll selbst dann, wenn sie mit gepflegtem Schnurren anmutig auf deinen Schoß gleitet oder drollig auf den Tisch springt, an dem du gerade schreibst, um mit gedämpften, komisch-ernsten Pfotentupfern mit deinem Füllhalter zu spielen. Mich wundert nicht, dass Mohammed, jener Scheich vollendeter Manieren, Katzen wegen ihrer Weltgewandtheit liebte, Hunden hingegen wegen ihres bäurischen Wesens wenig Zuneigung entgegenbrachte; oder dass Katzen in den höflichen romanischen Ländern den Vorzug genießen, wohingegen Hunde im trägen, praktisch orientierten und biertrinkenden Mitteleuropa die Schnauze vorn haben. Beobachte eine Katze beim Essen, und dann einen Hund. Die Erstere wird von einer ihr innewohnenden, unwandelbaren Geziertheit im Zaum gehalten und verleiht dem ungraziösesten aller Vorgänge doch eine Art von Grazie. Demgegenüber ist der Hund ganz und gar abstoßend in seiner viehischen und unstillbaren Fressgier; er macht seinen Vettern aus der Wildnis alle Ehre, wenn er ungezügelt und ungeniert seinem ›wölfischen Appetit‹ frönt.

Kommen wir auf die Schönheit der Gestalt zurück – ist es nicht bezeichnend, dass zwar einerseits viele gewöhnliche Hunderassen unübersehbar und unbestreitbar hässlich sind, andererseits jedoch *keine* gesunde und gutentwickelte Felidin welcher Spezies auch immer etwas anderes ist als schön? Natürlich gibt es viele unansehnliche Katzen; diese freilich sind stets Einzelfälle von Fehlkreuzung, Unterernährung, Missbildung oder Verstümmelung. Keine Katzenrasse im Normalzustand kann selbst mit viel Fantasie für auch nur halbwegs ungraziös befunden werden – ein Rekord, dem man den betrüblichen Anblick unmöglich plattgesichtiger Bulldoggen, widernatürlich langgezogener Dackel, ekelhaft formloser, zotteliger Airedaile-

Terrier und dergleichen mehr gegenüberstellen muss. Man mag natürlich einwenden, dass jedwede ästhetische Norm lediglich relativ ist – doch orientieren wir uns stets an jenen Normen, die unserer Erfahrung und Erziehung entsprechen, und wenn wir Katzen und Hunde unter den Maßgaben einer westeuropäischen Ästhetik miteinander vergleichen, tun wir gewiss keinem von beiden Unrecht. Falls irgendein unentdeckter tibetanischer Eingeborenenstamm Airedailes schön und Perserkatzen hässlich findet, werden wir das innerhalb seiner eigenen Anschauungswelt nicht in Zweifel ziehen – doch im vorliegenden Fall handelt es sich um uns selbst innerhalb unserer Anschauungswelt, und hier wird kaum jemand das Urteil zugunsten der Katze anfechten können, selbst der glühendste Hundefreund nicht. Ein solcher umgeht das Problem für gewöhnlich mittels eines epigrammatischen Paradoxons und sagt, »dieser Wuffi ist so lieb, er ist hübsch!« Dies ist die kindische Vorliebe für das groteske und geschmacklose »süß«, das wir ebenso in populären Cartoons, Wuschelpuppen und dem ganzen missgestalten, dekorativen Kitsch der ›Tischmaskottchen‹- oder ›Krazy Kat‹-Sorte* verkörpert sehen, die man in den ›Lädchen‹ und ›Grabbel-Ecken‹ des möchtegern-stilvollen Kultur-Proletariats findet.

In Fragen der Intelligenz erheben die Hundeverfechter erheiternde Ansprüche – erheiternd deshalb, weil sie das, was sie für die Intelligenz eines Tieres halten, so überaus naiv am Grad seiner Unterwerfung unter den menschlichen Willen messen. Ein Hund apportiert, eine Katze nicht; *daher* (sic!) ist der Hund der Intelligentere von beiden. Hunde können besser für Zirkus- und Vaudeville-Nummern dressiert werden als Katzen, *daher* (O Zeus, O Olymp!) sind sie diesen geistig überlegen. Aber all das ist natürlich völliger Blödsinn. Wir würden einen geistesschwachen Menschen nicht für intelligenter erachten als einen mündigen Bürger, weil wir ihn bei einer Wahl so

* *Krazy Kat,* Comicstrip-Serie von George Herriman (1880–1944), die von 1913–1944 in US-Zeitungen erschien und auch Merchandise-Produkte hervorbrachte, etwa ›Krazy Kat‹-Puppen. (d. Ü.)

abstimmen lassen können, wie wir es von ihm wollen, während wir den mündigen Bürger nicht zu beeinflussen vermögen, und dennoch argumentieren zahllose Leute auf genau dieser Linie, wenn sie das Hirnschmalz von Hunden und Katzen bewerten. Wetteifer in Sachen Unterwürfigkeit ist etwas, wozu sich kein Simba und keine Sheila mit Selbstachtung je herabgelassen haben, und es ist klar, dass jedwede wirklich zuverlässige Beurteilung hündischer oder kätzischer Intelligenz auf einer sorgfältigen Beobachtung von Hunden und Katzen im Zustand der Eigenverantwortlichkeit – unbeeinflusst von menschlichen Wesen – beruhen muss, dann nämlich, wenn sie von ihnen selbst gesteckte, eigene Ziele verfolgen und ihre eigene intellektuelle Ausstattung gebrauchen, um dieselben zu erreichen. Tun wir dies, so erwerben wir einen überaus gesunden Respekt vor unserem schnurrenden Freund am Kamin, der so wenig Aufhebens und Lärm um seine Wünsche und Methoden veranstaltet; denn in jedem Vorsatz und jeder Überlegung offenbart er ein stählernkaltes und zielorientiertes Zusammenwirken von Intellekt, Willenskraft und Augenmaß, das die gefühligen Überschwänglichkeiten und andressierten, unnatürlichen Tricks des »klugen« und »treuen« Vorsteh- oder Schäferhundes restlos beschämt. Beobachte eine Katze, die durch eine Tür gelangen will, und sieh nur, wie geduldig sie auf ihre Gelegenheit wartet, ohne je ihr Ziel aus den Augen zu verlieren, auch wenn sie es für geboten hält, in der Zwischenzeit andere Interessen vorzutäuschen. Beobachte sie im Eifer der Jagd und vergleiche ihre berechnende Geduld und ruhige Sondierung des Terrains mit dem lärmenden Gehampel und Gescharre ihres kläffenden Rivalen. Nur selten kehrt sie mit leeren Pfoten heim. Sie weiß, was sie will, und gedenkt es auf die effektivste Weise zu erreichen, selbst wenn es Zeit kostet – welche sie auf Philosphenart als bedeutungslos innerhalb des ziellosen Kosmos erkennt. Es ist nicht möglich, sie davon abzubringen oder ihre Aufmerksamkeit abzulenken – und wir wissen wohl, dass diese Eigenschaft geistiger Beharrlichkeit, diese Fähigkeit, einen Faden trotz vielfältiger Ablenkungen nicht zu verlieren, beim Menschen als recht eindeutiges Zeichen intellektueller Stärke und Reife erachtet wird. Kinder, alte Weiber, Dummköpfe und Hunde schweifen ab; Katzen und Philosophen bleiben bei der Sache.

Auch in Sachen Einfallsreichtum beweist die Katze ihre Überlegenheit. Hunde lassen sich gut darauf abrichten, eine einzelne Sache zu tun, doch lehren uns die Psychologen, dass diese Reaktionen auf einen automatischen Erinnerungsvorgang, der von außen eingepflanzt wurde, wenig über wirkliche Intelligenz aussagen. Willst du den abstrakten Entwicklungsstand eines Gehirns beurteilen, dann konfrontiere es mit neuen und unvertrauten Bedingungen und beobachte, wie gut es aus eigenem Vermögen in der Lage ist, seine Ziele mittels reiner Gedankenarbeit ohne vorgegebene Wegmarken zu erreichen. Hier vermag die Katze ein Dutzend geheimnisvoller und erfolgreicher Varianten zu ersinnen, wohingegen der arme Fifi verwundert bellt und rätselt, was das alles zu bedeuten hat. Es sei zugestanden, dass Strolchi der Apportierer einen höheren Anspruch auf populäre, sentimentale Wertschätzung erhebt, indem er getreu der üblichen Filmdramaturgie ins brennende Haus läuft und das Baby rettet, doch Tatsache bleibt, dass der schnurrende, schnurrhaarige Mohrle ein höher entwickelter biologischer Organismus ist – er dem Menschen physiologisch und psychologisch näher steht, eben weil er sich menschlicher Bevormundung nicht fügt – und als solcher einen höheren Anspruch auf die Achtung derer besitzt, die aufgrund rein philosophischer und ästhetischer Maßstäbe urteilen.

Wir können einer Katze Respekt zollen, gerade so wie wir einem Hund keinen Respekt entgegenbringen können, egal welches Tier von beiden uns auf der Ebene unreifer Gefühle mehr anspricht; und wenn wir eher dem Ästhetischen und Analytischen verhaftet sind als der Liebe zum Gewöhnlichen und der Gefühlshuberei, dann muss sich die Waagschale unweigerlich und gänzlich zu Miezes Gunsten senken. Obendrein sei angemerkt, dass sogar die zurückhaltende und selbstgenügsame Katze nicht jeglicher sentimentaler Anziehungskraft entbehrt. Wenn wir uns erst von der unzivilisierten moralischen

Voreingenommenheit lösen – dem Vorurteil von der ›Untreuen‹ und der ›schrecklichen Vögelmörderin‹ –, dann entdecken wir in der ›harmlosen, unentbehrlichen Katze‹ den Gipfel glücklich-häuslicher Symbolik; und kleine Kätzchen werden zum Gegenstand der Verehrung, Idealisierung und Verherrlichung in Form schwärmerischster Daktylen, Anapäste, Jamben und Trochäen.

Ich selbst bekenne mich in der mir eigenen Altersmilde zu einer unmäßigen und gänzlich unphilosophischen Vorliebe für klitzekleine, kohlschwarze Kätzchen mit großen gelben Augen, und kann ebenso wenig an einem vorübergehen, ohne es zu kosen, wie Dr. Johnson* an einem Gehsteigpfosten vorbeigehen konnte, ohne ihn zu streicheln. Ebenso gibt es etwas in Katzen, das jener Wechselseitigkeit von Zuneigung entspricht, die an Hunden, menschlichen Wesen, Pferden und dergleichen so lautstark gerühmt wird. Katzen kommen dazu, bestimmte Personen mit Handlungen in Verbindung zu bringen, die anhaltend zu ihrem Wohlbefinden beitragen, und erwerben für diese eine Anerkennung und Anhänglichkeit, die sich in freundlicher Erregtheit bei ihrem Nahen – ob sie nun Speise und Trank bringen oder nicht – sowie einer gewissen Gedankenschwere im Falle ihrer fortdauernden Abwesenheit ausdrückt. Der verstorbene ›Tat‹ aus *Allston und Malden,* grauer Gefährte unserer Mit-Amateurin Mrs Miniter**, ging so weit, Futter aus keiner anderen Hand als der ihren anzunehmen, und litt lieber Hunger, als auch nur den kleinsten Bissen fremder Herkunft anzurühren. Desgleichen pflegte er ausgeprägte Zuneigungen zu anderen Katzen aus jenem idyllischen Haushalt; so bot er einer seiner schnurrhaarigen Freundinnen bereitwillig Futter an, während er wütend auf den beiläufigsten Blick reagierte, den sein kohlschwarzer Rivale ›Snowball‹ auf seinen Teller warf. Falls nun der Einwand kommt, dass dieses kätzische Zuneigungsverhalten letztlich vor allem dem ›Eigennutz‹ und

* Dr. Samuel Johnson (1709–1784), englischer Gelehrter, Schriftsteller und Enzyklopädist, berühmt auch für seine Schrulligkeiten. (d. Ü.)
** Edith Miniter (1869–1934), nordamerikanische Schriftstellerin aus dem Freundeskreis Lovecrafts. (d. Ü.)

der ›Vorteilssuche‹ entspringen, dann wollen wir im Gegenzug die Frage aufwerfen, wie viele menschliche Zuneigungsbeweise außer jenen, die unmittelbar auf niedere, rohe Instinkte zurückgehen, denn einen anderen Ursprung haben. Nachdem der Punktrichter ein Unentschieden verkündet hat, sollten wir nun eher in der Lage sein, von kindischer Kritik an der ›eigennützigen Katze‹ abzusehen.

Die überlegene innere Vorstellungswelt der Katze, die zu einer überlegenen Selbstbeherrschung führt, ist wohlbekannt. Ein Hund ist ein jämmerliches Etwas, das völlig von Gesellschaft abhängt und hoffnungslos verloren ist, außer im Rudel oder an der Seite seines Herrn. Lass ihn allein, und er weiß nichts anzufangen, außer zu bellen und zu heulen und umherzutrotten, bis schiere Erschöpfung ihn zum Schlafen nötigt. Eine Katze hingegen entbehrt niemals der inneren Kraft zur Zufriedenheit. Gleich einem überlegenen Menschen weiß sie, wie man allein und dabei glücklich sein kann. Hat sie sich einmal umgesehen und niemanden erspäht, der zu ihrem Vergnügen beitragen könnte, widmet sie sich der Aufgabe, sich selbst zu vergnügen; und niemand kennt Katzen wirklich, ohne schon mal verstohlen ein lebhaftes und innerlich ausgeglichenes Kätzchen beobachtet zu haben, das sich alleine glaubt. Erst nach solch einem flüchtigen Anblick ungekünstelter, schwanz-haschender Anmut und ungezierten Schnurrens kann man recht eigentlich den Charme jener Zeilen erfassen, die Coleridge* allerdings in Anspielung auf den menschlichen, nicht den kätzischen Nachwuchs schrieb:

»… a limber elf,
Singing, dancing to itself.«

(… eine geschmeidige Elfe,
die für sich selbst singt und tanzt.)

* Samuel Taylor Coleridge (1772–1834), engl. Schriftsteller und Dichter; das angeführte Zitat stammt aus der unvollendeten Verserzählung *Christabel* (1816). (d. Ü.)

Doch könnten ganze Bände über das Spielverhalten der Katzen geschrieben werden, denn der Abwechslungsreichtum und die ästhetischen Ausdrucksformen derartiger Verspieltheit sind unerschöpflich. Es genüge, zu bemerken, dass Katzen im Laufe solcher Zeitvertreibe Eigenschaften und Handlungen zu erkennen gaben, die laut verbürgten Aussagen von Psychologen echtem Humor und Eigenwillen im ureigensten Sinn entspringen; weshalb die Aufgabe, ›eine Katze zum Lachen zu bringen‹*, vielleicht keine gar so unmögliche Sache ist, sogar jenseits der Grenzen von Cheshire**. Kurz gesagt, ein Hund ist etwas Unfertiges. Wie ein minderwertiger Mensch bedarf er äußerer Gefühlsanreize und muss etwas Künstliches zu seinem Gott und seiner Triebfeder erheben. Die Katze hingegen ist in sich selbst vollkommen. Gleich dem menschlichen Philosophen ist sie eine autarke Einheit, ein Mikrokosmos. Sie ist ein absolutes und ausgeglichenes Geschöpf, denn sie glaubt und fühlt, dass sie eines ist, wohingegen der Hund sich selbst nur in Bezug auf etwas anderes begreifen kann. Tritt einen Hund, und er leckt dir die Hand – Pfui! Das Vieh besitzt keine Vorstellung von sich selbst außer als minderwertigem Bestandteil eines Organismus, von dem du der höherwertige Bestandteil bist – er denkt ebenso wenig daran, gegen dich zurückzuschlagen, wie du daran denkst, auf deinen eigenen Schädel einzudreschen, wenn er dich mit Kopfweh plagt. Doch tritt eine Katze und sieh, wie sie dich anblitzt und in grob verletzter Würde und Selbstachtung fauchend zurückweicht! Noch ein Tritt, und sie vergilt es dir; denn sie ist ein Gentleman und dir ebenbürtig und nimmt keinen Übergriff auf ihre Persönlichkeit und ihre Privilegien hin. Sie weilt auch nur in deinem Haus, weil sie es so will, oder vielleicht sogar als eine huldvolle Gunst dir gegenüber. Sie schätzt das Haus, nicht dich; denn Philosophen erkennen, dass menschliche Geschöpfe allenfalls unbedeutende

---

* Im Deutschen witzlose Anspielung auf die engl. Phrase: »It's enough to make a cat laugh«, zu deutsch: »Da lachen ja die Hühner!«. (d. Ü.)

** Anspielung auf die ›Cheshire-Cat‹, die ›Grinsekatze‹ aus *Alice im Wunderland* (1865) von Lewis Carroll (1832–1898). (d. Ü.)

Dreingaben zur Kulisse darstellen. Geh einen Schritt zu weit, und sie verlässt dich für immer. Du hast deine Beziehung zu ihr falsch eingeschätzt und dir eingebildet, ihr Herr zu sein, und keine echte Katze kann diese Verletzung guter Sitten dulden. Darum wird sie sich Gefährten von größerem Urteilsvermögen und besserem Scharfblick erwählen. Lass blutleere Menschen, die ans ›Hinhalten der anderen Wange‹ glauben, Trost bei unterwürfigen Hunden suchen – für den kernigen Heiden, durch dessen Adern das Blut nordischer Dämmerungen strömt, gleicht kein Tier der Katze – beherztes Schlachtross Freyas, das selbst Thor und Odin kühn ins Antlitz blicken und aus großen, runden, ungetrübt gelben oder grünen Augen sinnend starren kann.

Und somit, Sir (ich bediene mich des Singulars, da ich mir nicht vorstellen kann, dass Du, o Jacobe Ferdinande*, die wahrhaft kätzische Grausamkeit besitzt, diese gut zehn Seiten einem verdienstvollen Club aufzudrängen, der Dir nie etwas zuleide tat), glaube ich für Dich in einiger Ausführlichkeit die verschiedenen Gründe umrissen zu haben, warum nach meiner Ansicht zutrifft, was Mr Van Doren mit seiner überaus gelegen kommenden Überschrift sagt: »Gentlemen bevorzugen Katzen.«

Die Erwiderung von Mr Terhune in einer Folgeausgabe der *Tribune* scheint mir an der Sache vorbeizugehen; insofern sie nämlich weniger eine Widerlegung von Tatsachen ist als vielmehr eine rein persönliche Bestätigung, dass ihr Verfasser Mitglied jener konventionellen, ›sehr menschlichen‹ Mehrheit ist, die Zuneigung und Kameradschaft ernst nimmt, die es genießt, etwas Lebendigem wichtig zu sein, die Verdienstlichkeit anhand der Hingabe an menschliche Interessen bemisst, die einen ›Parasiten‹ aus rein moralischen Gründen hasst, ohne Rücksicht auf das Recht der Schönheit, um ihrer selbst willen zu existieren, und die demzufolge den besten und edelsten Freund des Menschen liebt, den beständigen Hund. Ich vermute, Mr Terhune liebt auch Pferde und Babys, denn

* Latinisierte Anrede für James Ferdinand (Morton). (d. Ü.)

diese drei gehen im Credo des großen Hurrapatrioten gemeinhin Hand in Hand als gänzlich unabdingbare Vorlieben für jedes rechtschaffene und liebenswerte Mannsbild nach Art des Arrow Collar- und Harold Bell Wright-Helden*, wenngleich das Kraftfahrzeug und die werte Mrs Sanger** viel dazu beigetragen haben, die letzten beiden Artikel zu entwerten.

Hunde sind daher Bauern und die Haustiere von Bauern; Katzen sind Gentlemen und die Haustiere von Gentlemen. Der Hund passt für den, der plumpe Empfindsamkeit und überholte Moralvorstellungen und Anthropozentrismus über strenge und selbstlose Schönheit stellt; der ›Gesellschaft und Geselligkeit‹ liebt und sich nicht an fahriger Tapsigkeit stört, solange er nur von irgendetwas ehrlich gemocht wird. (Darstellung von Hund auf Grab seines Herrn – vergl. Landseer, ›Des alten Schäfers traurigster Hinterbliebener‹.) Der Bursche, der nicht viel für hochgestochenen Kram übrig hat, aber stets vom rechten Schlag ist und ›wo nich‹ (sic) selten die Saddypost oder die N. Y. World*** zu tiefsinnig findet; der nicht viel mit Valentino anfangen könnte, aber glaubt, dass Doug Fairbanks**** so ungefähr für einen unterhaltsamen Abend taugt. Gesund – aufbauend – unmorbide – bürgerlich gesonnen – häuslich – (ich vergaß, das

---

* H. B. Wright (1872–1944), nordamerikanischer Bestsellerautor; Arrow Collar: Marke abnehmbarer Hemdkragen, die von 1905 bis 1930 mit einem gezeichneten, kernigen Model beworben wurde, dem ›Arrow Collar Man‹, der als Werbefigur zur Popularikone mit einer Art Filmstar-Status wurde. (d. Ü.)

** vermutlich Margaret Higgins Sanger (1879–1966), nordamerikanische Vorkämpferin für Geburtenkontrolle und Familienplanung; von Lovecraft hier offenbar im Sinne einer Verfechterin weiblicher sexueller Selbstbestimmung angeführt. (d. Ü.)

*** An dieser Stelle benutzt Lovecraft betont ›ungebildete‹ Ausdrücke der Umgangssprache. Saddypost: *The Saturday Evening Post* (1829–1969), nordamerikanisches wöchentliches Unterhaltungsmagazin der *Reader's Digest*-Art; *New York World* (1865–1931), nordamerikanische Tageszeitung mit dem Ruch des Sensationalistischen. (d. Ü.)

**** Rudolph Valentino (1895–1926); italo-amerikanischer Filmstar, Inbegriff des ›Latin Lovers‹; Douglas Fairbanks, Sr. (1883–1939), früher ›Actionheld‹ des Hollywood-Abenteuerkinos. (d. Ü.)

Radio zu erwähnen) – normal –, so ist die Art von Macher-Typ, die in Hunden machen sollte.

Die Katze passt für den Aristokraten – ob von Geburt oder aus Neigung oder aufgrund von beidem –, der seine Mit-Aristokraten bewundert (auch wenn Klein-Belknap* nicht allzuviel von Katzen hält). Sie passt für den Menschen, der Schönheit als die einzige lebendige Kraft in einem blinden und ziellosen Universum verehrt und der dieser Schönheit in all ihren Erscheinungsformen huldigt, ohne Rücksicht auf die sentimentalen und moralischen Illusionen des Augenblicks. Für den Menschen, der sich der Leere von Gefühlen und der Hohlheit menschlichen Strebens und Trachtens bewusst ist und der sich daher ausschließlich an das hält, was real ist – so wie die Schönheit real ist, da sie auf keine Bedeutung jenseits der Empfindung Anspruch erhebt, die sie erweckt und darstellt. Für den Menschen, der sich im Kosmos selbst genug ist und nicht aus falscher Höhe hinabzublicken begehrt; der nicht von den sentimentalen Skrupeln traditioneller Vorurteile beeinträchtigt ist, sondern Ruhe und Stärke und Freiheit und Luxus und Überlegenheit und Auskömmlichkeit und die Gedankentiefe liebt; der als starke, furchtlose Seele etwas wünscht, dem er Respekt entgegenbringen kann, statt etwas, das sein Gesicht leckt und sein Wechselbad aus Schlägen und Streicheleinheiten hinnimmt; der einen stolzen und schönen Gleichrangigen im Adelsstand des Individualismus sucht statt eines geduckten und buckelnden Trabanten in der Hierarchie der Angst, Unterwerfung und Ergebenheit. Die Katze ist nicht für den umtriebigen, kleinen, aufgeblasenen Arbeiter mit einer ›Mission‹, sondern für den aufgeklärten, träumenden Poeten, der weiß, dass die Erde nichts bietet, das zu tun sich wirklich lohnt. Für den Dilettanten – den Connaisseur – den Dekadenten, wenn du so willst, wenngleich es in einem gesünderen Zeitalter als diesem für solche Menschen Dinge zu tun gab, sodass sie die Organisatoren und Führer jener glorreichen heidnischen Zeiten

* Frank Belknap Long (1901–1994), nordamerikanischer Herausgeber und Autor, enger persönlicher Freund Lovecrafts. (d. Ü.)

waren. Die Katze ist für den, der Dinge nicht aus eitler Pflichterfüllung tut, sondern um der Macht, des Vergnügens, der Erhabenheit, der Romantik und der Pracht willen – für den Harfner, der einsam in der Nacht von alten Schlachten singt, oder den Krieger, der hinauszieht in eben jene Schlachten und sie um der Schönheit, der Ehre, des Ruhmes und der Pracht und um eines Königshofes willen schlägt, welchen kein Schatten der Schwäche oder Demokratie verdunkelt. Für ihn, der sich nicht von den Beruhigungstropfen der Nüchternheit und Nützlichkeit einlullen lässt, sondern für seine Mühe das Behagen und die Schönheit und die Überlegenheit und die Kultivierung fordert, die allein Mühe lohnen. Für den Menschen, der weiß, dass Spiel, nicht Arbeit, und Muße, nicht Geschäftigkeit, die großen Dinge des Lebens sind; und dass der Kreislauf des Rackerns, nur um noch ein bisschen weiter rackern zu können, eine bittere Ironie darstellt, von der die zivilisierte Seele so wenig gelten lässt, wie sie eben kann.

Schönheit, Behaglichkeit, Auskömmlichkeit und gute Manieren – was kann Zivilisiertheit mehr verlangen? Wir finden all dies in dem göttlichen kleinen Monarchen, der sich fürstlich auf seinem Seidenkissen vor dem Herde rekelt. Liebreiz und Freude um ihrer selbst willen – Stolz und Harmonie und geöltes Muskelspiel – Geist, Ruhe und Vollkommenheit – all dies ist hier vorhanden und bedarf nur einer einfühlsamen Illusionspreisgabe, um das volle Maß an Huldigung zu erfahren. Welche wahrhaft zivilisierte Seele würde nicht bereitwillig als Hohepriesterin der Bastet* dienen? Der Stern der Katze, so glaube ich, ist gerade jetzt im Aufsteigen begriffen, da wir Schritt für Schritt aus den Träumen der Moralprinzipien und der Demokratie auftauchen, die das neunzehnte Jahrhundert trübten und den scharrenden und reizlosen Hund auf den Gipfel sentimentaler Wertschätzung erhoben. Ob eine Renaissance der Monarchie und der Schönheit unsere westliche Zivilisation erneuern werden, oder ob die Kräfte der Auflösung

* ägyptische katzenköpfige Göttin der Freude und der Liebe. (d. Ü.)

bereits zu mächtig sind, als dass selbst der Faschismus sie noch bremsen könnte, vermag noch niemand zu sagen; doch im gegenwärtigen Augenblick der zynischen Weltentlarvung zwischen dem Anspruch des achtzehnten Jahrhunderts und dem düsteren Mysterium der kommenden Dekaden verfügen wir immerhin über ein Aufblitzen der alten heidnischen Sichtweise und der alten heidnischen Klarheit und Redlichkeit.

Und ein Götterbild, das in diesem Aufblitzen schön und liebreizend auf einem Traumthron aus Seide und Gold unter einer elfenbeinverzierten Kuppel erstrahlt, offenbart sich dem Auge als Gestalt von unsterblicher Anmut, der unter tappenden Sterblichen nicht immer Gerechtigkeit widerfährt – die edle, die unbezwungene, die geheimnisvolle, die luxuriöse, die babylonische, die unpersönliche, die ewige Gefährtin von Erhabenheit und Kunst – das Inbild vollendeter Schönheit und die Schwester der Poesie – die sanfte, würdevolle, tüchtige und aristokratische Katze.

23. November 1926

# To Klarkash-Ton, Lord of Averoigne

A time-black tower against dim banks of cloud;
Around its base the pathless pressing wood.
Shadow and silence, moss and mould, enshroud
Grey, age-fell'd slabs that once as cromlechs stood.
No fall of foot, no song of bird awakes
The lethal aisles of sempiternal night,
Tho' oft with stir of wings the dense air shakes,
As in the tower there glows a pallid light.

For here, apart, dwells one whose hands have wrought
Strange eidola that chill the world with fear;
Whose graven runes in tones of dread have taught
What shapes beyond the star-gulfs lurk and leer.
Dark Lord of Averoigne – whose windows stare
On pits of dream no other gaze could bear!

*Howard Phillips Lovecraft*

## Für Klarkash-Ton, Herr von Averoigne

Ein zeitgeschwärzter Turm erhebt sich
vor trüben Wolkenbänken;
Um seine Grundfeste herum der unwegsame, niedrige Wald.
Schatten und Stille, Moos und Moder, umhüllen
graue, längst zerstörte Tafeln, wo einst
ein druidischer Steinkreis stand.
Kein Schritt, kein Gesang von Vögeln erweckt
diese tödliche Insel ewiger Nacht,
Wie unter der Regung von Flügeln erzittert die Luft,
als im Turm ein bleiches Licht erglüht.

Denn hier haust einer, dessen Hände schufen
Seltsame Idole, vor denen die Welt in Furcht erstarrt;
Gehauene Runen erzählen ängstlich flüsternd
von dem, was aus den Sternentiefen hervorschielt.
Finsterer Herr von Averoigne – dessen Augen
In Abgründe von Träumen blickten,
die niemand anders ertragen könnte!

*Howard Phillips Lovecraft*

# Hazel Heald
## In Memoriam

Ich möchte meiner Trauer über das Hinscheiden von H. P. Lovecraft Ausdruck verleihen. Er war dem ringenden Schriftsteller ein aufrechter Freund, und viele haben die erste Sprosse der Erfolgsleiter dank seiner freundlichen Unterstützung erklommen. Wir, die wir ihn wirklich kannten, empfinden einen Schmerz, den bloße Worte nicht vermitteln können. Sein war die helfende Hand, die mich in die Schriftstellerei einführte und mir den Mut verlieh, auch unter den größten Schwierigkeiten weiterzumachen. Doch sollten wir versuchen, es so zu sehen, dass er »nur mal eben« zu einer seiner längsten Reisen aufgebrochen ist und dass wir ihn eines Tages im Jenseits wiedertreffen werden.

Ein Gehirn wie das von H. P. Lovecraft hat es selten gegeben – er war fast unheimlich in seiner Intelligenz. Er war stets auf der Suche nach tieferem Wissen und erwarb in endlosen Stunden des Studiums ein reicheres und umfassenderes Verständnis des Menschen und des Lebens. Als großer Reisender schwelgte er in der Erkundung alter Städte und ihrer verborgenen Überlieferungen und spazierte viele Kilometer weit, um irgendeine historische Stätte in Augenschein zu nehmen. Er war allen, die ihn kannten, ein echter Freund, stets bereit, seine wertvolle Zeit zu opfern, um einem armen, in Nöten steckenden Schriftsteller unter die Arme zu greifen – ein wahrer Leitstern. Er pflegte eine große Schwäche für stumme Geschöpfe, vornehmlich Katzen, und bekundete dieses Interesse in verschiedenen seiner Erzählungen. Er wich bereitwillig vom Weg ab, um irgendeine verirrte Straßenkatze zu kosen und ihr ein freundliches Wort zu schenken, und die Kätzchen eines Nachbarn bereiteten ihm grenzenlose Freude. Glühend liebte er die Architektur und sämtliche schönen Künste, und ein an seiner Seite in einem Museum verbrachter Tag war sinnvoll aufgewendete Zeit. Endlose mühsame Stunden lang arbeitete er bis tief in die Nacht hinein und übergab der Welt Meisterwerke der unheimlichen Literatur, wobei er seiner Arbeit die Gesundheit opferte. Lovecraft war ein Geschenk an die Welt, für das es keinen Ersatz gibt – ein Freund der Menschheit.

# Originaltitel- und Copyrightangaben

Stadt ohne Namen. ›The Nameless City‹.
© 1921 by *Wolverine Magazine. Aus dem Amerikanischen von A. F. Fischer.*

Das Fest. ›The Festival‹.
© 1925 by the Popular Fiction Publishing Company for
*Weird Tales Magazine. Aus dem Amerikanischen von A. F. Fischer.*

Das gemiedene Haus. ›The Shunned House‹.
© 1928 by *The Recluse Press. Aus dem Amerikanischen von A. F. Fischer*

In den Mauern von Eryx. ›In the Walls of Eryx‹.
© 1939 by the Popular Fiction Publishing Company for
*Weird Tales Magazine. Aus dem Amerikanischen von A. F. Fischer.*

Gefangen bei den Pharaonen. ›Imprisoned with the Pharaohs‹.
© 1924 by the Popular Fiction Publishing Company for
*Weird Tales Magazine. Aus dem Amerikanischen von A. F. Fischer.*

Berge des Wahnsinns. ›At the Mountains of Madness‹.
© 1936 by Street and Smith Publishing Company for
*Astounding Stories Magazine. Aus dem Amerikanischen von A. F. Fischer.*

Geschichte des Necronomicon. ›A History of the Necronomicon‹.
© 1938 by *The Rebel Press. Aus dem Amerikanischen von Malte S. Sembten.*

Katzen und Hunde. ›Cats and Dogs‹.
© 1926 by H. P. Lovecraft. *Aus dem Amerikanischen von Malte S. Sembten.*

Für Klarkash-Ton, Herr von Averoigne .
›To Klarkash-Ton, Lord of Averoigne‹.
© 1937 by H. P. Lovecraft. *Aus dem Amerikanischen von Frank Festa.*

In Memoriam. ›In Memoriam‹.
© 1937 by Hazel Heald.
*Aus dem Amerikanischen von Malte S. Sembten.*